KB156438

4개의 시계

AGATHA CHRISTIE MYSTERY AGATHA CHRISTIE MYSTERY AGATHA CHRISTIE MYSTERY AGATHA CHRISTIE MYSTERY AGATHA CHRISTIE MYSTERY AGATHA CHRISTIE MYSTERY AGATHA CHRISTIE MYSTERY AGATHA CHRISTIE MYSTERY AGATHA

애거서 크리스티 추리 문학 71

4개의 시계

황해선 옮김

해문

■ 옮긴이 황해선

이화여자대학교 졸업
미국 오리건 주립대학 수료.
번역서 《엄지손가락의 아픔》 외.

4개의 시계

초판 발행일	1989년 06월 05일
중판 발행일	2010년 01월 20일
지은이	애거서 크리스티
옮긴이	황 해 선
펴낸이	이 경 선
펴낸곳	해문출판사
주 소	서울시 서초구 서초동 1328-11 도씨에빛 2차 1420호
TEL/FAX	325-4721 / 325-4725
출판등록	1978년 1월 28일 (제3-82호)
가격	6,000원
ISBN	978-89-382-0271-0 04840 978-89-382-0200-0(세트)

※ 잘못된 책은 바꾸어 드립니다.

• 등 장 인 물 •

셰일라 웨브— 캐븐디시 비서용역 사무실 직원. 속기 타이피스트. 일을 하러 간 곳에서 시체를 발견한다.

콜린 램— 길을 가다 우연히 윌브러햄 크레슨트 가 19번지에서 벌어진 살인사건에 휘말리는 해양생물학자.

밀리슨트 페브마시— 희끗희끗한 웨이브진 머리에 커다랗고 아름다운 푸른색 눈동자를 가진 키가 큰 장님 여자.

캐서린 마틴데일— 캐븐디시 비서용역 사무실 소장. '모랫빛 고양이'라는 별명이 있다.

에드나 브렌트— 캐븐디시 비서용역 사무실 직원.

딕 하드캐슬— 크로딘 경찰서 수사 경감.

로턴 부인— 윌브러햄 크레슨트 가 14번지에 사는 셰일라 웨브의 숙모.

커틴 부인— 밀리슨트 페브마시의 파출부.

조사이아 블랜드— 윌브러햄 크레슨트 가 61번지에 사는 건축업자.

발레리 블랜드— 조사이아의 아내. 환자처럼 안색이 창백하다.

제임스 워터하우스— 게인스퍼드 앤드 스웨튼햄 법률사무소의 주임서기. 윌브러햄 크레슨트 가 18번지에 산다.

에디스 워터하우스— 제임스 워터하우스의 누이동생.

헤밍 부인— 윌브러햄 크레슨트 가 20번지에서 고양이를 기르며 사는 여자.

램지 부인— 윌브러햄 크레슨트 가 62번지에 사는 부인.

앵거스 맥노턴— 63번지에 사는 정원 가꾸기에 열심인 남자.

에르큘 포와로— 벨기에 출신 사립탐정.

차 례

차 례

9월 9일의 그날 오후도 여느 때와 조금도 다를 바 없는 오후였다. 비록 그 날의 사건에 운명적으로 관련된 사람들일지라도 그날 어떤 재난이 일어날 것 같은 예감을 느꼈다고 주장할 수 있는 사람은 아무도 없었다(다만 윌브러햄 크레슨트 가(街) 47번지에 사는 파커 부인만은 예외라고 할 수 있었다. 왜냐하면 그녀는 어떤 예감을 느끼는 점에 있어서는 다른 보통 사람들보다 훨씬 뛰어난 소질을 가진 사람이었기 때문이다. 나중에 안 일이지만 그녀에게는 늘 묘한 조짐을 보였다거나 몸이 이상스레 떨려온다거나 하는 따위의 이야기를 사람들에게 길게 늘어놓는 버릇이 있었다. 그러나 파커 부인이 살고 있는 47번지 집과 19번지 집과는 거리상 떨어져 있었을 뿐더러, 서로 상대방의 집 내부사정에는 거의 관심을 두지 않았기 때문에, 아무리 그녀라고 해도 어떤 예감을 확실히 느꼈다고 장담할 수는 없는 노릇이다).

캐븐디시 비서용역 사무실의 소장인 K 마틴데일 양에게 있어서도 9월 9일은 아주 평범한 날이었다. 특별히 신경을 써야 하는 일거리가 들어온 것도 아니었으며, 오후 2시 35분까지는 9월 9일 역시 다른 날과 별로 다를 바 없는 날이었던 것이다.

그런데 오후 2시 35분에 소장실에서 부저가 울려서 바깥 사무실에 있던 에드나 브렌트는 입속에서 씹고 있던 토피(설탕· 버터 따위로 만든 과자)를 혀로 옆으로 밀어내며 여느 때와 같이 약간의 콧소리가 섞인 속삭이는 듯한 목소리로 대답했다.

"무슨 일이세요, 마틴데일 양?"

"에드나, 왜 그래? 전화로 대답할 때는 그런 목소리로 말해서는 안 된다고 했잖아! 발음을 흐리지 말고 똑똑히 얘기해요."
"죄송합니다, 마틴데일 양."
"그것 봐, 하려고만 하면 되잖아. 그건 그렇고, 셰일라 웨브를 내 방으로 보내 줘요."
"그녀는 점심식사하러 가서 아직 돌아오지 않았는데요."
"그래?"
마틴데일 양은 책상 위에 있는 탁상시계로 눈길을 보냈다. 2시 36분, 정확하게 6분 지각이었다. 요즘 들어 셰일라 웨브는 점점 더 나태해지고 있었다.
"돌아오는 대로 내 방으로 보내 줘요."
"알겠습니다."
에드나는 토피를 다시 혀 가운데로 옮겨 맛있는 듯 맛을 음미하면서 아만드 레바인의 소설 《발가벗은 사랑》의 원고를 타자치기 시작했다. 그녀는 작가가 이 소설 중에서 특히 정성을 기울인 에로티시즘에 아무런 흥미도 느끼지 못했다—작가의 노력에도 불구하고 그녀뿐 아니라 레바인 씨의 독자 중 대다수가 그의 소설에 흥미를 잃어가고 있었다. 그의 작품은 지겨운 에로소설보다 더 지겨운 것은 없다는 것을 보여 주는 아주 좋은 본보기라고 할 수 있었다. 요란스런 책 표지와 자극적인 제목에도 불구하고 그의 소설 판매량은 해마다 떨어져, 이전 원고는 타이프 비용을 세 번에 나누어 받아야 했을 정도였다.
문이 열리며 셰일라 웨브가 약간 숨을 몰아쉬며 들어왔다.
"모랫빛 고양이가 널 찾았었어." 에드나가 말했다.
셰일라 웨브는 얼굴을 찌푸렸다.
"정말 재수가 없다니까. 가끔 늦는 날만 꼭 찾으니 말이야."
잠시 그녀는 머리를 매만진 뒤에 메모지와 연필을 손에 들고 소장실 문을 두드렸다.
마틴데일 양이 책상에서 고개를 들고 그녀를 쳐다보았다. 마틴데일 양은 마흔을 조금 넘은, 능률로 똘똘 뭉쳐진 듯한 인상의 여자였다. '모랫빛 고양이'라는 그녀의 별명은 위로 묶은 불그스레한 머리카락과 캐서린이라는 이름에서 따온 것이다.

"지각이에요, 웨브 양."

"죄송합니다. 교통이 너무 혼잡해서 늦었어요."

"이 시간쯤엔 언제나 그렇잖아. 그걸 알고 행동해야지."

그녀는 자기의 메모지에 적힌 내용을 읽었다.

"페브마시라는 사람에게서 전화가 왔었어요. 3시에 속기 타이피스트를 보내달라고 하더군. 특별히 당신을 지명했는데, 전에도 그 사람 일을 한 적이 있었나요?"

"글쎄요, 그런 기억은 없는데요. 어쨌든 최근에 한 적은 없어요."

"주소는 윌브러햄 크레슨트 가 19번지인데?"

그녀는 묻는 투로 말하고는 잠시 말을 멈췄다. 그러나 셰일라 웨브는 고개를 저었다.

"역시 그런 곳엔 가본 기억이 없는데요."

마틴데일 양은 탁상시계를 흘끗 쳐다보았다.

"3시예요. 이번 일은 쉽게 끝낼 수 있겠지? 오늘 오후에 당신이 해야 할 다른 일거리는 없는 것 같은데……." 그녀는 앞에 놓인 일정표를 훑어보았다.

"아, 그렇지. 5시에 컬류 호텔에 있는 퍼디 교수와 약속이 있었군. 알았죠? 5시야. 그때까지는 돌아와야 해요. 만일 그렇게 안 된다면 재닛을 대신 보내게 될 거야."

그녀는 이젠 가도 좋다는 듯 고개를 끄덕였다. 셰일라는 바깥 사무실로 돌아왔다.

"셰일라, 무슨 재미있는 일이라도 있는 거니?"

"재미있는 일이 있을 게 뭐니! 윌브러햄 크레슨트 가에 사는 할머니 일이야. 더구나 5시에는 퍼디 교수—그 듣기 싫은 고고학 전문용어를 잔뜩 들어야 하다니 생각만 해도 끔찍하다고. 아, 가끔은 아주 흥미진진한 일이라도 좀 터져줬으면……!"

그때 소장실 문이 열리는 소리가 들렸다.

"셰일라, 치워 두었던 메모를 찾았어요. 그 집에 가봐서 페브마시 양이 아직 돌아와 있지 않더라도 주저 말고 집 안으로 들어가 있으라는 거였어요. 문은 잠겨 있지 않으니까 현관을 들어서서 홀의 오른쪽 방에서 기다리면 돼요. 기억할 수 있겠어요? 아니면 종이에 적어 가든지.”

“그 정도쯤은 기억할 수 있어요.”

마틴데일 양은 자기 방으로 돌아가 버렸다.

에드나 브렌트는 의자 밑에 손을 넣어 약간 화려한 모양의 뾰족한 뒷굽이 부러진 구두를 슬그머니 끄집어냈다.

“이래 가지고는 오도 가도 못하게 됐잖아!” 그녀는 슬픈 듯이 중얼거렸다.

“그 일이라면 이제 그만해 둬. 다른 수가 있을 거야.”

다른 타이피스트 하나가 그녀의 말을 가로막으며 제자리로 돌아갔다.

에드나는 한숨을 쉬면서 타자기에 새 종이를 갈아 끼웠다.

‘……욕정이 그를 휘어잡았다. 그는 미친 듯이 그녀 앞가슴의 얇은 옷을 찢고, 그녀를 소파 위로 쓰러뜨렸다…….’

“쳇!” 하고 에드나는 중얼거리면서 지우개 쪽으로 손을 뻗쳤다.

셰일라는 핸드백을 들고 사무실을 나와 버렸다.

윌브러햄 크레슨트 가는 빅토리아 여왕시대에 한 건축가가 공상하여 설계한 주택가였다. 그곳은 두 줄의 집이 반원형으로 세워져 각 주택의 뜰이 서로 마주 보는 구조로 되어 있었다. 이런 짓궂은 설계 때문에 안내하는 사람 없이 그곳에 처음 가는 사람은 거의 예외 없이 골탕을 먹곤 했다. 바깥 주택 쪽으로 집을 찾으러 들어간 사람은 작은 번지수의 집을 찾지 못해 애를 먹었으며, 반대로 안쪽 주택 쪽으로 먼저 들어선 사람은 큰 번지수의 집을 찾지 못해 헤매곤 했다. 주택마다 고풍스럽고 아주 낭만적인 발코니가 달려 있었는데, 그것이 그곳의 주택들을 아주 품위 있어 보이게 해주었다. 단지 주택의 겉모습만 봐서는 현대화의 거센 물결이 아직 이곳에는 몰아닥치지 않은 것 같았다. 사실 시대가 변해감에 따라 가장 먼저 영향을 받는 곳은, 주택에 있어서는 부엌이나 욕실 같은 부분이었다.

19번지 집은 그 주택가의 다른 집들과 별반 다르지 않은 평범한 집이었다. 창에는 약간 화려한 커튼이 드리워져 있었고, 현관의 놋쇠 손잡이 역시 잘 손질되어 있었다. 현관까지 이르는 길 양쪽에는 장미들이 잘 정돈되어 심어져 있었다.

셰일라 웨브는 정원의 문을 열고 현관으로 들어서서 벨을 눌렀다.

안에서는 아무런 대답도 없었다. 잠시 동안 기다렸다가 셰일라는 소장이 일러준 대로 문의 손잡이를 돌렸다. 정말 문이 잠겨 있지 않아서 그녀는 집 안으로 들어섰다. 작은 홀의 오른쪽에 있는 문이 약간 열려 있었다. 그녀는 노크를 한 뒤 잠시 기다렸다가 방 안으로 들어갔다. 방 안은 다소 잡다하게 꾸며진 듯한 느낌이 없지는 않았으나 그런대로 사람에게 편안한 느낌을 주는 평범한 거실이었다. 단지 그 방에서 특별히 눈에 띄게 특이한 점이라면 방의 여기저기에 시계들이 놓여 있는 것이었다—한쪽 구석에서는 괘종시계가 째깍째깍 소리를 내며 가고 있었고, 선반에는 드레스덴 도자기로 만들어진 탁상시계가, 탁자 위에는 마차 모양의 은제 탁상시계가 놓여 있었다. 또 난로 옆에 있는 장식장에는 도금을 한 화려한 모양의 작은 탁상시계가 있었으며, 창가의 탁자 위에는 도금칠이 반쯤 벗겨진 로즈메리(ROSEMARY)라는 글자가 한구석에 적혀 있는, 색바랜 여행용 가죽 시계가 놓여 있었다.

셰일라 웨브는 약간 놀란 눈으로 탁자 위의 시계를 쳐다보았다. 그 시계 바늘은 어이없게도 4시 10분이 조금 지난 시간을 가리키고 있었다. 그녀는 다시 선반 위의 탁상시계 쪽으로 시선을 돌렸다. 그 시계 역시 탁자 위의 시계와 같은 시간을 가리키고 있었다.

셰일라 웨브는 탁자 위의 시계를 바라보다가 깜짝 놀랐다. 갑자기 머리 위에서 탁 하는 소리와 함께 딸가닥 하는 소리가 나면서 괘종시계의 작은 문이 열리고 뻐꾸기가 튀어나오며 크고 똑똑한 소리로, "뻐꾹! 뻐꾹! 뻐꾹!" 하고 시간을 알렸기 때문이다. 귀에 거슬리는 그 소리엔 듣는 사람을 오싹하게 만드는 어떤 울림이 있었다. 다시 딸가닥 하는 소리와 함께 뻐꾸기의 모습이 괘종시계의 작은 문 속으로 사라졌다.

셰일라 웨브는 혼자 빙긋이 웃고는 소파 옆을 지나갔다. 순간 그녀는 뒤에서 누군가가 갑자기 잡아당기기라도 한 듯 그 자리에 우뚝 멈춰 섰다.

거실 바닥에 한 남자가 큰 대자로 쓰러져 있었기 때문이다. 그의 눈은 반쯤 뜨여져 있었으나 이미 흐릿해져 있었고, 짙은 녹색 양복의 앞가슴 쪽에는 거무스름하고 축축한 반점이 번져 있었다. 셰일라는 자기도 모르게 그 자리에 주저앉아 누워 있는 그 남자의 볼에 손을 대보았다—섬뜩한 감촉이었다. 그의 손도 마찬가지였다…….

가슴 쪽의 축축하고 거무스름한 반점에 손이 닿는 순간, 그녀는 재빨리 손가락을 오므리고 두려움이 가득 찬 눈으로 자신의 손끝을 쳐다보았다.

바로 그때 정원 문이 열리는 소리가 들렸다. 그녀는 본능적으로 창 쪽을 쳐다보았다. 한 여자가 빠른 걸음으로 현관 쪽으로 걸어오고 있었다.

셰일라는 마른 침을 꿀꺽 삼켰다. 목은 바싹바싹 말라왔고 움직일 수도, 소리를 지를 수도 없었다. 다만 멍하게 앞을 보면서 그녀는 그 자리에 못 박힌 듯 꼼짝달싹하지 못하고 서 있었다.

현관문이 열리면서 키가 큰 중년 부인이 쇼핑 주머니를 들고 들어 왔다.

뒤로 넘긴 웨이브진 머리는 희끗희끗했고 커다란 눈동자는 아름다운 푸른색이었다. 그녀의 시선이 셰일라에게 와 닿았으나 웬일인지 그녀는 셰일라를 보고도 무심히 다른 데로 시선을 돌렸다.

셰일라는 들릴 듯 말 듯 가냘픈 비명을 질렀다. 크고 푸른 눈이 그녀 쪽을 돌아보며 날카롭게 물었다.

"거기 누구 있나요?"

"저……저는……사실은……." 셰일라는 말을 더듬거렸다.

중년 부인이 재빠른 걸음으로 소파의 뒤를 돌아 그녀가 있는 곳으로 걸어왔다.

그 순간 셰일라는 외마디 비명을 질렀다.

"안 돼요! 그쪽으로 가면—! 밟겠어요! 그 사람을……, 사람이 죽었단 말이에요……."

1

콜린 램의 이야기

경찰관의 보고서 형식을 빌리면—9월 9일 오후 2시 59분, 나는 윌브러햄 크레슨트 가의 서쪽을 향해 걸어가고 있었다. 이 부근은 나에게 아주 생소한 곳이었고, 솔직히 말하자면 윌브러햄 크레슨트 가의 지리에는 자신이 없었다.

나는 끈질기게 내 육감을 믿고 따랐지만 나중에는 그 육감마저 점점 믿을 수 없게 되어 나의 인내심도 차츰 한계를 드러내고 있었다. 당시 나는 이런 상황에 놓여 있었다. 나는 61번지 집을 찾고 있었는데 과연 찾을 수 있을까? 결과는 그렇지 못했다. 나는 그 집을 찾을 수 없었다.

1번지에서 28번지까지 차근차근 훑으며 61번지를 찾아보았으나 윌브러햄 크레슨트 가는 그전에 끝나 버리고 말았다. 내 눈앞에는 틀림없이 앨버니 로(路)라는 표시가 되어 있는 큰 길이 펼쳐져 있을 따름이었다. 나는 뒤로 돌아섰다.

북쪽으로 집이라고는 한 채도 없었고, 단지 긴 담장만이 이어져 있을 뿐이었다. 담장 안쪽으로는 현대식으로 지어진 아파트 건물이 몇 채 들어서 있었고, 그 건물 입구는 다른 쪽으로 나 있었다. 그쪽에도 윌브러햄 크레슨트 가 61번지는 없는 것이 분명했다.

나는 번지수를 다시 하나하나 확인해 가면서 걸어가고 있었다. 24번지, 23번지, 22번지, 21번지, 다이애나 로지(아마도 20번지일 것이다), 19번지—.

그때 19번지 집의 현관문이 벌컥 열리면서 한 젊은 여자가 폭탄이 날아오듯 그 안에서 뛰쳐나왔다. 내가 폭탄을 연상하게 된 것은 그녀가 비명을 지르며 뛰쳐나왔기 때문이다. 그것은 높고 찢어지는 듯한, 도저히 사람 목소리라고는 할 수 없는 소리였다. 그녀가 문을 뛰쳐나오는 순간 난 그녀와 세게 부딪

쳤고, 그래서 하마터면 나는 보도 위로 나동그라질 뻔했다. 그런데 그녀는 단순히 나한테 부딪친 것만이 아니고 더 나아가 나를 붙잡고 늘어지기까지 하는 것이었다—그것은 미친 듯한 필사적인 몸부림이었다.

"이봐요, 정신 차려요." 나는 몸을 바로잡으며 그녀를 가볍게 흔들었다.

"자, 진정해요."

그 젊은 여자도 곧 몸을 바로잡았다. 그리고 여전히 나를 꽉 붙잡고 있긴 했으나, 더 이상 비명은 지르지 않았다. 그 대신 그녀는 가쁜 숨을 몰아쉬고 있었다—그것은 가슴속 깊은 곳에서 새어나오는, 마치 숨죽여 우는 듯한 헐떡임이었다.

나 역시 제정신을 가지고 그다음 행동을 했다고는 말할 수 없다. 나는 그녀에게 어떻게 된 일이냐고 묻기는 했으나, 내가 생각해 봐도 그것은 한심스런 질문이었다. 나는 다시 고쳐 물었다.

"대체 무슨 일이지요?"

그녀는 크게 숨을 들이마셨다.

"저기에!" 그녀는 자기가 뛰쳐나온 집을 가리켰다.

"저기라니?"

"바닥에 남자가—시체가……, 그 여자가 그 남자를 밟으려 해요."

"누가요? 무슨 이유로?"

"아마도—그녀는 장님인가 봐요. 시체에는 피가……."

그녀는 자기 손 쪽으로 시선을 돌리며, 그제야 나를 붙잡고 있던 손을 놓았다.

"내 손에도 묻었어요. '내' 손에도."

"그렇군요." 내가 말했다.

나는 내 윗도리 소매에 묻어 있는 얼룩을 쳐다보았다.

"그리고 내게도 역시."

나는 그녀에게 그 얼룩을 보여주었다. 나는 한숨을 쉬고는 지금의 상황에 대해서 잠시 생각해 보았다.

"아가씨가 나하고 같이 저 집에 다시 들어가 보는 게 가장 좋을 것 같군요."

그러나 그 말에 그녀는 몸을 심하게 떨기 시작했다.

"나—난 싫어요……. 두 번 다시 그곳에는 가고 싶지 않아요."

"하긴 그럴 거요."

나는 주위를 둘러보았다. 그러나 금방이라도 기절할 것만 같은 젊은 여자를 쉬게 할 만한 적당한 장소가 주변에는 없는 것 같았다. 할 수 없이 나는 그녀를 조용히 보도 위에 쪼그려 앉히고는 쇠로 된 문기둥에 등을 기대도록 해주었다.

"자, 여기에 가만히 앉아 있어요. 내가 돌아올 때까지. 오래 걸리지는 않을 거예요. 이젠 괜찮아요. 머리가 어지러우면 무릎 사이에 고개를 묻도록 해요."

"저—이제는 괜찮은 것 같아요."

그녀가 정말 괜찮은 것 같아 보이지는 않았지만, 언제까지나 그녀와 계속 얘기만 하고 있을 수는 없었다. 나는 그녀 어깨를 다독거리듯 가볍게 토닥거려 준 다음 성큼성큼 정원으로 걸어 들어갔다. 문을 들어선 뒤 현관에서 잠시 망설이다 왼쪽으로 난 창문으로 안을 들여다보니 아무도 없는 식당이 있었다.

나는 홀을 가로질러 반대쪽에 있는 거실로 들어갔다. 제일 먼저 내 눈에 들어온 것은 의자에 앉아 있는, 머리가 희끗희끗한 중년 부인이었다. 내가 들어가자 그녀는 재빨리 고개를 돌렸다.

"누구세요?"

그 순간 그 부인이 장님이란 것을 나는 즉시 알아차렸다. 똑바로 나를 쳐다보는 그 눈의 초점이 실은 내 왼쪽 귀 뒤에서 멈춰져 있었기 때문이다.

나는 곧바로 요점만 말했다.

"어떤 젊은 아가씨가 여기에 시체가 있다고 비명을 지르면서 거리로 뛰쳐나오더군요."

나는 이 말을 하면서도 왠지 내가 멍청한 소릴 했구나 하는 기분이 들었다. 이렇게 깨끗이 정돈된 방 안에 팔짱을 낀 채 의자에 조용히 앉아 있는 이 부인과 시체가 같이 있다는 사실이 왠지 믿기지 않았기 때문이다.

그러나 그녀는 서슴없이 말했다.

"소파 뒤에 있어요."

나는 소파의 모서리를 돌아 걸어갔다. 그리고 나는 보았던 것이다—아무렇게나 내던져져 있는 양팔, 흐릿한 눈동자, 굳어져 가는 핏자국.

"어떻게 된 일입니까?" 내가 거침없이 물었다.

"나도 몰라요."

"그렇지만—도대체 이 사람은 누구죠?"

"나도 전혀 모르겠어요."

"경찰에 신고를 해야겠군요." 나는 방 안을 둘러보았다.

"전화는 어디 있습니까?"

"이 집엔 전화가 없어요."

나는 한층 더 그녀에 대한 호기심이 생겼다.

"이 집에 사시는 분인가요? 부인이 이 집 주인이십니까?"

"그래요."

"자초지종을 말씀해 주지 않으시겠습니까?"

"물론이에요. 난 쇼핑에서 돌아와서는(나는 문 가까이에 있는 의자 위에 쇼핑 주머니가 놓여 있는 것을 보았다) 이 방으로 들어왔지요. 그런데 이 방 안에 누군가가 있다는 것을 곧 알아차렸죠. 앞이 보이지 않는 사람이라면 그 정도는 매우 쉬운 일이거든요. 나는 거기에 누가 있느냐고 물었어요. 그런데 아무 대답도 없더군요—단지 누군가의 헐떡이는 숨소리만 들려왔어요. 그래서 나는 그 숨소리가 나는 쪽으로 걸어갔습니다. 그때 어떤 여자가 비명을 질렀어요—누군가가 죽어 있는데 내가 그것을 밟을 거라나요. 그러더니 그 여자는 비명을 지르면서 쏜살같이 내 옆을 지나 이 방에서 나갔지요."

나는 고개를 끄덕였다. 두 사람의 말이 똑같이 서로 일치하고 있었다.

"그러고는 어떻게 하셨나요?"

"난 손으로 더듬거리며 아주 조심스럽게 앞으로 걸어갔어요. 무언가 발끝에 닿더군요."

"그래서요?"

"무릎을 꿇었죠. 그러자 무엇인가 손에 닿았어요—남자의 손이었어요. 싸늘하게 식어 있더군요—맥박도 뛰지 않았고……. 나는 그 자리에서 일어나 여기로 와서 앉았지요—기다릴 참이었어요. 곧 사람들이 올 것이라고 생각했거든요. 누군지는 모르겠지만 그 젊은 여자가 신고할 것이 틀림없으니까요. 나는 집에 남아 있는 편이 좋을 거란 생각이 들었죠."

나는 이 부인의 침착함에 감탄했다. 그녀는 비명을 질러대지도, 공포에 사로잡혀 집 밖으로 뛰쳐나가지도 않았다. 다만 의자에 앉아서 다른 사람들이 오기만을 조용히 기다리고 있었던 것이다. 그것은 아주 분별 있는 행동이었고, 교양 있는 사람만이 취할 수 있는 태도였다.

"당신은 대체 누구죠?" 이번에는 그녀가 물었다.

"나는 콜린 램이라고 합니다. 이 근처를 우연히 지나가던 사람이죠."

"그 젊은 여자는 어디에 있나요?"

"잠시 길가 문기둥 옆에 앉혀 두었습니다. 그 아가씨는 너무 놀라서 정신이 없더군요. 여기서 가장 가까운 공중전화박스는 어디에 있습니까?"

"길을 약 50야드 정도 따라 내려가면 거리 모퉁이가 나오기 직전에 공중전화박스가 있어요."

"아, 맞습니다. 그걸 지나온 기억이 납니다. 경찰에 신고하고 오겠습니다. 그런데 당신은—"

나는 잠시 머뭇거렸다. '여기에 남아 있을 겁니까?'라고 해야 할지 혹은, '괜찮으시겠습니까?'라고 해야 할지 잘 몰랐기 때문이다. 그러나 그녀가 내 대신 결정을 내려주었다.

"그 아가씨를 이리로 데려오는 것이 좋을 것 같군요."

그녀가 망설임 없이 말했다.

"그 아가씨가 오려고 할지 모르겠는데요." 나는 자신 없이 대답했다.

"물론 이 방으론 말고요. 그 아가씨를 데리고 홀의 반대쪽에 있는 식당으로 오세요. 그 아가씨에게 내가 차대접을 하고 싶다고 전해 주시고요."

그녀가 일어서서 내 쪽으로 다가왔다.

"그렇지만—, 당신이 그런 일을 할 수 있을지—"

순간 그녀의 얼굴에 엷은 미소가 떠올랐다.

"걱정해 줘서 고맙지만, 난 이 집에서 살게 된 이후로 죽 혼자 밥을 해먹고 살아왔어요—벌써 14년이나 된걸요. 앞을 볼 수 없다는 것이 곧 아무것도 할 수 없는 것이라고 할 수는 없죠."

"제가 실수한 것 같군요. 죄송합니다. 그런데 저……, 성함이……?"

"밀리슨트 페브마시—아직 미혼이에요."

나는 집을 나와 정원의 길을 따라 내려갔다. 그 젊은 여자가 나를 보자 비틀비틀 일어섰다.

"저—지금은 기분이 훨씬 좋아진 것 같아요."

나는 그녀를 부축하며 밝게 말했다.

"좋아요."

"거기에 정말 죽은 사람이 있죠, 그렇죠?"

나는 즉시 그렇다고 말했다.

"정말 그렇더군요. 나는 곧 공중전화박스로 가서 경찰에 신고해야 되겠습니다. 내가 아가씨라면 그 집에 들어가 기다릴 게요."

나는 그녀가 뭐라고 반박하려는 것을 가로막으며 좀더 큰소리로 말했다.

"식당에 가 있도록 해요—현관에서 보면 왼쪽에 있어요. 페브마시 양이 아가씨에게 차대접을 하겠다고 했습니다."

"그러면 그녀가 바로 페브마시 양이었나요? 그녀는 장님이었죠?"

"그렇습니다. 이번 일은 그녀에게도 물론 충격적인 것이었습니다만, 지금은 이미 냉정을 되찾았더군요. 자, 내가 데려다 주지요. 경찰이 올 동안 차를 한 잔 마시면 기분이 훨씬 좋아질 겁니다."

나는 그녀의 어깨에 팔을 두르고 재촉하듯 그녀를 현관 쪽으로 데리고 갔다. 그녀를 식탁 테이블 앞에 편안하게 앉힌 다음 나는 전화를 걸기 위해 서둘러 밖으로 나왔다.

2

메마른 목소리가 전화를 받았다.

"크로딘 경찰서입니다."

"하드캐슬 경감 좀 바꿔 주시겠습니까?"

갑자기 목소리가 정중하게 변했다.

"지금 계신지 안 계신지 잘 모르겠는데요, 실례지만 누구시죠?"

"콜린 램이라고 전해 주십시오."

"잠깐만 기다리세요."

잠시 기다린 뒤에 딕 하드캐슬의 목소리가 들려왔다.

"콜린인가? 당분간은 못 볼 줄 알았는데 웬일인가? 지금 어디에 있는 건가?"

"여긴 크로딘입니다. 지금 윌브러햄 크레슨트 가에 와 있어요. 19번지 집 거실에 어떤 남자가 죽어 있더군요. 아마도 살해된 것 같습니다. 죽은 지는 약 반시간 정도 된 것 같고."

"누가 발견했나? 자넨가?"

"아닙니다. 나는 다만 우연히 이 근처를 지나가던 중이었죠. 갑자기 한 아가씨가 마치 지옥에서 박쥐가 튀어나오듯 그 집에서 뛰쳐나오더군요. 그 바람에 하마터면 내가 쓰러질 뻔했지요. 그녀는 그 집 거실 바닥에 어떤 남자가 죽어 있으며, 어떤 앞을 못 보는 여자가 그 시체를 밟으려 한다고 소리치더군요."

"자네, 설마 나를 놀리려는 것은 아니겠지?" 딕이 못 믿겠다는 듯 물었다.

"이상한 일이란 건 나도 인정합니다. 그렇지만 틀림없는 사실이라고요. 그 장님 여자는 그 집 주인인데, 밀리슨트 페브마시 양입니다."

"그럼 그녀가 시체를 밟으려 했다는 건가?"

"경감님이 생각하고 있는 것과는 틀립니다. 내 말은 그녀가 앞을 못 보기 때문에 거기에 시체가 있다는 것을 알지 못했다는 뜻이지요."

"알겠네. 내 곧 가보도록 하지. 거기서 기다리게. 그런데 그 젊은 여자는 어떻게 되었나?"

"페브마시 양이 그 아가씨에게 차를 끓여주고 있을 겁니다."

"아주 태평스런 소리를 하고 있구먼." 딕이 비꼬듯이 말했다.

제2장

월브러햄 크레슨트 19번지는 경찰 관계자들로 북적대고 있었다. 경찰의(警察醫)와 사진담당관, 지문담당관들이 몰려와서는 각자 맡은 일을 전문가들답게 능률적이면서도 아주 질서정연하게 처리해 내고 있었다.

마지막으로 하드캐슬 수사 경감이 도착했다. 그는 아주 특징 있는 눈썹과 무표정한 인상의 키가 크고 건장해 보이는 남자였다. 도착한 즉시 그는 자기가 불러온 각각의 전문가들이 일을 제대로 처리하고 있는지 살펴보기 시작했다. 그리고 난 뒤 마지막으로 시체를 조사하고는 경찰의와 몇 가지 간단한 말을 나눈 다음 식당 쪽으로 걸어갔다. 거기에는 비어 있는 찻잔을 앞에 두고 세 사람이 앉아 있었다.

그 세 사람은 페브마시 양과 콜린 램, 그리고 갈색 고수머리와 겁에 질린 듯한 큰 눈을 가진 키가 큰 아가씨였다.

'굉장한 미인인걸.'

경감은 마치 빠진 글을 다시 써넣듯 머릿속에 되새겼다.

그는 페브마시 양에게 자기를 소개했다.

"수사과의 하드캐슬 경감입니다."

그는 페브마시 양과 직업상의 문제로 만난 적은 없지만 그녀에 대해 조금은 알고 있었다. 그녀를 본 적도 있었으며, 그녀가 한때는 초등학교 교사였으나, 지금은 신체장애자들을 위한 애런버그 교육기관에서 맹인들에게 점자를 가르치고 있다는 것도 알고 있었다. 그런 여자의 검소하고 깨끗한 집 안에서 살해된 남자가 발견되었다는 건 정말로 믿기지 않는 사건이었다—그러나 세상에는 믿을 수 있는 일들보다 믿기 어려운 일들이 훨씬 자주 일어나는 법이다.

"정말 끔찍한 일이로군요, 페브마시 양." 그가 입을 열었다.

"아마 큰 충격을 받으셨겠지요. 그러나 모든 사건의 전말을 밝혀내기 위해서는 이 자리에 계신 여러분의 정확한 진술이 필요합니다. 제가 듣기로는 처음 시체를 발견한 분은—."

그는 조금 전에 건네받은 수첩을 재빨리 훑어보았다.

"셰일라 웨브 양이라고 하더군요. 페브마시 양, 실례가 안 된다면 부엌에서 웨브 양과 조용히 얘기 좀 나눴으면 하는데요."

그는 식당에서 부엌으로 통하는 문을 연 채 셰일라가 그곳을 지나갈 때까지 서 있었다. 부엌에서는 사복을 입은 젊은 형사 한 사람이 벌써 부엌 안에 놓여 있는 포마이카 탁자에 앉아서 무엇인가를 쓰고 있었다.

"이 의자가 편해 보이는군요."

하드캐슬 경감은 이렇게 말하면서 현대식으로 만들어진 윈저 의자를 셰일라 앞으로 끌어내 주었다. 셰일라는 신경질적으로 의자에 앉았다. 그리고 겁먹은 커다란 눈으로 경감을 바라보았다.

"당신을 잡아먹진 않아요, 아가씨."

하드캐슬은 하마터면 이렇게 말할 뻔했다. 그러나 그는 그 말을 간신히 입속으로 삼키고는 대신 이렇게 말했다.

"그렇게 걱정하지 않아도 됩니다. 우리가 알고 싶은 것은 그때의 정확한 상황일 뿐이니까요. 이름은 셰일라 웨브—주소는?"

"팔머스턴 로(路) 14번지예요—가스 공장 바로 위쪽이죠."

"예, 알고 있습니다. 직업은 있겠죠?"

"예. 속기 타이피스트예요—마틴데일 양의 사무실에 근무하고 있어요."

"캐븐디시 비서용역 사무실—정확히 얘기하자면 이런 이름이지요?"

"예, 그래요."

"거기에서 근무한 지는 얼마나 됩니까?"

"약 1년 정도예요. 정확히 얘기하자면 10개월이고요."

"그렇습니까. 그럼 아가씨가 윌브러햄 크레슨트 가 19번지에 오게 된 경위를 말해 주시겠습니까?"

"좋아요. 이렇게 된 일이에요."

세일라 웨브는 아까보다는 훨씬 더 자신 있게 자기가 이 집까지 오게 된 경위를 말해 주었다.

"바로 페브마시 양이 저희 사무실로 전화를 해서 3시에 여기로 속기 타이피스트를 보내 달라고 했어요. 제가 점심을 먹고 사무실로 돌아왔더니 마틴데일 양이 저에게 이리로 가라고 하더군요."

"그것이 순서였나요? 내 말은, 아가씨 차례여서 그렇게 된 것인가 하는 겁니다."

"그렇지는 않아요. 페브마시 양이 특별히 저를 불렀다니까요."

"페브마시 양이 특별히 아가씨를 불렀다고요?"

하드캐슬 경감의 눈썹이 그 말을 특히 마음에 두는 듯 움직였다.

"그랬군요……. 그것은 이전에도 아가씨가 그녀의 일을 해준 적이 있었기 때문입니까?"

"아뇨." 셰일라는 재빨리 대답했다.

"아니라고? 틀림없습니까?"

"아, 물론이에요. 그건 자신 있게 말할 수 있어요. 그녀는 한 번 만나면 쉽게 잊어버릴 수 있는 사람이 아니잖아요. 그러니까 아무리 생각해도 이상한 일이죠."

"좋습니다. 지금은 그 일에 대해서는 접어두기로 합시다. 아가씨가 여기 도착했을 때는 몇 시였죠?"

"3시 조금 전이었을 거예요. 왜냐하면 뻐꾹 시계가—."

그녀는 갑자기 말을 멈췄다. 그녀의 눈동자가 갑자기 휘둥그레졌다.

"이상해. 정말 이상한 일이야. 그때는 별로 이상하다고 여기지 않았지만."

"무엇이 말입니까, 웨브 양?"

"그건—시계 말이에요."

"어떤 시계?"

"뻐꾹 시계는 분명히 3시를 쳤는데, 다른 시계들은 전부 한 시간 정도 빨리 가고 있었어요. 정말 이상한 일이지 뭐예요!"

"그것참 이상한 일이구먼." 경감이 맞장구를 쳤다.

"그러면 아가씨가 시체를 처음 발견한 것은 언제쯤이었소?"

"소파 뒤로 돌아가려고 했을 때였어요. 그런데 거기에—, 사람이—, 있지 뭐예요. 무서웠어요, 정말로. 말로 표현하기 힘들 정도로요."

"당연히 무서웠겠죠. 그런데 아는 사람이었나요? 언젠가 아가씨가 만나본 적이 있는 사람이 아니었나요?"

"전혀 아니에요."

"틀림없겠죠? 그 사람은 평상시와는 조금 다르게 보일 수도 있어요. 잘 생각해 봐요. 틀림없이 한 번도 본 적이 없는 사람이었나요?"

"틀림없어요."

"좋아요. 그 점은 됐습니다. 그래서 어떻게 했습니까?"

"어떻게 했느냐고요?"

"예."

"글쎄—아무것도요……. 아무 일도 할 수가 없었어요."

"그럼 시체는 건드리지 않았겠군요?"

"아뇨—아뇨. 만졌어요—혹시나 하는 생각에서—, 그저 알아보느라고—, 그런데 아주 차가웠어요. 그리고—그리고—, 그리고 손에 피가 묻더군요. 끔찍했어요—그리고 찐득찐득했고요." 그녀는 떨기 시작했다.

"자, 자, 진정해요."

마치 큰아버지가 어린 조카를 달래듯 하드캐슬 경감이 말했다.

"지금은 다 끝난 일이오. 피 같은 것은 잊어버리도록 해요. 다음으로 넘어갑시다. 그다음 어떤 일이 일어났죠?"

"모르겠어요……. 아, 그래요, 그녀가 돌아왔어요."

"페브마시 양 말인가요?"

"예. 그때는 그녀가 페브마시 양이리라고는 생각지도 못했지만요. 그녀는 쇼핑 주머니를 들고 있었어요."

그녀는 쇼핑 주머니가 특히 마음에 걸린 듯 말에 힘을 주었다.

"그래서 뭐라고 했습니까?"

"말은 하지 않았던 것 같아요……. 말을 해보려고 애는 썼지만, 말이 나오질 않았어요. 마치 여기가 꽉 막혀 버린 것 같았거든요."

그녀는 자기 목구멍을 가리켰다.

경감은 고개를 끄덕였다.

"그리고, 그리고, 그녀가, '거기에 누가 있어요?'라고 묻더군요. 그러면서 소파 뒤로 돌아가는 거였어요. 그녀가 꼭 시체를 밟을 것만 같았어요. 그래서 전, 저도 모르게 비명을 질렀죠. 한번 비명을 지르기 시작하자 왠지 그 비명을 멈출 수가 없더군요. 그러곤 정신없이 방을 뛰쳐나가 현관문을 통해 밖으로—."

"마치 지옥에서 튀어나온 박쥐처럼 말이죠."

경감은 콜린이 한 말을 머리에 떠올렸다.

셰일라 웨브는 가엾게도 놀란 눈으로 그를 쳐다보다가 불쑥 말했다.

"죄송해요."

"미안할 것 없어요. 말씀을 아주 잘 해주셨습니다. 이제 더 이상은 이 일에 대해 생각할 필요가 없어요. 아, 참! 딱 한 가지만 더. 아가씨는 왜 그 방 안에 들어가 있었죠?"

"왜라뇨?" 그녀는 잠시 당혹스런 표정이 되었다.

"아가씨는 몇 분 빨리 여기에 도착했을 것이고, 그리고 벨을 눌렀겠죠. 그럼 아무 대답도 없었을 텐데 왜 아가씨는 집 안으로 들어갔나요?"

"아, 그것 말이로군요. 그건 그녀가 제게 그렇게 하라고 했기 때문이에요."

"누가?"

"페브마시 양 말이에요."

"그렇지만 아가씨는 그녀와 한 번도 얘길 해본 적이 없는 것 같은데?"

"그건 그래요. 그렇지만 마틴데일 양이 그렇게 말하던걸요. 그녀가 그렇게 말했다고요—제가 도착하면 그 집에 들어가 홀의 오른쪽 방에서 기다리라고."

"그렇습니까." 이렇게 말하면서 하드캐슬은 잠시 생각에 잠겼다.

셰일라 웨브가 머뭇거리며 물었다.

"이젠—됐겠죠?"

"그렇습니다. 그렇지만 어쩌면 아가씨에게 물어볼 것이 또 생각날지도 모르니까 한 10분 정도만 더 기다려 주지 않겠습니까? 그러고 나서 경찰차로 집까지 모셔다 드리지요. 그런데 가족은?—가족은 있겠지요?"
"부모님은 돌아가시고, 지금은 숙모님 댁에서 살고 있어요."
"숙모님 이름은?"
"로턴 부인이에요."
경감은 자리에서 일어서서는 그녀에게 한 손을 내밀었다.
"대단히 고마웠습니다, 웨브 양. 오늘 밤엔 가서 푹 쉬도록 하세요. 이런 일을 겪은 뒤에는 푹 쉬는 게 최고니까."
여전히 겁에 질린 표정으로 그녀는 경감에게 미소를 지어 보이고는 식당으로 돌아갔다.
"콜린, 웨브 양을 좀 돌봐주게나." 경감이 말했다.
"그다음 페브마시 양, 번거로우시겠지만 이쪽으로 와주시겠습니까?"
하드캐슬 경감은 한쪽 손을 내밀어 페브마시 양을 잡아주려고 했다. 그러나 그녀는 단호하게 그 손을 뿌리치고는 그의 옆을 지나 손끝으로 벽 쪽에 의자가 있는 것을 확인한 다음 그걸 한 자 정도 앞으로 잡아당겨 자리에 앉았다.
하드캐슬 경감은 문을 닫았다. 그가 말을 꺼내기도 전에 밀리슨트 페브마시가 불쑥 입을 열었다.
"그 젊은이는 누구죠?"
"이름은 콜린 램입니다만."
"그건 그에게 들어서 알고 있어요. 그런데 어떤 사람이죠? 왜 이곳에 오게 된 거예요?"
하드캐슬 경감은 약간 놀라서 그녀를 쳐다보았다.
"그는 웨브 양이 비명을 지르며 이 집에서 뛰쳐나갔을 때 우연히 밖을 지나가던 사람입니다. 그가 웨브 양의 비명을 듣고 이 집에 들어와서 사실을 확인한 뒤 경찰에 전화를 했더군요. 그래서 그에게 여기로 와서 기다리고 있으라고 한 겁니다."
"경감님은 그를 콜린이라고 부르셨죠?"
"매우 관찰력이 뛰어나시군요, 페브마시 양(관찰력이 뛰어나다는 말은 이번 경우에는 걸맞지 않을 수도 있다. 그렇지만 그밖에 다른 적당한 말이 없었던 것이다). 콜린은 제 친굽니다. 꽤 오랫동안 만나보지 못하기는 했지만."
그가 덧붙였다.
"그는 해양생물학자죠."
"아! 그러세요."
"그건 그렇고, 페브마시 양, 오늘 일어난 이 놀라운 사건에 대해 당신이 알고 있는 바를 말해 주셨으면 합니다만."
"좋아요, 그렇지만 사실 해 드릴 이야기가 별로 없군요."
"당신은 꽤 오랫동안 여기에서 사셨지요?"
"1950년부터예요. 본래 제 직업은 교사였어요. 그렇지만 시력이 나빠지기 시작해서 더 이상 어떻게 해볼 도리가 없게 되었고, 마침내 곧 장님이 될 거라는 선고를 받았지요. 저는 그때부터 점자같이 장님들에게 도움이 될 수 있는 여러 가지 기술을 익혀두었죠. 지금은 맹아와 신체장애자들을 위한 애런버그 교육기관에 근무하고 있어요."
"고맙습니다. 그런데 오늘 오후에 발생한 사건에 대해서 말인데요, 그 시간에 누가 이 집에 오기로 되어 있었습니까?"
"아뇨."
"혹시 특별히 생각나는 사람이 있을지도 모르니 제가 죽은 사람의 인상착의를 말해 드리겠습니다. 키는 5피트 9인치 또는 10인치, 나이는 약 60세, 검은색 머리에 회갈색 눈, 깨끗이 면도가 돼 있는 깡마른 얼굴, 고집스러워 보이는 턱. 영양상태는 좋은 편이나 살이 찐 것은 아님. 암회색 양복을 입고 있고 손은 손질이 잘돼 있음. 은행원이나 회계사, 변호사, 혹은 그 밖의 지적인 직업에 종사하는 사람으로 추정됨. 자, 누구 아는 사람 중에서 비슷한 인물이 없습니까?"
대답을 하기 전에 밀리슨트 페브마시는 곰곰이 생각을 했다.
"잘 생각이 나지 않는군요. 그것만으로는 너무 막연하거든요. 아마 인상이 비슷한 사람이 몇 있기는 하겠지요. 제가 몇 번 우연히 만났거나 본 사람일 수는 있겠지만, 분명히 제가 잘 알고 있는 사람은 아닙니다."
"최근에 당신을 만나러 오겠다고 편지를 보낸 사람도 없었습니까?"

"전혀요."

"잘 알겠습니다. 그런데 당신은 캐븐디시 비서용역 사무실에 전화를 걸어 속기 타이피스트 한 명을 보내 달라고 하셨죠? 그리고—."

갑자기 그녀가 그의 말을 가로막았다.

"죄송합니다만, 저는 그런 부탁을 한 적이 없는데요."

"캐븐디시 사무실에 전화를 건 적이 없다고요—?"

하드캐슬 경감은 의외라는 듯이 그녀를 빤히 쳐다보았다.

"더군다나 우리 집에는 전화도 없는걸요."

"거리 끝에 공중전화가 있던데?" 경감이 말했다.

"예, 그래요. 그렇지만, 하드캐슬 경감님, 저는 속기사를 부른 적이 없어요. 다시 말씀드리자면, 전 그 캐븐디시란 곳으로 전화를 걸어 그런 부탁을 한 적이 없습니다. 그건 분명히 말씀드릴 수 있어요."

"아니, 특별히 셰일라 웨브를 보내 달라고 한 적이 없다는 말인가요?"

"그런 이름은 들어본 적도 없습니다."

하드캐슬 경감은 놀라서 그녀의 얼굴만 빤히 쳐다보았다.

"당신은 현관문을 잠가놓지도 않았습니다." 경감이 지적했다.

"낮에는 종종 그럴 때가 많아요."

"누가 들어올지도 모르는데?"

"이번이 그런 경우에 해당되겠죠." 페브마시 양이 담담하게 말했다.

"페브마시 양, 검시관에 따르자면 그 남자는 대략 1시 반에서 2시 45분 사이에 살해됐습니다. 그 시간에 당신은 어디 계셨습니까?"

페브마시 양은 잠시 생각에 잠겼다.

"1시 반에는 아마 집을 나왔거나, 아니면 집을 나오려고 준비를 하고 있었을 거예요. 몇 가지 살 물건이 있었거든요."

"어디에 갔었는지 정확히 말해 주실 수 있습니까?"

"그럼요. 먼저 앨버니 로(路)에 있는 우체국에 갔었죠. 거기서 소포를 하나 부치고 우표를 몇 장 샀습니다. 그런 다음 몇 가지 가정용품을 사야 했기 때문에 쇼핑을 했죠. 그래요. 전 '필드 앤드 워렌'이라는 포목상에서 특허 파스

너(문 따위를 걸어 매는 장치)와 안전핀을 샀어요. 그러고는 집으로 돌아왔습니다. 그때의 시간을 정확히 말할 수도 있어요. 문에 들어설 때 뻐꾹 시계가 3시를 쳤으니까요."

"다른 시계들은?"

"무슨 말씀이신지……?"

"댁에 있는 다른 시계들은 모두 한 시간 정도 빨리 가고 있었습니다."

"빨리 가고 있었다뇨? 경감님은 구석에 있는 괘종시계를 말씀하시는 건가요?"

"그것뿐만이 아니고—거실에 있는 다른 시계들도 전부 그렇더군요."

"경감님이 '다른 시계들'이라고 말씀하시는 이유를 모르겠군요. 거실에 다른 시계들이 있을 리가 없을 텐데요."

제3장

하드캐슬 경감은 어리둥절했다.

"뭐라고요? 페브마시 양, 그게 정말입니까? 그러면 벽난로 선반 위에 있는 저 아름다운 드레스덴 자기로 된 시계는 어떻게 된 겁니까? 그리고 도금된 작은 프랑스제 시계는? 게다가 은제 마차 시계와, 아, 그래요, 한쪽 귀퉁이에 '로즈메리'라고 적혀 있는 시계는 또 뭐죠?"

이번에는 페브마시 양이 어리둥절한 표정이 되었다.

"경감님, 저와 경감님 중에서 어느 한 사람은 정신이 이상해진 모양이군요. 분명히 말하지만, 이 집엔 드레스덴 자기로 된 시계나, 한쪽에 무슨 글씨라나 하는—그, 뭐라고 하셨죠? 아, '로즈메리'라고 적혀 있다는 시계 같은 것은 없어요—도금된 프랑스제 시계라는 것도. 또 하나는 뭐라고 하셨죠?"

"은제 마차 시계입니다." 하드캐슬 경감이 기계적으로 대답했다.

"그런 시계도 없어요. 제 말을 못 믿겠다면 이 집에 청소하러 오는 파출부에게 물어보세요. 그녀 이름은 커틴 부인이에요."

하드캐슬 경감은 뒤통수를 한 대 얻어맞은 듯한 느낌이었다. 페브마시 양의 목소리는 아주 확신에 차 있고 분명했으며, 또한 믿을 만했다.

그는 잠시 생각에 잠겼다. 그러고 나서 자리에서 일어섰다.

"페브마시 양, 저와 함께 그 방으로 가보는 것이 어떻겠습니까?"

"좋아요. 솔직히 말하자면 저 역시 그 시계들을 보고 싶군요."

"보고 싶다고요?" 경감이 의아하다는 듯 되물었다.

"하긴 조사한다는 말이 더 적절할지도 모르겠군요. 하지만, 경감님, 앞을 못 보는 사람들도 분명히 자신들에게 해당되지 않는 말이지만 어법상 편리하게 사용할 수는 있지 않겠어요? 제가 그 시계들을 보고 싶다고 한 것은 곧 그것들을 제 손가락으로 조사하고 만져보고 싶다는 뜻이죠."

페브마시 양보다 앞서서 하드캐슬 경감은 부엌을 나와 작은 홀을 지나 거실로 들어갔다. 지문담당관이 고개를 들고 그를 쳐다보며 말했다.

"여기 일은 거의 끝났습니다, 경감님. 뭐든지 만져보셔도 좋습니다."

경감은 고개를 끄덕이고는 한쪽 귀퉁이에 '로즈메리'라고 쓰여 있는 작은 여행용 시계를 페브마시 양의 손에 쥐여주었다. 그녀는 아주 꼼꼼하게 그것을 만져보았다.

"평범한 여행용 시계 같군요. 접는 부분은 가죽으로 돼 있고. 하드캐슬 경감님, 이것은 제 것이 아니에요. 그리고 적어도 제가 1시 반에 집을 나설 때까지는 분명히 이 방 안에 없었다고 장담할 수 있습니다."

"고맙습니다."

경감은 그녀에게서 그것을 되받았다. 그리고 조심스럽게 벽난로 선반에서 작은 드레스덴 시계를 들어 내렸다.

"이것은 조심스럽게 다뤄야 합니다. 깨지기 쉬운 것이니까."

그녀의 손에 그 시계를 쥐여주면서 그가 말했다. 밀리슨트 페브마시는 가느다랗고 예민한 손끝으로 자기로 된 그 작은 시계를 만져보았다. 그러고는 고개를 흔들었다.

"아주 예쁜 시계 같군요." 그녀가 말했다.

"하지만 제 것은 아니에요. 이게 어디에 있었다고 하셨죠?"

"벽난로 선반 위 오른쪽이오."

"거기에는 자기로 된 촛대가 한 쌍 놓여 있을 텐데요."

"그렇습니다. 촛대는 있습니다만 한쪽 구석으로 밀려 있군요."

"이외에도 또다른 시계가 있다고 하셨죠?"

"두 개가 더 있습니다."

경감은 드레스덴 자기 시계를 돌려받고 그녀에게 도금이 된 작은 프랑스제 시계를 건네주었다. 그녀는 그것을 재빨리 만져보더니 그에게 돌려주었다.

"이것도 제 것이 아니에요."

경감이 마지막 남은 은제 시계를 그녀에게 건네주자 그녀는 그것도 돌려주었다.

"본래 이 방에 있는 시계라고는 창 옆 저쪽 구석에 있는 괘종시계하고—."

"그건 틀림없이 있습니다."

"—그리고 문 가까이의 벽에 걸려 있는 뻐꾹 시계뿐입니다."

하드캐슬 경감은 그다음 무슨 말을 해야 할지 할 말을 잊어버렸다. 그는 자기 앞에 있는 이 여자가 그의 조사하는 듯한 시선을 되받지 못하리라는 사실을 알고 있었기 때문에 다소 여유 있는 마음으로 그녀를 샅샅이 훑어보았다.

무엇인가를 골몰히 생각하고 있는 듯 그녀의 이마에는 주름이 잡혀 있었다. 그러더니 그녀가 날카롭게 말했다.

"전 이해가 가지 않는군요. 정말로 이해할 수가 없어요."

그녀는 자기가 방의 어느 쪽에 있는지 잘 알고 있는 듯 한 손을 뻗치더니 자리에 앉았다. 하드캐슬 경감은 문 옆에 서 있는 지문담당관을 쳐다보았다.

"이 시계들은 다 조사해 보았겠지?" 그가 물었다.

"하나도 빠짐없이 다 조사했습니다, 경감님. 도금한 시계에는 만진 흔적이 전혀 없는데, 그건 당연한 일이라고 하겠지요. 표면이 이래서는 지문이 남을 리가 없으니까요. 저 자기로 된 시계도 마찬가지입니다. 그러나 가죽으로 된 여행용 시계나 은제 시계에도 지문이 전혀 없었는데, 그건 좀 이상한 일이지요—거기엔 지문이 묻어 있어야 하거든요. 아무튼 그 시계들은 모두 태엽이 감겨 있지 않았을뿐더러 모두 같은 시간에 멈춰져 있었습니다—4시 13분에요."

"이 방에 있는 다른 물건들은 어떤가?"

"이 방에는 서너 가지 다른 지문들이 있긴 했지만 전부 여자들 것으로 보입니다. 그리고 시체의 옷 주머니에 들어 있던 물건들은 전부 꺼내 탁자 위에 두었습니다."

지문담당관은 머리로 탁자 위에 놓여 있는 한 뭉치의 물건을 가리켰다.

하드캐슬 경감은 그쪽으로 가서 그것들을 살펴보았다. 7파운드 10실링과 동전 몇 푼이 들어 있는 지갑, 무늬 없는 비단 손수건, 알약 소화제가 들어 있는 작은 상자, 그리고 명함이 한 장 있었다. 하드캐슬 경감은 허리를 굽혀 명함을 읽어보았다.

런던 서2구 덴버스 가(街) 7번지
메트로폴리스 앤드 프로빈셜 보험회사
Mr. R H. 커리

경감은 페브마시 양이 앉아 있는 소파 쪽으로 되돌아왔다.

"혹시 보험회사 직원이 오기로 되어 있지 않았습니까?"

"보험회사라고요? 아뇨, 전혀."

"회사 이름은 메트로폴리스 앤드 프로빈셜 보험회사입니다만."

페브마시 양은 고개를 흔들었다.

"그런 회사는 들어본 적도 없어요."

"혹시 어떤 보험에 들려고 한 적도 없습니까?"

"아뇨, 없어요. 화재보험과 도난보험은 여기에 지점이 있는 조브 보험회사와 계약을 맺고 있습니다. 생명보험에는 들지 않았고요. 왜냐하면 가족이나 가까운 친척이 없기 때문에 생명보험에 들어도 쓸모가 없으니까요."

"아, 그렇겠군요. 그렇다면 혹시 커리라는 이름을 들어본 적은 없습니까? R. H. 커리 씨라고 하는데."

그는 그녀의 얼굴을 한참 바라보았다. 그녀의 얼굴에는 아무 표정도 나타나지 않았다.

"커리?" 그녀는 그 이름을 몇 번 중얼거려 보더니 고개를 저었다.

"흔한 이름은 아니군요. 어떻든 전 그런 이름을 들어본 적도 없고, 제가 아는 사람 중에는 그런 이름을 가진 사람도 없어요. 그게 죽은 사람의 이름인가요?"

"그런 것 같습니다." 경감이 말했다.

페브마시 양은 잠시 주저하는 것 같더니 이윽고 이렇게 말했다.

"저 제가 한번 만져 봐도—, 괜찮다면—."

그는 그녀가 하는 말을 곧 알아차렸다.

"그렇게 해주시겠습니까, 페브마시 양? 염치없는 부탁이긴 합니다만. 나는 이런 쪽에 대해서는 잘 모릅니다만 그 남자가 어떻게 생겼는지 인상착의를 듣기보다는 직접 손으로 만져보는 편이 훨씬 알기 쉬울 것 같군요."

"그건 확실히 그렇죠. 그렇게 해야 하는 것은 결코 기분 좋은 일이 아니지만, 경감님께 도움이 된다면 기꺼이 해보겠어요."

"고맙습니다. 자, 이쪽으로―."

그는 그녀를 소파 뒤쪽으로 데리고 가서 그녀에게 무릎을 꿇도록 한 뒤에 그녀의 손을 살며시 죽은 남자의 얼굴로 가져갔다.

그녀는 아주 침착했으며, 아무런 동요도 보이지 않았다. 그녀의 손가락은 머리에서 귀 쪽으로 더듬어 내려가다 왼쪽 귀 뒤에서 잠깐 멈칫했으나 곧 코, 입, 턱의 순서로 윤곽을 더듬어 내려갔다. 그런 뒤 그녀는 머리를 저으면서 일어섰다.

"그가 어떻게 생겼는지 확실히 알 수 있을 것 같군요. 그렇지만 이 사람은 제가 아는 사람도, 본 적이 있는 사람도 아닙니다."

지문담당관이 기구를 정리하여 밖으로 나가다 문 뒤에서 고개를 내밀었다.

"시체를 운반할 사람들이 왔습니다." 그가 시체를 가리키며 말했다.

"그걸 밖으로 내가도 될까요?"

"좋아." 하드캐슬 경감이 말했다.

"페브마시 양, 이쪽으로 와서 앉으시지요."

그는 그녀를 구석에 있는 의자에 데려다 앉혔다.

두 사람이 방 안으로 들어와서는 전문가답게 숙련되고 신속한 동작으로 커리의 시체를 밖으로 운반해 갔다. 경감은 문까지 따라나갔다 다시 거실로 돌아와서 페브마시 양 옆에 앉았다.

"정말 이상한 사건이로군요, 페브마시 양." 그가 말했다.

"만일을 위해서 다시 당신에게 사건의 전말을 간추려서 요점만 말해 드릴 테니 맞는지 확인해 주십시오. 그래서 잘못된 점은 지적해 주시고요. 본래 오늘 당신을 찾아올 사람은 아무도 없었습니다. 보험에 대해서 물어볼 만한 일이 있었던 것도 아니고, 또 오늘 찾아오겠다는 보험회사 직원의 편지도 받지 않았습니다, 맞습니까?"

"예, 맞아요."

"당신은 속기 타이피스트나 속기사를 쓸 필요도 없었으며, 캐븐디시 비서용역 사무실에 전화를 걸지도, 3시에 여기로 사람을 한 명 보내 달라고 하지도 않았습니다."

"그 점도 틀림없어요."

"당신이 1시 반경 집을 나설 때까지 이 방에는 오직 뻐꾹 시계와 괘종시계 두 개밖에 없었고, 그 밖의 다른 시계는 하나도 없었습니다."

페브마시 양은 바로 대답을 하려다가 잠시 머뭇거렸다.

"아주 정확히 말하자면, 그 점에 대해서는 확실하다고 할 수는 없을 것 같군요. 전 눈이 보이지 않기 때문에 보통 때는 이 방에 없던 물건이 있다든가, 아니면 있던 물건이 없어졌다든가 하는 것은 알 수가 없거든요. 말하자면, 제가 가장 최근에 이 방에 있는 물건을 확인한 것은 오늘 아침 일찍 청소할 때였어요. 그때는 모든 것이 다 제자리에 놓여 있었죠. 파출부들은 언제나 방 안에 있는 물건들을 함부로 다루기 때문에 이 방은 대개 제가 직접 청소하고 있거든요."

"오늘 아침 내내 집을 비워두셨나요?"

"예, 그랬죠. 평상시와 같이 10시에 애런버그 교육기관에 출근했습니다. 그리고 12시 50분까지는 수업이 있었어요. 1시 15분경에 집으로 와서 부엌에서 계란 프라이와 차를 한 잔 마셨고, 아까도 말했듯이 1시 반에 다시 외출을 했죠. 식사는 부엌에서만 했고, 그때 이 방 안에는 들어오지 않았었습니다."

"알겠습니다. 오늘 아침 10시까지는 나머지 시계들이 없었다고 분명히 말할 수 있지만, 그 뒤에는 가지고 들어올 수도 있었다는 말이로군요?"

"그 문제에 대해서는 커틴 부인에게 물어봐야 할 거예요. 그녀는 대개 10시경에 와서 12시경에는 돌아가거든요. 그녀는 디퍼 가(街) 17번지에 살고 있습니다."

"고맙습니다, 페브마시 양. 이번에는 다음과 같은 사실들로 넘어가 봅시다. 여기에 대해서 어떤 생각이 떠오르면 즉시 말씀해 주십시오. 오늘 몇 신가에 4개의 시계들이 여기로 들어왔습니다. 4개의 시곗바늘은 모두 4시 13분으로 되어 있고요. 자, 그 시간에 대해서 뭔가 생각나는 게 없습니까?"

"4시 13분?" 페브마시 양이 고개를 흔들었다.

"전혀요."

"그러면 시계에서 죽은 사람 쪽으로 가봅시다. 당신이 파출부에게 어떤 사람이 올 것이라고 말해 두지 않은 이상 파출부가 그를 집 안으로 들어오게 해서 기다리도록 했다고 생각할 수 없습니다. 그러나 그 점에 대해서는 그녀에게 물어보기로 하지요. 아마 그 남자는 어떤 업무상의 일이나, 또는 사적인 일 때문에 당신을 만나러 여기에 왔습니다. 그리고 1시 반에서 2시 45분 사이에 칼에 찔려 살해됐습니다. 그가 미리 약속이 되어 있었는지 어쩐지 그 일에 대해서는 아는 것이 없다고 말씀하셨고, 아마도 보험과 어떤 연관이 있으리라고 추정은 됩니다만—그 점에 대해서도 아는 바가 없다고 했습니다. 문은 잠겨 있지 않았으니까 그가 안으로 들어와 당신을 기다릴 수는 있었을 겁니다—하지만 왜 그랬을까요?"

"도무지 미친 짓이에요." 페브마시 양이 화가 난다는 듯이 말했다.

"그럼, 경감님은 그 커리라고 하는 남자가 그 시계들을 가져왔다고 보시나요?"

"그 어디에도 그것을 담아온 흔적이 없습니다. 그가 4개나 되는 시계를 주머니에 넣어왔다고는 볼 수가 없겠지요. 자, 페브마시 양, 잘 생각해 보십시오. 시계와 관련시켜 어떤 연상이나, 머릿속에 떠오르는 생각 같은 것은 없습니까? 혹시 시계가 아닌 '시간'에 대해서라도? 4시 13분, 4시 13분 말입니다."

그녀는 고개를 저었다.

"아까부터 생각해 봤지만 이 일은 미친 사람이 한 짓이거나, 아니면 그가 집을 잘못 찾아 들어온 것이라고밖에 생각되지 않아요. 하지만 그렇다고 해도 설명이 안 되기는 마찬가지예요. 경감님, 역시 전 도와드릴 수가 없군요."

그때 젊은 경관 한 사람이 안을 들여다보았다.

하드캐슬 경감은 홀에서 그와 몇 마디 이야기를 나눈 뒤 문까지 따라나갔다. 그는 거기에서 그 경관과 잠시 이야기를 했다.

"자네는 저 젊은 아가씨를 집까지 모셔다 드리게. 주소는 팔머스턴 로(路) 14번지일세."

그는 돌아서서 식당으로 갔다. 부엌으로 통하는 문이 열려진 채 페브마시 양이 싱크대에서 무언가를 씻고 있는 소리가 들렸다. 그는 문 앞에 섰다.

"페브마시 양, 저 시계들을 가져갈까 하고요. 대신 영수증을 써 드리겠습니다."

"그런 것은 상관없어요, 경감님—그것들은 제 것이 아니니까요—."

경감은 셰일라 웨브 쪽을 돌아다보았다.

"웨브 양, 이젠 집으로 돌아가도 좋습니다. 경찰차로 모셔다 드리지요."

셰일라와 콜린은 자리에서 일어섰다.

"콜린, 이 아가씨를 차가 있는 곳까지 바래다 드리겠나?"

경감은 그 말을 하고 의자를 탁자 쪽으로 당겨 앉고는 영수증을 쓰기 시작했다. 콜린과 셰일라는 밖으로 나와 현관 길을 걷기 시작했다.

갑자기 셰일라가 걸음을 멈췄다.

"아, 내 장갑—그것을 두고 왔어요—."

"내가 가져다주지요."

"아니에요—그것을 어디다 두었는지 알아요. 이제는 괜찮아요—그 시체는 벌써 실려나갔잖아요."

그녀는 종종걸음으로 되돌아갔다. 그리고 잠시 뒤에 다시 돌아왔다.

"아까는—너무 바보 같은 짓을 해서 죄송해요."

"누구든 그렇게 했을 겁니다." 콜린이 말했다.

셰일라가 차에 타자 하드캐슬 경감이 그들에게로 다가왔다. 그리고 차가 떠나고 나자 그는 젊은 경관에게로 돌아섰다.

"거실에 있는 시계들을 잘 싸가지고 오게—벽에 있는 뻐꾹 시계와 큰 추가 달린 괘종시계는 빼고 전부 다 말일세."

그는 몇 가지 지시를 더 내리고 그의 친구 쪽으로 돌아섰다.

"지금부터 뭣 좀 알아보러 가야겠는데, 같이 가겠나?"

"그러시죠." 콜린이 말했다.

콜린 램의 이야기

“어디로 가는 겁니까?” 나는 딕 하드캐슬에게 물었다.

그는 운전사에게 말했다.

“캐븐디시 비서용역 사무실로 가게. 팰리스 가(街)에 있네. 에스플러네이드 쪽으로 향해 봤을 때 오른쪽에 있지.”

“알겠습니다.”

차는 달리기 시작했다. 그때에는 벌써 꽤 많은 사람들이 모여들어 호기심에 가득 찬 눈초리로 그 집을 쳐다보고 있었다. 그 오렌지색 고양이는 아직도 옆집인 다이애나 로지의 문기둥 위에 앉아 있었다. 이제는 얼굴은 닦지 않고 이상하게 조용히 앉아 가끔 꼬리를 흔들며 고양이나 낙타에게서 흔히 볼 수 있는, 사람들을 조롱하는 듯한 그 독특한 눈초리로 주위에 모여든 사람들을 내려다보고 있었다.

“우선 비서용역 사무실부터 들르고, 그다음에는 파출부에게로 가보도록 하세.” 하드캐슬이 말했다.

“시간은 자꾸 흘러가고 있네.” 그는 시계를 흘끗 쳐다보았다.

“4시가 넘었군.” 그는 잠깐 말을 멈췄다가 계속했다.

“아주 매력적인 아가씨였지?”

“정말 그렇더군요.” 내가 말했다

그는 재미있다는 표정으로 나를 보았다.

“그러나 그 아가씨의 말이 너무 괴상해. 가능한 한 빨리 확인해 둘수록 좋은 일이지.”

"설마 경감님은 그 아가씨가—."

그는 내 말을 가로막았다.

"나는 항상 시체를 발견한 사람에게 관심을 두고 있다네."

"그러나 그 아가씨는 겁에 질려 반미치광이 상태였었는데. 그녀가 지르는 비명 소리를 경감님이 듣기라도 했다면……."

그는 다시 짓궂은 표정으로 나를 보면서, 그녀는 아주 매력적인 아가씨라고 되풀이 말했다.

"그런데, 콜린, 자네는 왜 윌브러햄 크레슨트 가에서 배회하고 있었나? 빅토리아 여왕시대의 고풍적인 건축 양식을 감상이라도 하고 있었나? 아니면 다른 볼일이라도 있었던 건가?"

"볼일이 좀 있었죠. 나는 61번지 집을 찾고 있는 중이었거든요—결국 찾지는 못했지만 말입니다. 아마 그런 번지수는 없던 모양입니다."

"아니. 분명히 있을걸. 내가 알기로는 아마 88번지까지 있을 걸세."

"그렇지만, 딕, 내가 28번지까지 가보았는데 거기가 윌브러햄 크레슨트 가의 끝이던걸요."

"거기 처음 가는 사람들은 항상 그래서 골탕을 먹곤 하지. 자네가 오른쪽으로 돌아서 앨버리 로로 들어선 다음 다시 오른쪽으로 돌아서게 되면 윌브러햄 크레슨트의 나머지 한쪽을 찾을 수 있었을 걸세. 집들이 서로 등을 대고 세워져 있기 때문이지. 뒤뜰이 서로 마주 보고 있는 그런 모습이야."

"그랬었군요."

그가 그곳의 특수한 지리를 자세히 설명해 주었을 때에야 비로소 나는 겨우 이해가 되었다.

"런던에 있는 스퀘어나 가든 같은 곳이로군요. 온슬로 스퀘어가 그렇지 않던가요? 카도건도 그런 식이고요. 스퀘어의 한쪽 편을 걷고 있을라치면 어느새 플레이스나 가든이 되어버리곤 하지요. 택시 운전사들도 종종 길을 잃고 헤매곤 한답니다. 어쨌든 61번지가 존재하고 있다니 다행입니다. 그런데 거기에 누가 살고 있는지 알고 있나요?"

"61번지에 말인가? 어디 보세……그래, 아마 블랜드라는 건축업자일 걸세."

"맙소사. 별 볼일 없게 되어버렸군."

"그럼 자네는 건축업자를 찾고 있었던 게 아니란 말인가?"

"아니, 나는 그 집에 사는 사람이 건축업자일 줄은 전혀 생각지도 못했는걸요. 아마도 그는 아주 최근에 이곳으로 이사 왔거나, 아니면 최근에 사업을 시작하진 않았나요?"

"내가 알기로는 블랜드는 여기에서 태어났네. 그래, 그는 분명히 이곳 태생일세—여러 해 동안 그 사업을 해왔고 말이야."

"이거 맥빠지는 노릇인걸."

"그는 아주 질이 나쁜 건축업자야." 하드캐슬이 격려해 주듯 말했다.

"질 나쁜 재료만 사용해서 겉보기에는 번지르르한 집을 짓지만, 그 집에서 살아보면, 곧 여기저기 허물어진다든가 뭔가 비틀린다든가 하게 되지. 때로는 법에 저촉될 듯 말 듯하면서도 잘도 피해 나가거든. 아무튼 나쁜 짓에는 머리가 상당히 잘 돌아가는 친구야—간신히 경찰의 눈을 피해 가고 있긴 하지만 말이야."

"내 흥미를 끌려고 하지는 마세요, 딕. 내가 찾고 있는 사람은 아주 성실하고 정직한 사람이란 말입니다."

"블랜드는 한 1년 전쯤에 거금을 손에 넣게 되었지—아니, 사실은 그가 아니고 그 마누라라고 해야 옳겠군. 그녀는 캐나다인인데 전쟁통에 이곳으로 건너왔다가 블랜드를 만났지. 그녀 집에서는 그와 결혼하는 걸 반대했지만 그녀가 결국 그와 결혼해 버리자 인연을 끊어버리고 말았다네. 그런데 작년에 그녀의 큰아버지가 죽고, 그 큰아버지의 외아들마저도 항공사고인지 전쟁통에 전사했다던가 하는 일로 죽어버려 블랜드 부인이 유일한 유산상속자가 되었다네. 덕분에 블랜드는 파산을 면하게 되었고 말이야."

"경감님은 블랜드에 대해 많은 것을 알고 있는 것 같군요."

"뭐 그쯤이야—그래, 사실 세무서에서는 하룻밤 사이에 갑자기 부자가 된 사람에게 항상 신경을 쓰고 있지. 혹시 사기라도 쳐서 모은 돈이 아닌가 하고 말이야—그래서 그의 주변을 조사해 보게 되었다네. 조사해 본 결과 특별히 의심받을 만한 점은 없더군."

"어쨌든, 나는 갑자기 부자가 된 사람에 대해서는 별로 흥미가 없어요. 내가 조사하고 있는 일은 그런 종류가 아닙니다."

"아니라고? 전에는 그렇지 않았잖은가?"

나는 고개를 끄덕였다.

"그럼 그 일은 다 끝났나? 아니면, 아직도 하는 중인가?"

"다 얘기하자면 길어집니다." 나는 말을 얼버무렸다.

"오늘 밤엔 예정대로 저녁을 같이 할 수 있을까요? 아니면, 이 사건 때문에 취소되는 건가요?"

"아니야. 그럴 필요까지는 없네. 지금은 경찰기구를 움직이도록 하면 될 테니까. 우리는 커리에 대한 것은 모두 알아볼 참이네. 그가 누구며 어떤 일을 하는 사람인지 알아내기만 한다면, 그가 세상에서 사라져 주기를 바라는 사람의 대략적인 윤곽이라도 잡히지 않겠는가." 그는 창밖을 바라보았다.

"다 온 것 같군."

캐븐디시 비서용역 사무실은 팰리스 가(街)라고 불리는 그럴듯한 이름을 가진 상점가 중심부에 자리 잡고 있었다. 그곳도 부근에 있는 대부분의 건물들이 그렇듯 빅토리아 여왕시대의 건물을 개축한 것이었다. 같은 건물 오른쪽에는 예술 사진과 에드윈 글렌이라는 간판이 걸려 있었으며, 어린이들 사진, 결혼식 사진 등등에 대한 전문가라고 적혀 있었다. 그러한 글들을 뒷받침하기라도 하듯 쇼윈도에는 젖먹이로부터 6살에 이르는 어린애들의 크고 작은 갖가지 사진들이 진열되어 있었다. 젊은 부부의 사진도 여러 장 끼어 있었으며, 생글생글 웃고 있는 신부와 계면쩍은 듯한 표정의 신랑 사진도 있었다.

캐븐디시 비서용역 사무실의 또다른 한쪽에는 오래전에 세워져서 이제는 구식이 되어버린 석탄상들의 사무실이 있었다. 다시 그 옆으로는 매우 오래된 구식 건물 몇 채를 허물어내고는 '오리엔트 카페 앤드 레스토랑'이라는 화려한 간판이 걸린 으리으리한 3층 건물이 들어서 있었다.

하드캐슬과 나는 4층 계단을 올라가서 열려져 있는 앞문을 지나 '안으로 들어오십시오'라는 안내문을 따라 주저하지 않고 안으로 들어섰다. 그곳은 꽤 넓은 사무실이었는데, 세 명의 젊은 여직원들이 열심히 타이프를 치고 있었다.

그중 두 명의 여직원은 낯선 사람이 들어왔는데도 조금도 신경을 쓰지 않은 채 계속 타이프만 치고 있었다. 그런데 입구 바로 앞쪽에 전화가 놓여 있는 책상에서 타이프를 치고 있던 세 번째 여직원이 손을 멈추고 무슨 일이냐는 듯 우리를 쳐다보았다. 그녀는 과자 같은 것을 입속에서 오물거리고 있었는데, 그것을 입속 적당한 곳에 밀어 넣고는 마치 약간 편도선에 걸린 것 같은 목소리로 물었다.

"무슨 일로 오셨나요?"

"마틴데일 양이 안에 계신가요?" 하드캐슬이 물었다.

"지금 전화를 받고 계실 텐데요—." 그때 찰칵 하는 소리가 들리자 그녀는 수화기를 들고 스위치를 누른 뒤 말했다.

"마틴데일 양, 남자 두 분이 좀 만나뵙고 싶다는데요."

그녀가 우리를 쳐다보고는 물었다.

"성함이 어떻게 되시죠?"

"하드캐슬이라고 합니다." 딕이 말했다.

"하드캐슬 씨라는 분인데요, 마틴데일 양."

그녀는 수화기를 제자리에 놓고는 자리에서 일어섰다.

"자, 이쪽으로 오세요."

이렇게 말하면서 그녀는 '마틴데일 양'이라는 놋쇠로 된 이름이 붙어 있는 문으로 갔다. 그녀는 문을 열고 문에 몸을 바짝 붙여 우리를 방 안으로 들어가게 한 다음, "하드캐슬 씨입니다."라고 말하고 우리 뒤에서 문을 닫았다.

마틴데일 양은 커다란 책상 뒤에 앉은 채 우리를 쳐다보았다. 그녀는 뒤로 틀어올린 불그레한 머리카락과 기민한 눈초리를 한, 쉰 살 정도의 유능해 보이는 여자였다. 그녀는 우리를 번갈아 쳐다보았다.

"하드캐슬 씨는 어느 분이죠?"

딕이 명함을 한 장 꺼내어 그녀에게 건네주었다. 나는 문 옆에 놓인 등받이가 곧은 의자에 되도록 눈에 띄지 않게 자리를 잡고 앉았다. 마틴데일 양은 모랫빛 눈썹을 치켜뜨면서 다소 불쾌하고 의외라는 듯한 표정을 지었다.

"수사과의 하드캐슬 경감님이시라고요? 그런데 무슨 일인가요, 경감님?"

"잠깐 물어볼 말이 있어서요, 마틴데일 양, 당신이라면 도와줄 수 있을 거라고 생각해서 말이죠."

그의 말투에서 나는 딕이 애교 섞인 우회전술을 쓸 작정이라는 것을 알아차렸다. 그러나 마틴데일 양에게 그런 애교가 효과가 있을지는 의심스러운 일이었다. 그녀는 프랑스인들이 소위 '무서운 여자'라고 일컫는 그런 형의 여자였기 때문이다.

나는 방 안을 둘러보았다. 마틴데일 양의 책상 위쪽 벽에는 사인이 들어 있는 사진이 몇 장 걸려 있었다. 그중 한 장은 나와도 약간 안면이 있는 추리작가인 애리어든 올리버의 사진이라는 것을 알아차렸다. 거기에는 크고 검은 글씨로 '당신의 성실한 벗, 애리어든 올리버'라고 비스듬하게 사인이 되어 있었다. '당신에게 감사를 보내며, 게리 그레그슨'이라고 적혀 있는 또다른 사진 한 장은 거의 16년 전에 죽은 스릴러 작가의 것이었다. '당신의 영원한 벗 미리엄'이란 글은 애정물 전문 여류작가인 미리엄 호그의 사진에 적혀 있었다. '감사를 드리며, 아만드 레바인'이라고 작은 글씨로 사인이 되어 있는 사진의 주인공은 섹스물의 대표작가로 대머리에 마음이 여려 보이는 인상의 남자였다.

이 사진들에서는 공통점 한 가지를 발견할 수 있었는데, 그것은 남자들은 대개 파이프를 물고 트위드 양복을 입고 있는 모습이었고, 여자들은 모피에 파묻힌 채 얼굴에는 한결같이 진지한 표정들을 짓고 있다는 것이었다.

내가 눈으로 방 안을 감상하는 동안 하드캐슬은 질문을 계속하고 있었다.

"여기에서 셰일라 웨브라는 아가씨가 일하고 있다고 들었는데요?"

"예, 그렇습니다. 하지만 지금은 여기에 없을지도 모르겠는데요—잠깐만요."

그녀는 부저를 누르고 바깥 사무실에 있는 사람과 얘기를 했다.

"에드나, 셰일라 웨브가 돌아와 있나요?"

"아뇨, 아직 돌아오지 않았습니다, 마틴데일 양."

마틴데일 양은 부저를 껐다.

"그녀는 오늘 오후 사무실에서 일 때문에 나갔거든요." 그녀가 설명했다.

"지금쯤은 돌아와 있을 거라고 생각했는데. 아마 에스플러네이드 가 끝에 있는 컬류 호텔로 갔을지도 모르겠군요. 거기에 5시에 가기로 되어 있으니까."

"알겠습니다. 그럼 셰일라 웨브 양에 대해 아는 대로 말씀해 주시겠습니까?"
"그렇게 많이는 몰라요. 그녀가 여기에서 근무한 것은—아, 그래요, 1년 가까이 돼가는 것 같군요. 일하는 것도 만족할 만하고요."
"그녀가 이곳에 오기 전에는 어디에서 일했었는지 혹시 알고 계십니까?"
"하드캐슬 경감님께서 특히 그 점에 대해 알고 싶으시다면 찾아드릴 수는 있습니다. 그녀의 신원증명서가 어디엔가 철해져 있을 테니까요. 지금 당장 말씀드릴 수 있는 것은 그녀가 전에 런던에서 일했다는 것과, 그곳에서 믿을 만한 소개장을 받아가지고 왔다는 정도예요. 확실하지는 않지만 아마 무슨 회사라던가—무슨 부동산회사 같은 것이었어요."
"일 솜씨는 좋다고 말씀하셨는데요."
"충분히 자기 몫은 하고 있지요." 마틴데일 양이 말했다. 분명히 그녀는 남을 기분 좋게 칭찬해 주는 성격은 아닌 것 같았다.
"일류는 아니란 뜻인가요?"
"아뇨, 그런 뜻으로 말한 건 아닙니다. 그녀는 일하는 속도가 상당히 빠르고, 교양도 꽤 있는 아가씨예요. 그녀는 꼼꼼하고 정확한 타이피스트라고 할 수 있죠."
"공적인 입장을 떠나서 개인적으로 그 아가씨를 잘 알고 계십니까?"
"별로요. 단지 알고 있는 것이라고는 이모와 같이 살고 있다는 것 정도예요." 이 말을 하고 나서 마틴데일 양은 다소 불쾌한 듯이 물었다.
"죄송합니다만, 하드캐슬 경감님, 왜 이런 것들을 물으시는 건가요? 그녀가 무슨 문제라도 일으켰나요?"
"꼭 그렇다고 하는 것은 아닙니다, 마틴데일 양. 혹시 밀리슨트 페브마시 양을 알고 계십니까?"
"페브마시라고요?" 모랫빛 눈썹을 찌푸리면서 마틴데일 양이 말했다.
"어디선가 들어본 것 같은데—아, 그렇군요. 셰일라가 오늘 오후에 간 곳이 바로 페브마시 양의 집입니다. 약속이 3시로 되어 있었죠."
"그 약속은 어떻게 이루어졌습니까, 마틴데일 양?"
"전화로요. 페브마시 양이 전화를 했더군요. 그녀는 속기 타이피스트가 한

명 필요한데, 웨브 양을 보내줄 수 없느냐고 했습니다."

"그녀가 특별히 세일라 웨브를 지명했다는 말이군요?"

"그렇습니다."

"그 전화가 몇 시경 걸려왔지요?"

마틴데일 양은 잠시 생각했다.

"그 전화는 제가 직접 받았어요. 그건 곧 그때가 점심시간이었다는 걸 말해 주는 거죠. 시간상으로는 2시 10분경이었을 거예요. 2시 전에는 새로 들어온 일거리가 전혀 없었던 것 같으니까. 아, 여기 메모가 되어 있군요. 정확하게 1시 49분이었어요."

"페브마시 양이 직접 전화를 걸었나요?"

마틴데일 양은 약간 놀라는 기색이었다.

"그랬던 것 같아요."

"그렇지만 그녀의 목소리를 알고 있었던 것은 아니잖습니까? 개인적으로 그녀를 알고 있었습니까?"

"아뇨. 전혀 모르는 사람이에요. 다만 그녀가 자기는 밀리슨트 페브마시라고 하면서 저에게 자기의 주소와 윌브러햄 크레슨트 가에 있는 번지수를 알려 주더군요. 그러고 나서 아까 말했듯이 세일라 웨브가 한가하면 3시까지 자기에게로 보내 달라고 했어요."

그것은 분명하고도 명확한 진술이었다. 나는 마틴데일 양이라면 아주 훌륭한 증언을 해줄 것이라고 생각했다.

"대체 무슨 일인지 저에게 말해 주면 안 되나요?"

마틴데일 양이 약간 화가 난 듯한 투로 말했다.

"실은 말입니다, 마틴데일 양, 페브마시 양은 그런 전화를 건 일이 없다고 말하더군요."

마틴데일 양은 눈을 동그랗게 떴다.

"뭐라고요! 그런 이상한 일이 있을 수가!"

"그런데 당신은 그런 전화가 걸려왔었다고 말하고 있습니다. 물론 그 전화를 건 사람이 페브마시 양이라고 분명히 말할 수는 없다고 해도 말입니다."

"물론 분명히 그 사람이었다고 말할 수는 없어요. 저는 그 여자를 모르니까. 그렇지만 왜 그런 일이 일어났는지 수긍이 안 가는군요. 혹시 짓궂은 장난을 친 것은 아닌가요?"

"그 정도가 아닌 것 같습니다. 그 페브마시 양이—아니면 그 누구든 간에, 특별히 셰일라 웨브를 지명한 이유를 당신에게 말하지는 않던가요?"

마틴데일 양은 잠시 곰곰이 생각을 했다.

"전에도 셰일라 웨브에게 일을 맡긴 적이 있다고 했었던 것 같아요."

"정말입니까?"

"셰일라는 자기가 페브마시 양의 일을 한 기억이 없다고 하더군요. 그렇지만, 경감님, 그 말만으로는 알 수가 없는 노릇이죠. 어쨌든 우리 여직원들은 여러 곳에서 여러 사람들의 일을 해주러 나가는 일이 허다하니까 몇 달 전에 있었던 일 같은 것은 기억하지 못할 수도 있지 않겠어요. 셰일라는 그런 점에 대해서는 별로 분명하지가 못해요. 그녀는 거기에 갔었던 기억이 나지 않는다고만 하더군요. 하지만, 경감님, 이게 단순히 짓궂은 장난이라고 한다면, 전 왜 그렇게 경감님이 관심을 가지시는지 알 수가 없군요."

"그 이유를 지금부터 말씀드리지요. 웨브 양은 윌브러햄 크레슨트 가 19번지에 도착해서 곧장 집 안으로 들어가 거실로 갔습니다. 그녀는 그렇게 하라는 지시를 받았다고 하더군요. 맞습니까?"

"그래요. 페브마시 양이 자기가 집에 좀 늦게 도착하게 될지도 모르니까 셰일라가 안에 들어가서 기다렸으면 좋겠다고 했어요."

"웨브 양이 거실로 들어갔을 땐—바닥에 남자가 죽어 있었습니다."

마틴데일 양은 눈을 크게 뜨고 그를 쳐다보았다. 한 순간 그녀는 할 말을 잊은 듯했다.

"방금 '죽은 사람'이라고 하셨나요, 경감님?"

"살해된 사람이었습니다. 칼에 찔려서 말입니다."

"오, 저런! 그녀가 굉장히 놀랐겠군요."

무엇이든 돌려서 표현하는 것이 그녀의 특징인 것 같았다.

"마틴데일 양, 혹시 커리란 이름에 대해서 아는 것이 없나요? R. H. 커리라고 하는데요."

"아뇨, 없는데요."

"메트로폴리스 앤드 프로빈셜 보험회사 직원이라던데요?"

역시 마틴데일 양은 고개를 저었다.

"제가 궁지에 빠져 있다는 걸 아시겠지요?" 경감이 말했다.

"당신은 페브마시 양이 전화를 걸어 셰일라 웨브를 3시에 자기 집으로 보내달라고 했다고 했습니다. 페브마시 양은 그런 일을 한 적이 없다고 부인하고요. 셰일라 웨브는 그 집에 갔습니다. 그리고 거기에서 어떤 남자가 죽어 있는 걸 발견했습니다." 그는 희망을 걸고 기다렸다.

그러나 마틴데일 양은 무표정하게 그를 쳐다볼 뿐이었다.

"저는 모두 미친 사람 짓인 것처럼 생각되는군요."

그녀는 불쾌하다는 듯이 퉁명스럽게 말을 내뱉었다.

딕 하드캐슬은 한숨을 쉬며 자리에서 일어났다.

"사무실이 참 좋군요." 그가 상냥하게 말했다.

"이런 일을 시작한 지가 꽤 오래되었나 보죠?"

"15년입니다. 저 스스로도 깜짝 놀랄 정도로 잘 되어가고 있죠. 처음에는 아주 소규모로 시작했었는데 점점 번창해서 지금은 감당하기 어려울 정도로 일거리가 밀려드는 실정이에요. 지금 여직원을 8명이나 고용하고 있는데도 늘 일에 쫓기는 형편이랍니다."

"문학작품을 많이 받고 있는 것 같군요."

하드캐슬은 벽에 걸려 있는 사진들을 쳐다보았다.

"예. 처음에는 작가들만 전문적으로 상대했었거든요. 전 여러 해 동안 유명한 스릴러 작가인 게리 그레그슨 씨의 비서로 일한 적이 있었어요. 사실 제가 이 사무실을 차리게 된 것도 모두 그분에게서 받은 유산 덕분이죠. 전 그분의 동료작가들을 꽤 많이 알고 있었는데, 그분들이 저를 추천해 주셨어요. 작가들이 바라는 바를 제가 아주 잘 알고 있다는 것도 매우 도움이 되었고요. 무슨 조사할 것이 있으면 항상 제가 도와주었거든요—날짜, 인용구절, 법률문제나 경찰이 활동하는 방법 같은 것을 조사하는 일, 그리고 독약에 대해 자세히 알아두는 일 같은 것 말입니다. 그리고 소설의 무대를 외국으로 선택한 작가들에게는 외국인의 이름이나, 지명, 음식점 같은 것을 조사해 주었죠. 옛날에는 독자들이 그런 점이 맞는지 틀리는지 별 신경을 쓰지 않았지만, 요즘엔 기회가 있을 때마다 직접 작가에게 편지를 써서 틀린 점을 지적하곤 하니까요."

마틴데일 양은 잠시 말을 멈추었다.

하드캐슬은 다시 아부하는 듯한 목소리로 말했다.

"확실히 자랑할 만하군요."

그러고 나서 그는 문쪽으로 걸어갔다. 그보다 앞서서 내가 문을 열었다.

바깥 사무실에서는 3명의 여직원이 퇴근할 준비를 하고 있었다. 타자기에는 벌써 덮개가 덮여 있었고, 접수담당 직원인 에드나는 한 손엔 뾰족한 굽을 들고, 다른 손에는 굽이 빠져버린 구두를 들고는 멍하니 서 있었다.

"겨우 한 달밖에 신지 않았는데." 그녀가 중얼거렸다.

"굉장히 비싸게 주고 산 건데. 그놈의 고약한 격자형 뚜껑 때문이야. 여기 가까운 제과점 옆에 있는 모퉁이에 있는 것 말이야. 거기에 굽이 박혀서 그만 부러졌지 뭐야. 걸을 수도 없어서 양쪽 구두를 다 벗어들고 빵 한 덩이를 사갖고 돌아올 수밖에 없었지만, 집에는 어떻게 간담. 이래서는 버스도 못 타겠는데. 정말 어떻게 하지—."

그때 우리가 나오는 것을 보고 에드나는 찔끔하는 듯한 눈초리로 마틴데일 양을 흘끗 보고는 당황해서 그 문제의 구두를 급히 감추었다. 내가 보기에 마틴데일 양은 그 뾰족한 굽인가 하는 것에는 별로 신경을 쓸 것 같지도 않았다. 그녀는 흔히 볼 수 있는 납작한 굽이 달린 구두를 신고 있었기 때문이다.

"고마웠습니다, 마틴데일 양." 하드캐슬이 말했다.

"시간을 너무 많이 뺏어 죄송합니다. 나중에라도 생각나는 일이 있으면—."

"물론이에요." 그의 말을 짧게 가로막으면서 마틴데일 양이 말했다.

차에 올라탄 뒤에 내가 말했다.

"경감님은 셰일라 웨브의 이야기를 의심하고 있었지만 결국 사실로 밝혀지고 말았군요."

"알았네, 알았어. 자네가 이겼다고 해두지." 딕이 말했다.

제5장

"엄마!" 작은 금속제 장난감을 창유리에 붙인 뒤 아래위로 움직이면서, 로켓이 금성을 향해서 우주 밖으로 날아가는 듯 붕하는 소리를 내며 놀고 있던 어니 커틴이 소리쳤다.

"엄마, 누가 왔는지 맞춰봐요."

커틴 부인은 아주 엄한 얼굴을 한 여자로, 부엌에서 설거지를 하고 있었으나 그 말엔 아무런 대답도 하지 않았다.

"엄마, 우리 집 앞에 경찰차가 와서 섰어요."

"어니, 거짓말하면 안 된다고 했지." 배수대 위에 잔과 접시들을 달가닥거리며 차곡차곡 쌓아놓으면서 커틴 부인이 말했다.

"너, 전에도 자주 그랬잖아."

"거짓말이 아니에요, 엄마." 어니가 정색을 하고 말했다.

"정말 경찰차란 말이에요. 거기서 두 사람이 내리는데요."

커틴 부인은 등을 돌려 아들 쪽을 쳐다보았다.

"너, 또 무슨 짓을 저질렀구나?" 그녀가 화난 듯이 물었다.

"집안식구들을 망신시키는 짓만 저지르고 다니다니!"

"아니에요. 전 아무 짓도 하지 않았어요."

"앨프인지 뭔지 하는 놈과 어울려 다니니 그 모양이지. 그 애와 그 친구들은 전부 깡패 같은 녀석들이야. 나나 네 아버지가 누누이 말했잖니! 깡패 같은 녀석들이 변변할 게 뭐야. 만날 사고만 쳐서 경찰 신세만 지는 녀석들이. 처음에는 소년구치소로 가고, 그다음엔 구치소로 안 보낸다고 누가 장담할 수 있겠니? 너도 그렇게 되면 어쩌려고 그래?"

"현관으로 들어오는데요." 어니가 말했다.

커틴 부인은 씻던 그릇을 그대로 놔둔 채 창가의 아들 옆으로 다가왔다.

"정말이네." 그녀가 중얼거렸다. 그 순간 노크 소리가 들려왔다.

급히 수건으로 손을 닦고 커틴 부인은 통로로 나가 문을 열었다. 그녀는 문 밖에 서 있는 두 남자를 의혹과 불신의 눈초리로 쳐다보았다.

"커틴 부인이십니까?" 두 사람 중 키가 큰 사람이 상냥하게 물었다.

"그런데요." 커틴 부인이 말했다.

"잠시 실례를 해도 될까요? 저는 수사과의 하드캐슬 경감이라고 합니다만."

커틴 부인은 마지못한 태도로 뒤로 물러섰다. 그녀는 문 하나를 탕 하고 열더니 경감에게 안으로 들어가라는 몸짓을 해보였다. 그곳은 작기는 했지만 아주 깨끗하게 청소가 되어 있는 깔끔한 방으로 평소에는 별로 사용하지 않은 것 같은 인상을 주었는데, 그러한 인상은 완전히 맞아떨어졌다.

어니가 호기심에 이끌려 부엌에서 통로를 지나 슬쩍 방 안으로 들어왔다.

"아드님인가요?" 하드캐슬 경감이 물었다.

"예." 하고 커틴 부인이 말하더니 덤벼들듯이 다시 말했다.

"경감님이 어떻게 말하시든 저 애는 착한 애예요."

"그런 것 같군요." 하드캐슬 경감이 공손하게 말했다.

그러자 커틴 부인의 얼굴에서 도전적인 표정이 조금은 누그러졌다.

"실은 윌브러햄 크레슨트 가 19번지 집에 대해 몇 가지 물어볼 것이 있어서요. 부인이 그곳에서 일하신다고 들었습니다."

"그렇지 않다고 말하지는 않겠어요."

아직도 조금 전까지의 기분을 떨어내지 못한 듯, 커틴 부인이 퉁명스럽게 말했다.

"밀리슨트 페브마시 양이란 분이 주인이죠?"

"그렇습니다. 굉장히 좋은 분이에요."

"장님이지요." 하드캐슬 경감이 말했다.

"예, 딱하게도 말이에요. 그렇지만 그분은 정말 놀랄 정도로 뛰어난 감각을 가지고 있어서 손으로 더듬으면서도 집 안을 잘 돌아다니죠. 거리에도 나가고, 건널목도 건너고요. 눈이 먼 사람들을 몇 알고 있는데, 그분은 그들처럼 법석을 떨어대지도 않는답니다."

"부인은 거기서 오전에 일하신다고요?"

"그래요. 9시 반에서 10시 사이에 갔다가 청소를 끝내고 12시에는 돌아오죠." 그러고는 날카롭게 물었다.

"설마 뭔가를 도둑맞았다고 말하려는 것은 아니겠죠?"

"그와는 정반대입니다." 4개의 시계를 머릿속에 떠올리며 경감이 대답했다.

커틴 부인은 이해할 수 없다는 표정으로 그를 쳐다보았다.

"대체 무슨 일이 생긴 건가요?" 그녀가 물었다.

"오늘 오후 윌브러햄 크레슨트 가 19번지 집 거실에서 어떤 남자가 죽은 시체로 발견되었습니다."

커틴 부인은 눈을 둥그렇게 떴다. 어니 커틴은 너무나 기뻐 몸을 움찔거리며, "와!" 하고 소리를 지를 뻔했다. 그러나 곧 사람들의 시선이 자기에게 쏠리는 것은 좋지 않다고 생각했는지 다시 입을 다물었다.

"시체가요?" 그녀는 믿기지 않는다는 듯이 말했다.

그러고는 더더욱 믿지 못하겠다는 투로 말했다.

"'거실'에서 말이죠?"

"그렇습니다. 그는 칼에 찔려 있었습니다."

"살인사건이라 이 말인가요?"

"그래요. 살인사건입니다."

"누, 누가 죽였는데요?" 커틴 부인이 물었다.

"아직 거기까지는 경찰수사가 미치지 못하고 있습니다. 그래서 부인에게 도움을 좀 요청할까 해서 왔습니다."

"전 살인사건 같은 것에 대해서는 아무것도 모릅니다."

커틴 부인이 단호하게 말했다.

"그렇겠지요. 하지만 두세 가지 묻고 싶은 것이 있어서요. 오늘 아침에, 예를 들어서, 어떤 남자가 그 집에 찾아오지는 않았습니까?"

"제가 알기로는 아무도 없었어요. 적어도 오늘은 말이에요. 도대체 죽은 사람은 누구예요?"

"약 60세가량의 어두운 복장을 한 단정한 차림의 초로의 남자로, 보험회사의 직원이라고 신분을 밝혔을지도 모르지요."

"그런 사람이라면 왔어도 집 안에 들여놓았을 리가 없어요. 보험 외무원이나 전기청소기 외판원, 아니면 《대영제국 백과사전》 같은 걸 팔러온 사람은 어림없어요. 아예 상대도 안 하니까요. 페브마시 양은 그런 일로 집을 찾아오는 걸 굉장히 싫어하고, 저도 역시 그렇거든요."

"주머니에 들어 있는 명함에는 그의 이름이 커리 씨로 되어 있더군요. 혹시 그런 이름을 들어본 적이 있습니까?"

"커리? 커리라고요?" 커틴 부인은 고개를 저었다.

"인도 사람 이름 같군요." 그녀가 의심스러운 듯이 말했다.

"아니, 아니에요. 인도인은 아닙니다."

"시체는 누가 발견했나요—페브마시 양인가요?"

"어떤 젊은 여자 속기 타이피스트가 어떤 오해로 인해, 자기가 페브마시 양에게서 일을 부탁받은 걸로 알고 그 집에 갔습니다. 바로 그녀가 시체를 발견한 사람입니다. 페브마시 양도 그때 거의 같은 시간에 돌아왔고요."

커틴 부인은 한숨을 길게 내쉬었다.

"끔찍하군요. 정말 그런 일이 일어나다니!"

"가까운 시일 내로 그 남자의 시체를 보여 드려서 부인이 그 사람을 윌브러햄 크레슨트 가에서 본 적이 있는지, 혹은 전에 혹시 그 집을 찾아온 적은 없었는지 확인해 두려고 합니다. 페브마시 양은 그 사람을 그 부근에서 본 적이 한 번도 없다고 말하긴 합니다만. 그리고 사소한 일 몇 가지에 대해서도 좀 알아보고 싶군요. 부인, 그 거실에 시계가 몇 개나 있었는지 지금 기억해 낼 수 있겠습니까?"

커틴 부인은 거침없이 말했다.

"구석에 보통 괘종시계라고 말하는 큰 시계와 벽에 걸린 뻐꾹 시계하고 그렇게 두 개뿐이에요. 갑자기 튀어나와 '뻐꾹' 하고 우는 시계 말이에요. 전 그것 때문에 가끔 아주 놀라곤 하죠." 그러고는 그녀는 급히 덧붙여 말했다.

"저는 아무것도 손대지 않았어요. 절대로 말이에요. 페브마시 양은 자기 손으로 시계에 태엽 감아주는 것을 좋아하니까요."

"그 시계들은 아무 이상이 없습니다." 경감은 그녀를 안심시켰다.

"부인은 오늘 아침 거실 안에는 두 개의 시계밖에 없었다고 확신할 수 있습니까?"

"물론이에요. 다른 시계들이 거기에 있을 리가 없잖아요!"

"이를테면, 보통 마차 시계라고 하는 사각형의 작은 은제 시계나 금도금된 작은 시계—벽난로 선반 위에 놓인 것 말입니다, 혹은 꽃모양 장식이 붙어 있는 자기 시계나, 귀퉁이에 '로즈메리'라는 이름이 써져 있는 가죽 시계 같은 건 없었습니까?"

"예. 그런 시계들은 하나도 없었어요."

"하기는 그런 것들이 있었다면 부인 눈에 띄지 않았을 리가 없겠지요."

"그렇고말고요."

"시계 4개는 모두 뻐꾹 시계나 괘종시계보다 한 시간 정도 빨랐습니다."

"아마 외제 시계였기 때문일 거예요." 커틴 부인이 말했다.

"남편과 함께 스위스와 이탈리아로 언젠가 버스를 타고 여행을 한 적이 있었는데, 거기 시간은 딱 한 시간 더 빠르더군요. 틀림없이 이번 유럽 공동시장과 무슨 관계가 있을 거예요. 전 그 유럽 공동시장에는 찬성할 수 없어요. 남편도 그렇고요. 영국만으로도 충분하다고 생각하니까요."

하드캐슬 경감은 정치문제에 이르자 슬그머니 말을 바꿨다.

"오늘 오전 정확하게 부인이 페브마시 양의 집을 나온 건 몇 시였습니까?"

"12시 15분경이었어요." 커틴 부인이 말했다.

"그때 페브마시 양은 집에 있었습니까?"

"아뇨. 그분은 돌아오지 않았어요. 그분은 거의 언제나 12시에서 12시 반 사이에 돌아오지요. 그렇지 않을 때도 있지만."

"그럼 그녀는 외출 중이었군요. 언제 그녀가 외출했는지 혹시 아십니까?"

"제가 그 집에 가기 전이었어요. 제 출근 시간은 10시예요."

"여러 가지로 감사했습니다, 커틴 부인."

"그 시계 건은 정말 이상하군요. 아마 페브마시 양이 경매장에라도 갔다 왔겠죠. 그것들은 골동품이었죠? 경감님 말을 듣자니, 그런 것 같은데."
"페브마시 양이 경매장에 자주 갑니까?"
"넉 달 전에도 경매장에서 털 카펫을 사갖고 왔었는걸요. 아주 깨끗하던데요. 아주 싸게 샀다고 그분도 그러더군요. 또 벨루어 커튼도 사왔었어요. 조금 잘라야 하긴 했지만 거의 새로 산 것 같았죠."
"그렇지만 경매장에서 골동품이라든가, 그림, 도자기 같은 그런 물건들은 별로 사지는 않았겠지요?"
커틴 부인은 고개를 끄덕였다.
"제가 아는 바로는 그렇긴 해요. 하지만 경매장에서 꼭 그러지 말란 법이 없잖아요? 자기도 모르는 새 사버리고 마는 거죠. 그리고는 집에 돌아와서, '왜 이런 물건을 샀을까?' 하며 후회할 때도 있지요. 저도 한꺼번에 잼을 6병이나 산 적이 있었어요. 그런데 나중에 생각해 보니 제가 직접 만드는 편이 훨씬 싸게 먹힐 것 같더라고요. 찻잔이나 받침접시 같은 것도 그랬지 뭐예요. 수요일 시장에서 사는 편이 훨씬 더 좋을 뻔했는데."
그녀는 아까운 듯 고개를 흔들었다. 지금 이 자리에서는 더 이상 들을 것이 없다는 생각이 들자 하드캐슬 경감은 서둘러 그 집을 나섰다. 그제야 어니가 화제로 떠올랐던 사건에 대한 자기의 기분을 나타냈다.
"야호! 살인이라고!"
어니가 말했다. 어느새 우주정복 같은 것은 어디론가 사라져 버리고 그의 마음속은 오늘 일어난 진짜 살인사건으로 꽉 들어찼다.
"엄마, 설마 페브마시 양이 그런 건 아니겠죠?"
그는 마치 그렇게 되기를 바라기라도 하는 듯 말했다.
"바보 같은 소릴랑 하지 마." 그의 엄마가 말했다.
문득 그녀의 머릿속에 무엇인가가 떠올랐다.
"경찰에 말해 버렸더라면 좋았을걸."
"뭘 말이에요, 엄마?"
"네가 신경 쓸 일이 아냐." 커틴 부인이 말했다.
"사실은 아무 일도 아냐."

제6장

콜린 램의 이야기

밖으로 나와서 설익은 스테이크와 생맥주로 목을 축이고 나자, 딕 하드캐슬은 그제야 만족한 듯한 숨을 내쉬며 좀 살 것 같다고 하면서 말을 하기 시작했다.

"죽은 보험외무원이나 장식용 시계, 비명을 질러댄 젊은 여자 얘기는 이제는 정말 지겨워! 콜린, 이제는 자네 얘기를 좀 들어보기로 하세. 여기에서의 자네 볼일은 끝난 줄 알았는데. 어째서 크로딘 가 뒷골목에서 서성대고 있었나. 내가 알기로는 크로딘 가에 해양생물학자가 연구할 만한 대상은 없을 텐데 말이야."

"그렇게 해양생물학을 얕보지 마십시오, 딕. 그건 대단히 쓸모있는 학문이란 말입니다. 그런데도 사람들은 그 이야기만 나왔다 하면 지겨워하고 듣기 싫어하니. 그러니 그 이야기는 그만두기로 하죠."

"정말 정체를 밝히지 않을 생각인가, 응?"

"경감님은—." 내가 차갑게 말했다.

"내가 진짜 해양생물학자라는 것을 잊고 있는 모양이군요. 난 케임브리지 대학에서 해양생물학 학위까지 받은 몸입니다. 별로 대수로운 학위는 아니지만 학위는 학위죠. 그건 아주 재미있는 학문이고, 앞으로 난 그 연구에만 전념할 생각이랍니다."

"나도 물론 자네가 맡았던 일은 알고 있네만—." 하드캐슬이 말했다.

"어쨌든 축하하네. 라킨의 재판은 다음 달이지?"

"그렇죠."

"그가 그렇게 오랫동안이나 기밀을 빼돌려왔다는 건 아주 놀라운 일이었어. 누군가가 한 번쯤은 의심해 볼만도 했었는데 말이야."

"그런데 경감님도 아시다시피 아무도 그러지 않았죠. 사람들은 한번 그가 좋은 사람이라고 믿어 버리면 그 사람이 그와는 정반대인 인물일 수도 있다는 건 꿈에도 생각지 못하는 경향이 있거든요."

"아주 영리한 자였던가 보군." 딕이 말했다.

나는 고개를 저었다.

"아닙니다, 내가 보기에는 그자가 정말 영리한 친구 같지는 않아요. 그자는 명령대로 움직이는 한낱 꼭두각시에 불과할 겁니다. 따라서 그자가 기밀서류를 몰래 빼돌려 누군가에게 넘겨주는 일쯤이야 쉬운 일이었을 테죠. 그리고 그 기밀서류를 넘겨받은 자들은 그것을 사진으로 찍어놓은 뒤에 다시 그 서류를 그자에게 되돌려주었을 겁니다. 그리곤 그자는 감쪽같이 서류를 제자리에 갖다놓고 시치미를 뚝 떼고 있었던 거죠. 그러니까 그 배후엔 그자를 조종하는 교묘한 조직이 있다는 말이죠. 그 친구는 매일 장소를 옮겨가며 점심식사를 했습니다. 그런데 문제는 그자가 외투를 걸어두는 곳에 꼭 그자의 외투와 똑같은 또다른 외투가 한 벌 더 걸려 있었다는 사실이지요—물론 그 또다른 외투의 임자가 언제나 똑같은 사람이었는지는 알 수 없는 일이지만 말입니다. 하여튼 그때마다 외투가 바꿔치기 된 것만은 틀림없는 사실이었죠. 하지만 그 외투의 임자는 한 번도 라킨에게 말을 걸지 않았고, 라킨 역시 그와 마찬가지였습니다. 그래서 우린 어떻게 해서든지 그 조직의 정체를 알아내려고 이리저리 뛰어다니고 있는 중이랍니다. 모든 일들이 시간적으로 조금의 빈틈이나 착오도 없이 어떻게 그렇게 착착 이루어질 수가 있겠습니까. 머리가 아주 비상한 사람이 그 뒤에서 조종을 하지 않고서는 도저히 그런 일이 일어날 수가 없는 법이거든요."

"아하, 그래서 자네가 아직도 포틀베리에 있는 해군기지 주변을 서성거리고 있었구먼?"

"그렇습니다. 우린 해군기지의 끝도 알고 있고 런던의 끝도 알고 있지요. 라킨이 언제 어디서 어떤 방법으로 돈을 받았나 하는 것까지도 알고 있습니다.

그러나 그 사이엔 구멍이 있어요. 그 두 곳을 연결시켜 주는 중간조직에 대해서는 거의 아는 바가 없는 겁니다. 우리가 자세히 알고자 하는 것이 바로 그 부분에 대해서죠. 어딘가 아주 주도면밀한 본부가 있어서 치밀한 계획으로 연락망을 여러 개 어지럽게 짜놓아서 우리가 추적할 수 없도록 만들어놓은 것이 틀림없어요."

"라킨은 왜 그런 짓을 했나?" 궁금하다는 듯 하드캐슬이 물었다.

"정치적인 이상 때문인가? 아니면 영웅심 때문인가? 그도 저도 아니면 돈 때문인가?"

"그는 이상주의자가 아닙니다. 단지 돈 때문이었을 거라고 생각합니다."

"좀더 빨리 그쪽으로 그에게 눈을 돌렸더라면 좋았을 뻔했구먼. 아마도 돈을 물 쓰듯 했겠지? 저금은 하지 않았을 테고."

"맞습니다. 아주 돈을 헤프게 썼죠. 사실 우리도 보기보다는 빨리 그자한테서 그런 낌새를 눈치채고 있었습니다."

하드캐슬은 그럼 그렇지라는 듯 고개를 끄덕였다.

"알겠네. 그러니까 그자의 정체를 알고 나서도 그자를 역이용하기 위해 그대로 내버려두었다는 말이군?"

"어느 정도는 그랬죠. 우리가 그자에 대해 어떤 낌새를 맡았을 땐 그자가 벌써 귀중한 기밀 몇 가지를 저쪽으로 빼돌렸더군요. 그래서 우리도 모르는 척 그자를 통해서 언뜻 귀중해 보이는 엉터리 정보를 흘려보냈죠. 내가 속해 있는 기관에서는 때때로 바보인 척할 필요가 있거든요."

"자네가 하는 일도 별로 재미있는 일은 아니구먼, 콜린."

하드캐슬이 생각하는 듯한 표정으로 말했다.

"사람들이 생각하듯 그렇게 재미있는 일은 못 되죠." 내가 말했다.

"사실대로 말하자면 정말 따분하고 지루한 일이랍니다. 게다가 요즘은 정말 세상에 비밀 같은 것은 없다는 기분마저 들곤 한다니까요. 우리가 그들의 비밀을 알고 있으면 그들은 우리의 비밀을 알고 있는 겁니다. 우리 쪽 요원이 실제로는 그쪽 요원인 경우도 아주 많고 말입니다. 나중에는 누가 이중첩보원이고 누가 아닌지 마치 악몽을 꾸고 있을 때처럼 머릿속만 혼란해질 뿐이죠.

때때로 나는 모든 사람은 서로의 비밀을 알고 있지만, 서로가 그렇지 않은 것처럼 보이자는 1급비밀협약이라도 맺은 것은 아닐까 하는 생각이 든답니다."

"무슨 말인지 알겠네." 딕이 생각하는 얼굴로 말했다.

그런 뒤 그는 호기심 어린 표정으로 나를 쳐다보았다.

"자네가 왜 아직도 포틀베리 근처를 서성거리는지는 알겠네. 그러나 크로딘은 포틀베리에서 아무리 못 돼도 10마일은 떨어진 곳이 아닌가?"

"실제로 내가 추적하고 있는 것은 크레슨트(초승달)입니다."

"크레슨트라고?" 하드캐슬이 의아하다는 표정을 지었다.

"그렇죠. 아니면 달들(moons)이든지. 새로 돋는 달, 떠오르는 달 등등 말입니다. 나는 포틀베리에서부터 탐색을 시작했습니다. 거기에는 '초승달'이라는 선술집이 있었는데, 거기서 많은 시간을 낭비했죠. 그럴 듯하다고 생각했거든요. 그런데 거기에는 '달과 별' '떠오르는 달' '아름다운 낮별' '십자가와 조각달' 같은 술집 이름들도 있더군요—마지막 것은 시미드란 작은 마을에 있는 것이었지만 말입니다. 하지만 아무런 단서도 잡을 수 없었죠. 그래서 나는 달(moons)은 버리고 초승달만을 찾아보기로 했습니다. 포틀베리에만도 초승달이라는 말이 들어간 곳이 여러 개 되더군요. 란스베리 크레슨트, 앨드리지 크레슨트, 리버미드 크레슨트, 빅토리아 크레슨트."

나는 딕이 여우에 홀린 듯한 표정을 짓는 것을 보고는 그만 웃어버렸다.

"그렇게 어리벙벙한 얼굴은 하지 마십시오, 딕. 나에게도 조금은 구체적인 단서가 있답니다."

나는 지갑을 꺼내 그 속에 들어 있던 종이쪽지를 꺼내어 딕에게 건네주었다. 그것은 급하게 어떤 그림을 그려 넣은 호텔용 메모지였다.

"핸베리라는 사람의 지갑 속에 들어 있었던 그림이죠. 핸베리는 라킨 사건 때 활약이 대단했었던 아주 우수한 우리 요원이었는데, 런던에서 뺑소니차에 치여 그만 죽어버렸습니다. 설상가상으로 자동차 번호를 본 사람마저 아무도 없었고요. 나는 이것이 무엇을 의미하는지 모르겠지만, 핸베리가 중요하다고 생각하여 급하게 휘갈겨 쓴 것이거나, 아니면 베낀 것으로 보입니다. 그의 머릿속에 떠오른 것인지, 아니면 그가 보았거나 혹은 들은 것인지는 모르겠지만,

달이니 초승달과 61이란 숫자, W란 첫 글자 사이에는 무슨 연관이 있는 것이 틀림없어요. 나는 그가 죽고 나서 이 사건을 맡았지만, 나 자신도 아직 내가 무엇을 찾고 있는지 모르고 있습니다. 그러나 뭔가 찾아내야 할 것이 있다는 것만은 어렴풋이 짐작하고 있죠. 61이 무엇을 의미하는지, W가 무엇을 나타내는지 통 모르겠어요.

나는 포틀베리 바깥쪽에서부터 반경 안쪽으로 탐색해 보았습니다. 3주일이나 발이 부르트도록 돌아다녀 보았지만 아무런 성과도 거두지 못했죠. 크로딘은 내가 탐색해 보려고 생각해 둔 곳이었답니다. 그게 내가 그곳에 있었던 이유죠. 딕, 솔직히 말하면 나는 크로딘에 그리 기대를 걸진 않았습니다. 이곳에서 크레슨트란 단 한 곳뿐이더군요. 그게 윌브러햄 크레슨트죠. 게다가 W란 글자까지 맞는 것 같지 않습니까? 그래서 일단 윌브러햄 크레슨트 가를 돌아다녀 본 뒤 61번지 집의 동태를 살펴본 다음, 혹시 나를 도와줄 단서 같은 것을 경감님이 갖고 있지나 않은지 물어볼 참이었답니다. 그래서 오늘 오후에 난 그 생각을 실천해 본 거죠. 어쨌든 61번지는 결국 찾아내지 못했습니다만."

"아까도 얘기했지만 그 집 주인은 이 지방 건축업자일세."

"그렇다면 내가 추적하고 있는 인물은 아닙니다. 혹시 외국인 하녀라도 두고 있지는 않은가요?"

"그럴 수도 있겠지. 요즘에는 그런 집들이 많으니까 말이야. 만일 그렇다면 외국인 명단에 등록이 되어 있을 걸세. 내가 내일 알아보도록 하지."

"고맙습니다, 딕."

"나는 내일 19번지와 옆으로 붙어 있는 양쪽 집을 다 알아보러 다닐 걸세. 혹시 그 집에 누가 들어가는 걸 보지는 않았나 하는 것들 말이야. 또, 그 대상에는 19번지 바로 뒤에 있는 집들, 다시 말해 정원이 맞붙어 있는 집들이 포함될지 모르겠네. 나는 61번지가 19번지 거의 바로 뒤쪽에 있을 거라는 생각이 드네만. 자네만 좋다면 함께 가보는 것도 괜찮을 텐데."

나는 재빨리 그의 말을 받았다.

"내가 경감님 부하인 램 경사 노릇을 하며 사람들의 진술을 속기해 두도록 하죠."

그래서 나는 다음 날 아침 9시까지 경찰서에 가기로 약속을 했다.

이튿날 아침 내가 거의 약속시간에 맞춰서 경찰서에 도착해 보니 내 친구는 말 그대로 불같이 화를 내고 있었다. 그의 화가 약간 누그러지기를 기다려 나는 조심스럽게 무슨 일인지 물었다.

잠시 동안 하드캐슬은 말도 할 수 없는 것 같았다. 그러다가 침까지 튀기면서 그가 말했다.

"망할 놈의 시계 같으니라고!"

"또 그 시계 일입니까? 도대체 무슨 일이 일어난 건가요?"

"그중 한 개가 없어져 버렸네."

"없어지다뇨? 어떤 것이?"

"가죽으로 된 여행용 시계 말이야. 구석에 '로즈메리'라고 쓰여 있었던 것 말일세."

나는 나도 모르게 휙 하고 휘파람을 불었다.

"정말 이상한 일이로구먼. 어떻게 그런 일이 다 일어났죠?"

"그 바보 녀석들이—사실은 나도 그중 하나지만(딕은 아주 정직한 사람이었다)—'t'에는 반드시 가로 줄을 긋고 'i'에는 점을 찍도록 했었지. 그렇지 않으면 다 틀려버리는 거야. 어떻든 어제 그 거실에서는 분명히 시계가 네 개 있었다고. 나는 페브마시 양에게 그것 전부를 만져보게 하고는 그녀 것이 아닌지 알아보았었지. 그녀의 대답은 아무 도움도 되지 못했었네. 그리고 시체를 운반해 갈 사람들이 왔었고."

"그래서 어떻게 된 건가요?"

"나는 감독을 하려고 문까지 나갔다가 집으로 돌아와 부엌에 있던 페브마시 양에게 내가 그 시계들을 가져가야 하니까 그녀에게 영수증을 써주겠노라고 말했었네."

"나도 들은 기억이 납니다."

"그러고 나서 그 아가씨에게 경찰차로 집까지 데려다 주겠다고 말하고는 자네에게 그녀를 바래다주라고 부탁했었지."

"그런데요?"

"페브마시 양은 그 시계들이 자기 것이 아니니까 영수증이 필요 없다고 했지만 나는 그녀에게 영수증을 써주었네. 그러고는 자네를 따라나갔고. 그리고 에드워즈에게 거실에 있는 시계를 조심스럽게 싸서 여기로 가져오도록 명령을 했었네. 뻐꾹 시계와 벽에 있는 괘종시계는 물론 빼고 말이야. 바로 그 순간 나는 실수를 하고 말았어. 시계가 네 개라고 분명하게 말했으면 좋았을 텐데, 그 말을 하지 않았던 것일세. 에드워드는 내 말에 따라 즉시 안으로 들어가 명령대로 했다는 걸세. 그가 안으로 들어갔을 때 그곳에는 벽에 걸려 있는 시계를 빼면 모두 세 개밖에 없었다는 거야."

"그렇다면 시계가 사라진 것은 아주 순식간에 일어난 일이로군요? 그럼—."

"혹시 페브마시란 그 여자가 한 짓은 아닐까? 내가 거실을 나온 뒤 그 시계를 숨겨 부엌으로 갖고 갈 수도 있었을 테니 말이야."

"그랬을 수도 있겠군요. 하지만 왜 그랬겠습니까?"

"우리가 모르고 있는 사실들이 아직 수두룩하네. 그밖에 의심 갈 만한 사람은 없겠나? 혹시 그 아가씨는 어떨까? 그녀가 가져갔을 수도 있지 않을까?"

나는 잠시 생각에 잠겼다.

"그렇게는 생각되지 않는군요. 내가—."

이렇게 말하는 순간 얼핏 떠오르는 일이 있었다.

"역시 그녀 짓이로군. 자, 말해 보게. 그래 언제쯤 일인가?"

"그녀하고 둘이서 경찰차가 있는 곳까지 걸어가고 있을 때였어요."

나는 비참한 기분으로 대답했다.

"그녀는 장갑을 두고 왔다고 하더군요. 그래서 내가 찾아다 주겠다고 했더니 자기가 그 장갑 둔 곳을 알고 있고, 또 시체도 옮겨갔을 테니 거실에 들어가는 것이 별로 무섭지 않다면서 집으로 뛰어들어가더군요. 그녀가 갔다 온 시간은 겨우 1분 정도 걸렸을까—."

"그녀가 다시 왔을 때 손에 장갑을 끼거나 들고 있는 것을 보았나?"

나는 잠시 머뭇머뭇거렸다.

"글쎄. 그랬던 것 같기도 한데."

"틀림없이 장갑은 갖고 있지 않았을걸." 하드캐슬이 말했다.

"그렇지 않다면 자네가 대답을 주저할 필요가 어디 있겠나?"

"핸드백에 넣었을 수도 있잖습니까?"

"큰일 났구먼." 하드캐슬이 나무라는 투로 말했다.

"자네, 그 아가씨에게 홀딱 반해 버렸나 보군."

"멀쩡한 사람 잡지 마십시오." 내가 펄쩍 뛰며 변명을 했다.

"나는 어제 오후 그녀를 처음 만났고, 그 상황도 소위 말하는 로맨틱하다는 것과는 거리가 멀었다고요."

"반드시 그렇다고만은 할 수 없지." 하드캐슬이 말했다.

"젊고 아름다운 아가씨가 빅토리아 여왕시대처럼 멋진 청년의 가슴으로 갑자기 쓰러져 안기는 일이 그리 흔한 일은 아니니까. 그런 경우 으레 남자 편에서는 어떤 영웅심리 같은 것이 작용해서 그 아가씨를 보호해 주고 싶은 기분이 되고 말지. 왠지 도와주지 않으면 안 될 것 같은 기분도 들고 말일세. 얘기가 그렇게 되면 일은 끝난 걸세. 그녀가 이번 살인사건과 밀접한 관계가 있을 수도 있다는 걸 자네 설마 모른다고는 하지 않겠지?"

"그럼 경감님은 그런 연약한 아가씨가 칼로 남자를 살해한 다음 형사들이 찾지 못하도록 그 칼을 깊숙이 감춰두고는 일부러 비명을 질러대면서 나한테 안기는 척한 것이라고 말하려는 건가요?"

"난 자네가 겪은 것 같은 그런 상상치도 못할 일들을 지금까지 수도 없이 보아 왔네." 하드캐슬이 정색을 하고 말했다.

"경감님은 제대로 알지도 못하면서 그런 소릴 하십니까."

나는 화를 내면서 대꾸했다.

"지금까지 나는 여러 나라의 미인 스파이들에게 둘러싸여 생활해 온 사람입니다. 더구나 그 스파이들은 미국의 내로라하는 사립탐정들마저도 넋이 빠져 쳐다보는, 성적 매력이 철철 흘러넘치는 여자들뿐이란 말입니다. 하지만 난 그런 여자들이 갖고 있는 매력에 둔감해진 지도 이미 오래전 일이라고요."

"그러나 누구든 한 번쯤은 넘어갈 수도 있는 법이지. 결국 상대방이 어떤 타입인가가 문제 아닌가. 셰일라 웨브는 내가 보기에 자네가 좋아할 만한 타입 같던데."

"하여튼 나는 경감님이 굳이 그녀에게 죄를 덮어씌우려는 이유를 모르겠군요."

하드캐슬은 한숨을 내쉬었다.

"자네와 다투자는 것은 아닐세. 그러나 일단 조사는 해봐야 하네. 시체가 발견된 곳은 페브마시의 집이었어. 따라서 그녀가 관계되는 것은 당연하겠지. 시체를 처음 발견한 사람은 셰일라 웨브라는 아가씨였다 이걸세. 두 말할 필요도 없이 처음 시체를 발견한 사람이, 피해자가 살아서 마지막으로 만난 사람일 경우가 십중팔구지. 그리고 그렇지 않다 하더라도 여러 가지 사실들이 확인되기 전까지는 그 사람을 용의자로 간주할 수밖에 없지 않겠나."

"내가 그 방에 들어간 건 3시 조금 지나서였고, 그때 그 시체는 죽은 지 적어도 30분 이상이나 지난 뒤였습니다. 그 점에 대해서는 어떻게 생각합니까?"

"셰일라 웨브는 1시 반부터 2시 반까지 점심식사 하러 외출하고 없었네."

나는 화가 나서 그를 쏘아보았다.

"참, 커리 건에 대해서 뭐 좀 알아낸 것 있습니까?"

하드캐슬은 뜻밖에 씁쓸한 투로 내뱉듯 말했다.

"없네."

"그건 무슨 뜻이죠—없다니?"

"그런 남자는 이 세상에 존재하지도 않는다는 뜻이네—그런 남자는 그 어디에도 없었어."

"메트로폴리스 회사에서는 뭐라던가요?"

"뭐라고 할 것도 없었지. 그런 회사는 있지도 않았으니까. 메트로폴리스 앤드 프로빈셜 보험회사는 유령회사였네. 주소가 덴버스 가로 되어 있었지만, 커리라는 사람은 고사하고 덴버스 가 7번지라는 주소조차도 없었으니까."

"그것참 재미있군. 그럼 가짜 이름, 가짜 주소, 가짜 보험회사가 적힌 가짜 명함을 그 남자가 갖고 있었단 말인가요?"

"그랬다고밖에 볼 수 없지."

"도대체 왜 그랬을까요?"

하드캐슬은 어깨를 으쓱했다.

"지금으로서는 추측에 불과하지만 혹시 보험계약금을 사기 치려고 그런 것은 아닐까 생각하네. 아니면 그 명함을 이용해 상대방을 안심시킨 다음 뭔가 다른 일을 꾸미려고 그런 것인지도 모르고. 아마 사기꾼이나 좀도둑 아니면 사립탐정일 수도 있네. 분명한 것은 우리가 아무것도 알아내지 못했다는 사실이야."

"그러나 언젠가는 밝혀지겠죠."

"그거야 물론이지. 끝내는 밝혀질 거야. 지문을 떠서 혹시 전과기록이 있는지 조사해 보고 있는 중일세. 전과자라는 것이 밝혀지게 되면 수사는 좀더 진척되겠지. 그렇지 않을 경우엔 더욱더 오리무중이 될 것이고."

"사립탐정이라." 나는 잠시 생각에 잠겼다.

"나 같으면 그쪽을 택하겠습니다. 그쪽 전망이 훨씬 더 밝을 것 같으니 말입니다—여러 가지 추측이 가능하지 않겠습니까?"

"이제까지 우리가 얻은 것이라곤 추측뿐이었네."

"검시재판은 언젠가요?"

"내일 모레네만 순전히 형식적인 것이지. 뒤로 연기될 수도 있고."

"검시관은 뭐랍니까?"

"부엌칼 같은 예리한 흉기에 의한 타살로 보고 있더군."

"그렇다면 페브마시 양이 범인일 수도 있다는 말 아닙니까?"

나는 생각에 잠긴 채 말했다.

"그러나 정상적인 남자가 장님 여자 손에 찔려죽었다고는 생각할 수 없지 않겠습니까. 그 여자는 정말 장님이 틀림없나요?"

"그 점은 틀림없네. 우리가 조사해 본 바로는 본인이 말한 것은 전부 사실일세. 북부에 있는 학교에서 수학선생을 하다가 실명하고, 점자 등에 대한 교육을 받고 나중에는 애런버그 교육기관에 근무하게 되었다는군."

"혹시 정신병자일 수도 있지 않을까요?"

"시계나 보험외무원에 대해 병적으로 애착을 갖고 있는 사람이기라도 하다는 말인가?"

"정상적인 궤도를 벗어난 사건이기에 하는 말입니다. 애리어드든 올리버의 실패작이나 게리 그레그슨이 한창 날릴 때의 작품같이—"

나는 다소 흥분한 어조로 말했다.

"즐거운 기분으로 이 사건을 실컷 즐겨 보게나. 자네는 이 사건을 담당한 비참한 기분의 수사관도 아닌데다가, 주임이나 서장 같은 상사들의 눈치도 볼 필요가 없으니까 말이네."

"말하는 투가 이상하군요, 경감님. 이웃집들로부터 뭔가 도움이 될 만한 사실을 얻게 될지도 모르잖습니까?"

"그것도 믿을 수 없네." 하드캐슬이 내뱉듯 말했다.

"가령 그 남자가 바깥쪽 뜰에서 살해된 다음 가면을 쓴 남자 두 명이 그를 집 안으로 옮겨놓았다고 가정해 보세. 혹 가다 창 너머로 보았거나, 뭔가를 눈여겨본 사람이 한 사람 정도는 있을 법하지만 사실은 아무도 없었다네. 불행하게도 그곳은 시골 마을이 아닌, 윌브러햄 크레슨트라는 고급주택가이기 때문에 뭐든 눈여겨봐 둘 만한 출퇴근 파출부들조차 1시경에는 다들 돌아가 버리지. 게다가 유모차들도 잘 다니지 않는 곳이라네."

"하루 종일 창가에 앉아 있는 나이 든 노인이나 환자도 없었습니까?"

"나도 거기에 희망을 걸었네만—현실은 그렇지 못하다네."

"18번지와 20번지는 어떤 집인가요?"

"18번지에는 행정사무변호사인 게인스퍼드 앤드 스웨튼햄 법률사무소의 주임서기인 워터하우스 씨가 한가할 동안 집을 돌봐주는 누이동생과 같이 살고 있고, 20번지에는 20마리 정도 되는 고양이를 기르며 살고 있는 여자가 있다는 정도만 알고 있네. 나는 워낙 고양이를 싫어해서 말이야—"

나는 경찰관 생활도 쉬운 것이 아니라고 말해 주었다. 그리고 우리는 예정대로 출발했다.

제7장

워터하우스 씨는 윌브러햄 크레슨트 가 18번지 자기 집 계단 위에서 서성대다가 근심스러운 듯 누이동생 쪽을 돌아보았다.

"정말 괜찮을까?" 워터하우스 씨가 말했다.

워터하우스 양은 그 말에 흥하고 콧방귀를 뀌었다.

"제임스 오빠, 난 그게 무슨 뜻인지 모르겠는걸요."

워터하우스 씨는 변명하는 듯한 표정을 지었다. 사실 그는 내내 그런 표정을 지어야 하기 때문에 어쩌면 그것은 그가 평생 동안 지녀야 할 얼굴 표정일 수도 있었다.

"난 다만 어제 이웃집에서 그런 일이 일어났기 때문에—"

워터하우스 씨는 지금 근무처인 행정사무변호사 사무실로 가려던 참이었다. 그는 약간 등이 굽은 몸매에 회색빛 머리카락을 지니고 깔끔한 차림을 한 남자로서, 얼굴빛은 회색에 가까웠으나 건강이 나쁜 것은 아니었다.

누이동생은 키가 크고 마른 체구에 농담 같은 것은 절대 하는 일이 없고, 남에게 조소 같은 걸 받으면 결코 상대방을 용서하지 않는 억센 기질을 지닌 여자였다.

"어제 이웃집에서 누군가가 살해당했다고 해서 오늘은 내가 살해당할 것이라는 이유라도 있나요?"

"하지만, 에디스, 살인범이 어떤 종류의 사람인가에 따라 문제가 크게 달라질 수도 있지 않겠니?" 워터하우스 씨가 말했다.

"그럼 오빠는 어떤 사람이 윌브러햄 크레슨트 가를 이리저리 돌아다니면서 집집마다 희생될 사람이라도 찾고 있었다는 거예요? 제임스 오빠, 그렇게 생각하는 건 하나님을 욕되게 하는 거라고요."

"욕되게 하다니, 에디스?"

크게 놀란 듯한 목소리로 워터하우스 씨가 말했다. 그는 자기 말에 자기도 모르는 그런 뜻이 담겨 있으리라고는 꿈에도 생각지 않았다.

"유월절 이야기가 생각나요. 오빠는 잊어버렸는지 몰라도 성경에 그런 이야기가 쓰여 있다고요." 워터하우스 양이 말했다.

"그건 너무 억지 얘기 같구나."

"아무튼 어떤 놈이든 좋아. 이 집에 들어와서 나를 한번 죽여보라지."

워터하우스 양이 거칠게 말했다. 그 말에는 그녀의 오빠도 절대 그런 일은 일어날 수 없을 것이라고 생각했다. 가령 자기가 그런 희생자를 물색하고 있는 사람이라 하더라도 이 누이동생에게 덤벼들지는 못할 것이 틀림없으며, 만에 하나 그런 짓을 하는 사람이 있다면 달려든 사람이 오히려 부지깽이나 방문 고리로 두들겨 맞아 피투성이가 된 채로 경찰한테 넘겨질 것이 뻔한 일이었다.

"단지 나는 말이야—." 한층 더 변명하는 듯한 표정으로 그가 말했다.

"네가 뭐라 하든—그, 질이 좋지 않은 사람이 주변을 서성거리고 있기 때문에—."

"우리는 아직 사건의 진상도 잘 모르고 있잖아요. 오늘 아침에도 헤드 부인이 말도 되지 않는 이야기를 듣고 와서는 떠들어댔다고요."

"그렇지, 그렇고말고."

워터하우스 씨는 시계를 쳐다보았다. 정말로 그는 말 많은 시간제 파출부가 떠들어대는 뜬소문은 듣고 싶지 않았다. 그러나 그의 누이동생은 겉으로는 그런 끔찍하고 비현실적인 이야기에 콧방귀를 뀌고 있었지만 내심으로는 재미있어하고 있었다.

"이런 소문도 있어요. 그 남자는 애런버그 교육기관과 관계된 보험회사의 경리담당자이거나 이사인데, 장부에 의심스러운 구석이 있어서 그것을 물어보려고 페브마시를 찾아왔었다는 거예요."

"그러면 페브마시 양이 그를 죽였다는 거냐?"

워터하우스씨도 약간 흥미로운 표정으로 물었다.

"앞을 못 보는 그 여자가 말이지? 아무리 그래도—."

"글쎄 철사로 목을 졸라 죽였대요. 그 남자는 아마 그녀를 경계하지 않았을 거예요. 아무렴 상대는 눈먼 장님인걸요. 하긴 나 역시 그 말을 믿지는 못하겠지만." 그리고 그녀는 덧붙였다.

"페브마시 양은 머리가 뛰어난 사람인 게 틀림없어요. 물론 나와 그리 친한 사이는 아니지만, 그렇다고 해서 평소 그녀에게 범죄를 저지를 기질이 많았다는 얘기는 아니에요. 다만 생각하는 폭이 좁고 엉뚱하다는 것뿐이지. 하지만 교육은 그리 잘 받은 것 같지 않아요. 새로 지은 초등학교는 그 괴상한 모양이 꼭 오이나 토마토를 길러내는 집 같잖아요. 여름철에는 학생들이 제대로 공부나 할 수 있겠어요? 헤드 부인은 자기 딸 수전도 새 교실을 무척 싫어한다고 하더라니까요. 그렇게 창이 많아서는 늘 바깥만 쳐다보게 되어 공부에 집중할 수나 있겠어요?"

"하긴 그렇겠군."

이렇게 말하면서 워터하우스 씨는 다시 시계를 꺼내 보았다.

"이거 안 되겠는걸. 너무 늦을 것 같아. 그럼 난 갔다 올게. 참, 현관문에 체인을 걸어두는 것이 어떻겠니?"

워터하우스 양은 또다시 흥하고 콧방귀를 뀌었다.

오빠가 출근한 뒤에 그녀는 2층으로 올라가려다 말고 잠시 무언가를 생각하는 듯 발을 멈췄다. 그러다가 골프 가방을 놓아둔 곳으로 가서 골프채 한 개를 꺼낸 다음 그것을 현관문 가까이 잡기 쉬운 곳에 두었다.

"이제 됐군." 만족스러운 듯한 표정을 지으며 그녀가 중얼거렸다.

그녀 오빠가 하던 걱정은 기우에 불과한 것이었다. 미리 준비만 하고 있으면 재난이란 있을 수 없는 것이다. 요즘같이 다 낫지도 않은 정신병자를 병원에서 퇴원시켜 정상적인 생활을 하게 한다는 것은 아무리 좋게 봐주려 해도 너무 무모하고 위험스러운 처사라고 그녀는 생각했다.

워터하우스 양이 자기 침실에 있을 때 헤드 부인이 쿵쿵 소리를 내며 계단을 올라왔다. 헤드 부인은 고무공처럼 통통하고 작달막한 몸매를 지닌 여자였다—그녀는 뭔가 특별한 일이 생기면 더욱 신이 나 하는 성격을 갖고 있었다.

"신사 두 분이 오셨어요." 그녀가 약간 흥분한 듯한 목소리로 말했다.

"사실 꼭 신사라고 할 수는 없어요. 경찰이라고 하니까." 그녀가 덧붙였다.

그녀는 명함을 내밀었다. 워터하우스 양은 그것을 받아 살펴보았다.

"수사과 경감 하드캐슬? 그분들을 응접실로 모셨겠죠?"

"아뇨, 식당으로 모셨는걸요. 거긴 아침식사를 한 뒤 정리를 해두었기 때문에 그곳이 더 좋을 성싶어서요. 까짓 경찰일 뿐인걸요."

워터하우스 양은 그 말이 별로 마음에 들지는 않았지만 어쨌든 내려가겠노라고 대답했다.

"틀림없이 페브마시 양 일에 대해 뭔가 물을 거예요." 헤드 부인이 말했다. "평상시 그 사람 행동 중 어디 이상한 구석은 없었는지 하는 것 등등을 말이에요. 정신병 발작은 갑자기 일어나는 게 보통이니까 미리 그런 낌새를 알아차릴 수도 없어요. 하지만 대개는 어딘가 이상한 구석이 나타나기 마련이죠. 말을 할 때라든지, 눈을 보면 알 수 있다든지 등등 말이에요. 하긴 나중 말은 장님 여자에게는 해당되지 않겠군요. 그래요—." 그녀는 고개를 흔들었다.

워터하우스 양은 힘차게 계단을 내려갔다. 약간은 짓궂은 호기심이 이는 것을 평상시와 같이 도전적인 표정 뒤에 감춘 채 그녀는 식당으로 들어갔다.

"하드캐슬 경감님이 누구시죠?"

"안녕하십니까, 워터하우스 양?" 하드캐슬이 자리에서 일어섰다.

그는 키가 크고 가무잡잡한 얼굴을 한 청년과 같이 있었으나, 워터하우스 양은 그 청년에게는 인사조차 하지 않았다. 그 청년이, "램 경사입니다."라고 낮은 목소리로 그녀에게 먼저 인사를 했으나 그녀는 못 들은 척 그를 무시해 버렸다.

"이렇게 아침 일찍 찾아와서 죄송합니다." 하드캐슬이 입을 열었다.

"우리가 이렇게 찾아온 용건에 대해서는 이미 짐작하고 계시리라 믿습니다. 어제 옆집에서 일어난 사건에 대해서 잘 알고 계시겠지요?"

"옆집에서 살인사건이 일어났는데 모른다고 할 수는 없겠죠. 신문기자 한두 명도 뭐 본 것이 없느냐고 물으러 왔기에 난 아무것도 모른다고 그냥 쫓아버렸지요." 워터하우스 양이 말했다.

"쫓아버렸다고요?"

"그래요. 당연한 일 아니에요?"

"그렇긴 하군요. 그 사람들은 뭐든지 파고드는 것이 직업이긴 합니다만, 틀림없이 부인한테는 당하지 못했을 것 같군요."

이렇게 슬쩍 높여주자 워터하우스 양은 약간 기분이 좋아진 것 같았다.

"번거로운 일이지만 우리도 같은 질문을 드려야 할 것 같은데요. 이번 사건과 관련시킬 수 있는 뭔가 특별한 것을 보았다든지, 또는 들은 얘기가 있다면 하나도 빼놓지 말고 말씀해 주십시오. 우리에게 큰 도움이 될 것 같습니다."

하드캐슬이 본론으로 들어갔다.

"부인은 그 시간에 분명히 집에 있었습니까?"

"살인사건이 몇 시에 일어났는지도 전 잘 모르는걸요."

"우리가 추정하기로는 오후 1시 반에서 2시 반인 것 같습니다."

"그 시간이라면 틀림없이 집에 있었어요."

"그때 오빠 되시는 분도 같이 계셨나요?"

"오빤 점심때에는 집에 오시지 않아요. 대체 죽은 사람은 누구죠? 지방 조간신문이 보도한 기사내용은 너무 간단해서 그 점에 대해서는 전혀 모르겠더군요."

"그 점에 대해서는 우리도 아는 바가 없습니다." 하드캐슬 경감이 말했다.

"다른 지방에 사는 사람인가 보죠?"

"그런 것 같습니다."

"그럼 페브마시 양도 모르는 사람이란 말인가요?"

"페브마시 양은 그 사람이 자기 집에 오리라는 걸 알지도 못했을 뿐더러, 그가 누군지도 모르겠다고 하더군요."

"그녀가 그렇게 말할 수는 없는 노릇 아닌가요? 그녀는 앞을 보지 못하는 장님이잖아요." 워터하우스 양이 말했다.

"물론 내가 그녀에게 그 남자의 인상착의를 자세히 설명해 주었지요."

"어떤 모습을 한 사람이었는데요?"

하드캐슬은 봉투에서 조잡한 사진 한 장을 꺼내어 그녀에게 건네주었다.

"이것이 그 남자 사진입니다. 어떤 사람인지 혹시 모르시겠습니까?"

워터하우스 양은 사진을 자세히 뜯어보았다.

"글쎄요, 전혀……. 한 번도 본 적이 없는 사람인 게 확실해요. 그래도 그렇게 천한 사람인 것 같지는 않군요."

"그렇습니다. 그 남자의 체격이 아주 위풍당당해서 언뜻 보기에 마치 변호사나 실업가 같다고나 할까 뭐 그런 느낌을 주더군요."

"정말 그러네요. 이 사진으로 봐서는 조금도 끔찍해 보이지가 않는군요. 마치 잠자고 있는 사람 같아요."

그 사진은 시체를 여러 각도에서 찍은 것 중에서 제일 끔찍하지 않은 것으로 일부러 골라온 것이라는 얘기를 굳이 그녀에게 할 생각은 하드캐슬에게 조금도 없었다. 단지 그는 이렇게 말했을 뿐이었다.

"죽는 것이 더 편할 때도 있는 법이지요. 이 사람도 죽기 직전까지 자기 자신에게 죽음이란 것이 닥쳐오리라고는 생각지도 못했을 겁니다."

"페브마시 양은 뭐라고 하던가요?" 워터하우스 양이 물었다.

"그녀도 그가 왜 하필 자기 집에서 죽어 있는지 그 이유를 모르는 것 같더군요."

"정말 이상한 일이로군요." 워터하우스 양이 말했다.

"그래서 말입니다만, 워터하우스 양, 우리를 좀 도와주실 수 없겠습니까? 어제 일을 다시 한 번 생각해 봐주십시오. 12시에서 3시 사이에 혹시 밖을 내다보거나 뜰에 나가 있지는 않았나요?"

워터하우스 양은 잠시 생각해 보는 눈치였다.

"그렇게 말씀하시니까 하는 말인데요, 그 시간에 제가 뜰에 나가 있긴 했었어요……. 잠깐, 그러니까 그게 1시 전이었던 게 틀림없어요. 왜냐하면 뜰에 있다가 1시 10분경에 점심식사를 하기 위해서 집 안에 들어와 손을 씻은 뒤에 식탁에 앉았으니까."

"혹시 페브마시 양이 집으로 들어가거나 나가는 것을 보지는 못했습니까?"

"그녀가 돌아오는 것 같더군요—문 여는 소리가 들렸으니까. 맞아요. 그게 12시가 조금 지난 뒤였어요."

"그녀와 얘기를 하지는 않았습니까?"

"아뇨, 전혀요. 단지 문소리가 나서 얼굴을 들어 쳐다봤을 뿐이죠. 그녀는 언제나 그 시간쯤에 돌아오곤 했어요. 아마 수업이 그때쯤 끝나는가 봐요. 알고 계시겠지만 그녀는 시각장애자들을 가르치고 있거든요."

"그녀 자신의 말에 따르자면, 그녀는 1시 반경에 다시 한 번 외출을 했다던데요, 혹시 알고 있습니까?"

"글쎄요, 정확히 그 시간인지는 모르겠는데요. 그녀가 문 앞을 지나간 것만은 분명히 기억하고 있어요."

"저, 잠깐만요. 지금 문 앞을 지나갔다고 했나요?"

"예, 그래요. 그때 전 거실에 있었죠. 지금 이 식당은 보다시피 뒤뜰 쪽에 붙어 있지만 거실은 바깥길 쪽에 붙어 있거든요. 점심을 먹은 뒤에 전 커피잔을 들고 거실로 가서 창가에 있는 의자에 앉아 있었어요. 아마 타임스지를 읽던 중이었을 거예요. 거기에 무슨 수상한 점이라도 있나요, 경감님?"

"아뇨. 특별히 수상하다는 것은 아닙니다." 경감이 웃는 얼굴로 대답했다.

"페브마시 양은 우체국에 볼일이 있었고, 또 물건 살 것이 있어서 외출했었다고 했는데, 그렇다면 상점이나 우체국으로 가기 위해서는 바깥길이 아닌 그 반대쪽 길로 가는 것이 더 가깝지 않은가 하고 잠시 생각해 봤을 뿐입니다."

"그건 어느 상점에 가는가 하는 것에 따라 다르죠. 물론 상점가(商店街)도 그쪽으로 가는 게 가깝고 우체국도 앨버니 로에 있긴 하지만 말이에요—."

"페브마시 양은 대개 그 시간쯤에 댁의 문 앞을 지나가곤 했습니까?"

"페브마시 양이 대개 몇 시쯤 집을 나와 어느 쪽으로 가는가 하는 것을 제가 알 수가 없죠. 제가 우리 집 주변에 사는 사람들을 망보는 사람은 아니니까요, 경감님. 전 바쁜 여자예요. 전 손이 열 개라도 모자랄 정도로 할 일이 많은 사람이라고요. 하긴 하루 종일 창밖만 쳐다보면서 누가 지나가고 누가 누구의 집을 찾아온다든가 하는 걸 지켜보는 것이 일과인 사람들도 있겠죠. 하지만 그런 것은 병자들이나 하는 일 아닌가요? 아니면 근처 사람들의 일을 이러쿵저러쿵 소문이나 퍼뜨리는 별 볼일 없는 사람들이나 하는 짓이겠죠."

워터하우스 양은 쏘아붙이듯이 말했다.

그 말을 들으면서 하드캐슬 경감은 그 말이 누군가를 겨냥한 것이 틀림없다는 생각을 했다. 그래서 그는 재빨리, "정말 그렇겠군요."라고 그녀의 말에 맞장구를 쳤다. 그리고 계속해서 말했다.

"페브마시 양이 이 댁 앞을 지나간 것은 혹시 전화를 걸기 위해서가 아니었을까요? 공중전화가 그쪽에 있으니까."

"공중전화가 15번지 집 바로 앞에 있긴 하죠."

"그래서 물어보겠습니다만, 아주 중요한 일인데요, 그럼 그 남자—수사 용어로 말하자면 그 의문의 남자가 19번지에 찾아온 것을 혹시 보았는지요?"

워터하우스 양은 고개를 저었다.

"전 그 집에 찾아온 사람을 본 적이 없어요. 그 사람뿐 아니라 그 어느 누구도 말이에요."

"그럼 부인은 1시 반부터 3시 사이에는 무엇을 하고 있었습니까?"

"약 반 시간 정도는 타임스지에 실린 크로스 워드 퍼즐을 풀면서(실은 제가 아는 것만 풀었죠) 보내고 부엌으로 가서 점심을 먹고 난 뒤에 나온 그릇들을 설거지했고, 아—또 그리고? 아, 맞아 편지를 두 통 쓰고 여러 가지 대금을 지불하려고 가계수표를 쓴 다음 2층에 올라가 세탁소에 보낼 세탁물을 정리했죠. 옆집에서 어떤 소동이 일어난 것을 안 것은 침실에 있을 때였을 거예요. 누군가가 비명을 지르는 걸 분명히 제 귀로 들었거든요. 그래서 저는 당연히 창가 쪽으로 가보았죠. 19번지 문 근처에 웬 젊은 남자와 여자가 있더군요. 남자가 여자를 껴안고 있는 것 같던걸요."

램 경사가 발을 굼적거렸지만 워터하우스 양은 그를 쳐다보지도 않았고, 그가 그때의 젊은 남자라는 생각은 하지도 못하는 것 같았다.

"제 쪽에서는 그 젊은 남자의 뒷모습만 보였기 때문에 자세히는 모르겠지만 남자가 여자에게 무슨 말인가를 하는 것 같았는데, 나중에는 여자를 문기둥에 기대어 앉게 하더군요. 그때 전 참 이상한 짓을 하고 있다고 생각했었죠. 하여튼 여자를 그렇게 앉혀놓더니 그 남자는 혼자 큰 걸음으로 그 집으로 들어가더군요."

"그 일이 있기 조금 전에 혹시 페브마시 양이 집에 들어가는 걸 보지는 못했습니까?"

워터하우스 양은 고개를 저었다.

"보지 못했어요. 방금 말했듯이 이상한 비명소리를 듣기 전까지는 창 쪽으로 눈을 돌리지 않았거든요. 사실 전 창밖을 내다볼 때만 해도 주의를 기울이진 않았어요. 젊은 남녀들은 가끔 그 따위 이상한 짓들을 하곤 하잖아요—갑자기 비명을 질러댄다든지, 밀친다든지, 아니면 킥킥거리고 웃는다든지, 무슨 물건이 부딪치는 소리를 낸다든지 등등 말이에요. 그래서 그때까지만 해도 무슨 중대한 일이 일어났으리라고는 생각지도 못했죠. 뭔가 심상치 않은 일이 벌어졌다는 걸 깨달은 것은 경찰차가 도착하고 나서였어요."

"그러고는 어떻게 했습니까?"

"물론 다른 사람들처럼 문 앞에 나가 보았죠. 그리곤 곧 뒤뜰로 돌아가 보았어요. 도대체 무슨 일이 일어났는지 궁금했거든요. 그렇지만 거기에서는 아무것도 볼 수 없을 것 같았어요. 그래서 다시 문 앞으로 나와 보니 사람들이 무척 많이 모여 있었어요. 누군가가 그 집에서 살인이 일어났다고 말해 주더군요. 놀라운 사건이 일어났다고 생각했죠. 정말 '뜻밖의 사건'이었다고요!"

그녀는 안타까운 듯이 힘을 주어 말했다.

"그 외에 생각나는 일은 없나요? 뭔가 도움이 될 만한 것으로 말입니다."

"글쎄요. 별로 없는 것 같은데요."

"그럼 최근에 보험회사에서 보낸 편지를 받았다거나, 그런 일로 댁을 찾아온 사람이나 혹은 한번 찾아오겠다고 말한 사람은 없었습니까?"

"그런 일은 전혀 없었어요. 오빠와 전 상호부조협회의 보험에 들어 있어요. 물론 선전용 편지나 광고 문서 같은 것이 늘 오기는 했지만 최근에는 받은 기억이 없어요."

"혹시 커리라고 서명되어 있는 편지를 받은 적은 없습니까?"

"커리—라고요? 아뇨."

"커리라는 이름에 대해 뭐 생각나는 일이라도 없습니까?"

"꼭 생각나는 일이 있어야 하나요?"

하드캐슬이 웃는 얼굴로 말했다.

"꼭 그런 것은 아닙니다. 저 역시 그런 기대는 하지 않았으니까요. 그것은 죽은 남자가 자칭한 이름일 뿐입니다."
"그럼 본명이 아니었나 보죠?"
"어떤 점에서 보면 그런 것 같습니다."
"그럼 일종의 사기꾼인가요?" 워터하우스 양이 물었다.
"그것을 입증할 만한 증거가 나오기 전까지는 그렇다고 말할 수는 없지요."
"그야 그렇겠죠. 경찰 입장에서는 신중을 기할 필요가 있을 테니까요. 저도 그쯤은 알고 있어요. 하지만 이 근처에 사는 사람들은 언제나 그와는 반대로 행동을 하죠. 글쎄 아무 말이나 닥치는 대로 퍼뜨리고 다니니 말이에요—정말 문서비방죄로 고소당하지 않는 게 신기할 정도라니까요."
"말에 의한 비방죄라고 하는 거지요." 처음으로 램 경사가 입을 열었다.
워터하우스 양은 그를 마치 사람이 아닌 경감이 필요로 하는 하나의 부속품에 지나지 않는다고 생각이라도 한 듯 약간 놀란 눈초리로 그를 쳐다봤다.
그러고는 그녀가 말했다.
"도움이 되어 드리지 못해서 정말 유감이군요."
"저도 정말 애석하게 생각합니다." 하드캐슬 경감이 말했다.
"당신과 같이 관찰력과 판단력을 지닌 지성적인 분이라면 아주 유력한 증인이 되어주실 수 있었을 텐데 말입니다."
"저도 정말 뭔가를 알았더라면 더 좋았을 거란 생각이 드는군요."
순간적으로 그녀는 젊은 여자가 뭔가를 동경할 때처럼 어조가 변했다.
"오빠인 제임스 워터하우스 씨는 어떻습니까?"
"오빤 저보다 더 모를 거예요." 그녀는 깔보는 듯한 어조로 말했다.
"언제나 그렇거든요. 어쨌든 그 시간에 오빠는 하이 가(街)에 있는 게인스퍼드 앤드 스웨튼햄에 있었어요. 아무리 생각해 봐도 오빠는 별로 도움이 될 것 같지 않은데요. 아까도 말했지만 오빠는 점심식사 때 집에 오지 않으니까요."
"그럼 오빠 되시는 분은 매일 점심을 어디에서 드십니까?"
"대개 스리 페더스에서 샌드위치와 커피로 때우는 편이죠. 그곳은 꽤 고급스럽고 편안한 느낌을 주는 식당이에요. 주로 지적인 직업에 종사하는 사람들에게 알맞은 간단한 점심식사를 전문적으로 하는 곳이죠.”

“정말 고마웠습니다, 워터하우스 양. 오랫동안 바쁜 시간을 빼앗아서 죄송합니다.”

그들은 일어서서 현관으로 나왔다. 워터하우스 양도 그들 뒤를 따라나왔다. 콜린 램은 문 입구에 골프채가 하나 놓여 있는 것을 발견하고는 그것을 손에 잡아보았다.

“아주 좋은 골프채로군요. 헤드 쪽 무게가 아주 묵직한데요.”

그는 골프채를 어깨 위로 올렸다가 아래로 휘둘러보았다.

“만일의 사태에 대비해 놓아둔 것이로군요.”

워터하우스 양은 급소를 찔린 듯이 몸을 움찔했다.

“아니, 이 골프채가 왜 여기 나와 있는 거지?” 이렇게 말하면서 그녀는 빼앗듯이 골프채를 집어들고는 골프 가방 속에다 집어넣었다.

“아주 현명한 준비태세인데요.”

워터하우스 양은 문을 열고 두 사람을 밖으로 내보냈다.

“별로 특별한 것을 알아내지도 못했군요.” 콜린이 한숨을 쉬면서 말했다.

“경감님이 아첨까지 섞어가면서 했는데도 말이에요. 그런데 경감님은 언제나 그런 방법을 쓰나요?”

“늘 그런 것은 아니네만, 그런 방법이 저런 타입의 여자들에겐 효과가 있지. 겉으로는 아주 깐깐해 보이는 사람이 실은 속없는 아첨에는 약한 법이거든.”

“하긴 저 여자도 나중에는 크림이 담긴 접시를 앞에 둔 고양이처럼 침을 꿀꺽 삼키더군요.” 콜린이 말했다.

“하지만 애석하게도 흥미있는 사실을 알아내지는 못했군요.”

“글쎄?” 하드캐슬 경감이 대꾸했다.

그 말에 콜린은 무슨 얘기냐는 듯 그의 얼굴을 쳐다보았다.

“무슨 생각나는 일이라도 있다는 건가요?”

“별로 대단한 것은 아닐세. 십중팔구는 아마 중요하다고 볼 수 없을 거야. 페브마시 양이 우체국하고 상점에 가긴 갔었네. 그런데 ‘오른쪽’ 길로 가지 않고 ‘왼쪽’ 길로 갔다는 말일세. 마텐데일 양의 말에 따르자면 그 전화는 2시

10분 전쯤에 걸려왔어."

콜린은 이해가 안 간다는 듯 그의 얼굴을 쳐다보았다.

"그녀는 아니라고 말하고 있지만, 경감님은 역시 그녀가 전화를 걸었을 것이라고 생각하고 있군요. 그렇지만 그녀의 태도에 모호한 구석은 없었어요."

"그래. 아주 분명했었지."

하드캐슬 경감은 말했다. 그것은 자기의 의견이 옳다는 걸 강력하게 주장하는 말투가 아니었다.

"만일 그녀가 전화를 건 게 사실이라면 그 이유는 뭘까요?"

"이것저것 할 거 없이 전부 '의문 나는 것'투성이로군."

부글부글 속이 끓어오르는지 하드캐슬 경감이 말을 내뱉었다.

"왜 그럴까? 이유가 대체 뭐지? 이 이야기는 앞뒤가 안 맞는데, 왜 그렇지? 예를 들어 페브마시 양이 그런 전화를 걸었다고 해도 왜 꼭 그 아가씨를 보내달라고 했을까? 만일 그게 다른 사람 짓이라면 왜 페브마시 양을 이 사건 속에 끌어들인 걸까? 도대체 우리가 제대로 알고 있는 것이 뭐지? 가령 그 마틴데일이란 여자가 개인적으로라도 페브마시 양을 알았다면 그 목소리가 여자 목소리였는지 아니었는지, 아니 그 정도까지는 아니더라도 적어도 닮은 목소리였는지 하는 정도는 알고 있었을 게 아닌가. 하여튼 18번지에서는 별 소득을 얻지 못했어. 20번지는 어떨지—아무튼 가보기로 하세."

제8장

윌브러햄 크레슨트 가 20번지 집은 번지수 외에도 다른 이름을 가지고 있었다. 그것은 다이애나 로지라는 것이었다. 문 안쪽으로는 철사 망을 쳐놓아 외부에서 다른 사람이 함부로 침입하지 못하도록 해놓았고, 잘 다듬어지지 않은 월계수도 문으로 들어가려는 사람들에게 방해가 되었다.

"누가 집에다가 월계수 저택이란 이름을 붙이려 한다면 아마 이 집이 제일 적당할 것 같군." 콜린이 중얼거렸다.

"그런데 왜 다이애나 로지라는 이름을 붙였지?"

그는 사방을 유심히 살펴보았다. 다이애나 로지의 주인은 뜰을 가꾼다든지 화단을 만든다든지 하는 일에는 별로 취미가 없는 것 같았다. 고양이 오줌에서 나는 것과 같은 강한 암모니아 냄새와 더불어 무성하게 서로 엉켜 있는 관목들은 이 집에서만 볼 수 있는 가장 두드러진 특징이라고 할 수 있었다.

집 자체도 아주 황폐하다는 느낌을 주었고, 문짝들도 곧 수리를 해야만 할 것 같았다. 그 집에서 가장 최근에 손질을 한 듯이 보이는 것은 새로 페인트가 칠해진 현관문뿐이었다.

그 문에 칠해진 아주 선명한 담청색이 황폐해질 대로 황폐해진 집과 뜰의 모습을 한층 더 스산하게 보이게 했다. 문에는 전기 초인종도 없이 당겨서 사람을 부르는 것으로 보이는 손잡이가 하나 늘어져 있을 뿐이었다. 경감이 그것을 잡아당기자 안에서 짤랑짤랑하는 소리가 들려왔다.

"마치 해자로 둘러싸인 농장 같군." 콜린이 말했다.

한참 뒤 문 안쪽에서 사람 소리가 들려왔다. 그런데 그 소리는 콧노래 같기도 하고, 노래를 부르는 것 같기도 했으며, 말소리 같기도 한, 조금 이상한 소리였다.

"저게 도대체—." 하드캐슬 경감이 말을 하려다 말고 입을 다물었다.
콧노래인지 노래인지를 부르던 사람이 현관으로 다가오고 있었고, 또 말소리까지도 들려왔기 때문이었다.
"안 돼요, 오, 내 귀여운 아가들아. 자, 거기에 놓아요. 정말 착한 아가지. 민뎀스 테일렘스, 샤샤미미, 클레오—클레오파트라, 오—오, 드 두들럼스. 오오—루루—."
문이 닫히는 소리가 들리고 이어 겨우 현관문이 열렸다. 아주 화려한 모양의 엷은 녹색 벨벳으로 만든 가운을 걸친 여자가 두 사람 앞에 서 있었다. 아마색으로 희끗희끗해지기 시작한 머리는 30년 전 스타일로 단정하게 말아 틀어올려져 있었고, 목에는 오렌지색 털목도리를 두르고 있었다.
하드캐슬 경감이 의심스러운 표정으로 물었다.
"헤밍 부인이십니까?"
"예, 그런데요. 좀 조용히들 있어요. 자, 얌전히, 선빔, 두들럼스."
그때서야 경감은 자기가 오렌지색 털목도리라고 생각한 것이 사실은 고양이라는 걸 알았다. 고양이는 그것 한 마리만이 아니었다. 그 밖에도 세 마리가 더 있었는데, 그중 두 마리가 듣기 싫은 소리로 울어대면서 현관으로 나왔다. 고양이들은 제자리에 서서는 낯선 방문객들을 바라보다가 천천히 여주인의 둘레를 돌아다니기 시작했다. 동시에 이곳저곳에서 풍기고 있던 고양이 냄새가 경감의 코를 찔렀다.
"수사과 경감 하드캐슬입니다."
"동물학대방지협회인지 뭔지 하는 일 때문에 오셨군요." 헤밍 부인이 말했다.
"그 사람들은 제게 정말 지독한 말을 했지 뭐예요! 저는 진정서도 보내 봤죠! 글쎄 제가 고양이들의 건강과 행복을 무시하고 그들을 기르고 있다지 뭐예요! 말하는 것이 너무 괘씸하잖아요! 저는 고양이 때문에 살아가는 사람이에요, 경감님. 고양이들만이 제 인생에 있어서 유일한 즐거움이자 기쁨이랍니다. 이 녀석들을 위해 할 수 있는 일이라면 뭐든 다하고 있답니다. 샤샤미미! 거기는 안 돼요. 착한 애들이니까."
샤샤미미는 주인이 말리려는 손은 아랑곳하지 않고 현관의 탁자 위로 뛰어

올라갔다. 그 위에 자리를 잡으면서 그 고양이는 낯선 사람들을 쳐다보다가 얼굴을 닦기 시작했다.

"아무튼 들어오세요." 헤밍 부인이 말했다.

"아! 그쪽 방은 안 돼요. 내가 그만 잊었군요."

그녀는 왼쪽에 있는 문을 밀듯이 열었다. 그 방에서는 더러운 냄새가 한층 더 코를 찔러댔다.

"자, 너희들도 들어온."

방 안에는 고양이털이 묻은 여러 가지 솔이나 빗들이 의자와 테이블 위에 아무렇게나 내던져져 있었고, 그 옆에는 약간 더러워진 색바랜 쿠션들이 여기저기 놓여 있었다. 게다가 방 안에는 여섯 마리 정도의 고양이가 더 있었다.

"전 이 녀석들을 위해 살고 있어요." 헤밍 부인이 말했다.

"신통하게도 이 녀석들은 제가 말하는 걸 다 알아듣는답니다."

하드캐슬 경감은 남자답게 용기를 내어 방 안으로 들어갔다. 불행하게도 그는 고양이만 보면 알레르기를 일으키는 사람이었다. 그런데 흔히 그렇듯 방 안에 있던 고양이들이 전부 곧장 그에게로만 몰려들었다.

그중 한 마리는 그의 무릎 위로 뛰어올랐고, 또 한 마리는 친근하게 그의 바지에 몸을 문질러댔다. 하드캐슬 경감은 용감한 남자답게 입술을 꼭 다물고 그 모든 것을 참아냈다.

"부인, 괜찮으시다면 두세 가지 물어보려고 하는데요."

"뭐든지 좋아요." 헤밍 부인이 경감의 말을 가로막으며 말했다.

"전 숨길만 한 일이라곤 없으니까요. 고양이들의 음식물이나 잠자리 같은 것도 원한다면 보여 드리겠어요. 다섯 마리는 제 방에서 자고 나머지 일곱 마리는 여기서 자지요. 음식물도 제가 직접 요리한 고급 생선만을 먹이고 있답니다."

"고양이와는 아무 상관도 없는 일입니다."

하드캐슬 경감은 약간 목소리를 높이며 말했다.

"우리가 찾아온 것은 옆집에서 일어난 불행한 사건에 대해 몇 가지 좀 알아보고 싶어서입니다. 부인도 물론 그 사건에 대해선 이미 들어서 알고 계시겠죠?"

"옆집이라뇨? 조시아 씨 댁에서 기르는 개에 대해 말하는 건가요?"

"아닙니다. 우린 지금 19번지 집에서 일어난 사건을 말하는 겁니다. 어떤 살해된 시체가 발견된 집말입니다."

"그게 정말인가요?"

예의상 헤밍 부인은 그 사건에 관심이 있는 듯 말을 하기는 했으나 그것으로 그만이었다. 그녀의 시선은 여전히 고양이들에게로 향해 있었다.

"실례인 줄 압니다만 어제 계속 집에 계셨습니까? 시간은 1시 반부터 3시 반 사이였습니다만."

"예, 있었어요. 저는 대개 일찌감치 장을 보는 편이랍니다. 이 녀석들의 점심식사도 마련해 줘야 하고, 또 몸에 솔질도 해줘야 하기 때문이지요."

"아니, 그럼 옆집에서 큰 소동이 일어난 것도 모르고 있었다는 말입니까? 경찰차와 구급차 같은—그런 것들이 온 줄도 몰랐습니까?"

"글쎄요. 제가 바깥쪽 창을 통해 밖을 내다본 기억은 없는걸요. 물론 뒤뜰에는 나갔었죠. 귀여운 애라벨라가 없어져 버렸거든요. 아직 어린 새끼 고양이인데, 글쎄 뒤뜰 나무 위로 올라가서는 내려오지 못하고 있지 뭐예요. 제가 접시에 고기를 담아가지고 가서 나무에서 내려오게 하려고 했는데도 가엾게도 겁만 잔뜩 집어먹고 있더라구요. 몇 번 달래다가 어쩔 수 없이 단념하고 집 안으로 돌아왔죠. 그런데 어쩌면! 세상에 제가 문에 들어서자마자 그 녀석이 나무에서 내려와서는 같이 안으로 들어오는 게 아니겠어요?"

마치 상대방이 믿을 만한지 시험이라도 하듯 그녀는 둘의 얼굴을 차례차례 훑어보았다.

"있을 법한 일이지요." 더는 견뎌내지 못하고 마침내 콜린이 입을 열었다.

"예? 그게 무슨 말이에요?"

헤밍 부인이 조금 기분이 상한 표정으로 콜린을 바라보았다.

"저도 고양이를 굉장히 좋아하는 편이랍니다." 콜린이 말했다.

"그래서 고양이의 습성에 대해서는 조금 알고 있지요. 지금 부인이 말한 것은 고양이들이 제멋대로 행동하는 것에 아주 익숙해져 있다는 것을 보여주는 아주 좋은 본보기지요. 또 한 가지 그 사실을 보여주는 다른 예는, 지금 여기에 있는 저 고양이들이 고양이를 별로 좋아하지 않는 저 친구 주변에만 모여들고, 제 쪽은 거들떠보지도 않는다는 겁니다."

"정말 귀여운 녀석들이지 뭐예요. 사람들의 성격에 대해 아주 잘 알고 있잖아요?"

그때 예쁜 회색빛 페르시아 산 고양이가 하드캐슬 경감의 무릎 위에 앞발을 올려놓고 취한 듯 그를 쳐다보고 있다가 갑자기 그가 바늘꽂이이기라도 한 듯 그를 향해 발톱을 날카롭게 일으켜 세웠다. 그러자 경감은 더 이상 참을 수 없었는지 자리에서 벌떡 일어섰다.

"부인, 괜찮으시다면 뒤뜰을 좀 보여주시겠습니까?"

콜린이 눈을 찡긋 하며 말했다.

"좋아요. 뭐 상관없으니까."

헤밍 부인도 뒤따라 일어섰다. 그녀의 목을 싸고 있던 오렌지색 고양이가 그 바람에 그녀의 목에서 뛰어내렸다. 마치 무엇인가에 홀린 듯한 모습으로 헤밍 부인은 회색빛 페르시아 고양이를 다시 목에 감고서 앞장서서 방을 나갔다. 하드캐슬 경감과 콜린은 그녀의 뒤를 따랐다.

"너하고는 전에도 한번 만났었지."

이렇게 오렌지색 고양이에게 말을 건 다음 콜린은 테이블 위에 놓여 있는 중국식 초롱 옆에 앉아서 꼬리를 살랑살랑 흔들고 있는 다른 회색빛 페르시아 고양이에게 다가갔다.

"넌 아주 예쁘구나."

그가 등을 쓰다듬어 주다가 귀 뒤를 살짝 만져주자 회색빛 고양이는 귀찮다는 듯 소리를 냈다.

"그리고 저—이름이 어떻게 된다고 하셨죠? 밖에 나올 때는 문을 꼭 닫고 나오세요." 헤밍 부인이 현관에서 소리를 질렀다.

"오늘은 조금 쌀쌀한 바람이 부는군요. 이 녀석들이 감기가 들면 안 돼요. 그리고 아주 고약한 애들이 있답니다—그래서 이 녀석들이 혼자 뜰을 거닐면 아주 위험하죠."

그녀는 현관 반대쪽에 있는 구석진 곳으로 가서 뒤쪽 문을 열었다.

"고약한 애들이라뇨?" 하드캐슬 경감이 물었다.

"램지 씨 댁 사내아이 둘 말이에요. 그 집은 크레슨트 가 남쪽 끝에 있죠. 우리 집하고는 뜰이 붙어 있는 모습인데, 그 애들은 정말 상대할 수도 없는 불량한 애들이라니까요. 전에 새총을 가지고 우리 애들을 괴롭히기에 몇 번이나 그 애들 부모에게 그걸 빼앗아 달라고 따지고는 했었는데, 어떻게 됐는지 모르겠어요. 어떤 때는 숨어서 기다리고 있기도 하고, 여름에는 사과 같은 것도 던진다고요, 글쎄."

"못된 애들이군요." 콜린이 말했다.

뒤뜰은 앞뜰보다 더 황량하면 황량했지 더 나을 게 없었다. 손질을 하지 않아 듬성듬성한 잔디, 가지치기가 되어 있지 않아 제멋대로 우거진 관목들, 여기저기 반점이 나타나 있는 월계수 나무, 음산해 보이는 마이크로카파스, 계속 이런 식이라면 두 사람은 시간만 낭비하는 꼴이 될 거라고 콜린은 생각했다.

그곳은 월계수와 기타 잡목들이 마치 장막을 친 듯 둘러서 있어서 페브마시 양의 집 뜰 같은 것은 보일 것 같지도 않았다. 결국 다이애나 로지는 바깥 세상으로부터 완전히 고립돼 있다고 해도 과언이 아니었다. 이 집에 사는 사람으로서도 옆집 사람이란 없는 것이나 같았다.

"19번지 집이라고 하셨죠?"

헤밍 부인은 뒤뜰의 중간 정도도 가지 않고 멈춰선 채로 말을 걸었다.

"하지만 그 집에 사는 사람은 한 사람뿐이고, 더구나 그 사람은 장님 여자일 텐데요."

"피해자는 그 집에 사는 사람이 아니었습니다." 하드캐슬 경감이 말했다.

"아, 그랬군요." 헤밍 부인은 여전히 멍청한 투로 이야기했다.

"그럼 그 사람은 죽기 위해 그 집에 온 거로군요. 세상에 그런 이상한 일이—."

"아주 썩 잘 어울리는 표현인걸."

콜린은 생각에 잠겨 혼잣말로 중얼거렸다.

제9장

두 사람은 자동차를 타고 윌브러햄 크레슨트 가를 따라 내려오다가 오른쪽으로 돌아 앨버니 로로 간 다음 다시 한 번 오른쪽으로 커브를 꺾어 윌브러햄 크레슨트 가의 두 번째 거리로 들어섰다.

"알고 보면 아주 단순하지." 하드캐슬이 말했다.

"그렇군요." 콜린이 대답했다.

"61번지 집은 헤밍 부인의 집과 마주 닿아 있어—하지만 한쪽 구석이 19번지 집과 닿아 있으니까 그 집을 찾아갈 만한 충분한 구실은 될 걸세. 이번이 자네에게는 블랜드란 자와 접해 볼 수 있는 좋은 기회이네. 그런데 참, 그는 외국인 하녀 같은 건 두고 있지 않더군."

"그것참. 그럼 모처럼의 추리도 수포로 돌아가는 건가요?"

그때 자동차가 멈추어서고 두 사람은 차 밖으로 나왔다.

"음, 이건 아주 대단한 정원인걸요." 콜린이 말했다.

사실 그것은 소규모 교외 주택들에게 적당한 정원의 모델이라고 해도 과언이 아니었다. 그곳에는 가장자리에 로벨리아가 심어져 있는 제라늄 화단과, 아주 풍성해 보이는 커다란 베고니아 꽃들이 잘 다듬어져 있었고, 정원 장식물들이 아주 잘 전시되어 있었다—개구리라든지 독버섯, 우스꽝스럽게 생긴 땅의 요정과 자그마한 요정들이 여기저기에 놓여 있었다.

"블랜드 씬 정말 부유한 사람인 것 같군." 콜린이 어깨를 으쓱하며 말했다.

"그렇지 않다면 이렇게 끔찍하게 꾸며 놓았을 리가 없잖겠습니까?"

벨을 누르자 그가 덧붙였다.

"이렇게 이른 아침 시간에 그가 집에 있을 것 같습니까?"

"내가 미리 전화로 그에게 오늘 형편이 어떤지 물어봐 두었다네."

하드캐슬이 설명해 주었다.

그 순간 깔끔한 소형 자동차가 미끄러지듯 집 쪽으로 다가오더니 차고 속으로 들어갔다. 그 차고는 최근에 지어진 것이 틀림없었다. 조사이아 블랜드 씨가 차고 안에서 걸어나오더니 문을 꽝 닫고는 두 사람이 서 있는 쪽으로 걸어왔다. 그는 대머리에 작고 푸른색 눈을 가지고 있는 중간 키의 남자였다.

"하드캐슬 경감님이시지요? 자, 안으로 들어갑시다."

그는 앞장서서 그들을 거실로 안내했다. 그 방 역시 그 집이 부유하다는 것을 잘 보여주고 있었다. 화려하고 값비싸 보이는 램프들, 나폴레옹 시대풍의 책상, 벽난로를 장식하고 있는 번쩍번쩍하는 도금 세트, 섬세하게 조각되어 있는 선반과 창가에 놓인, 꽃을 가득 심어놓은 장신용 화분. 의자 역시 현대적 감각을 지니고 있으면서도 아주 푹신푹신했다.

"앉으시지요." 블랜드 씨가 상냥하게 말했다.

"담배 피우시겠습니까? 혹시 근무 중에는 담배를 피우지 못하게 되어 있는 것은 아니겠지요?"

"아뇨. 괜찮습니다." 하드캐슬이 대답했다.

"술은 안 되겠지요?" 블랜드 씨가 말했다.

"아, 그러는 게 우리의 건강을 위해서는 좋은 일이죠. 그런데 대체 용건이 뭡니까? 19번지에서 일어난 사건 때문인가요? 우리 집 정원의 한 구석이 그 집 정원과 붙어 있긴 하지만 2층 창문에서 보지 않는 한 그리 잘 보이지도 않습니다. 그런데 그건 아주 이상한 사건 같더군요—적어도 오늘 아침 내가 지방신문에서 읽은 바에 의하면 말입니다. 그래서 경감님에게서 연락을 받았을 때는 내심 기뻤습니다. 사건의 실상을 들을 수 있는 기회라고 생각했으니까요. 어떤 소문들이 떠도는지 경감님은 상상도 못하실 겁니다. 덕분에 아내는 아주 겁에 질려 있지요. 살인범이 제멋대로 돌아다니고 있다고 생각해 보십시오. 안 그렇겠습니까? 문제는 요즈음 정신병원에서 머리가 이상해진 사람들을 함부로 퇴원시키고 있다는 것이지요. 선서인가 뭔가만 하면 그런 사람들을 집으로 돌려보내 준다지요. 그래서 또 누군가에게 해를 입히고는 다시 잡혀 들어가는 겁니다. 그리고 아까 내가 말한 것처럼 이런 얘기들이 소문으로 떠도니!

경감님이 우리 집에서 일하는 파출부나 우유배달부, 혹은 신문배달부가 떠들어대는 이야기를 듣는다면 아마 깜짝 놀라실 겁니다. 어떤 사람은 그 남자가 그림을 거는 철사로 목 졸려 죽었다고 하는가 하면, 또 어떤 사람은 칼에 찔려 죽었다고도 하더군요. 또 누군가는 그가 몽둥이에 맞아죽었다더군요. 어쨌든 죽은 사람은 남자가 틀림없겠지요? 내가 생각하기에 그런 일을 당한 사람이 그 나이 든 여자는 아닌 것 같던데. 신문에는 정체불명의 남자라고 실려 있었습니다만." 비로소 블랜드 씨가 말을 멈추었다.

하드캐슬은 웃으면서 비꼬는 투로 말했다.

"바로 그 정체불명의 남자에 대해서 말인데요, 그 남자의 주머니 속에 주소가 적힌 명함이 있더군요."

"그럼 그 얘기는 끝난 것이로군요." 블랜드가 말했다.

"하지만 경감님은 사람들이 어떻다는 것을 알고 계시잖습니까. 도대체 누가 그런 말을 꾸며내서 퍼뜨리고 다니는지 알 수가 없군요."

"희생자 얘기가 나왔으니 하는 말인데요, 이 사진을 한번 봐주십시오."

하드캐슬은 다시 아까의 사진을 끄집어냈다.

"아, 이 남자로군요? 아주 평범한 사람 같군요. 우리와 별반 다름이 없는데요. 이런 것을 물어봐도 되는지 모르겠지만 혹시 이 남자가 살해당할 만한 특별한 이유라도 있었습니까?"

"아직은 그것에 대해 말할 단계가 아닙니다. 알고 싶은 것은, 블랜드 씨, 혹시 이 남자를 전에 본 적이 있는가 하는 것입니다."

블랜드는 고개를 저었다.

"전혀 없습니다. 저는 사람 얼굴을 아주 잘 기억하는 편이지요."

"어떤 특별한 일로 댁을 방문한 적도 없습니까?—보험가입 권유라든지, 아니면 전기청소기나 세탁기 같은 것을 팔기 위해서나, 그 밖에 그런 비슷한 종류의 일로 말입니다."

"아니오. 절대로 없습니다."

"하긴 이런 일은 부인에게 물어봐야 하겠군요." 하드캐슬이 말했다.

"만일 그가 이 집을 방문했다면 부인을 만났을 테니까요."

"예, 아마 그랬겠지요. 하지만 아무래도 그건……아시는지 모르겠지만 발레리는 건강이 그리 좋지 않아서요. 집사람의 신경을 건드리는 일은 하고 싶지가 않군요. 그건 그렇고, 그 사진은 그가 죽어 있는 것을 찍은 것이겠지요?"

"그렇습니다. 그렇긴 하지만 별로 무섭다거나 기분 나쁜 사진은 아닙니다."

"그런 뜻으로 한 말은 아닙니다. 아주 잘 찍은 사진이로군요. 정말 꼭 잠자고 있는 사람 같으니까."

"조사이아, 지금 내 얘기를 하고 있는 건가요?"

옆방으로 통하는 문이 열리면서 한 중년 여자가 방으로 들어왔다. 하드캐슬은 그녀가 옆방에서 엿듣고 있었음이 틀림없다고 생각했다.

"아, 당신 거기 있었구려. 난 당신이 낮잠을 자고 있는 줄 알았지. 경감님, 제 아내입니다. 저분은 수사과의 하드캐슬 경감님이라오."

"그렇게 끔찍한 살인이라니." 블랜드 부인이 중얼거렸다.

"정말 생각만 해도 소름이 끼친답니다."

그녀는 약간 헐떡이듯 한숨을 내쉬며 소파에 앉았다.

"발을 들고 있구려." 블랜드가 말했다.

블랜드 부인은 그 말대로 따랐다. 그녀는 우는 듯한 가냘픈 목소리와 모랫빛 머리를 지닌 여자였다. 안색은 빈혈증 환자처럼 창백해서 아무래도 오랫동안 병석에 누웠던 적이 있는 느낌이 드는 여자였다.

하드캐슬 경감은 문득 그녀의 모습에서 누군가를 떠올렸다. 그는 그것이 누구인지를 기억해 내려고 했지만 실패하고 말았다. 그녀가 그 우는 듯한 가냘픈 목소리로 말을 계속했다.

"경감님, 저는 건강이 그리 좋지 않답니다. 그래서 남편은 제가 충격을 받는다든지 걱정한다든지 하지 않도록 늘 저를 감싸주려고 해요. 저는 감수성이 예민하거든요. 경감님께서 사진—저……, 죽은 사람의 것이라고 생각되는데, 그것에 대해 말씀하고 계셨죠? 오, 얼마나 끔찍한 얘긴지. 아무래도 그 사진을 볼 자신이 없어요."

'사실은 보고 싶은 게로군.' 하드캐슬은 속으로 생각했다.

그는 약간 심술궂은 투로 말했다.

"그럼 그것을 봐달라고 부탁하지 않는 것이 좋을 것 같군요, 블랜드 부인. 저는 다만 그 남자가 어떤 일로 댁을 방문했었다면 부인께서 우리를 도와줄 수 있지 않을까 생각했을 뿐이니까요."

"저도 제 의무는 다해야 하지 않겠어요?" 블랜드 부인이 한결 용감해진 미소를 띠면서 말했다. 그녀는 한 손을 내밀었다.

"밸, 그런 일을 해도 괜찮겠소?"

"바보 같은 소리 마세요, 조사이아. 당연히 내가 봐야만 하잖아요."

그녀는 아주 관심 있는 눈초리로 사진을 보더니 곧 실망하는 표정이었다. 적어도 경감에게는 그렇게 느껴졌다.

"이 사람은—정말 전혀 죽은 사람처럼 보이지 않아요." 그녀가 말했다.

"이 사람이 살해당했다니 전혀 그런 것 같지가 않은데 말이에요. 그는—그는 설마 목 졸려 죽은 건 아니겠죠?"

"칼에 찔려 죽었습니다." 경감이 말했다.

블랜드 부인은 눈을 내리감고는 몸서리를 쳤다.

"오, 맙소사—. 정말 끔찍해요."

"블랜드 부인, 그 사람을 본 적이 있는 것 같지는 않습니까?"

"아뇨." 블랜드 부인이 분명히 마지못한 듯한 목소리로 말했다.

"아뇨, 아뇨, 본 적이 없는 것 같아요. 이 사람은 그러니까—집집마다 물건을 팔러 다니는 사람이었나요?"

"그는 보험회사 외무원이었던 것 같았습니다." 경감이 조심스럽게 말했다.

"아, 그랬군요. 아뇨, 그런 종류의 사람은 본 적이 없어요. 조사이아, 당신도 내가 그런 종류의 일에 대해 얘기하는 걸 들은 기억이 없죠?"

"그런 말은 한 적이 없는걸." 블랜드 씨가 말했다.

"그 사람은 페브마시 양의 친척이라도 되는 모양이죠?"

블랜드 부인이 물었다.

"아닙니다. 그녀도 전혀 모르는 사람이었습니다."

"정말 이상한 일이네요." 블랜드 부인이 말했다.

"페브마시 양을 아십니까?"

"아, 예. 제 말뜻은 물론 그녀를 이웃사람 정도로 알고 있다는 거예요. 그녀는 가끔 정원을 가꾸는 일로 우리 남편과 상의를 하곤 했어요."

"남편께서는 원예에 상당히 조예가 깊으신가요?" 경감이 말했다.

"아닙니다. 실은 그렇지도 못하지요." 블랜드가 변명하듯이 말했다.

"알다시피 그럴 여가가 별로 없습니다. 물론 약간 그쪽 방면에 대한 지식은 있지요. 하지만 정원을 돌봐주는 아주 솜씨가 좋은 친구를 한 사람 고용하고 있답니다—그는 일주일에 두 번 오죠. 그 사람은 정원의 꽃이나 나무들을 잘 보호해 주고, 손질하는 일을 합니다. 나는 우리 집 정원을 이 근처에 있는 그 어느 집 정원에도 뒤떨어지지 않게 꾸미려고 애는 쓰지만, 우리 옆집에 사는 사람들처럼 정말로 원예를 좋아하는 사람은 아닙니다."

"램지 부인을 말씀하고 계신 건가요?"

"아뇨, 아뇨. 좀더 가서 63번지 집에 사는 맥노턴 씨 말입니다. 그는 정말 정원 때문에 살아가는 사람 같더군요. 하루 종일 정원에서 지내면서 퇴비를 만드는 일에만 열중하고 있지요. 정말로 퇴비 이야기만 나오면 짜증이 날 정도입니다. 하지만 이런 이야기는 경감님이 여기에 오신 용건과는 아무 상관이 없겠군요."

"그렇긴 합니다. 저는 다만 누군가—예를 들어 선생이든, 아니면 부인이든, 어제 정원에 나가 있지는 않았는지 궁금했을 뿐입니다. 어쨌든 선생이 아까 말했듯이 댁의 정원이 19번지 집 정원과 접해 있으니까 만일 정원에 나와 계셨다면 어제 무슨 흥미있는 일이라도 볼 기회가 있지 않았을까 생각했지요—아니면 들을 수도 있었겠고요."

"정오쯤이었지요? 그러니까 살인사건이 일어난 시간 말입니다."

"1시에서 3시까지가 문제입니다."

블랜드는 고개를 저었다.

"그때쯤이라면 그리 많이 보았을 것 같지가 않은데요. 나는 여기에 있었으니까요. 발레리 역시 마찬가지고. 우리는 점심을 먹고 있었을 겁니다. 하지만 식당은 길 쪽으로 나 있으니까 우리가 정원에서 일어나는 일을 볼 수는 없었겠지요."

"보통 몇 시쯤 식사를 하십니까?"

"1시쯤 하지요. 때로는 1시 반에 하기도 하고요."

"그럼 그 뒤에는 정원에는 전혀 나가시지 않았습니까?"

블랜드는 고개를 저었다.

"사실, 아내는 식사 뒤엔 항상 2층에서 쉬고, 나도 바쁜 일이 없으면 여기 이 의자에서 잠시 눈을 붙이곤 하지요. 내가 집을 나선 것은 아마 3시 15분 전쯤이었던 것 같긴 합니다만, 유감스럽게도 정원에는 전혀 나가보지 않았습니다."

"그랬군요." 한숨을 쉬면서 하드캐슬이 말했다.

"우리들로서는 누구에게나 이런 질문을 하고 넘어가야만 해서요."

"아, 물론입니다. 제가 좀더 도움을 드릴 수 있었으면 좋으련만."

"정말 좋은 집을 갖고 계십니다. 실례지만 많은 돈을 들이신 것 같습니다."

이 말에 블랜드는 활짝 미소를 띠었다.

"아, 예. 우리는 멋있는 것을 좋아하지요. 아내는 고상한 취미를 많이 갖고 있답니다. 우리는 1년 전에 뜻밖의 횡재를 했답니다. 아내의 큰아버지에게서 유산을 물려받았거든요. 그것도 25년 동안 만난 적이 없는 큰아버지의 유산을 말이죠. 정말 뜻밖의 일이라고 할 수밖에요! 덕분에 우리 생활도 형편이 조금 달라질 수 있었답니다. 아주 안락한 생활을 할 수도 있게 되었고, 연말쯤에는 어디 여행이라도 다녀올 생각입니다. 그건 교양을 쌓는 데에도 도움이 될 것 같으니까요. 그리스와 그 밖에 여러 곳을 둘러볼 생각입니다. 대학교수들이 그런 곳들에 대해 강의를 많이 하니까요. 아, 물론 저는 혼자 힘으로 살아온 사람이기 때문에 그런 방면에 대해 배울 여가가 별로 없었지만 사실 관심은 갖고 있었거든요. 트로이 유적을 발굴해 낸 사람도 본래는 식료품상이었을 거라고 전 생각합니다. 아주 로맨틱하지요! 저는 외국여행을 무척 좋아하는 편이긴 합니다만, 별로 많은 곳을 다녀보지는 못했습니다. 겨우 기회가 닿는 대로 주말에 번화한 파리에 몇 번 가본 정도지요. 저는 이 집을 팔고 스페인이나 포르투갈, 아니면 서인도제도에라도 가서 살려고 한 적도 있었답니다. 그런 사람들이 많으니까요. 거기에서는 소득세 같은 것도 훨씬 적거든요. 그런데 아내가 반대를 한답니다."

"저도 여행은 좋아해요. 그렇지만 영국 이외의 곳에서 살고 싶은 마음은 별로 없답니다." 블랜드 부인이 말했다.

"친구들도 전부 이곳에 있고요—언니도 여기에서 살고 있으니 사람들이 우리를 알고 있잖아요. 외국에 나가 보세요. 누가 알아주겠어요. 여기에는 아주 좋은 의사 선생님도 계시잖아요. 그분은 정말 제 건강에 대해 잘 알고 계신답니다. 외국인 의사들은 정말 싫어요. 믿을 수 없고요."

"정말 그렇소?" 블랜드 씨가 짓궂게 놀렸다.

"유람선을 타고 가면 그리스 섬에 홀딱 빠져들지도 모르잖소?"

블랜드 부인은 그럴 리가 있겠느냐는 듯한 표정을 지었다.

"그 배에는 영국인 의사가 타고 있을 수도 있겠죠."

그녀가 의심스러운 듯이 말했다.

"틀림없이 있을 거요." 그녀의 남편이 말했다.

그는 하드캐슬과 콜린을 정문까지 배웅하면서, 또 한 번 별로 도움을 주지 못해 유감스럽다고 말했다.

"자—, 저 남자를 어떻게 생각하나, 콜린?" 하드캐슬이 물었다.

"내가 집을 짓는다면 저 남자에게 부탁하고 싶지는 않을 겁니다. 그렇지만 내가 찾는 사람은 못된 건축업자가 아니죠. 내가 찾고 있는 사람은 이념에 자기 몸을 바친 사람이거든요. 이번 살인사건에 대해 생각해 보건대 이런 종류의 살인사건은 경감님에게 맞는 것 같지가 않아요. 혹시 블랜드가 아내의 재산을 상속받아 멋진 금발 여자와 결혼하려고 아내에게 독약을 먹여 에게 해에 빠뜨려 죽인 사건이라면 몰라도 말입니다—."

"그때는 또 그때의 상황에 따라 수사하게 될 걸세." 하드캐슬 경감이 말했다.

"지금은 이번 살인사건에 전념하는 도리밖에 없지."

제10장

윌브러햄 크레슨트 가 62번지에서는 램지 부인이 자신을 격려하듯 무언가를 중얼거리고 있었다.

"이제 딱 이틀뿐이야. 이틀뿐이란 말이야."

그녀는 이마 앞으로 내려온 축축하게 젖은 머리카락을 뒤로 쓸어올렸다. 뭔가 쨍그랑 하는 소리가 부엌에서 들려왔다. 램지 부인은 왜 그런 소리가 났는지 가서 알아보고 싶지도 않았다. 저런 소리 같은 것은 들은 척도 하지 말까. 하여튼 좋아—이제 이틀뿐일 테니까. 그녀는 홀을 가로질러 가서는 부엌문을 확 열어젖혔다. 그러고는 3주 전보다는 훨씬 부드러워진 목소리로 말했다.

"이번에는 또 무슨 일을 저질렀니?"

"죄송해요, 엄마." 그녀의 아들인 빌이 말했다.

"우린 다만 이 깡통들을 갖고 볼링 경기를 흉내 내고 있었을 뿐인데요, 어쩌다 그것이 유리그릇을 넣어둔 찬장 밑으로 굴러 들어갔지 뭐예요."

"처음부터 찬장 밑으로 넣으려고 한 건 아니었어."

동생 테드가 형의 말에 맞장구를 쳤다.

"좋아, 자, 이것들은 주워서 찬장에 넣어두고 깨진 유리그릇들은 쓸어서 쓰레기통에 버리고 와요."

"하지만, 엄마, 지금 해야 해요?"

"그래. 지금 당장."

"테드가 해, 그럼." 빌이 말했다.

"난 싫어." 테드가 말했다.

"언제나 그런 일은 나만 시켜. 형도 안 하는데 내가 왜 해."

"너 맞을래?"

"싫어."

"좋아. 그럼 하게 해주지."

"아야!"

두 아이들은 서로 뒤엉켜 뒹굴기 시작했다. 테드가 부엌 탁자 쪽으로 밀쳐지자 그 위의 계란을 담아놓은 접시가 금방이라도 떨어질 듯 흔들거렸다.

"너희들, 당장 부엌에서 나가!"

드디어 램지 부인이 소리쳤다. 그녀는 두 아이들을 부엌에서 쫓아낸 다음 문을 닫아버리고는 깡통들을 줍고 유리 파편들을 쓸어모았다.

'앞으로 이틀이야.' 그녀는 또 한 번 되새겼다.

'이틀만 참으면 저 애들은 학교로 돌아간다고. 그렇게만 되면 천국이지.'

그녀는 칼럼니스트인 한 여성의 심술궂은 표현을 머릿속에 희미하게 떠올렸다. '여자들에게 있어 행복한 날은 일 년 중 단 6일뿐이다. 즉, 아이들 방학의 첫날과 마지막 날뿐인 것이다.' 정말 이건 사실이야. 램지 부인은 그렇게 생각하면서 깨진 만찬용 식기들의 파편을 쓸어담았다. 불과 5주 전만 하더라도 아이들이 돌아오기를 얼마나 기쁘고 즐거운 마음으로 손꼽아 기다렸던가! 그런데 지금은 이 지경이라니?

"내일이면—." 그녀는 다시 혼잣말로 중얼거렸다.

"내일이면 빌도 테드도 학교로 돌아가겠지. 믿을 수 없어. 더 이상 기다릴 수가 없어."

5주 전 역에서 그녀가 아이들을 만났을 때는 얼마나 기뻤던가! 요란하고 애정이 가득 담긴 인사! 그 애들은 집 안이나 정원을 드나들면서 온통 뛰어다니기만 했다. 차 마시는 시간에는 특별히 맛있는 과자도 만들어 주었었다. 그런데 지금은—지금 그녀가 목이 빠지도록 기다리는 것은 뭐란 말인가? 그것은 완전히 평화로운 하루다. 끔찍한 양의 식사를 마련하지 않아도 되고, 끊임없이 청소를 하지 않아도 되는 하루. 그녀는 그 애들을 사랑했다—그 애들이 착한 것은 틀림없다. 그녀는 그 애들을 자랑스럽게 여겼다. 그런데 그 애들은 사람을 피곤하게 했다. 그 애들의 엄청난 식욕, 활기, 정신없이 만드는 소음.

그때 갑자기 귀에 거슬리는 비명소리가 들려왔다. 그녀는 깜짝 놀라 그쪽으로 고개를 돌렸다. 다행스럽게도 별로 걱정할 일은 아니었다. 아이들이 정원으로 뛰쳐나갔을 뿐이었다. 그 편이 훨씬 나았다. 아무래도 방보다는 정원이 뛰어놀기에는 적당할 것이기 때문이다. 아마 이웃집이 좀 귀찮기는 할 것이다. 그녀는 애들이 헤밍 부인의 고양이들만 건드리지 말아줬으면 좋겠다고 생각했다. 좀더 솔직히 얘기하자면, 그건 고양이를 염려해서 그런 것이 아니라 헤밍 부인의 정원 둘레에 쳐진 철사에 애들이 옷을 찢길 염려가 있기 때문에 그런 것이었다. 그녀는 손이 금방 닿을 수 있도록 조리대 위에 놓아둔 구급약 상자 쪽으로 슬쩍 눈길을 돌렸다. 하지만 그녀는 한창 원기왕성하게 뛰노는 아이들이 입기 쉬운 그런 상처를 별로 대수롭게 여기지는 않았다. 사실 그녀가 어쩔 수 없이 하는 첫마디는 이런 것이었다. "바닥에 피를 흘려서는 안 된다고 백 번도 더 말했잖니! 부엌으로 곧장 들어오도록 해. 그곳은 바닥이 리놀륨으로 돼 있으니까 닦으면 된단 말이야."

바깥에서 들려오던 크게 고함치는 소리가 중간에서 뚝 끊겼다고 생각되는 순간 이상하게도 사방이 너무 조용해졌기 때문에 램지 부인은 마음속으로 문득 경계심이 일었다. 정말 이러한 정적은 아주 부자연스러웠다. 그녀는 손에 유리그릇 파편을 담은 쓰레받기를 든 채 멍하니 서 있었다.

그때 부엌문이 불쑥 열리면서 빌이 안으로 뛰어 들어왔다. 그런데 11살짜리 애의 얼굴이라고 하기에는 참으로 이상할 정도로 그 애는 아주 엄숙하면서도 황홀한 듯한 표정을 짓고 있었다. 그가 말했다.

"엄마, 수사과의 경감님이 어떤 사람을 데리고 왔어요."

"아, 그래?" 램지 부인은 그제야 마음을 놓으면서 말했다.

"무슨 일로 오셨다고 하든?"

"엄마를 만나고 싶으시대요." 빌이 말했다.

"살인사건 때문일 거예요, 분명히. 왜 있잖아요. 어제 페브마시 양 댁에서 일어난 사건 말이에요."

"무엇 때문에 나를 만나려고 왔는지 모를 일이구나."

램지 부인이 약간 귀찮다는 듯한 목소리로 말했다. 살면서 별일도 다 겪는다고 그녀는 생각했다.

경찰이 이런 귀찮은 시간에 찾아왔으니 아일랜드식 스튜에 넣을 감자를 미리 준비해 놓을 수도 없게 됐어.

"할 수 없지. 나가봐야겠군." 그녀는 한숨을 쉬면서 말했다.

그녀는 깨진 유리그릇 파편들을 싱크대 밑에 있는 쓰레기통 속에 버린 다음 수돗가로 가서 손을 씻고 머리를 매만진 뒤에 빌을 따라 나갈 준비를 했다. 그 사이를 참지 못하고 빌이 보채듯 말했다.

"빨리 와요, 엄마. 빨리."

램지 부인은 옆에 바싹 붙어 따라오는 빌을 데리고 거실로 들어갔다. 두 남자가 거기에 서 있었다. 작은 아들 테드가 눈을 동그랗게 뜨고 살피듯이 그들을 주시하고 있었다.

"램지 부인이시죠?"

"안녕하세요?"

"아드님에게 들어서 아시겠지만 저는 수사과의 하드캐슬 경감입니다."

"지금은 좀 곤란한데요." 램지 부인이 말했다.

"오늘 아침은 좀 바쁘거든요. 오래 걸리나요?"

"아닙니다. 잠시면 됩니다." 안심시키듯 하드캐슬 경감이 말했다.

"좀 앉아도 되겠습니까?"

"아, 예. 그러세요."

램지 부인은 등이 곧은 의자에 앉았다. 그리고 조바심이 나는 듯 두 사람의 얼굴을 번갈아 바라보았다. 그녀는 왠지 시간이 좀 걸릴 것 같다는 느낌이 들었다.

"너희 둘은 여기 있을 필요가 없단다."

하드캐슬이 소년들을 보고 상냥하게 말했다.

"피, 우리는 나가지 않을 거예요." 빌이 말했다.

"우리는 나가지 않을 테야." 테드가 따라서 말했다.

"우리도 그 일에 대해 듣고 싶단 말이에요." 빌이 말했다.

"정말 그래." 테드도 말했다.

"피를 많이 흘렸나요?" 빌이 물었다.

"그 사람은 강도였어요?" 테드가 말했다.

"조용히들 해, 애들아." 램지 부인이 타일렀다.

"경감님이 말씀하셨잖니, 너희들은 여기 없는 것이 좋다는 말씀 못 들었어?"

"싫어요. 우리도 듣고 싶어요." 빌이 말했다.

하드캐슬은 문쪽으로 걸어가서 문을 열고는 소년들을 바라보았다.

"자, 나가거라." 그가 말했다.

아주 조용한 단 한마디의 말이었지만 그 말에는 거역하지 못할 위엄이 들어 있었다. 더 이상 고집을 피우지 못하고 두 소년은 자리에서 일어나 발을 끌면서 방 밖으로 나갔다.

'대단한데.' 램지 부인이 속으로 감탄하면서 생각했다.

'그런데 왜 나는 저렇게 안 되는지 모르겠어.'

하지만 곧, 난 그 애들 엄마니까, 라고 그녀는 생각을 바꿨다. 그녀는 애들이란 바깥에 나갔을 때는 집에서와는 완전히 다른 행동을 한다는 것을 소문을 들어 알고 있었다. 그래서 항상 짓궂은 일을 뒤치다꺼리해 주는 것은 어머니들인 것이다. 하지만 오히려 그편이 더 나을지도 몰라, 하고 그녀는 생각했다.

집에서는 조용히 시키는 대로 말도 잘 듣고, 행동도 얌전하다가도 집 밖으로 나가면 말썽꾸러기가 되어 나쁜 소문이나 달고 다니는 그런 애들이 사실은 더 곤란하잖아—그래, 그러는 게 더 나쁜 거야. 그녀는 하드캐슬 경감이 돌아와 다시 자리에 앉자 자기에게 무슨 용건이 있어 왔을까 하고 생각해 보았다.

"어제 19번지 집에서 일어난 사건 때문이라면, 정말 말씀드릴 게 없는데요, 경감님. 그 일에 대해선 아무것도 모르니까요." 그녀가 신경질적으로 말했다.

"그 집에 누가 사는지조차도 전혀 모른답니다."

"그 집에는 페브마시 양이라는 사람이 살고 있습니다. 그녀는 장님이지만 애런버그 교육기관에서 일하고 있지요."

"예, 그래요? 저는 그쪽에 사는 사람들은 전혀 모르거든요."

"부인은 어제 12시 30분부터 3시 사이에 댁에 계셨습니까?"

"예, 그래요. 식사준비와 그 외 다른 일 때문이었죠. 그렇지만 3시 전에는 외출했어요. 애들을 극장에 데리고 갔었거든요."

경감은 주머니에서 사진을 꺼내서 그녀에게 건네주었다.

"이 사람을 전에 본 적이 있었는지 말씀해 주셨으면 하는데요."

램지 부인은 약간 흥미가 이는 듯한 표정으로 그것을 들여다보고는 말했다.

"아뇨—. 아뇨, 본 적이 없어요. 설사 제가 그를 보았다 하더라도 기억해 낼 자신이 없군요."

"그 남자가 어떤 이유로 이 집을 찾아왔었던 적은 없었습니까?—가령 보험 가입 권유라든지, 아니면 그와 비슷한 일을 가지고 말입니다."

아까보다 좀더 단호한 태도로 램지 부인은 고개를 저었다.

"아니에요. 이런 사람은 분명히 오지 않았어요."

"믿을 만한 몇 가지 증거로 미루어 보건대 그 사람 이름은 커리라고 합니다. R. H. 커리이지요."

그는 묻는 듯이 그녀를 쳐다보았다. 램지 부인이 다시 고개를 저었다.

"정말, 방학 때는 어떤 것도 눈여겨 볼 시간이 없답니다."

그녀가 변명하듯이 말했다.

"방학 때는 정말 바쁘실 겁니다." 경감이 말했다.

"착한 아드님들을 두셨더군요. 발랄하고 기운차고 때로는 활기가 지나치게 넘쳐흐르죠?"

램지 부인은 그렇다는 듯 미소를 띠고는 말했다.

"하긴, 어떤 때는 사람을 피곤하게 만들기도 하지요. 하지만 정말은 아주 착한 애들이랍니다."

"그렇고말고요. 둘 다 착한 아이들이지요. 대단히 똑똑하기도 하고. 괜찮으시다면 가기 전에 그 애들과 이야기 좀 하고 싶은데요. 아이들이란 때로는 집안 식구 그 누구보다도 여러 가지 알고 있는 것이 많은 수가 있거든요."

"저 애들이 뭔가를 주의해서 봤을 리가 없을 텐데요." 램지 부인이 말했다.

"더구나 19번지와는 바로 이웃이라고 할 수도 없는걸요."

"하지만 정원이 서로 맞붙어 있지 않습니까."

"그렇긴 해요." 램지 부인이 고개를 끄덕였다.

"하지만 분명히 떨어져 있는 건 사실이죠."

"20번지에 사는 헤밍 부인은 알고 계십니까?"

"글쎄요, 조금은—. 그 고양인가 뭔가 하는 일로요."

"고양이를 좋아하십니까?"

"아, 아니에요." 램지 부인이 말했다.

"그래서 그런 게 아니고요, 대개는 불평 소리를 듣고 있지요."

"아, 알겠습니다. 불평이라—그런데 무엇에 대한 불평입니까?"

램지 부인의 얼굴이 흥분한 듯 붉어졌다. 그녀가 큰소리로 말했다.

"항상 그런 식으로 사람들이 고양이를 기른다는 건 곤란해요. 글쎄 그 부인은 14마리나 되는 고양이를 기르지 뭐예요—고양이한테 온 정신이 홀딱 빠져 있어요. 나 참 어리석은 짓이지 뭐예요. 저도 고양이를 좋아한답니다. 집에다 고양이를 기르기도 했어요. 얼룩고양이였죠. 정말 쥐를 기막히게도 잘 잡았답니다. 그렇지만 그 부인처럼 특별히 음식을 요리해 먹인다든지 하는 야단법석은 떨지 않았어요—그래서는 집 밖으로 나돌아다니지 못하니까 고양이가 고양이답게 살아가지도 못하죠. 당연히 고양이들은 도망치려고 하고 말이에요. 제가 그 집 고양이 중 한 마리라 하더라도 그랬을 거예요. 게다가 우리 집 애들은 사실 착하거든요. 그러니 그 집 고양이를 괴롭힐 리가 없잖아요. 제가 말하는 것은 고양이들은 언제나 자신들의 몸을 아주 잘 돌볼 수 있다는 거예요. 고양이란 동물은 아주 영리하니까요. 분별 있게 키우기만 하면 말이지요."

"부인 말씀이 옳습니다. 그런데 부인은 정말 바쁘시겠습니다. 방학 동안에 아이들 식사준비도 해야겠고, 또 기분도 맞춰줘야 할 테니까. 아드님들은 언제 학교로 돌아갑니까?"

"내일 모레예요." 램지 부인이 말했다.

"그러면 그 뒤엔 조금 쉴 수가 있겠군요."

"저도 한번 마음껏 느긋하게 지내 보려고 생각하는 중이에요."

그때 지금껏 아무 말 없이 글씨만 쓰고 있던 다른 젊은 청년이 끼어들었기 때문에 그녀는 약간 놀랐다.

"외국인 젊은 여자를 한 명 써보시는 게 어떻겠습니까? '오 페르'라고 하는데, 그들에게 영어를 가르쳐 주는 대신 집안의 잡일을 거들도록 하는 것이죠."

"그 방법도 좋을 것 같긴 하군요." 램지 부인이 생각하는 표정으로 말했다.
"하지만 외국인이라니 왠지 다루기가 힘들 것 같군요. 남편한테 그런 얘길 하면 분명히 웃어버리고 말거예요. 그런 일에 대해서 남편은 저보다 훨씬 더 많이 알고 있답니다. 저보다 많이 외국여행을 다녔으니까요."
"남편께서는 지금도 외국에 나가 계십니까?" 하드캐슬이 물었다.
"예, 8월초에 스웨덴으로 가야 할 일이 있었어요. 남편은 토목기사죠. 바로 그 시기에 남편이 그곳에 가야만 했다는 것은 아주 유감스런 일이었어요—바로 아이들의 방학이 시작될 때였으니까요. 남편은 아이들에게 아주 잘 해준답니다. 정말 아이들 이상으로 장난감 전기기차를 가지고 노는 걸 좋아하죠. 때로는 기차선로나 주차장 같은 것을 홀을 가로질러 다른 방에까지 이어놓기도 했답니다. 그럴 때면 그런 걸 밟지 않도록 주의하느라고 아주 애를 먹어요."
그녀는 머리를 설레설레 흔들었다.
"남자들은 정말 어린애들 같다니까." 놀리듯 그녀가 말했다.
"남편께서는 언제 돌아오실 예정입니까, 램지 부인?"
"저도 모르겠어요." 그녀는 한숨을 내쉬었다.
"그래서—곤란할 때도 있죠." 그녀의 목소리가 떨렸다.
콜린은 그녀를 날카로운 눈초리로 쳐다보았다.
"너무 많은 시간을 빼앗은 것 같군요, 램지 부인."
하드캐슬은 자리에서 일어섰다.
"아드님에게 정원 구경을 시켜 달라고 해도 괜찮겠습니까?"
빌과 테드는 홀에서 기다리고 있다가 그 말에 재빨리 대답했다.
"물론이에요. 하지만 그리 큰 정원은 아니에요." 빌이 변명하듯 말했다.
윌브러햄 크레슨트 가 62번지의 정원은 제법 그럴 듯하게 꾸미기 위해 노력한 흔적이 엿보였다. 한쪽에는 달리아와 갯개미취를 심은 화단이 있었고, 다소 울퉁불퉁하게 깎여진 작은 잔디밭도 있었다. 좁은 길에는 잡초가 우거져 있었고 비행기와 우주총, 그밖에 현대과학을 대표하는 여러 모형이 약간 더럽혀진 채 팽개쳐져 있었다. 정원의 맨 끝쪽에는 맛있어 보이는 빨간 사과가 달린 사과나무 한 그루가 서 있었고 그 옆에는 배나무 한 그루도 서 있었다.

"여기에요." 이렇게 말하면서 테드는 사과나무와 배나무 사이의 공간을 가리켰다. 그쪽에서는 페브마시 양의 집 뒤쪽이 확실히 보였다.

"저게 살인사건이 일어난 그 19번지 집이에요."

"저 집이 아주 잘 보이는데. 2층 창문에서라면 더 잘 보이겠구나."

"맞아요. 우리가 어제 2층 창문에서 내려다봤으면 뭔가를 보았을 수도 있었는데 말이에요. 그런데 그렇게 못했지 뭐예요." 빌이 말했다.

"우린 극장에 갔었어요." 테드가 말했다.

"지문은 있었어요?" 빌이 물었다.

"하지만 별로 도움이 될 만한 것이 아니었단다. 너희들은 어제 정원에 한 번도 나와 놀지 않았니?"

"아뇨, 때때로 나왔었어요." 빌이 말했다.

"아침 내내 정원에 있었는걸요. 하지만 아무것도 듣지도 보지도 못했어요."

"우리가 오후에 정원에 있었다면 비명소리를 들을 수 있었을 텐데. 아주 등골이 오싹하는 비명이었을 거야." 테드가 아깝다는 듯 말했다.

"너희들, 저 집에 사는 페브마시 아주머니를 본 적은 있니?"

소년들은 서로 얼굴을 바라보다가 고개를 끄덕였다.

"그 아줌만 장님이에요. 그렇지만 정원 주위를 아주 잘 걸어 다니던걸요. 지팡이 같은 게 없어도 잘 걸어 다녀요. 한번은 공을 우리에게 되던져 주기도 했어요. 잔소리도 하지 않고 말이에요." 테드가 말했다.

"어제 하루 종일 그 아줌마를 못 보았었니?"

소년들은 고개를 저었다.

"오전 중에는 그 아줌마를 볼 수 없는걸요. 항상 밖에 나가니까요. 대개 차를 마신 다음에는 정원에 나와요." 빌이 설명했다.

콜린은 호스 하나가 집 안에 있는 수도꼭지에 연결되어 있는 것을 발견하고는 그 호스를 따라 걸어가 보았다. 그 호스는 정원을 지나서 배나무가 있는 구석에까지 닿아 있었다.

"배나무에 물을 줘야 한다는 얘기는 들어보지 못했는데." 그가 말했다.

"아, 그거요." 빌이 말했다. 그는 약간 당혹스러운 듯한 표정이었다.

"그런데, 애들아—." 콜린이 말했다.
"너희들이 이 나무에 올라가면 말이야—(두 소년을 바라보다가 그는 갑자기 싱긋 웃었다), 물론 고양이를 쏘기에는 아주 좋겠지?"
소년들은 둘 다 발로 자갈을 긁적이고 있다가 콜린의 시선을 피하면서 딴짓을 하는 척했다.
"그런 장난을 했지?" 콜린이 말했다.
"저, 하지만, 상처를 입히지는 않았어요." 빌이 말했다.
"그건—, 새총하고는 달라요." 그는 아주 선량한 표정으로 말했다.
"옛날에는 새총으로도 장난을 했었던 모양이구나."
"하지만 엉터리였어요. 제대로 맞춘 적이 한 번도 없었거든요."
테드가 말했다.
"하여튼 가끔 저 호스로 장난을 하기도 했지?" 콜린이 말했다.
"그래서 헤밍 아주머니가 쫓아와서 야단을 쳤지?"
"그 아줌만 언제나 야단만 쳐요." 빌이 말했다.
"담장을 넘어 들어간 적도 있었지?"
"여기에 있는 철조망을 뚫고 들어가진 않았어요." 테드가 불쑥 말했다.
"하지만 가끔 그 집 정원으로 들어간 것은 사실이잖니? 어떻게 들어갈 수 있었지?"
"그거야 담을 넘어가면 되죠—페브마시 아줌마네 정원으로요. 그런 다음 오른쪽으로 조금 돌아가면 울타리 사이로 헤밍 아줌마네 정원으로 들어갈 수 있어요. 거기에 있는 철조망에는 구멍이 있거든요."
"바보야, 조용히 해." 빌이 말했다.
"너희들, 살인사건이 일어난 뒤에 무슨 단서 같은 건 없나 하고 거기에 가서 뒤져 보았지?" 하드캐슬이 말했다.
"극장에서 돌아와 살인사건 얘기를 듣고서 너희들은 분명히 담을 넘어 19번지 집 정원으로 들어간 다음 그 집을 둘러봤어. 그렇지?"
"그건—." 빌이 경계하는 듯 머뭇머뭇거렸다.
"그건 말이야—." 하드캐슬이 진지하게 말했다.

"우리가 놓쳐버린 걸 너희들이 발견할 수도 있다는 얘기란다. 만일 너희들이—음—주운 것이 있다면 나도 구경 좀 하고 싶구나."

빌은 결심을 한 듯 말했다.

"그걸 가져와, 테드."

테드는 그 말에 따라 뛰어갔다.

"쓸모없는 것일지도 몰라요. 그냥—형사놀이를 해본 것뿐이에요." 하고 말한 뒤 빌은 걱정스러운 눈빛으로 하드캐슬을 바라보았다.

"아주 잘 알고 있단다." 경감이 말했다.

"경찰이 하는 일도 대부분 비슷한 것이니까 실망할 때가 더 많지."

빌은 안심하는 기색이 되었다. 테드가 뛰어서 돌아왔다. 그리고 더러운 손수건에 싸여진 짤랑짤랑 소리가 나는 물건을 건네주었다. 양쪽에서 두 소년이 바라보는 가운데 하드캐슬은 손수건을 풀고 그 속에 든 것을 펴보았다.

그것은 떨어져 나간 컵의 손잡이 부분과 버들 모양으로 된 사기그릇 조각, 부서진 모종삽, 녹슨 포크, 동전, 빨래집게, 무지갯빛 유리 조각, 그리고 가위 반쪽 같은 것들이었다.

"재미있는 것들이 많은 걸." 경감이 엄숙한 표정으로 말했다.

그는 소년들의 진지한 표정을 보자 미안했던지 유리 조각을 집어들었다.

"내가 이걸 가져가도 되겠지? 뭔가 관계가 있을지도 모르니까 말이야."

콜린은 동전을 집어들고서 살펴보았다.

"이건 영국 돈이 아니에요." 테드가 말했다.

"그래. 이건 영국 돈이 아니지." 콜린이 말했다.

그는 하드캐슬을 건너다보았다.

"이것도 가져가는 게 좋겠어." 그가 말했다.

"너희들, 이 일은 아무에게도 얘기해서는 안 된다, 알았지?"

하드캐슬은 무슨 비밀이라도 되는 듯 말했다.

두 소년은 즐거워하며 그렇게 하겠다고 약속했다.

"램지라—" 콜린이 생각에 잠긴 채 말했다.

"그 사람에 대해 아는 것이 있나?"

"왠지 수상쩍은 낌새가 있다는 정도입니다. 그는 지금 외국으로 출장 중이죠—갑작스럽게 말입니다. 그의 아내는 그가 토목기사라고 하기는 했지만, 그녀도 그 이상은 더 자세히 그에 대해서 모르고 있는 것 같더군요."

"그녀는 아주 좋은 여자야." 하드캐슬이 말했다.

"그래요. 그렇지만 그리 행복한 것 같지는 않더군요."

"지쳐 있을 뿐이지. 꼬마 사내 녀석들은 사람을 꽤 피곤하게 하거든."

"그래서 그런 것만은 아닌 것 같던데요."

"자네가 찾고 있는 사람은 아내와 두 아들까지 있는 가정을 가진 사람일 리가 없지 않겠나?" 하드캐슬이 그럴 리 없다는 듯 말했다.

"경감님은 모르실 겁니다. 놀랍게도 어린애들을 위장하기 위한 도구로 사용하는 경우도 있거든요. 어린 자식들이 둘이나 있고 생활이 궁핍한 과부라면 그런 사람과 타협해서 살아갈 수도 있을 테죠."

"난 그녀가 그런 사람이라고는 생각되지 않네."

하드캐슬이 처음으로 이렇게 말했다.

"내 말은 그들이 떳떳치 못한 관계로 함께 산다는 말이 아닙니다. 다만 그녀는 합법적으로 램지 부인이 되어서 그에게 가정적인 배경을 만들어 주겠다고 승낙했을 수도 있다는 것이죠. 물론 그도 그녀에게 그럴 듯한 이유를 둘러댔겠죠. 가령 자신이 우리나라 정보요원으로 활동하고 있다든지 하면서 대단한 애국자인 척했을 거라는 말입니다."

하드캐슬은 고개를 저었다.

"콜린, 자네는 정말 이상한 세계에 살고 있구먼."

"사실입니다. 경감님도 아시다시피 나도 언젠가는 그런 세계에서 빠져나와야겠다고 생각하고 있는 중이랍니다—무엇이 무엇이고 누가 누군지 점점 알 수가 없게 되거든요. 이런 일을 하고 있는 사람들 중 반은 양다리를 걸친 채 일을 하고, 나중에 가서는 자기 자신도 정말 자기가 어느 편인가 하는 것을 모르게 되고 만답니다. 기준 자체가 뒤죽박죽이 되어버리니까. 아, 자—우리 지금 당장은 눈앞에 놓인 일에나 전념하죠."

"맥노턴 댁 사람들도 만나보는 게 좋겠지?"

이렇게 말하면서 하드캐슬은 63번지 집 문 앞에서 걸음을 멈췄다.

"이 집 정원도 19번지 집 정원과 조금 붙어 있어—블랜드 씨 집처럼."

"맥노턴 씨 집 사람들에 대해 좀 알고 있습니까?"

"그리 많지는 않아—1년 전쯤에 여기로 이사 왔으니까. 나이가 지긋한 부부인데, 내가 생각하기로는 은퇴한 대학교수 같아. 원예에는 일가견이 있다네."

앞뜰에는 장미나무가 여러 그루 심어져 있었고, 창문 아래에는 가을에 피는 크로커스를 가득 심어놓은 화단이 있었다. 화려한 꽃무늬 작업복을 입은 발랄한 한 젊은 여자가 그들에게 문을 열어주며 물었다.

"무슨 일—이시죠?"

"마침내 외국인 하녀가 있는 곳을 알아냈군."

하드캐슬은 이렇게 중얼거리면서 그녀에게 명함을 건네주었다.

"경찰이시라고요?" 하고 그 젊은 여자는 마치 하드캐슬이 사람 모습을 하고 나타난 악마라도 되는 듯 한두 걸음 뒤로 물러서서 그를 바라보았다.

"맥노턴 부인께—." 하드캐슬이 말했다.

"맥노턴 부인은 집에 계십니다."

그녀는 그들을 거실로 안내했는데, 그곳에서는 뒤뜰이 내려다보였다. 그곳에는 아무도 없었다.

"부인은 2층에 계십니다." 발랄한 모습이 싹 가셔진 젊은 여자가 말했다.

그녀는 홀로 나가서, "맥노턴 부인—맥노턴 부인." 하고 불렀다.

멀리서 누군가의 목소리가 들려왔다.

"무슨 일이지, 그레텔?"

"경찰에서 오셨는데요—두 분이에요. 제가 거실로 모셨어요."

그러자 2층에서 황급히 서두르는 듯한 발걸음 소리가 어렴풋이 들리더니, "맙소사, 이번에는 또 무슨 일이지?" 하는 목소리가 울려왔다. 이어서 발소리가 들리면서 맥노턴 부인이 얼굴에 근심스러운 표정을 띠고 방 안으로 들어왔다. 하드캐슬은 재빨리 얼굴에 걱정스런 표정을 짓는 건 맥노턴 부인의 버릇이라는 걸 알아차렸다.

"이런—, 오, 이런. 저, 뭐라더라—아, 그래, 하드캐슬 경감님이시라고요?"

그녀는 명함을 들여다보았다.

"하지만 왜 저를 만나러 오셨죠? 그 사건에 대해선 아무것도 모르는데요. 살인사건 때문에 오신 게 맞죠? 텔레비전 허가 때문에 오셨을 리는 없고."

하드캐슬은 그 점에 대해서는 일단 그녀를 안심시켰다.

"그건 정말 이상한 사건인 것 같아요."

맥노턴 부인은 한층 밝아진 모습으로 말했다.

"대낮이었잖아요. 그런 시간에 강도가 들어오다니. 대개 사람들이 집에 있을 시간인데. 하긴 요즘엔 그런 끔찍한 사건들이 신문에 자주 실리더군요. 전부 다 대낮에 일어난 일들이죠. 제 친구들 경우에도 그랬다니까요. 점심을 먹으러 외출한 사이에 가구를 운반하는 트럭을 몰고 와서는 집에 들어가 여러 가지 가구를 훔쳐 달아났대요. 이웃 사람들이 보고 있기는 했었지만 도둑이라고는 꿈에도 생각지 못했대요. 어제만 해도 누군가가 비명을 지르는 소리를 들은 것 같기는 했지만 앵거스는 램지 부인 댁 개구쟁이들 짓일 거라고 했죠. 그 애들은 우주선이나 로켓, 원자탄이 떨어지는 것 같은 소리를 내지르면서 정원 안을 마구 뛰어다니거든요. 때론 정말 너무 시끄러워서 죽을 지경이라니까요."

다시 한 번 하드캐슬은 사진을 꺼내 보여주었다.

"맥노턴 부인, 이 남자를 보신 적이 있습니까?"

맥노턴 부인은 그 사진을 뚫어지게 응시하고 있었다.

"이 사람은 한번 본 사람 같은데. 예, 맞아요. 틀림없이 본 적이 있는 사람이에요. 그런데 어디서 봤지? 14권짜리 새 백과사전을 팔려고 온 사람이었나,

아니면 새로 나온 전기청소기를 가지고 온 사람이었나? 제가 거들떠보지도 않으니까 앞에 있는 정원으로 나가서 남편을 성가시게 굴었던 사람이에요. 앵거스는 그때 구근(球根)을 심고 있었죠. 그럴 때면 남편은 방해받는 걸 싫어하는 성미죠. 그런데 그 남자가 가서는 제품이 어떻다고 설명했나 봐요. 위아래 커튼 먼지를 다 털어낼 수 있고, 현관 돌계단도 청소할 수 있고, 2층 층계라든지 쿠션이라든지, 그 밖에 늘 청소해야 할 것들은 뭐든지 다 깨끗하게 해준다는 거예요. 그 사람 말로는 뭐든지 다 된다더군요. 그러니까 앵거스가 이렇게 물어봤대요. '구근도 심을 수 있소?'라고요. 그 말에는 그 사람도 말문이 막혀 버렸는지 잠시 멍청히 서 있다가 그냥 가버렸어요. 그걸 보고 안 웃고 배길 사람이 있겠어요?"

"그럼 그 사람이 틀림없이 이 사진의 남자라고 생각되신다는 말이지요?"

"글쎄요, 뭐, 그런 것 같지도 않아요. 지금 생각해 보니 이 남자보다는 훨씬 나이가 젊은 사람이었던 것 같으니까. 하지만 어쨌든 이 얼굴은 전에 본 것 같아요. 틀림없어요. 보면 볼수록 뭔가 팔러 왔었던 사람이라는 생각이 들거든요."

"가령 보험가입 권유 같은 일은 아니었습니까?"

"그런 일은 아니었어요. 보험 같은 그런 일은 전부 남편이 알아서 처리하니까. 또 우리는 웬만한 보험에는 다 들어 있답니다. 그러니까 그런 일 때문에 온 사람은 아니에요. 그런데도 이 사진을 보면 볼수록—"

이 말을 듣고 하드캐슬은 뛸 정도로 기뻤지만 겉으로 별로 내색은 하지 않았다. 자신의 오랜 경험에 비추어 보아 맥노턴 부인은 살인사건과 관계있는 어떤 남자를 보았다는 그런 흥분에 쉽사리 도취되는 여자임이 분명했다. 그래서 사진을 거듭 볼수록 그와 닮은 사람을 억지로 생각해 내려고 애쓰고 있음이 틀림없었다. 그는 한숨을 내쉬었다.

"틀림없이 트럭을 운전한 남자였어요. 하지만 언제 그 남자를 봤는지는 생각나지 않는군요. 아마 빵집 차였다고 생각되지만 말이에요."

"그 남자를 어제 본 것은 아니지요?"

그 말에 맥노턴 부인은 맥 빠진 듯한 표정을 지었다. 그녀는 결코 단정하다고 할 수 없는 흰 머리가 섞인 곱슬곱슬한 머리를 이마 위로 쓸어올렸다.

"예. 어제는 아니었어요, 적어도—." 그녀가 말을 하려다 말고 멈칫했다.
"역시 어제는 아닌 것 같고요."
이렇게 말하고 나자 그녀의 얼굴빛이 다소 밝아졌다.
"남편이라면 기억해 낼지도 모르겠네요."
"지금 댁에 계십니까?"
"예, 뜰에 나가 있어요." 그녀는 창 너머 저쪽을 가리켰다. 나이가 지긋한 한 남자가 손수레를 밀면서 좁은 길을 이리저리 걷고 있었다.
"우리도 밖으로 나가서 남편 되시는 분과 얘기 좀 하고 싶군요."
"그게 좋을 것 같아요. 자, 이쪽으로."
그녀는 옆문을 지나 정원으로 안내해 주었다.
맥노턴 씨는 온몸이 땀에 절어 있었다.
"앵거스, 경찰에서 오셨어요." 맥노턴 부인은 숨을 몰아쉬며 말했다.
"페브마시 양 댁 살인사건 때문에 오셨다는군요. 죽은 남자의 사진을 갖고 왔는데, 제 느낌엔 꼭 어디선가 본 사람 같거든요. 왜 지난주에 골동품 처분할 것이 없을까 하고 물어본 그 사람은 아닐까요?"
"어디 한번 봅시다." 맥노턴 씨가 하드캐슬 경감에게 말했다.
"손에 들고 나한테 좀 보여주시오. 손이 흙투성이라 만질 수가 없구려."
잠시 동안 그는 사진을 내려다보다가 이렇게 말했다.
"한 번도 본 적이 없는 남자로군."
"이웃분들이 선생님이 원예에 아주 조예가 깊으시다고 하더군요."
하드캐슬이 말했다.
"누가 그런 말을 하던가요?—램지 부인이오?"
"아뇨, 블랜드 씨가 그러더군요."
앵거스 맥노턴은 흥 하고 코웃음을 쳤다.
"블랜드란 자는 원예의 원자도 모르는 사람이오. 그 사람은 그저 심기만 하면 되는 것이 원예인 줄 알고 있소. 베고니아나 제라늄을 되는 대로 심어놓고 로벨리아로 가장자리를 둘러놓는 게요. 내가 보기에 원예란 그런 것이 아니지. 그건 공원에서 사는 거나 다를 게 없지 않겠소. 경감님, 혹시 관목에 흥미가 있소? 물론 지금은 철이 지나 버렸지만 우리 집에는 보면 깜짝 놀란 만한 관목이 한두 그루 있다오. 사람들은 관목이 데번이나 콘월이 아니면 잘 크지 않는다고 생각하고 있겠지만 말이오."

"사실 저는 원예에 대해서는 말할 자격이 없는 사람입니다."

맥노턴은 마치 예술가가 예술에 대해서는 아무것도 모르면서 자기주장만 내세우는 그런 사람을 보는 눈빛으로 그를 다시 보았다.

"사실 그런 즐거운 이야기와는 거리가 먼 문제로 찾아왔으니까요."

"알고 있소. 어제 일어난 살인사건 때문에 왔겠지. 그 사건이 일어났을 때 나는 정원에 나와 있었소."

"그렇습니까?"

"다시 말하면 그 젊은 여자가 비명을 질렀을 때 내가 정원에 있었다는 뜻이오."

"그래서 어떻게 하셨습니까?"

"그런데 말이오—." 맥노턴 씨는 약간 멋쩍은 듯 말했다.

"별로 신경도 쓰지 않았다오. 실은 그 비명을 지른 것이 램지 댁 장난꾸러기 애들 짓이라고 생각했기 때문이라오. 그 애들은 밤낮없이 고함을 지른다든지 외마디 소리를 질러대고는 하니까 말이오."

"하지만 그 비명소리가 램지 부인 댁 쪽에서 들려온 건 아니었을 텐데요."

"그 장난꾸러기 애들이 자기 집 정원에서만 놀았다면 안 그랬을 거요. 하지만 그 애들은 그렇지 못하니까 문제였지. 남의 집 담장이나 울타리도 넘어가서 헤밍 부인 댁에 있는 그 가여운 고양이들을 못살게 굴기도 한다오. 그래도 누구 한 사람 야단치는 걸 보지 못했소. 바로 그런 것이 문제야. 그 어머니는 아이들에게 너무 관대하기만 하다오. 하기야 집에 남자가 없으니 사내애들을 다루기가 힘이 들겠지."

"내가 알기론 램지 씨는 외국에서 생활하는 때가 많은 것 같더군요."

"토목기사라고 들었소." 맥노턴 씨가 모호하게 말했다.

"항상 어디론가 나가는 모양입디다. 댐 같은 데로 말이오. 여보, 그건 욕이 아니야." 그는 아내를 안심시키듯 말했다.

"댐 건설하는 일을 하고 있다는 뜻이지. 아니면 석유나 송유관 같은 그런 것과 관계된 일 말이야. 자세한 건 나도 몰라. 그런데 그 사람은 한 달 전에 갑자기 스웨덴에 볼 일이 있어 갔다오. 덕분에 그 어머니는 손이 두 개라도 모자랄 정도가 됐지 뭐겠소—식사 준비와 그 외 집안일로 말이오. 하긴, 뭐—그래서 아이들이 제멋대로 굴도록 내버려두었겠지만 말이야. 그 애들이 나쁜 애들이라는 건 아니지만, 아무래도 가정교육은 제대로 받은 것 같지가 않소."

"그럼 뭐든 보신 것은 없습니까?—제가 말하는 것은, 비명 소리를 들은 것 외에 또다른 것을 보신 것은 없는가 하는 겁니다. 그건 그렇고, 그 소리가 들려온 것은 언제였습니까?"

"잘 모르겠소. 난 정원에 나오기 전에 항상 시계를 벗어놓는다오. 언젠가 한 번 시계가 호스에 깔려 나중에 그걸 수리하는 데 애를 먹은 적이 한번 있어서요. 여보, 그게 몇 시였지? 당신도 그 소리를 들었잖소?"

"아마 2시 반쯤 되었을 거예요—점심을 먹은 지 적어도 30분은 지났을 테니까."

"알겠습니다. 그럼 점심은 몇 시쯤 드십니까?"

"1시 30분에 하지. 운이 좋으면 말이오. 우리 집에 있는 그 덴마크 아가씨는 전혀 시간관념이 없다오."

"그리고 그 뒤에는—낮잠을 주무십니까?"

"때로는 그러기도 하오만, 오늘은 자지 않았소. 지금 하고 있는 일을 끝마쳐야 하거든. 난 지금 여러 가지 잡다한 것들을 쓸어모아 퇴비더미에 넣고 있었던 중이라오."

"퇴비라는 것은 아주 좋은 것이지요." 하드캐슬이 엄숙한 얼굴로 말했다.

맥노턴 씨의 얼굴이 금방 환해졌다.

"아무렴, 그것만한 것은 아직 없다오. 예! 몇몇 사람들한테는 비료를 바꿔 써보라고 일러줬다오. 화학비료를 쓴다는 거! 그건 바로 자살행위라오! 자 이쪽으로 와보시오."

그는 하드캐슬의 팔을 열심히 잡아당겼다. 그리고 손수레를 끌면서 19번지 집 정원과 그의 집 정원이 맞붙어 있는 울타리의 모서리 쪽으로 작은 길을 따라 걸어갔다. 만발한 라일락의 그늘 밑에 퇴비가 자랑스럽게 쌓여 있었다. 맥노턴 씨는 그 옆에 있는 작은 창고로 손수레를 밀고 갔다. 창고 안에는 여러 가지 기구가 잘 정돈되어 놓여 있었다.

"모든 것을 아주 잘 정돈해 놓으셨군요." 하드캐슬이 말했다.

"기구들은 잘 간수해 둬야 한다오." 맥노턴이 대답했다.

하드캐슬은 19번지 집 쪽을 주의 깊게 살펴보았다. 울타리의 다른 한쪽에는 장미 덩굴로 덮인 시렁이 그 집 옆까지 뻗쳐 있었다.

"퇴비 옆에 계셨을 때 19번지 집 정원에 누군가가 있는 걸 못 보셨습니까? 아니면 그 집 창문에서 밖을 내다보는 사람이라든지, 또는 그런 비슷한 행동을 하는 사람이라도 말입니다."

맥노턴은 고개를 저으며 말했다.

"전혀 보지 못했소. 경감님, 아무 도움도 드리지 못해 미안하군요."

"앵거스—." 그의 아내가 말했다.

"난 19번지 집 정원을 살금살금 걸어가는 사람을 본 것도 같아요."

"그럴 리가 없어." 그녀의 남편이 잘라 말했다.

"나 역시 보지 못했고."

"그 부인은 뭐든지 보았었다고 말했을 걸세."

그들이 자동차로 돌아왔을 때 하드캐슬이 내뱉듯 말했다.

"경감님은 그 부인이 사진 속의 남자를 봤다고 말한 것도 믿지 않는군요?"

하드캐슬은 고개를 저었다.

"나는 믿지 않네. 그 부인은 단지 자기가 그 남자를 본 적이 있다고 생각하고 싶었을 뿐이야. 난 저런 유형의 증인들에 대해서는 너무나 잘 알고 있지. 내가 그녀에게 그 점에 대해 더 자세히 캐물으면 그녀는 아무런 출처도 댈 수 없을걸."

"그야 그럴 테죠."

"물론 그 부인이 버스나 어디 다른 곳에서 그 남자와 마주쳤을 수도 있을 테지. 충분히 그럴 수 있는 일이니까. 하지만 내가 보기에 그건 희망사항일 뿐이네. 자네 생각은 어떤가?"

"동감입니다."

"별로 큰 수확은 없었네." 하드캐슬은 한숨을 쉬었다.

"물론 이상한 점이 몇 가진 있긴 하네. 예를 들어 헤밍 부인이 비록 고양이에게만 정신이 팔려 있다고 하더라도, 어떻게 이웃인 페브마시 양에 대해서는 그토록 모를 수 있을까? 그런 일은 거의 있을 수 없다고 생각되지 않나? 또 살인사건에 대해서도 아주 모호하고 관심이 없는 듯 행동하지 않았나."

"그녀는 매사가 불분명한 여자더군요."

"정말 얼빠진 여자라고!" 하드캐슬이 말했다.

"그런 얼빠진 여자들을 보면—주변에서 불이 나든 강도가 들든, 더 심하게는 살인사건이 일어난다 하더라도 그런 것에 별로 신경을 쓰지 않는다네."

"그렇게 철망으로 울타리를 쳐놓고 빅토리아 여왕시대에나 있을 법한 관목에 둘러싸여 살고 있으니 세상물정에 어두운 것이 당연하겠죠."

그들은 경찰서로 돌아왔다. 하드캐슬은 콜린을 보고 싱긋 웃으면서 말했다.

"자, 램 경사, 자네는 이제 이 임무에서 벗어나도 되겠네."

"이제 탐문수사는 끝났습니까?"

"지금 현재로는 그렇다네. 나중에 가봐야 할 곳이 한 군데 있긴 하네만, 자네와 함께 가지는 않을 걸세. 자, 그럼, 오늘 아침엔 고마웠네. 그리고 내가 적어둔 것들을 타이프 좀 쳐주게나." 그는 노트를 건네주었다.

"검시재판이 내일 모레라고 했죠? 시간은 몇 시죠?"

"오전 11시일세."

"알겠습니다. 그때까지는 돌아오게 될 겁니다."

"지금은 어디로 가려는가?"

"나는 내일 런던으로 가야 합니다—지금까지의 일을 보고해야죠."

"누구에게 가는지 대강 짐작이 가는군."

"경감님은 짐작도 못할 사람일 텐데요."

하드캐슬은 싱긋 웃었다.

"자네 상관에게 안부나 전해 주게."

"나는 전문가를 만나게 될지도 모릅니다." 콜린이 말했다.

"전문가라고? 무슨 일 때문에? 뭐가 잘못되기라도 했나?"

"아니—머리가 나빠진 것 말고는요. 나는 그런 종류의 전문가를 말하는 것이 아닙니다. 경감님 일과 같은 계통의 전문가란 말입니다."

"그럼 런던경시청을 말하는 건가?"

"아닙니다. 사립탐정이죠—우리 아버지의 친구면서, 내 친구도 되죠. 이번에 경감님이 맡고 있는 이런 기괴한 사건은 정말 그에게 딱 알맞은 거랍니다. 그는 이런 일을 좋아하거든요. 이번 사건에 대해서 그에게 말해 주면 그 사람 힘이 좀 날 겁니다. 그렇지 않아도 그전부터 난 그에게 용기를 북돋워줘야겠다고 생각해 왔거든요."

"그 사람 이름이 어떻게 되는데?"

"에르큘 포와로라고 합니다."

"그 사람에 대해서는 나도 들어본 적이 있네. 하지만 죽은 걸로 알고 있는데?"

"그는 죽지 않았어요. 하지만 아마 무척 심심해하고 있을 겁니다. 사실 그런 쪽이 훨씬 안된 일이죠."

하드캐슬은 호기심이 가득 찬 눈초리로 그를 바라보았다.

"콜린, 자넨 참 이상한 친구란 말이야. 그런 걸맞지 않은 친구를 다 사귀니."

"경감님도 포함해서 말이죠." 이렇게 말하고 콜린은 싱긋 웃었다.

콜린을 돌려보낸 뒤 하드캐슬 경감은 수첩에 깨끗이 적혀 있는 주소를 들여다보더니 고개를 끄덕끄덕했다. 그런 다음 수첩을 주머니 속에 넣고 책상 위에 쌓여 있는 일상업무를 처리하기 시작했다.

그에게는 무척 바쁜 하루였다. 그는 커피와 샌드위치를 사오게 하고, 크레이 경사의 보고서를 받았다—도움이 될 만한 단서는 보이지 않았다. 철도역이나 버스정류장에서 커리 씨의 사진을 알아본 사람은 아무도 없었다. 입었던 옷에 대한 과학 연구실의 보고는 아무것도 모른다는 사실을 덧붙였을 뿐이었다. 그 양복이 고급양복점에서 만들어진 것이 분명하긴 했지만, 양복점 이름은 뜯겨나가고 없었다. 신원이 밝혀지지 않도록 한 것은 커리 씨 자신의 뜻이었을까? 아니면 그를 살해한 사람의 소행일까? 치아와 관계된 자세한 사실들은 적당한 곳으로 보내두었는데, 아마도 가장 유력한 단서가 될 것이다—시간이 좀 걸리기는 하겠지만, 결국에는 결과가 나오게 될 것이다. 물론 커리 씨가 외국인이라면 문제가 달라지겠지만. 하드캐슬도 그 점에 대해 생각해 보았다. 그 죽은 남자가 프랑스인일 수도 있을 것이다—그렇지만 그가 입은 옷은 분명히 프랑스제가 아니었다. 세탁소 표시도 아직 아무런 도움이 되지 못했다.

하드캐슬은 별로 성급한 편은 아니었다. 신원확인도 아주 느릿느릿 이루어지곤 했다. 그래도 결국에는 누군가가 항상 나타나게 된다. 세탁소 주인이나 치과의사, 친척—흔히 아내나 어머니이지만 그런 사람들이 나타나지 않을 때는 하숙집 여주인이라도 나타나곤 했다. 죽은 남자의 사진은 각 경찰서에 배포되고 신문에도 실리게 될 것이다. 빠르건 늦건 커리 씨의 신원이 밝혀질 것은 분명한 사실이다.

그동안에 해야 될 일이 있었고, 그것은 단지 커리 씨 사건에 관한 것만은 아니었다. 하드캐슬은 쉬지도 않고 5시 반까지 일을 했다. 그는 다시 손목시계를 쳐다보고는 방문을 해야 할 시간이 됐다고 생각했다.

크레이 경사의 보고에 따르자면, 셰일라 웨브는 캐븐디시 사무실에서 다시 일을 하고 있는데, 5시에 컬류 호텔에 있는 퍼디 교수에게 일을 하러 가서 6씨가 넘어야 그곳에서 나오게 될 것 같다고 했다.

그 숙모의 이름이 뭐라고 했더라? 로턴, 로턴 부인이었다. 팔머스턴 로 14번지. 그는 경찰차를 타지 않고 거리가 가까우므로 대신 걸어가는 쪽을 택했다.

팔머스턴 로는 한때는 번성했지만 요즘은 쇠락한 음산한 거리였다. 하드캐슬 경감은 그곳의 집들이 대부분 아파트나 셋집으로 바뀌어 가고 있다는 깃을 깨달았다. 그가 모퉁이를 돌았을 때, 보도를 따라 그의 쪽으로 걸어오던 한 젊은 여자가 잠시 주춤했다. 정신이 딴 데 쏠려 있었기 때문에 경감은 그녀가 길을 물으려나 보다 하고 잠시 생각했을 뿐이었다. 그런데 정말 그랬는지 그녀는 생각을 고쳐먹은 듯 그의 옆을 빠르게 스치고 지나가 버렸다.

그의 마음속에 왜 그렇게 갑자기 구두 생각이 떠올랐는지 자신도 이해할 수 없는 일이었다. 구두라……아니지. 구두 한쪽이었어. 그녀의 얼굴은 어딘지 모르게 낯이 익었다. 누구지?—아주 최근에 본 얼굴인데……아마 그녀도 그를 알아본 것 같았는데, 그래서 말을 걸려고 했던 것은 아니었을까?

그는 잠시 발을 멈추고 그녀를 뒤돌아보았다. 그녀는 벌써 저만치 빠른 걸음으로 걸어가고 있었다. 문제는 그녀의 얼굴이 유달리 특징 있는 얼굴이 아니어서 그럴 만한 특별한 이유가 있지 않고서는 알아보기가 아주 힘들겠다고 그는 생각했다. 푸른 눈, 흰 얼굴, 약간 벌어진 입. 입이라. 저 입은 뭔가를 생각나게 해주는데. 그녀는 저 입으로 무엇을 하고 있었지? 말을 하고 있었던가? 아니면 립스틱을 바르고 있었던가? 아닌데.

그는 약간 자신에 대해 짜증이 났다. 하드캐슬은 평소 얼굴을 기억하는 일에만은 남다른 자부심을 갖고 있었다. 피고석이든, 증인석이든 한번 본 얼굴은 결코 잊지 않는다고 그는 자주 말해 왔었다. 하지만 그 외에도 사람을 만날 장소는 얼마든지 있는 것이다. 예를 들어 그에게 음식을 날라다 주는 웨이트리스의 얼굴을 하나하나 다 기억해 낼 수는 없는 노릇이고, 버스 안내양의 얼굴을 일일이 다 알아볼 수도 없는 일인 것이다. 그는 마음속에서 그 일에 대한 것을 쫓아내 버렸다. 마침내 그는 14번지에 도착했다.

현관문은 약간 열려 있었고, 아래에 이름이 적힌 벨이 4개 붙어 있었다. 로턴 부인은 1층에 살고 있었다. 그는 안으로 들어가서 홀의 왼편 문에 달린 벨을 눌렀다. 대답이 들린 것은 잠시 뒤였다. 마침내 안쪽에서 발걸음 소리가 들려왔고 곧 작업복을 입은 키가 크고 마른 여자가 검은 머리를 헝클어뜨린 채 문을 열어주었다. 그녀는 약간 숨을 몰아쉬고 있었다. 틀림없이 부엌이 있을 것 같은 쪽에서 양파 냄새가 풍겨왔다.

"로턴 부인이십니까?"

"그런데요?" 다소 귀찮다는 표정으로 그녀는 의심스러운 듯 그를 쳐다봤다.

그가 생각하기에 그녀는 마흔다섯 살쯤 되어보였다. 그녀의 외모에서는 약간 집시 같은 분위기가 풍겼다.

"무슨 일인데요?"

"잠시 시간을 좀 내주시면 고맙겠습니다만."

"그런데 무슨 일로요? 지금은 정말 너무 바쁜데요." 그녀는 날카롭게 덧붙였다.

"기자는 아니죠?"

"물론입니다." 동정하는 듯한 어조로 하드캐슬이 말했다.

"기자들에게 많이 시달리신 것 같군요."

"정말 그래요. 문을 두들기고 벨을 누른 뒤 아주 바보 같은 질문들만 퍼붓지 뭐예요."

"정말 귀찮으실 겁니다. 될 수만 있으면 부인에게 그런 괴로움은 드리지 않겠습니다, 로턴 부인. 저는 수사과의 하드캐슬 경감이라고 합니다. 실은 기자들이 부인을 괴롭혀 드린 그 사건을 담당하고 있는 사람이지요. 할 수만 있으면 우리는 그런 활동에 제약을 가하고 싶지만 사실 경찰은 그런 일에 대해서는 별로 힘이 없답니다. 신문기자에게는 그럴 권리가 있으니까요."

"그 사람들이 대중에게 보도할 권리가 있다고는 하지만, 개인에게 피해를 끼치는 것은 일종의 횡포가 아닌가요? 그들이 써놓은 기사에서 느낄 수 있는 것이라고는 그것이 처음부터 끝까지 거짓말투성이라는 것뿐이죠. 하지만 어쨌든 들어오세요."

그녀는 뒤로 한 걸음 물러섰다. 그리고 경감이 문턱을 들어서자 문을 닫았다. 바닥 깔개 위에는 편지가 두세 통 떨어져 있었다. 로턴 부인이 그것을 주우려고 몸을 굽혔으나, 경감이 재빨리 먼저 그것을 집었다. 그는 편지의 주소가 적힌 쪽이 위로 오도록 하여 그것을 그녀에게 건네주면서 눈으로 슬쩍 훑어보았다.

"고마워요." 그녀는 편지들을 홀의 탁자 위에 내려놓았다.

"거실에 들어가 계시겠어요? 잠시만요—이쪽 문으로 들어가시면 되니까 잠깐만 기다려 주세요. 냄비가 끓어 넘칠 것 같아서요."

그녀는 재빨리 부엌으로 돌아갔다. 하드캐슬 경감은 홀의 탁자 위에 놓인 편지로 다시 한 번 눈길을 보냈다. 한 통은 로턴 부인 앞으로 온 것이었고, 다른 두 통은 R. S. 웨브 양 앞으로 온 것이었다. 그는 그녀가 가리켜 준 방으로 들어갔다. 그곳은 작은 방으로 약간 어질러져 있었고 가구들도 보잘것없었지만, 여기저기에 몇몇 색상이 선명한 물건들과 진귀한 물건들이 진열되어 있었다. 곰팡이가 슨 듯한 색깔과 추상적인 모양의 아름답고, 아마도 값이 꽤 비쌀 베니스제 유리 제품, 밝은 색깔의 벨벳 쿠션 두 개, 그리고 외국 자개가 붙어 있는 도기 접시 한 개. 숙모나 조카딸 중에 누구 한 사람은 꽤 독창적인 소질이 있는 모양이라고 그는 생각했다.

로턴 부인이 아까보다 더 숨을 몰아쉬며 돌아왔다.

"이젠 된 것 같아요." 약간 불확실하게 그녀가 말했다.

경감은 다시 변명을 했다.

"바쁜 시간에 와서 정말 죄송합니다. 하지만 저는 가끔 이 근처에 오기도 합니다. 저는 불행히도 조카 따님이 관계된 이번 사건에 대해 몇 가지 확인해 두고 싶은 일이 있어서요. 그 일을 겪은 뒤에 그녀에게 어떤 이상은 없었습니까? 그 사건은 그런 젊은 아가씨들에게는 대단한 충격이었을 테니까요."

"예, 정말 그랬었죠. 셰일라는 겁에 잔뜩 질린 채 돌아왔었어요. 하지만 오늘 아침에는 그런대로 회복이 되어서 다시 직장으로 일하러 나갔죠."

"아, 예. 그건 저도 알고 있습니다. 저는 그녀가 의뢰인의 일을 하기 위해서 사무실에서 어디론가 나갔다는 것도 알고 있습니다. 하지만 일에 방해가 될까 봐 집으로 찾아와 얘기를 나누는 편이 더 낫겠다고 생각했습니다. 조카 따님은 아직 안 돌아왔지요?"

"아마 오늘 저녁에는 더 늦을 것 같아요. 그 애는 퍼디 교수의 일을 하고 있는데, 셰일라 말로는 그 사람은 시간관념이 전혀 없는 사람이라더군요. 항상 '이 일은 10분도 더 안 걸리니까 마저 끝내는 것이 좋겠소'라고 말하지만, 그 10분이 나중에는 45분 가까이 걸린다더군요. 그 사람은 대단히 친절한데 그런 일로 꽤 미안해한대요. 한두 번은 남아서 저녁이라도 먹고 가라고 조카애를 잡기도 했다던데, 자기가 생각한 것보다도 더 오래 그 애를 잡아두기 때문에 아주 신경을 써준다더군요. 하지만 가끔은 그게 더 귀찮을 때가 있다고 하더군요. 경감님, 제가 말씀드릴 건 없나요? 셰일라가 아주 늦을지도 모르니까요."

"글쎄요, 별로 그럴 만한 일은 없는데요." 웃으면서 경감이 말했다.

"단지 지난번에 적어둔 사실들이 틀림없나 확인해 보고 싶었을 뿐이니까요." 그는 다시 한 번 수첩을 찾아보는 척했다.

"어디 봅시다. 셰일라 웨브라—이것이 그녀의 이름 전부입니까? 아니면 다른 세례명이 따로 있습니까? 알다시피 검시재판 기록에 남겨두려면 이런 것들을 매우 정확히 알아두어야만 하니까요."

"검시재판은 모레라죠? 셰일라에게도 출두통지서가 와 있답니다."

"그렇습니다. 하지만 별로 걱정할 필요는 없습니다." 하드캐슬이 말했다.

"단지 시체를 발견할 당시의 상황만 진술하면 될 테니까요."

"경찰은 아직 그 사람이 누구인지 모르고 있나요?"

"예, 아직은요. 그 문제는 시간이 좀 걸릴 것 같습니다. 그 사람 주머니 속에 명함이 들어 있었기 때문에 우리는 처음에는 그 사람이 보험회사 직원일 거라고 생각했었지요. 그런데 이제 와서 생각해 보니 그 명함은 누군가가 그에게 준 것이 아닌가 여겨지기도 합니다. 죽은 그 사람이 보험에 들려고 했을지도 모르지요."

"예, 그랬군요." 로턴 부인은 막연하나마 흥미를 느끼는 것 같았다.

"그런데 정식 이름 말인데요—." 경감이 말했다.

"저는 셰일라 웨브 양이나 셰일라 R. 웨브 양이라고 썼던 것 같은데. 그런데 다른 이름 한 가지는 생각이 잘 나지 않는군요. 그게 로잘리였던가요?"

"로즈메리예요. 세례명이 원래 로즈메리 셰일라였죠. 그런데 그 애는 로즈메리가 걸맞지 않다고 늘 생각했는지 셰일라라고만 부르게 하더군요."

"알겠습니다."

하드캐슬의 말투에는 자신의 예감 중 하나가 옳은 것으로 밝혀졌다는 것을 기뻐하는 기색은 전혀 보이지 않았다. 그는 또다른 사실에 주목했다. 그것은 그 로즈메리란 이름이 로턴 부인에게는 아무런 거리낌도 주지 않았다는 점이다. 그녀에게 로즈메리란 단순히 그녀의 조카딸의 사용하지 않는 세례명일 뿐이었다.

"이것으로 확실하게 되었군요." 경감은 미소를 지으면서 말했다.

"조카 따님이 런던에서 이곳으로 와서 캐븐디시 사무실에서 일한 지가 한 열 달 정도 되었다고 들었습니다. 혹시 그 정확한 날짜는 모르십니까?"

"글쎄요, 정확히는 잘 모르겠군요. 그러니까 작년 11월경이었을 거예요. 11월 하순경이 아니었나 생각되는군요."

"좋습니다. 그건 그렇게 중요한 문제는 아니니까요. 조카 따님이 캐븐디시 사무실에서 일하기 전에는 여기에서 부인과 함께 살지는 않았지요?"

"예. 그전에 그 애는 런던에서 살았었죠."

"런던에서 살 때의 주소를 혹시 적어두셨습니까?"

"글쎄요, 어딘가에 적어놓기는 했을 거예요." 로턴 부인은 평소의 단정치 못한 모호한 표정으로 방 안을 둘러보았다.

"짤막하게 기억나긴 하는데요. 앨링턴 그로브인가 아무튼 그랬던 것 같아요—풀햄으로 가다 보면 있죠. 다른 아가씨 두 명과 함께 아파트 방 하나를 빌려 썼어요. 그 애들에게 런던의 방세는 엄청나게 비싼 것이었으니까요."

"조카 따님이 그곳에서 근무한 회사의 정확한 이름이 기억나십니까?"

"물론이에요. '호프굿 앤드 트렌트'였어요. 풀햄 로(路)에 있는 부동산 회사였답니다."

"고맙습니다. 이제 모든 것이 아주 분명해졌습니다. 알고 있기로는 웨브 양은 고아라던데요?"

"예, 그래요." 로턴 부인이 말했다.

그녀는 불편한 듯 몸을 움직거렸다. 그녀의 시선은 문쪽에 머물러 있었다.

"다시 한 번 부엌에 갔다 와도 될까요?"

"물론입니다."

그는 문을 열어주었다. 그녀는 방을 나갔다. 그는 자기가 한 마지막 질문이 로턴 부인을 당황하게 한 것인지 아닌지 의심스러웠다. 그때까지의 그녀의 대답은 아주 쉽게 나왔었다. 그가 그 일에 대해 생각하고 있을 때 로턴 부인이 다시 돌아왔다.

"미안합니다." 그녀는 변명하듯 말했다.

"아시다시피, 음식을 요리할 때는 그럴 수밖에 없지요. 하지만 지금은 다 괜찮아요. 또 물어보실 일은 없나요? 참, 그리고 이제야 기억이 나는데 그건 앨링턴 그로브가 아니고 캐링턴 그로브였어요. 번지수는 17번지였고요."

"감사합니다. 그런데 조금 전에 웨브 양이 고아가 아니냐는 질문을 드렸던 것 같은데요."

"예. 그 애는 고아랍니다. 부모가 둘 다 죽었거든요."

"오래전 일입니까?"

"그 애가 아주 어렸을 적에 죽었죠."

그녀의 말투에는 뚜렷이 도전적인 태도가 담겨 있었다.

"자매분의 아이였습니까, 오빠의 아이였습니까?"

"언니의 아이였어요."

"아, 그랬군요. 그러면 웨브 씨의 직업은 무엇이었나요?"

로턴 부인은 대답을 하기 전에 잠시 말을 멈췄다. 그녀는 입술을 깨물었다. 그런 다음 말했다.

"저는 몰라요."

"모르신다고요?"

"기억이 나지 않는다는 말이에요. 아주 오래전 일이라서."

하드캐슬은 그녀가 다시 무슨 말을 하리라는 것을 알고 있었기 때문에 그대로 기다리고 있었다. 정말 그녀가 다시 말을 이었다.

"그런데 그런 일들이 이번 사건과 무슨 상관이 있나요? 그 애의 아버지 어머니가 누구며, 아버지가 무슨 일을 했고 어디 출신인가 하는 것들이 무슨 문제가 되느냐 이 말이에요."

"로턴 부인, 부인의 관점에서 보면 그런 일들은 사실 아무것도 아니지요. 하지만 상황이 워낙 특수하니까요."

"무슨 말씀이죠?—상황이 특수하다니?"

"사실 우리는 웨브 양이 어제 그 집에 간 것은 캐븐디시 사무실로 특별히 그녀를 지명해 왔기 때문이라는 믿을 만한 이유가 있습니다. 따라서 누군가가 그녀를 계획적으로 그 집으로 끌어들이려 했다고 생각할 수 있지요. 그 사람은 아마—(그는 잠시 주저했다) 그녀에게 원한을 품고 있는 사람이겠지요."

"셰일라에게 원한을 품은 사람이 있다는 건 상상할 수도 없는 일이에요. 그 애는 아주 상냥한 애거든요. 아주 호감이 가는 애라니까요."

"그렇습니다. 저 자신도 그렇다고 생각했으니까요."

하드캐슬은 부드럽게 말했다.

"그런데 누군가가 그와는 정반대로 생각했다니 천만뜻밖인걸요."

로턴 부인이 싸울 듯이 말했다.

"정말 그렇습니다." 하드캐슬은 여전히 달래듯 미소를 지었다.

"그러나, 로턴 부인, 이 점을 알아두셔야 합니다. 이 사건은 조카 따님을 계획적으로 희생물로 삼은 듯한 느낌이라는 거지요. 영화에서 흔히 보는 것처럼, 조카 따님이 살해대상이었을지도 모르는 일입니다. 누군가가 전화를 걸어 그녀를 시체가 있는 집 안으로 들어가도록 했는데, 그 시체는 죽은 지 얼마 되지 않은 것이었습니다. 따라서 겉으로 드러난 사실만을 보자면 그것은 분명 아주 악의로 가득 찬 모략임이 틀림없지요."

"그렇다면, 경감님 말씀은 누군가 셰일라가 그 남자를 죽인 것처럼 꾸며놓으려고 했다는 말인가요? 오, 아닐 거예요. 저는 믿을 수가 없어요."

"아주 믿기 어려운 일이지요." 경감이 맞장구쳤다.

"하지만 경찰로서는 그 사실을 확인하고 진상을 밝혀내지 않으면 안 됩니다. 예를 들어, 혹시 조카 따님을 사랑한 젊은 남자는 없었습니까? 아마 조카 따님은 그를 좋아하지 않을 수도 있는 그런 사람 말입니다. 젊은 남자들이란 때로는 아주 매정하고 복수심에 가득 찬 행동을 할 때도 있으니까요. 특히 이성을 잃었을 때는 걷잡을 수 없지요."

"그런 일은 없었던 것 같아요."

로턴 부인은 생각해 보는 듯 눈을 가늘게 뜨고 이마를 찡그리면서 말했다.

"셰일라도 남자친구들이 한둘 있긴 했었지만 심각할 정도는 아니었어요. 오래 만난 사람도 없었고요."

"런던에서 살았을 때는 어땠을까요?" 경감이 넌지시 떠보았다.

"어쨌든 그녀가 그곳에서 살 때의 친구관계에 대해서는 부인도 그리 많이 알고 계신 것 같지는 않군요."

"예, 아마 그렇진……, 그런 점에 대해서는 경감님이 직접 그 애에게 물어보는 편이 낫겠죠, 하드캐슬 경감님. 하지만 그런 일 때문에 어떤 문제가 생겼었다는 얘기는 들어보지 못했답니다."

"아니면 상대가 같은 여자일 수도 있습니다. 그곳에서 같이 방을 빌려쓴 아가씨들 중에서 한 명이 그녀를 질투했을지도 모르잖습니까?"

"그야—, 그 애를 골려주려고 한 여자는 있을지도 모르죠. 하지만 살인사건을 저지를 정도는 아닐 겁니다." 로턴 부인은 납득이 가지 않는 듯 말했다.

그것은 아주 예리한 인식이었으며, 하드캐슬은 로턴 부인이 결코 바보가 아니라는 사실을 깨달았다. 그는 재빨리 말했다.

"저 역시 그런 일은 있을 수 없는 일이라고 생각하고는 있습니다만, 워낙 이번 사건 자체가 있을 수 없는 일이라서요."

"미친 사람 짓이 틀림없을 거예요." 로턴 부인이 말했다.

"설사 미친 사람 짓이라 하더라도 그런 행동 뒤에는 뚜렷한 이유가 있을 겁니다. 그런 행동을 유발시킨 동기 같은 것이 말이지요. 그게 바로 제가 셰일라 웨브 양의 부모님에 대해 물어본 이유입니다. 그런 동기들이 얼마나 많이 과거에 기인하여 일어나는지 아신다면 부인은 깜짝 놀라실 겁니다. 셰일라 웨브 양은 아주 어렸을 때 부모님이 돌아가셨기 때문에 당연히 부모님들에 대해서 저에게 해줄 말이 별로 없을 겁니다. 그래서 부인에게 물어본 것이지요."

"예, 그렇겠죠, 하지만—그렇다 해도……."

그는 그녀의 말투에서 그녀가 다소 모호하고 곤란해 한다는 것을 알아챘다.

"그 두 분은 사고 같은 걸로 동시에 돌아가셨습니까?"

"아뇨, 사고는 아니었어요."

"그렇다면 두 분 다 자연사였나 보군요?"

"저는—아, 예, 그게 말이에요—사실은 저도 잘 모른답니다."

"부인은 제게 이제까지 말씀해 주신 것보다도 더 많은 사실을 알고 계신 것이 틀림없군요, 로턴 부인." 그는 슬쩍 넘겨짚었다.

"두 분은 혹시—이혼 같은 걸 하셨나요?"

"아뇨, 이혼하지 않았어요."

"자, 로턴 부인, 부인은 알고 계시지요—언니가 무엇 때문에 돌아가셨는지 틀림없이 알고 계실 텐데요?"

"무엇 때문에 그런 것을 묻는지 모르겠군요. 제가 하고 싶은 말은, 그 일에 대해서는 말할 수 없다는 거예요—그러면 일이 아주 어렵게 돼요. 그런 일들을 다시 파헤친다면 말이에요. 차라리 그냥 묻어두는 것이 더 나아요."

그녀의 시선 속에는 일종의 자포자기와 같은 당혹감이 어려 있었다.

하드캐슬은 그녀를 날카롭게 쳐다보았다. 그런 다음 조용하게 물었다.

"셰일라 웨브 양은 혹시—사생아가 아니었습니까?"

그는 그녀의 얼굴에 순간 낭패감과 안도감이 뒤섞인 표정이 나타난 것을 놓치지 않았다.

"그 애는 내 아이가 아니에요." 그녀가 말했다.

"그럼 언니 되시는 분의 사생아였군요?"

"예, 하지만 그 애는 그런 사실을 모르고 있답니다. 제가 그런 사실은 전혀 말해 주지 않았거든요. 그 애에게는 아주 어렸을 때 부모님이 죽었다고만 말했어요. 그래서 그런 거예요. 그러니까 경감님께서도……."

"아, 그건 알고 있습니다. 그런 쪽으로 조사를 해봐서 아무런 단서도 나오지 않는다면 웨브 양에게 그 문제에 대한 질문을 할 필요는 없을 겁니다."
"그 애 귀에 들어가지 않을 수도 있다는 말씀이죠?"
"이번 사건과 아무 관련이 없다면 그렇지요. 그리고 사실 거의 관련이 없는 것 같기도 하고요. 하지만, 로턴 부인, 저는 부인이 알고 계신 모든 사실들을 알고 싶습니다. 우리끼리 한 이야기에 대해서는 최선을 다해 비밀을 지켜 드릴 것을 약속드리지요."
"그건 별로 좋은 일이 아니었어요. 그리고 그것 때문에 무척 괴로워했었고요. 하지만 말씀드리죠. 언니는 우리 식구 중에서 항상 제일 머리가 똑똑하다는 얘기를 듣곤 했었죠. 언니는 학교 선생님이었는데 생활도 꽤 괜찮았어요. 주위 사람들로부터 존경도 받았고요. 아무리 생각해도 그런 일을 저지를 사람이라고는 도무지 여겨지지 않을 사람이었는데—."
"그렇지요." 경감이 솔직하게 말했다.
"설마 했던 일이 종종 일어나기도 하니까요. 그러니까 언니가 그 남자를 알게 된 것이로군요. 그 웨브라는 남자를—."
"그 사람 이름은 들어본 적도 없어요. 물론 만난 적도 없고요. 그런데 언니가 저를 찾아와서는 그런 일을 말해 주는 거예요. 언니 말로는, 아기는 곧 태어날 것 같은데 그 남자는 언니와 결혼할 수 없다든가 결혼하지 않겠다든가(정확히는 모르겠지만) 했대요. 언니는 야망이 있는 여자였어요. 만일 그런 일이 드러나게 되면 언니는 이제껏 쌓아온 모든 것을 버려야만 했답니다. 그래서 당연히 제가—제가 도와주겠노라고 했죠."
"언니는 지금 어디에 있습니까, 로턴 부인?"
"모르겠어요. 전혀 짐작할 수도 없어요." 그녀는 강조하듯 말했다.
"그렇지만 아직 살아 있지요?"
"그런 것 같아요."
"그렇다면 전혀 연락을 하지 않았다는 말입니까?"
"언니가 그렇게 하기를 바랐으니까요. 언니는 깨끗이 인연을 끊는 것이 자신을 위해서나 아이를 위해서나 최선의 길이라고 생각하는 것 같았어요. 우리는 둘 다 어머니가 우리에게 남겨 준 유산이 조금 있었죠. 앤 언니는 아이의 양육비로 쓰라고 자기 몫을 저에게 넘겨주었답니다. 언니는 일은 계속하겠지만 다른 곳으로 전근 갈 것이라고 하더군요. 지금 생각해 보니 교환교사로 외국에 나갈 생각이었던 것 같아요. 오스트레일리아나 아니면 다른 곳으로라도 말이에요. 하드캐슬 경감님, 제가 알고 있는 사실은 이것뿐이고, 경감님께 말씀드릴 수 있는 모든 것이에요."

그는 그녀를 주의 깊게 쳐다보았다. 그녀가 알고 있는 것이 이것뿐이라는 것이 사실일까? 그러나 확실한 대답을 받아내기란 그리 쉬운 일이 아니었다. 그녀가 그에게 말한 것은 전부 그럴 수도 있는 일이다. 정말 그녀는 그 정도밖에 모를 수도 있지 않은가. 그녀의 언니에 대해서는 별로 언급하지 않았지만 하드캐슬은 그녀가 아주 의지가 강하면서도 깐깐하고 화를 잘 내는 성격일 것이라는 인상을 받았다. 한 번의 실수로 자신의 인생을 망쳐버릴 수는 없다고 굳은 결심을 하는 그런 부류의 여자. 아주 냉정하고 빈틈없는 방법으로 자기 아이의 양육과 미래의 행복을 마련해 놓은 여자. 그 순간부터 예전의 자신을 단호하게 벗어버리고 새로운 인생을 시작하려는 여자.

그녀가 자기 아이에게 그런 감정을 품는다는 것은 충분히 있을 법한 일이라고 그는 생각했다. 하지만 동생은 어땠을까? 그는 조용히 말했다.

"부인에게까지 편지로라도 연락을 하지 않았다는 것은 이상한 일이로군요. 아이가 어떻게 자라나는지 알고 싶지도 않았을까요?"

로턴 부인은 고개를 저었다.

"경감님은 앤 언니를 몰라서 그러시는 거예요. 언니는 항상 일단 결정한 일에는 아주 단호했답니다. 게다가 언니와 전 그리 친한 편은 아니었으니까요. 제가 언니보다 한참 어리거든요. 12년이나 나이 차가 났죠. 방금도 말했지만 우리는 그리 친한 사이가 아니었답니다."

"그럼 그런 결정에 대해 남편께서는 뭐라고 하셨나요?"

"저는 그때 벌써 남편을 잃었죠. 전 일찍 결혼했는데, 남편이 전쟁터에서 전사하고 말았답니다. 그래서 그때는 혼자서 작은 과자가게를 하고 있었죠."

"그런 일이 어디에서 일어났죠? 크로딘에서는 아니었죠?"

"예. 그때는 링컨셔에서 살았었죠. 한번은 노는 날 여기에 와봤었는데 아주 마음에 들어서 가게를 정리하고 여기로 이사를 왔지요. 나중에 셰일라가 학교에 갈 나이가 되었을 때 저는 여기에 큰 포목상점인 로스코 앤드 웨스트에 일자리를 얻었답니다. 지금도 거기에서 일하고 있고요. 그곳 사람들은 아주 좋은 분들이죠."

"그럼―." 하드캐슬은 이렇게 말하면서 자리에서 일어섰다.

"저에게 솔직하게 말씀해 주셔서 대단히 고마웠습니다, 로턴 부인."

"지금까지 제가 한 얘기를 셰일라에게는 한마디도 하지 않으시겠죠?"

"꼭 필요한 경우만 아니라면요. 과거의 어떤 사정이 윌브러햄 크레슨트 가 19번지에서 일어난 이 살인사건과 관계가 있다면 어쩔 수 없겠지만, 제가 생각하기에 그렇지는 않을 것 같습니다."

그는 이제까지 여러 사람들에게 보여준 사진을 다시 주머니에서 끄집어냈다. 그리고 로턴 부인에게 그것을 보여 주었다.

"이 남자가 누구일 것 같습니까?"

"이 사진이라면 벌써 봤는걸요." 로턴 부인이 말했다. 그러면서도 사진을 들고 한참 들여다보았다.

"모르겠어요. 한 번도 본 적이 없는 사람인 것이 분명해요. 이 근처 사람은 아닌 것 같군요. 그렇지 않다면 어디에선가 봤다는 기억이라도 있을 텐데 말이에요. 물론―." 그녀는 사진을 좀더 가까이 들여다보았다.

그러다가 잠시 말을 멈춘 뒤 생각지도 못한 말을 불쑥 했다.

"훌륭한 사람 같은데요. 신사라고 해도 괜찮겠는걸요."

경감이 이제껏 경험한 바로 그 말은 약간 시대에 뒤떨어진 것이었으나, 로턴 부인의 입술에서 그 말이 나오자 아주 자연스럽게 들렸다. '시골에서 자랐기 때문일 거야.' 그는 생각했다. '그곳 사람들은 아직도 그런 식으로 생각할 테니까.' 그는 다시 사진을 쳐다보다가 약간 놀랐다. 그리고 그 죽은 남자를 자기는 한 번도 그런 식으로 생각하지 않았다는 것을 깨달았다.

그가 훌륭한 사람이라고? 그는 단지 그 반대로만 추측해 왔었다. 아마도 무의식적으로 그 남자의 주머니에 들어 있었던, 가짜인 것이 분명한 주소와 이름이 적혀 있는 명함 때문에 그렇게 추측해 온 것이다. 하지만 그가 지금 방금 로턴 부인에게 한 설명이 사실일 수도 있다. 그 명함은 가짜 보험회사 직원이 억지로 그 죽은 남자에게 준 것일 수도 있는 것이다. 그렇다면 이 사건은 한층 더 어려워지겠는 걸 하고 그는 씁쓸하게 생각했다. 그는 손목시계를 다시 쳐다보았다.

"더 이상 저녁식사를 준비하시는 데 방해가 돼서는 안 될 것 같군요. 아직 조카 따님도 안 돌아왔으니—"

로턴 부인은 몸을 돌려 벽난로 장식장 위에 있는 시계를 쳐다보았다.

'천만다행으로 이 방에는 시계가 하나밖에 없군.'

경감은 혼자 속으로 생각했다.

"그렇군요, 그 애가 늦는군요." 그녀가 말했다.

"정말 이상한데요. 에드나에게 기다리지 말라고 하길 잘했군요."

하드캐슬의 얼굴에 약간 의혹스러운 표정이 떠오른 것을 보고 그녀가 설명을 했다.

"같은 사무실에 있는 아가씨 중 한 명이죠. 오늘 저녁때 셰일라를 만나러 와서 잠시 기다리다가 얼마 뒤에 더 이상 기다릴 수가 없겠다고 하면서 돌아갔거든요. 누군가와 데이트 약속이 있는 것 같았어요. 내일이나 모레쯤 다시 오겠다고 하더군요."

갑자기 경감의 머릿속에 떠오르는 것이 있었다. 아까 거리에서 지나친 그 아가씨로군! 그는 그녀를 봤을 때 왜 구두 생각이 떠올랐는지 그제야 이해가 갔다. 그래서 그랬던 거야. 캐븐디시 사무실에 갔을 때 그를 맞은 사람이 바로 그 아가씨였다. 그리고 그가 돌아가려고 나왔을 때 뾰족한 뒷굽이 부러져 나간 구두 한 짝을 손에 들고 이래 가지고서 어떻게 집으로 돌아가겠느냐고 서글프게 중얼거리던 그 아가씨였다. 그렇게 매력적이지도 않고, 입속에서 뭔가를 씹으면서 말하던, 이름을 알 수 없었던 아가씨였다는 걸 그는 기억해 냈다.

거리에서 마주쳤을 때 그는 그녀를 알아보지 못했지만 그녀는 그를 알아보았던 것이다. 그리고 그녀는 마치 그에게 뭔가 할 말이라도 있는 것처럼 머뭇거렸었다. 그녀가 말하려던 것이 무엇일까 하고 그는 잠시 생각해 보았다. 자기가 셰일라 웨브를 찾아간 이유를 설명하려고 그런 걸까? 아니면 그에게 무슨 말이든 걸어야겠다고 생각해서였을까? 그는 물어보았다.

"그 아가씨는 셰일라 양과 친한 사이인가 보지요?"

"글쎄요. 특별히 그렇지는 않나 봐요." 로턴 부인이 말했다.

"같은 사무실에서 일하고 있다는 정도죠. 그 이상은 아닌 것 같았어요. 그 아가씨는 좀 둔한 편이죠. 머리가 그리 좋은 것 같지도 않고 셰일라와는 별로 친한 사이가 아니었어요. 사실 오늘 밤 그 아가씨가 왜 그렇게 셰일라를 만나려고 했는지 조금 이상했답니다. 그 아가씨 말로는 자기가 좀 이해할 수 없는 일이 있어서 셰일라에게 물어보려고 그런다더군요."

"그게 무엇인지는 말하지 않았습니까?"

"아뇨. 그녀 말로는 별로 급하지도 중요하지도 않은 일이라던데요."

"예. 알겠습니다. 그럼 이만 가봐야 할 것 같군요."

"이상해요." 로턴 부인이 말했다.

"셰일라가 전화 한 통 하지 않으니 말이에요. 늦게 되면 꼭 전화를 하곤 했는데. 때때로 교수님이 저녁을 먹고 가라고 잡기도 하거든요. 하지만 곧 돌아오겠죠, 뭐. 버스를 타려는 사람들이 많을 수도 있고, 컬류 호텔은 에스플러네이드 가를 한참 올라가야 하니까. 저, 셰일라에게 뭔가 전할 말이라도—없으신가요?"

"글쎄요, 별로 없습니다." 경감이 말했다.

밖으로 나오면서 그가 물었다.

"그런데 로즈메리와 셰일라라는 세례명은 누가 지은 겁니까? 언니입니까, 부인이십니까?"

"셰일라는 우리 어머니의 이름이었어요. 로즈메리는 언니가 지은 것이고요. 정말 이상한 이름을 지어주었지 뭐예요. 아주 환상적이고요. 하지만 언니는 공상가적인 기질이나 감상적인 면이라고는 전혀 없는 사람이었답니다."

"자, 안녕히 계십시오, 로턴 부인."

경감은 현관문을 나와 거리에 있는 모퉁이를 돌면서 생각해 보았다.

"로즈메리라—음……로즈메리는 추억의 꽃인데 말이야. 낭만적인 추억일까? 아니면, 전혀 다른 무엇일까?"

제13장

콜린 램의 이야기

나는 채링 크로스 로(路)를 걸어 올라가다 뉴옥스퍼드 가(街)와 코벤트 가든 사이에 구불구불한 거리들이 마치 미로처럼 얽혀져 있는 곳으로 들어갔다. 그 부근에는 그럴 듯한 상점들이 밀집해 있었다. 골동품 가게, 인형병원, 발레 구두 가게, 외국산 과자가게…….

나는 푸른색이나 갈색의 여러 가지 유리 눈알들이 진열되어 있는 인형병원의 유혹을 떨쳐버리고 마침내 목적지에 다다랐다. 그곳은 대영박물관에서 그리 멀지 않은 길옆에 있는 작고 어둠침침한 책방이었다. 바깥쪽에는 여느 때처럼 값싼 책들이 쌓여 있었다. 3펜스, 6펜스, 1실링 등의 가격표가 붙은 낡은 소설, 헌 교과서, 온갖 종류의 반쪽만 남은 책, 다 찢어져 페이지조차 없는 책이 있는가 하면, 이따금씩 아직 표지가 깨끗한 책도 있었다.

나는 몸을 옆으로 한 채 문을 들어섰다. 거리 쪽으로 나 있는 통로에는 매일 점점 더 늘어나기만 하는 책이 위험스럽게 쌓여 있었기 때문에 몸을 옆으로 하고 지나가야만 했다. 책방 안쪽은 가게가 책을 가지고 있다기보다는 오히려 책이 가게를 가지고 있는 듯한 느낌마저 주었다. 도처에 책들이 제멋대로 들어 앉아 장소를 많이 차지한 채 번식하고 있어서 아무리 보아도 그것들을 다스릴 만한 강력한 손길이 결핍되어 있는 것 같았다. 책 선반 사이의 간격도 너무 좁아서 그곳을 지나려면 아주 어려움을 겪을 수밖에 없을 것 같았다. 선반이나 테이블에는 그 어디고 할 것 없이 책이 가득 쌓인 채 널려 있었다. 구석에 놓인 의자에는, 사방이 책으로 둘러싸인 채 크고 넓적한 모양의 꼭대기가 평평한 중절모를 쓴 한 노인이 박제된 물고기처럼 앉아 있었다.

그는 마치 감당하지 못할 싸움을 포기한 듯한 표정을 짓고 있었다. 그는 책들을 지배해 보려고 노력해 보았지만, 오히려 책들이 그를 지배하는데 성공한 것 같았다. 마치 책들의 세계의 카누트 대왕처럼 그는 밀어닥치는 책들의 물결 앞에서 후퇴하고만 있는 듯했다. 그가 그 물결에게 물러가라고 명령을 한다 해도 그 물결은 더 이상 어떻게 할 수 없는 확실한 힘으로 밀려오는 것이 틀림없었다. 그는 이 가게의 주인인 솔로몬 씨였다. 그는 내가 온 것을 알아차렸는지, 그 물고기 같은 시선이 잠시 풀리는 듯하더니 고개를 끄덕끄덕했다.

"뭐 전문서적 좀 들어온 것이 있습니까?" 내가 물었다.

"3층에 올라가서 한번 찾아보시오, 램 씨. 아직도 해초 같은 걸 연구하고 계시오?"

"그렇습니다."

"거기에 관한 책들이 어디에 있는지는 알고 있겠지요? 해양생물학이나 화석에 관한 것들—남극 대륙과 관계된 서적들은 3층에 있으니까. 그저께 새로운 책들을 한 묶음 들여다 놨어요. 풀어놓고 싶기는 했지만 그럴 시간이 없어서 그대로 놓아두었다오. 그 위 구석 쪽으로 보면 있을 거외다."

나는 고개를 끄덕이고 나서 가게 뒤쪽에 있는 아주 더럽고 금방이라도 무너질 것만 같은 계단을 역시 몸을 옆으로 돌린 채 올라갔다. 2층에는 동양에 관한 서적과 미술서, 의학서, 프랑스 고전 같은 책들이 놓여 있었다. 이 방에는 일반인은 모르게 전문가들만 들어갈 수 있는 커튼으로 칸막이가 된 곳이 있는데, 그 안에는 소위 말하는 '기서(寄書)'나 '진서(珍書)' 같은 서적들이 있었다. 나는 그 책들을 지나쳐 3층으로 올라갔다.

거기에는 고고학이나 박물학, 그 밖의 다른 훌륭한 서적들이 완벽하다고는 할 수는 없지만 그런대로 분류가 되어 꽂혀 있었다. 나는 학생이나 나이 많은 대령, 목사 등의 사이를 뚫고 뚜껑이 열린 채 바닥에 놓여 있는, 책이 담긴 상자들을 뛰어넘으면서 앞으로 나아가려고 했다. 하지만 서로 꼭 껴안은 채 정신이 빠져 있는 한 쌍의 학생들 때문에 길이 막혀 버렸다. 그들은 선 채로 앞뒤로 몸을 흔들어대고 있었다. 나는, "잠깐 실례합니다."라고 말한 뒤 두 사람을 옆으로 밀었다. 그리고 문을 가리고 있던 커튼을 걷어올린 다음 주머니 속에 있던 열쇠로 문을 열고 안으로 들어갔다. 거기는 마치 현관처럼 깨끗하게 색칠이 되어 있는 벽에 스코틀랜드 고지에서 사는 소떼를 그린 판화가 걸려 있었고, 깨끗이 닦여져 있는, 문을 두드리는 고리쇠가 달린 문이 하나 있었다.

내가 조심스럽게 그 고리쇠를 손으로 만지작거리자 회색빛 머리에 아주 고풍스러운 모양의 안경을 끼고 검은 스커트에 좀 의외인 듯한, 박하색 줄무늬가 있는 점퍼를 입은 어떤 나이 들어 보이는 여자가 문을 열었다.

"당신이로군요. 그는 어제도 당신 일만 물어봤답니다. 별로 기분이 좋지 않은 것 같더군요." 그녀는 인사말도 잊은 채 말했다.

그녀는 마치 나이 든 가정교사가 공부하기 싫어하는 아이들한테 하듯 나를 보며 고개를 저었다.

"더 열심히 해야 될 거예요." 그녀가 말했다.

"오, 아주머니, 설교라면 그만두세요." 내가 말했다

"그리고 아주머니라고 부르지 말아요. 건방진 태도군요. 전에도 그렇게 주의를 줬는데."

"당신이 나빠요. 마치 내가 어린 소년인 것처럼 말하고 있잖아요."

"이제는 좀 자랄 때도 됐는데. 자, 아무튼 안으로 들어가서 잘 해보세요."

그녀는 부저를 누르고 책상 위의 수화기를 들었다. 그리고 말했다.

"콜린 씨입니다……예, 안으로 들여보내겠어요."

그녀는 수화기를 내려놓은 뒤 나를 향해 고개를 끄덕여 보였다.

나는 그 방 끝에 있는 문을 지나 다른 방에 들어갔는데, 그 방은 온통 잎담배의 연기로 가득 차서 무엇 하나 제대로 알아보기가 어려울 정도였다. 연기에 시달린 내 눈이 밝아지자 그제야 겨우 이제는 다 낡아서 버려도 괜찮을 성싶은 할아버지 의자에 푹 파묻히듯 앉아 있는, 대령의 큰 몸체와 팔걸이의자 옆에 붙어 있는, 고풍스런 모습의 읽고 쓰기 위한 회전책상이 보였다.

베크 대령은 안경을 벗고 큰 책이 놓여 있는 독서용 책상을 옆으로 밀친 다음 나무라는 눈초리로 나를 보았다.

"이제 오나?" 그가 말했다.

"예, 대령님." 내가 말했다.

"뭐 좀 얻은 게 있나?"

"아무것도 없습니다."

"아니, 그럼 이제 어떡하겠다는 거야, 콜린, 내 말 듣고 있나, 자네? 이제 크레스트 따위는 집어치우라고!"

"제 생각에는 변함이 없습니다." 내가 말을 하기 시작했다.

"좋아. 여전히 그렇게 생각하고 있다 이거지? 하지만 우리는 자네가 생각에만 빠져 있을 동안 언제까지나 기다리고만 있을 수는 없어."

"그게 단순한 직감이었다는 것은 인정하겠습니다." 내가 말했다.

"그럼 아무 문제도 없겠군 그래." 베크 대령이 말했다.

그는 청개구리 같은 남자였다.

"옛날에 내가 가장 성공적으로 수행했었던 임무도 직감에 의한 것이었지. 하지만 이번 자네의 직감만은 그리 잘 들어맞고 있다고 볼 수 없네. 선술집 쪽은 다 끝났겠지?"

"예, 대령님. 이미 보고드린 바와 같이 지금은 초승달 쪽에서 시작하고 있습니다. 초승달 모양으로 늘어서 있는 집들이지요."

"설마 프랑스빵을 팔고 있는 빵집 이야기는 아니겠지. 그렇긴 하지만 또 잘 생각해 보면 그러지 말란 이유도 없겠군그래. 개중에는 프랑스의 초승달 모양의 빵을 바깥 간판으로 내달고는 마약을 팔고 있는 가게도 있으니까. 요즘에는 뭐든지 다 그렇지만 빵마저도 냉장고에 넣어두더군. 요즘엔 그래서 무엇이든 진짜 맛이 나질 않는 거야."

나는 대령이 그 이야기를 계속할 것 같아서 잠자코 기다렸다. 그것은 그가 가장 즐겨 하는 이야기였기 때문이다. 그러나 그다음 그가 무슨 말을 할 것인지 내가 미리 알고 있다고 생각했는지 베크 대령은 말머리를 돌렸다.

"전부 다 훑어보았나?" 그가 물었다.

"거의 끝나가지만 아직은 몇 군데 더 남아 있습니다."

"좀더 시간을 달라는 말인가?"

"좀더 시간이 필요한 것은 틀림없습니다. 하지만 지금 당장 다른 장소로 옮겨가고 싶지는 않습니다. 우연의 일치라고 할 수 있는 사건이 일어나서, 잘하면(잘만 하면 말입니다) 어떤 단서를 잡게 될지도 모르겠습니다."
"쓸데없는 군말은 말고 사실만 말해 보게."
"지금 조사 중인 윌브러햄 크레슨트 말입니다."
"그래서 헛물만 켰다는 얘기인가, 아니라는 얘기인가?"
"아직 저도 확실히는 모릅니다."
"똑똑히 말해 봐, 똑똑히."
"우연의 일치라는 것은 윌브러햄 크레슨트에서 어떤 남자가 살해당한 사건이 발생한 겁니다."
"살해된 사람은 누군가?"
"아직까지는 정체를 모르고 있습니다. 주머니에서 이름과 주소가 적힌 명함이 한 장 나오긴 했지만 그것은 가짜였습니다."
"음, 그래? 수상쩍기는 하군. 그렇다면 이번 일과 무슨 연관이라도 있나?"
"그런 것 같지는 않았습니다, 대령님. 하지만 어쨌든……."
"알았네, 알았어. 어쨌든……그런데 자네는 무엇 때문에 이곳에 온 건가? 계속 그 윌브러햄 크레슨튼가 하는 괴상한 이름이 붙은 곳을 훑어보겠다는 허가라도 받으러 왔나?"
"그곳은 크로딘이라는 마을에 있습니다. 포틀베리에서는 10마일 정도 떨어져 있지요."
"아, 좋아, 좋아. 아주 유망한 장소로구먼. 하지만 자네가 여기에 온 진짜 이유는 뭔가? 자네는 웬만해서는 허가 같은 것을 받으러 올 사람이 아니야. 항상 자네 고집대로 해온 사람 아닌가?"
"그렇습니다, 대령님. 저에게는 좀 그런 기질이 있지요."
"그렇다면, 그래, 무슨 일이지?"
"두세 사람에 대해 알고 싶은 것이 있습니다."
한숨을 쉬면서 베크 대령은 독서용 책상을 원위치로 돌려놓았다. 그러고는 주머니에서 볼펜을 꺼내 들고 그것을 훅 분 다음 나를 바라보았다.
"자, 시작하게."
"다이애나 로지라는 집. 사실은 윌브러햄 크레슨트 가 20번지 집입니다. 헤밍 부인이란 여자와 18마리 가량 되는 고양이들이 살고 있는 집이이죠.”

“다이애나라? 음. 달의 여신이라! 다이애나 로지. 좋아. 그 헤밍 부인이란 여자는 무엇을 하는 사람인가?”

“아무 일도 안 합니다. 다만 고양이 기르는 일에만 몰두하고 있지요.”

“숨기에는 아주 적당한 곳이군.” 베크가 만족스럽다는 듯한 투로 말했다.

“틀림없이 뭔가가 있을 거야. 이게 전부인가?”

“아뇨. 램지라는 남자가 있습니다. 윌브러햄 크레슨트 62번지에 살고 있는데, 토목기사라고 알려져 있습니다. 외국에 자주 드나들지요.”

“그럴듯하군. 내가 보기에도 아주 그럴듯한걸. 그 남자에 대해 조사해 달라는 것이겠지? 좋아.”

“그 남자에게는 아내가 한 사람 있습니다. 아주 얌전한 아내와 장난꾸러기 아이 둘—둘 다 남자아이지요.”

“그럴 수도 있겠지. 전에도 그런 일이 있었어. 자네, 펜들턴 사건 기억나나? 그자에게도 아내와 아이들이 있었지. 아주 얌전한 아내였어. 나는 여태껏 그렇게 바보 같은 여자는 만나보지를 못했다니까. 그녀의 머리로는 자기 남편이 동양관계 서적을 취급하는 훌륭한 사람이 아니라는 것은 도무지 상상조차 할 수 없었지. 그 일에 대해 생각해 보니 또 기억나는 일이 있군. 펜들턴은 독일인 아내와 그 사이에 난 딸 둘이 있었지. 또 스위스에도 아내가 있었고. 나는 말이야, 아내가 둘씩이나 있었던 것이, 그자의 개인적인 욕정이 넘쳐나서 그랬는지, 아니면 단지 위장술에 불과했는지 잘 모르겠네. 그자야 물론 위장술이었다고 하겠지만 말이네. 어찌됐건, 그 램지란 남자에 대해 알고 싶다 이거지? 그밖에는 또 없나?”

“이건 확실한 것은 아닙니다만, 63번지에 한 부부가 살고 있습니다. 은퇴한 대학교수인데, 이름은 맥노턴. 스코틀랜드 출신. 나이는 60대 초반입니다. 정원 손질이 하루 일과입니다. 그 부부가 평범한 사람이 아닌 것처럼 보이는 이유는 아무것도 없습니다. 하지만—”

“좋아. 알아보도록 하지. 기관을 통해 확인해 두도록 하겠네. 그런데 그 사람들은 어떤 관계가 있나?”

"그 사람들은 살인이 일어난 집 정원과 이웃해 있거나 접해 있는 집에 사는 사람들입니다."

"마치 프랑스어 연습문제 같군그래—나의 숙부의 시체는 어디에 있습니까? 나의 숙모의 사촌집 정원 안에 있습니다. 그 19번지 집은 어떤가?"

"과거에 교사를 했었던 장님 여자가 살고 있습니다. 지금 그녀는 맹인들을 가르치는 교육기관에 근무하고 있는데, 그녀에 대해서는 그 지역 경찰이 철저히 조사해 놓았습니다."

"그녀 혼자 사나?"

"예."

"아까 얘기한 사람들에 대한 자네 생각은 어떤가?"

"제 생각으로는 만일 살인이 제가 아까 대령님께 말씀드린 그런 집들에 살고 있는 누군가에 의해 저질러진 것이라면, 위험스럽긴 하겠지만 살인을 저지른 다음 19번지 집으로 시체를 운반하기가 아주 쉬웠을 겁니다. 물론 단순히 하나의 가능성에 불과한 생각이지만요. 그리고 대령님께 보여 드리고 싶은 것이 하나 있습니다. 이겁니다."

베크 대령은 내가 내민, 흙이 묻은 동전을 받아들었다.

"체코의 핼러 화(貨) 아닌가? 이걸 어디에서 찾았나?"

"제가 찾은 것이 아닙니다. 하지만 19번지 집 뒤뜰에서 찾아낸 것이지요."

"재미있는걸. 초승달이나 떠오르는 달을 자네가 끈질기게 추적하다 보면 결국 무엇인가가 나타날지도 모르겠군." 그는 생각에 잠긴 표정으로 덧붙였다.

"여기서 다음 거리에 떠오르는 달이라는 선술집이 있더군. 왜 그곳은 조사해 보지 않나?"

"거기엔 벌써 가봤습니다." 내가 말했다.

"자넨 항상 대답을 준비해 가지고 다니는구먼." 베크 대령이 말했다.

"담배 피우겠나?"

나는 고개를 저었다.

"감사합니다만, 오늘은 시간이 없군요."

"크로딘으로 돌아갈 건가?"

"예. 검시재판에 참석해 볼 생각입니다."
"하지만 연기될 것이 아닌가. 크로딘에 자네가 쫓아다니는 여자라도 있는 것이 아닌가?"
"그렇지 않습니다." 내가 날카롭게 말했다.
뜻밖에 베크 대령은 쿡쿡거리면서 웃기 시작했다.
"조심하라고! 성욕은 언제나 그 추악한 머리를 쳐들려고 하지. 그녀를 알게 된 지는 얼마나 되었나?"
"그런 여자는 없습니다. 무슨 말인가 하면—그러니까, 시체를 발견한 여자는 있습니다."
"시체를 발견했을 때 그녀의 행동은 어땠었나?"
"비명을 질렀습니다."
"아주 그럴듯하구먼. 그녀는 자네에게 달려들어서는 어깨에 매달려 울면서 이유를 말했을 테지. 그렇지 않나?"
"무슨 말씀을 하고 계신지 모르겠군요." 내가 차갑게 말했다.
"그 얘기는 그만두고 이것을 한번 보시지요."
"이 사람은 누군가?" 베크 대령이 물었다.
"피해자입니다."
"십중팔구는 자네가 열을 올리고 있는 그 아가씨가 범인일걸세. 내가 보기에 이 사건은 전체적으로 수상쩍은 구석이 많거든."
"대령님은 아직 사건의 내용도 모르시지 않습니까? 전 아직 그 사건 얘기는 말씀드리지 않았는데요."
"들을 필요도 없네." 베크 대령은 잎담배에 불을 붙였다.
"검시재판에 가서 그 여자나 기다려 보라고. 혹시 그녀 이름이 다이애나나 아르테미스, 아니면 초승달이나 달과 관계있는 그런 이름은 아닌가?"
"아니, 그렇지는 않습니다."
"좋아, 하지만 그럴 수도 있다는 걸 잊지 말게나."

콜린 램의 이야기

내가 화이트해븐 맨션을 찾은 것은 꽤 오랜만의 일이었다. 몇 년 전만 해도 이 맨션은 현대식 아파트로서 눈에 띄는 건물이었다. 그런데 지금은 그 건물보다 더 당당하고 한층 더 현대적인 건물들이 그 건물 양쪽에 세워져 있었다. 그 건물 안으로 들어서자 나는 이 건물이 최근 새롭게 내부를 단장했다는 걸 알아차렸다. 벽이 엷은 노란색과 녹색으로 다시 칠해져 있었던 것이다.

나는 엘리베이터를 타고 올라가서 203호실의 벨을 눌렀다. 나에게 문을 열어준 사람은 나무랄 데 없이 옷을 차려입은 집사 조지였다. 그의 얼굴에는 환영한다는 미소가 어려 있었다.

"콜린 씨로군요! 오래간만입니다."

"그렇군요. 그래, 잘 지냈습니까, 조지?"

"덕분에 잘 지내고 있지요."

나는 목소리를 낮추었다.

"그분은 어떠시죠?"

조지도 목소리를 낮추었다. 하지만 사실 우리는 처음부터 아주 조심스런 목소리로 얘기를 했기 때문에 구태여 그럴 필요도 없었다.

"때로는 약간 기가 죽어지내실 때도 있지요, 선생님."

나는 안됐다는 듯 고개를 끄덕였다.

"아무튼 이쪽으로 오시지요—." 그는 내 모자를 받아들었다.

"콜린 램이 왔다고 말씀드려 주시지요."

"알겠습니다." 그는 문을 열고 밝은 목소리로 말했다.

"콜린 램 씨가 오셨습니다, 주인님."

그는 내가 지나가도록 뒤로 물러섰고, 나는 방 안으로 들어갔다.

나의 친구 에르큘 포와로는 벽난로 앞에 놓인, 크고 각이 진 안락의자에 앉아 있었다. 장방형으로 생긴 전기난로의 막대 하나가 빨갛게 달아 있는 것이 눈에 띄었다. 아직 9월초였고 날씨도 따뜻했지만, 포와로는 누구보다도 빨리 가을이 가져다주는 냉기를 느끼고, 그에 대한 준비를 하는 사람이었다. 그의 양쪽 바닥 위에는 책들이 가지런히 쌓여 있었다. 그의 왼쪽에 있는 책상 위에는 더 많은 책들이 놓여 있었다. 그의 오른손에는 따뜻한 김이 오르고 있는 컵이 쥐어져 있었다. 티잔이로군, 나는 생각했다. 그는 티잔을 아주 좋아해서 나에게도 자주 권하곤 했다. 그것에서는 가슴이 울렁거리는 맛과 코를 찌르는 듯한 향기가 났다.

"일어나지 마세요." 내가 말했다.

그러나 포와로는 벌써 자리에서 일어서고 있었다. 반짝이는 에나멜 구두를 신고 양손을 앞으로 내밀면서 그가 내게로 다가왔다.

"오, 그래, 자네였군. 자네였어, 내 친구여! 나의 젊은 친구 콜린이야. 그런데 왜 램이라는 이름을 사용하나? 잠깐 생각 좀 해보세. 격언이나 속담 같은 것을 말일세. 어린 양처럼 보이는 양의 발모양의 소매가 달린 옷. 아니, 아니야. 그건 나이 든 여자들이 좀더 젊게 보이려고 입는 걸 말하는 게지. 그러니까 자네한테는 적용이 안 되겠는걸. 아, 그렇군, 자네 같은 경우는 양의 탈을 쓴 이리라고 하는 거지. 안 그런가?"

"뭐 그렇지도 못합니다. 하는 일이 일이니만치 본명을 사용하면 더 불리할 것 같기도 하고, 우리 노인네와 무슨 관계가 있지나 않을까 하는 오해도 있을 수 있어서 그런 것뿐이지요. 그래서 램이라는 이름을 사용했습니다. 짧고, 단순하고, 기억하기도 쉽고요. 저한테 아주 걸맞은 이름이라고 생각해 왔는데요."

"글쎄, 그럴까? 그런데 아버님은 좀 어떠신가?"

"잘 계시지요. 접시꽃 때문에 무척 바쁘십니다—아니, 참 국화든가? 계절이 하도 빨리 지나가 버려서 그때 그게 무엇이었는지 생각이 나지 않는걸요."

"그렇다면 원예에 바쁘신 모양이구먼?"

"누구나 다 만년에는 그런 일로 돌아가는 것 같아요." 내가 말했다.

"나는 아닐세." 에르큘 포와로가 말했다.

"언젠가 한번 서양호박 때문에 애를 먹은 적이 있긴 했지. 그래—하지만 다시는 손도 안 댔네. 예쁜 꽃이 필요하면 꽃집에 가면 되는 일 아닌가. 그렇게 유명한 총경님이었으니까 혹 회고록이라도 쓰지 않을까 난 생각했었는데."

"아버님도 시작하셨었죠. 하지만 아직 밝히기에는 시기가 너무 이른 그런 것들이 많고, 또 그런 것들을 빼고 쓰자니 글 자체가 쓸 가치조차 없을 정도로 단조롭게 되어 버릴 거라고 생각하신 모양입니다."

"사람이란 신중히 행동할 필요가 있다 이 말이군. 그렇긴 하네. 하지만 아깝구먼. 자네 아버님이라면 아주 흥미로운 것들을 들려줄 수 있을 텐데 말이야. 나는 자네 아버님을 아주 존경하네. 옛날부터 그래 왔었지. 알다시피, 그 양반이 사용하는 방법들이란 것이 아주 흥미롭거든. 아주 솔직한 것들이지만 말이야. 그는 그 누구도 사용해 본 적이 없는 아주 확실한 방법을 사용하네. 언제나 눈에 다 드러나는 함정을 만들어놓거든. 그래서 그가 잡으려고 하는 사람들까지도, '이건 너무 뻔한 거잖아. 아마 사실이 아닐 거야.'라고 생각하고 마는 게야. 그러고는 그 함정에 걸려드는 걸세."

나는 웃어 버렸다.

"어쨌든, 요즈음엔 자식들이 자기 아버지를 존경하는 일이 흔치가 않지요. 대부분 자기 아버지에 대해서 펜에 독기를 품고는, 있는 것 없는 것 할 것 없이 추악한 일들만 생각해 내서는 만족스러운 듯 써대는 세상이니까요. 하지만 개인적으로 저는 아버님을 대단히 존경합니다. 항상 아버님만큼만 유능했으면 하고 생각하지요. 물론 똑같은 방면의 일은 아니지만요."

"하지만 관계는 있지. 아주 밀접한 관계가 말이야. 물론 자네는 아버지와는 달리 무대 뒤에서 일해야 하겠지만 말일세."

그는 점잖게 기침을 했다.

"그건 그렇고, 자네에게 축하를 해줘야겠군. 최근의 눈부신 성공에 대해서 말일세. 그렇지 않나? 그 라킨 사건 말이야."

"이제까지는 그랬지요. 하지만 완전히 해결하기 위해 아직 밝혀내야 할 일들이 많습니다. 그러나 사실은 그 일에 대해 얘기하려고 찾아온 건 아닙니다."

"물론 그렇겠지, 그럴 게야." 포와로가 말했다.

그는 나를 손짓으로 의자 옆으로 부르더니 티잔을 따라주었다. 하지만 나는 곧 거절했다.

그때 마침 조지가 위스키와 유리잔, 그리고 사이펀을 들고 들어와서는 내 옆에 두었다.

"요즘은 무얼 하고 지내십니까?" 나는 포와로에게 물어보았다.

그리고 주변에 있는 여러 가지 책들을 둘러보다가 이렇게 말했다.

"뭐 좀 조사하시는 것이 있는 것 같군요."

포와로는 한숨을 내쉬었다.

"그렇다고도 할 수 있겠지. 암, 어떤 면에서는 사실이네. 최근에는 내가 사건에 주려 있다는 느낌을 떨쳐버릴 수가 없네. 사건만 있다면 어떤 것이든 상관없다고 혼자 중얼거리기도 한다네. 셜록 홈스처럼 파슬리가 버터 안 어디까지 가라앉을까 하고 보기도 한다네. 중요한 것은 그런 것들이 의문을 가져다주기도 한다는 거지. 자네도 알다시피, 내게 있어서 운동이 필요한 것은 근육이 아니고 뇌세포니까 말일세."

"건강을 지키기 위해서는 그렇지요. 저도 알고 있습니다."

"자네 말대로야." 그가 한숨을 내쉬었다.

"하지만, 여보게, 문제란 그리 쉽게 와주지 않거든. 지난주 목요일에 한 사건이 일어나긴 했지. 어처구니없게도 우리 집 우산꽂이에서 말라빠진 오렌지 껍질이 세 개나 나왔다네. 그런 것들이 어떻게 그곳에 들어갔을까? 어떻게 그런 곳에 들어갈 수 있었을까? 나는 오렌지를 먹지 않는다네. 그렇다고 조지가 우산꽂이에 마른 오렌지 껍질을 넣어둘 사람은 절대 아니고 말일세. 우리 집에 온 손님이 오렌지 껍질 세 개를 가지고 왔을 리도 없을 테고. 그래, 그것이야말로 정말 수수께끼였지."

"그래서 그 문제를 푸셨습니까?"

"풀었지." 자부심보다는 오히려 우울하게 포와로가 말했다.

"뭐 별로 흥미로운 일은 아니었네. 매일 청소를 해주던 파출부가 그만두고 새로 파출부가 들어왔는데, 엄중하게 그러지 말라고 했는데도 자기 아이 중 한 아이를 데리고 왔었다는 거야. 별로 재미있을 것 같지는 않지만, 그래도 거짓말이나 속임수 같은 그런 것들을 하나하나 밝혀나갈 필요는 있었지. 잘하긴 했지만 별로 중요한 것은 아니었네."

"실망하셨겠군요?" 내가 말했다.

"결국 그랬지." 포와로가 말했다.

"내가 겸손한 사람이긴 하네만, 소포의 끈을 푸는 데 레이피어 칼을 사용할 필요는 없다고 생각하네."

나는 진지한 표정으로 고개를 끄덕였다. 포와로가 계속해서 말했다.

"요즘에는 현실 속의 여러 가지 미해결 사건들을 읽어보고 있는 중이라네. 그리고 내 해결법을 그런 사건들에 적용시켜 보는 것이지."

"브라보 사건이나 아들레이드 바틀렛 사건 같은 것에다 말이지요?"

"그렇지. 하지만 어떤 의미에서는 너무나도 쉬운 사건이었다네. 내가 생각하기에 찰스 브라보를 살해한 자에 대해서는 별로 의심할 여지가 없다네. 그가 사귄 여자가 관계되기는 했겠지. 하지만 그 사건의 주역은 틀림없이 아니었을 거야. 그리고 그 불행한 사춘기 아가씨였던 콘스턴스 켄트 사건도 있지. 틀림없이 자기 남동생을 사랑하고 있었는데도 그녀가 그 동생을 목 졸라 죽인 사건은 그 동기가 하나의 수수께끼였었지. 하지만 내가 보기에는 그렇지 않았네. 그 사건에 대해 읽어보는 순간 나는 확실히 알게 되었다네. 리지 보든 사건만 해도 그 사건에 관계된 여러 사람들에게 몇 가지 필요한 질문만 했더라도 좋았을 것이라고 생각되네. 나는 내 머리에 떠오른 생각이 그 해답이란 것을 확신할 수 있다네. 애석하게도 그들이 지금쯤은 모두 죽었을 테지만."

예전부터 그렇게 생각해 왔지만 겸손은 결코 에르큘 포와로의 장점이 될 수는 없을 것이라고 나는 혼자 생각했다.

"그러고는 내가 무엇을 했을 것 같은가?" 포와로가 계속해서 말했다.

한동안 얘기할 상대가 거의 없었기 때문인지 내가 보기에 그는 자기 목소리에 도취되어 있는 것 같았다.

"실화에서 소설 쪽으로 방향을 바꾼 것이었다네. 자, 보게나. 내 주변에 놓여 있는 책들은 각종 범죄소설들 중 대표적이라고 할 수 있는 작품들이라네. 나는 과거로 거슬러 올라가 보았었네. 자—."

그는 내가 방 안에 들어왔을 때 팔걸이의자 위에 놓아둔 책을 손에 들었다.

"이것은 말이네, 콜린, '리벤워스 사건' 이야기라네."

그는 나에게 그 책을 건네주었다.

"아주 오래전 작품이지요. 아버님이 어렸을 때 그 책을 읽으셨다고 말씀하시던 기억이 납니다. 저도 한번 읽었던 것 같은데요. 물론 요즘 다시 읽는다면 약간 시대에 뒤떨어진 느낌이 들겠지만 말입니다."

"멋있는 작품이야. 그때의 시대적 분위기, 잘 꾸며진 멜로드라마. 금빛 아름다움을 지닌 엘리노어에 대한 풍부한 묘사, 메리의 달빛 같은 아름다움!"

"저도 다시 한 번 읽어봐야 할 것 같군요. 그런 아름다운 아가씨들에 대한 부분은 잊어버렸습니다."

"그리고 한나라는 하녀와 아주 전형적인 살인자가 등장하는데, 심리묘사가 아주 뛰어나다고 할 수 있지."

나는 내가 강의를 들어야 할 입장에 놓여 있다는 것을 알아차렸다. 나는 얘기를 들을 준비를 단단히 했다.

"이제 아르센 뤼팽에 대해 얘기해 보세." 그는 계속 말을 이었다.

"아주 공상적이고 비현실적인 작품이라고 할 수 있지. 하지만 그 속에서 넘쳐나는 활기를 보게! 그 활력, 그 생동감! 한편으로는 황당무계하기도 하지만 현란하기도 하다네. 게다가 유머도 있단 말이야."

그는 《아르센 뤼팽의 모험》을 내려놓고 또다른 책을 집었다.

"그리고 이것은 《노란 방의 비밀》이라네. 이것이야말로 정말 고전이라고 할 수 있지! 처음부터 끝까지 흠잡을 구석이 없어. 이 이야기의 논리적 구성! 이 책에 대한 비평 중 내가 기억할 수 있는 것은, 그것은 불공평하다는 것이었네. 하지만, 콜린, 그것은 불공평한 것이 아니었어. 오, 아냐, 아냐. 아마 그런 쪽으로 굉장히 근접해 있기는 했겠지만 꼭 그렇다고는 할 수 없네. 머리카락 한 가닥 정도의 차이밖에 없어. 아니야. 전편을 통해 그 소설에는 어휘를 조심스럽고 교묘하게 사용함으로써 감추어진 진실이 있어. 모든 것은 사람들이 세 개의 복도 모퉁이에서 만나는 그 결정적인 순간에 밝혀지게 되었던 걸세." 그는 그 책을 공손하게 내려놓았다.

"확실히 걸작이란 말이야. 하지만 요즘에는 거의 잊힌 것 같아."

포와로는 20년 이상을 건너뛴 뒤 비로소 최근의 작품에 다가갔다.

"그리고 또, 애리어든 올리버 부인의 초기 작품 중 몇 가지도 읽어보았다네. 그 부인은 내 친구일 뿐만 아니라 또한 자네의 친구이기도 할 걸세. 하지만 그녀의 작품을 완전히 인정할 생각은 없네. 알겠나? 그녀의 작품에는 전혀 있을 수 없는 일들이 일어나는가 하면, 있을 것 같지 않은 우연의 일치가 너무 남발되고 있다네. 게다가 그때는 젊어서 그랬는지는 모르겠지만 덮어놓고 핀란드인 탐정을 등장시켜 놓았지만 실제로 그녀가 핀란드나 핀란드인에 대해 아는 것이라곤 시벨리우스의 작품밖에 없단 말이야. 하지만 그녀는 나름대로 독창적인 사고방식을 갖고 있고, 때로는 예리한 추리력을 발휘하기도 하지. 최근 들어 그녀는 예전에는 몰랐던 그런 일들에 대해서도 지식이 많이 풍부해진 것 같더군. 예를 들어 경찰의 수사방식에 대한 지식 같은 것 말일세. 무기에 대한 지식도 많이 늘었고. 그 외에 그녀에게는 법률에 대한 지식이 많이 결여되어 있었는데, 그런대로 변호사 친구를 통해서 법률에 대한 조언도 얻고 있는 것 같더군."

그는 애리어든 올리버 부인의 작품을 옆에 놓고 또다른 책을 집었다.

"자 이건 시릴 퀘인 씨일세. 아, 퀘인 씨는 바로 알리바이의 거장이라고 할 수 있다네."

"제 기억이 틀림없다면, 그 사람은 아주 끔찍하게 지겨운 작가라고 할 수 있지요." 내가 말했다.

"그건 사실일세." 포와로가 말했다.

"그의 작품 속에는 특별히 오싹하게 하는 것은 아무것도 없지. 물론 시체는 등장하네만. 때로는 살인사건이 여러 번 발생하기도 하지. 그러나 전체적으로 중요한 점은 언제나 알리바이에 있네. 그래서 철도시간표니 버스 노선, 국도 노선지도 같은 것이 아주 중요하지. 솔직히 말해서 난 이런 복잡하고 교묘한 알리바이 수법을 즐긴다네. 시릴 퀘인 씨를 붙잡아보는 일도 꽤 흥미롭거든."

"그런 일에 항상 성공했던 걸로 아는데요." 내가 말했다.

포와로는 솔직한 사람이었다.

"언제나 그런 것은 아니지." 그는 스스로 인정했다.

"그래, 언제나 그런 것은 아니야. 물론 책을 읽다 보면 그 작품이 다른 작품과 아주 흡사하다는 것을 깨닫게 되네. 알리바이가 똑같은 형태로 되어 있다고 할 수는 없겠지만 언제나 비슷한 것은 사실이니까. 자네도 알겠지만, 콜린, 나는 시릴 퀘인이 그의 서재에 앉아 있는 모습이 눈에 선하다네. 사진에서 볼 수 있는 것처럼 파이프를 물고, ABC 철도여행 안내서, 대륙여행 안내서, 비행기 시간표 등등 온갖 종류의 시간표가 잔뜩 있는 서재에 앉아 있는 모습 말일세. 정기선의 일정표도 있겠지. 자네가 뭐라 하든, 콜린, 시릴 퀘인에게는 질서와 방법이 있다네."

그는 퀘인의 작품을 내려놓고 다른 책을 집어들었다.

"이 책은 스릴러 작가인 게리 그레그슨 작품이라네. 그는 아주 다작가(多作家)로서, 내가 알기로는 적어도 64편 이상을 썼지. 그는 퀘인과는 거의 정반대형의 작가라네. 퀘인의 작품에서는 사건이 별로 많이 일어나지 않지. 하지만 게리 그레그슨의 작품에서는 참으로 많은 사건들이 일어난다네. 그런 사건들은 비현실적인 데다가 아주 혼란스러운 가운데 발생하지. 게다가 모두 고도로 착색되어 있고. 한마디로 막대기로 휘저어놓은 것 같은 멜로드라마네. 유혈, 시체들, 단서들—. 스릴이 쌓이고 쌓여 부풀어 넘칠 정도이지. 모든 사건들이 아주 강렬한 뿐만 아니라 현실과는 멀리 동떨어져 있네. 세상 사람들이 말하는 투로 하자면, 그는 나에게 맞는 차(茶)가 아니야. 사실은 차라고 할 수도 없지. 오히려 아주 괴상한 것을 뒤섞어놓은 정체불명의 미국식 칵테일 같은 것이라고 할 수 있을 것 걸세."

포와로는 잠시 말을 멈춘 뒤 한숨을 한번 쉬더니 다시 말을 이어나갔다.

"그럼 미국 쪽으로 가보세."

그는 왼쪽에 쌓여 있는 책더미에서 한 권을 끄집어냈다.

"이것은 플로렌스 엘크스의 작품이지. 여기에도 질서와 방법이 있고, 물론 다양한 사건도 있지만 충분히 납득할 만한 것들이네. 작품 전체가 명랑하고 활기차지. 이 여류작가는 재주 있는 작가라고 할 수 있어. 비록 다른 많은 미국인 작가들처럼 술을 너무 좋아하는 경향은 있네만. 자네도 알다시피 나도 포도주에 대해서만은 프로급 아닌가. 소설 속에서 수확시기와 양조 연월일이 확실한 클래럿과 버건디가 등장하면 언제나 기분이 좋아지지. 그런데 미국 스릴러물에 나오는 탐정이 매 페이지에서 마셔대는 위스키의 양이 얼마나 되는가 하는 것은 나에게 별로 흥미가 없다네. 그가 장식용 서랍에서 꺼낸 술을 1파인트 마시든, 반 파인트 마시든 그것이 이야기를 진행시키는 데에는 사실 영향을 주는 것 같지가 않으니까. 미국인의 작품에 술이 등장하는 동기는, 가엾은 딕이 자기 회고록을 쓸 때 찰스 왕의 머리에 대해 잘 몰랐던 것과 아주 흡사하다고나 할까. 서로 불가분의 관계에 있다고 볼 수 있지."

"폭력단에 대해서는 어떻습니까?" 내가 물었다.

그 말에 포와로는 마치 파리나 모기를 쫓기라도 하듯 손을 흔들어댔다.

"폭력을 위한 폭력 말인가? 언제부터 그런 것이 흥미를 끌어왔었나? 나는 경찰관을 했었던 아주 젊은 시절부터 수많은 폭력을 보아 왔었네. 흥! 차라리 의학서적을 읽은 게 낫지. 어쨌든 나는 전반적으로 미국 범죄소설을 높게 평가하고 있다네. 내 생각에는 영국 작품보다 훨씬 더 기교도 뛰어날뿐더러 상상력도 앞서고 있으니까. 대다수 프랑스 작가들에 비하면 분위기에서 좀 뒤떨어지지만, 사실은 그들보다 더 분위기에 비중을 두는 편이지. 그 예로 루이자 오말리를 들어보세."

그는 다시 책 한 권을 찾아왔다.

"이 여류작가는 교양 있는 문체로 글을 쓰지만 그러면서도 독자들에게 흥분과 숨 막히는 긴장을 느끼게 해준다네. 뉴욕에 있는 갈색 돌로 지어진 그 아파트들. 그런데, 갈색 아파트란 어떤 걸까?—난 도무지 모르겠더군. 그런 고급 아파트를, 속물근성으로 꽉 찬 영혼들, 그 밑바닥 깊숙이에는 예기치도 못한 범죄의 싹들이 무한정 뻗어나가고 있지. 그런 일은 실제 일어날 수도 있고, 또 일어나고 있기도 하네. 아무튼 이 루이자 오말리란 여류작가는 대단한 작가야. 정말 아주 대단하다고."

깊은 숨을 내쉬면서 그는 몸을 뒤로 기대었다. 그리고 고개를 저으면서 남아 있는 티잔을 다 마셔버렸다.

"그리고 말일세, 언제나 즐겨 애독하는 책들이 있다네."

그가 다시 책 한 권을 찾아냈다.

"《셜록 홈스의 모험》."

그는 사랑스러운 듯 중얼거리더니 경의에 찬 목소리로 말했다.

"정말 거장이지!"

"셜록 홈스가 말인가요?"

"오, 아니, 아니, 셜록 홈스가 아냐! 내가 경의를 표하는 사람은 아서 코넌 도일 경일세. 이 셜록 홈스 이야기는 실제로는 부자연스럽고 기만에 차 있는 데다가 아주 기교적으로 구성되어 있다네. 하지만 그 문장의 예술성에 있어서는—오, 그 점에 있어서는 완전히 달라지지. 그 말이 주는 기쁨, 그리고 무엇보다도 왓슨 박사라는 멋진 인물의 창조! 오, 정말로 굉장한 성공이었네."

그는 한숨을 쉬더니 고개를 저으면서 그런 생각을 하면 당연히 떠오르는 일이라도 있는 듯 중얼거렸다.

"친애하는 친구 헤이스팅스. 내 친구 헤이스팅스에 대해서는 내가 자네에게도 종종 얘기했을 걸세. 내가 그 친구의 소식을 들은 것도 벌써 오래전 일이로군. 남미에 가서 파묻혀 지내는 것은 참 바보 같은 짓인데도 말이야. 그곳에선 항상 혁명이 일어나고 있지 않은가."

"남미에서만 그런 것은 아니지요." 내가 지적했다.

"요즘에는 세계 도처에서 혁명이 일어나고 있으니까요."

"폭탄 이야기는 그만하기로 하세." 에르퀼 포와로가 말했다.

"그럴 수도 있겠지. 하지만, 우리, 그 얘기는 그만두기로 하세나."

"사실은 전혀 다른 이야기를 하려고 왔습니다." 내가 말했다.

"아, 그래? 결혼한다는 얘기겠지? 그것참 기쁘네. 정말 기쁜 소식이야."

"도대체 왜 그런 생각을 하셨는지 모르겠는데요, 포와로 씨. 그런 얘기가 아닙니다."

"그런 일들은 매일 일어나고 있잖은가."

"그럴 수도 있겠지요." 내가 단호하게 말했다.

"하지만 저에게는 아닙니다. 사실은 살인사건이 일어났는데 지금 좀 어려운 문제에 부딪쳐 있어서 그걸 의논하려고 온 겁니다."

"정말인가? 지금 살인사건에 관계된 어려운 문제라고 말했나? 그 문제를 나한테 가져왔다 이거지. 그런데 무슨 이유로?"

"저—." 나는 약간 당황했다.

"저—저는 선생님이 그걸 즐기실지도 모르겠다고 생각했거든요."

포와로는 생각에 잠긴 표정으로 나를 바라보았다. 그는 사랑스런 손길로 콧수염을 쓰다듬었다. 그런 다음 입을 열었다.

"주인은 가끔 자신이 기르는 개에게 친절을 베풀곤 하네. 밖으로 나가서 개를 위해 공을 던져주기도 하지. 그런데 개도 주인에게 친절을 베풀 수가 있다네. 개는 토끼나 쥐를 잡아서는 그것을 가져와 주인의 발밑에 두는 게지. 그러고는 어떻게 할 것 같은가? 개는 꼬리를 살살 흔든다네."

나도 모르게 나는 웃어버렸다.

"저도 꼬리를 흔들고 있습니까?"

"그렇다는 생각이 드는군. 그래, 그런 것 같아."

"그렇다면 좋습니다. 그럼 주인은 뭐라고 말하지요? 그 사람은 개가 물어온 그 쥐를 보고 싶어할까요? 그 쥐에 대한 모든 것을 알고 싶어할까요?"

"물론 당연히 그렇지. 자네는 내가 범죄라면 흥미를 가질 것이라고 생각하고 있네. 그렇지 않나?"

"이번 사건에 있어서 문제는—, 이치에 맞지 않는다는 것입니다."

"그런 일은 있을 수가 없네. 무슨 일이든 앞뒤가 맞게 되어 있다네. 무슨 일이든 간에 말일세."

"그럼 이 사건의 앞뒤를 한번 맞춰 주십시오. 제 힘으로는 안 되겠습니다. 사실 제 일과는 별 관계가 없는 일이기는 하지만, 우연히 부딪치게 된 겁니다. 일단 그 피해자의 신원파악만이라도 된다면 간단하게 해결될지도 모르겠습니다."

"자네 얘기는 지금 밑도 끝도 없군." 포와로가 엄하게 말했다.

"먼저 나에게 사실을 들려주었으면 좋겠네. 자네는 살인사건이라고 했어. 그렇지?"

"물론 살인사건이지요." 나는 다시 확신시켰다.

"그럼 얘기를 해 드리겠습니다."

나는 그에게 윌브러햄 크레슨트 가 19번지에서 발생한 사건을 자세히 들려주었다. 에르큘 포와로는 의자에 몸을 기대고 앉았다. 그리고 내 얘기를 듣는 동안 그는 눈을 감은 채 집게손가락으로 의자 팔걸이를 가볍게 톡톡 두드리고 있었다. 마침내 내 얘기가 끝나자, 그는 잠시 동안 아무 말도 하지 않았다. 그런 다음 눈을 감은 채 물었다.

"정말인가?"

"아, 물론입니다." 내가 말했다.

"놀라워." 에르큘 포와로가 말했다.

그는 그 말을 혀로 음미하듯 한 자씩 잘라 다시 불어로 중얼거렸다.

"놀—라—워—."

그런 뒤 의자 팔걸이를 계속 톡톡 치다가 천천히 고개를 끄덕였다.

"그런데—." 잠시 더 기다리다가 나는 참지 못하고 말했다.

"어떨 것 같습니까?"

"도대체 나한테 무슨 말을 기대하는 건가?"

"해답을 듣고 싶습니다. 의자에 등을 기대고 앉아 단지 그것에 대해 생각해 보기만 하면 해답을 찾아내는 일이 완전히 가능한 것이라고 항상 말해 오셨지요. 단서를 찾아내기 위해 이리저리 뛰어다니고 사람들을 찾아가 물어볼 필요가 없다고 말입니다."

"분명 그것은 내가 늘 주장해 왔던 바이지."

"그럼, 저에게 그 말이 옳다는 걸 보여 주십시오. 제가 선생님께 사실을 말씀드렸으니 이제는 대답을 들려주시겠지요."

"아주 간단해, 그렇잖나? 그런데 그 사건에는 아직 밝혀지지 않은 부분이 많네. 우린 단지 그 사건의 출발점에 서 있는 것에 불과하지. 그렇잖은가?"

"하지만 전 선생님께서 무엇이든 찾아주셨으면 좋겠습니다."

"알겠네." 그는 다시 생각에 잠겼다.

"이것만은 분명하네." 그가 말했다.

"그건 이 사건이 아주 단순한 범죄가 틀림없다는 거지."

"단순하다고요?" 나는 약간 놀라서 되물었다.

"당연하지."

"어째서 단순하다는 건가요?"

"왜냐하면 너무 복잡해 보이기 때문이네. 반드시 복잡하게 보여야 할 필요가 있는 사건이라면 그건 틀림없이 단순할 걸세. 무슨 말인지 알겠나?"

"뭐라고 대답해야 할지 정말 모르겠는데요."

"이상한 일이로군." 포와로는 잠시 생각에 잠겼다.

"지금 자네가 나에게 해준 그 얘기는, 생각해 보니—그래, 왠지 낯설지가 않군. 그런데 어디서, 언제, 그 사건을 만났었더라……."

그는 잠시 말을 멈췄다.

"선생님 기억력은 하나의 거대한 범죄 저장소인 모양이로군요. 하지만 선생님도 그것 전부를 다 기억해 낼 수는 없지 않겠습니까?"

"불행히도 그렇다네. 하지만 때로는 이런 추억이 도움이 되기도 한다네. 지금 생각해 보니, 언젠가 리에지에서 일어난 비누공장 주인 사건이 떠오르는군. 그는 금발머리 속기사와 결혼하려고 자기 아내를 독살했지. 이 범죄는 하나의 유형을 보여주고 있네. 그 뒤에, 아주 오랜 시일이 지났을 때 그런 유형의 사건이 다시 발생했다네. 나는 단번에 알아보았지. 그때는 북경산 개가 유괴된 사건이었지만 유형은 똑같은 것이었어. 그래서 나는 그 사건의 비누공장 주인과 금발 속기사에 해당하는 사람을 찾아보았다네. 그랬더니, 이것 보게! 정말 그 두 사건은 같은 종류의 사건이지 뭐겠나. 그런데 이번에 또 자네가 하는 얘기를 듣자니 한번 부딪친 적이 있는 사건 같은 느낌이란 말일세."

"시계들 때문에요?" 나는 기대를 걸면서 말했다.

"아니면 가짜 보험외무원 때문입니까?"

"아닐세, 아냐." 포와로는 고개를 저었다.

"그럼 장님 여자는요?"

"아니야, 틀리네. 제발 내 머리를 혼란시키지 말아 주게."

"실망했는걸요, 포와로 씨. 전 선생님이라면 저에게 이 사건에 대한 해답을 곧바로 주시지 않을까 생각했거든요."

"하지만, 친구, 지금 현재로는 자네가 나에게 하나의 유형을 제시해 준 것에 불과하지 않은가. 아직 더 밝혀내야 할 일들이 있으니 말일세. 아마 그 남자의 신원은 곧 밝혀지겠지. 그런 일들에 대해서는 경찰이 뛰어나니까 말일세. 전과자 기록부도 있고, 그 남자 사진을 배포할 수도 있겠지. 실종자 인명부를 추적해 볼 수도 있고, 피해자가 입고 있었던 의복이나 기타의 것들에 대해서 과학적으로 조사해 나가는 법도 가능하겠지. 아, 그리고 그 밖에도 경찰은 그들 마음대로 사용할 수 있는 다른 수단과 방법들이 많이 있다네. 틀림없이 그 남자의 신원은 밝혀질 걸세."

"그럼 그동안은 할 일이 아무것도 없다는 말씀인가요?"

"할 일은 항상 있는 법이라네." 에르퀼 포와로가 엄하게 말했다.

"어떤 일들 말입니까?"

그는 내 얼굴 쪽으로 손가락을 흔들어대면서 강조하듯 말했다.

"이웃사람들과 얘기를 해보게나." 그가 말했다.

"그 일이라면 벌써 했습니다. 하드캐슬이 그들에게 물어보러 다닐 때 저도 따라갔으니까요. 하지만 그들도 별로 도움이 될 만한 것은 알고 있지 못했습니다."

"아, 저런. 쯧쯧, 그건 자네가 그렇게 생각했을 뿐이야. 나는 자네에게 단언할 수 있네, 그런 일은 있을 수 없다고 말이야. 자네는 그들에게 가서 이렇게 물어봤겠지. '뭔가 수상쩍은 걸 보지 못했습니까?'라고 말이야. 그러면 그들의 대답은 한결같이 못 봤다고 했을 거고, 자네는 거기에서 더 이상 들을 만한 것은 아무것도 없다고 생각해 버렸겠지. 하지만 내가 이웃사람들과 얘기해 보라고 하는 것은 그런 뜻이 아닐세. 내가 말하고 싶은 것은 그들과 그저 이야기를 나눠보라는 말이네. 그들이 자네에게 이야기를 하도록 유도해 보라는 거지. 그럼 언제 어디서나 그들과의 대화를 통해 단서를 찾을 수 있게 된다네. 그들은 아마 자기들의 정원이나 애완동물, 머리형이나 단골 옷가게, 친구나 그들이 즐겨 먹는 음식 따위에 대해서 말하겠지. 항상 어디서나 빛을 밝혀주는 이야기는 있는 법이야. 자네는 그런 이야기들 중에서 도움이 될 만한 것은 하나도 없다고 말했네만, 난 그런 일은 절대 있을 수 없다고 말하겠네. 만일 자네가 그들이 한 말을 한 마디 한 마디씩 나에게 다시 말해 줄 수만 있다면……."

"그런 일이라면 문제없습니다. 제가 경감의 보좌관 역할을 하면서 그들이 말한 걸 모두 속기로 기록해 놓았으니까요. 그걸 다시 고쳐 쓰고 타이프를 쳐서 가지고 왔습니다. 이겁니다."

"오, 자네는 정말 좋은 젊은이야. 정말 아주 훌륭한 젊은이라니까! 자네는 정말 적절한 행동을 취한 걸세. 정말이네. 자네에게 끝없이 감사하는 바이네."

나는 약간 어리둥절해졌다.

"뭐 또다른 암시는 없으십니까?" 내가 물었다.

"물론 언제나 암시 같은 것은 해줄 수 있지. 이 사건에는 아가씨가 있었네. 자네는 그 아가씨에게 가서 얘기를 해보도록 하게. 가서 그녀를 만나보는 걸세. 자네들은 벌써 친구 사이가 되었겠지, 아닌가? 그 아가씨가 겁에 질려서 그 집을 뛰쳐나왔을 때 그녀를 팔로 안지 않았었나?"

"선생님도 게리 그레그슨을 읽고 영향을 받으셨군요. 그 작가의 멜로드라마 스타일에 물들어 버리셨으니 말입니다."

"아마 자네 말이 옳을 걸세." 포와로는 인정했다.

"사람이란 최근 읽었던 작품 스타일에 감염되는 것이 사실이거든."

"그 아가씨에 대해서는—" 나는 말을 하려다가 문득 말을 멈췄다.

포와로는 무엇인가를 묻는 듯한 눈초리로 나를 바라보았다.

"왜 그러나?"

"아무래도 저는—별로 마음이 내키지 않아서……."

"아하, 그래서 그런 것이로군. 자네는 마음속으로 그녀가 이번 사건과 무슨 관계가 있을 것이라고 생각하고 있군그래."

"아니, 그렇지는 않습니다. 그 아가씨가 그 사건 장소에 있었던 것은 완전히 우연의 일치였으니까요."

"아냐, 아냐, 친구, 그건 순전히 우연의 일치만은 아니었네. 자네도 그걸 아주 잘 알고 있어. 자네가 나에게 그렇게 말했으니까. 그녀는 전화로 불렸네.

특별히 지명되어서 말이야."
"하지만 그녀는 그 이유를 모르고 있습니다."
"자네는 그녀가 그 이유를 모른다고 확신할 수는 없을 걸세. 아마 그녀는 그 이유를 알고 있지만 그 사실을 숨기고 있는 것이 틀림없네."
"전 그렇게 생각되지 않는데요." 나는 완강하게 부인했다.
"자네가 그녀와 얘기를 하다 보면 그 이유를 알아낼 수도 있을 걸세. 설령 그녀가 진상을 깨닫고 있지 못하더라도 말이네."
"사실은 어떻게 그녀를 만나야 할지도 모르겠습니다—무슨 말인가 하면, 전 그녀를 잘 모르거든요."
에르퀼 포와로는 다시 눈을 감고는 말했다.
"그럴 때도 있지. 두 남녀가 서로 이끌리면서도 서로 친하지 않다는 말이 아주 절실하게 느껴지는 경우도 있겠지. 그 아가씨는 매력적이겠지?"
"글쎄요—그렇다고 할 수 있겠지요. 아주 매력적이지요."
"자넨 그녀와 얘길 나눠 보게." 포와로는 명령조로 말했다.
"자네들은 이미 친구가 되었으니 말일세. 그리고 그 장님 여자에게도 뭔가 구실을 붙여서 가서 다시 만나보는 거야. 그 여자와 다시 얘길 나눠보는 걸세. 그리고 아무거나 원고를 타이프 쳐 달라는 구실을 만들어 그 비서용역 사무실에 가도록 하게. 아마 거기에서 일하는 다른 아가씨들 중 어느 한 아가씨와 친구가 될 수 있을 걸세. 그런 사람들하고 얘기를 해본 뒤에 다시 나에게로 와주게. 그리고 그들이 한 말을 모두 나에게 들려주게나."
"대단히 어려운 일인데요!" 내가 말했다.
"그렇지 않아. 즐거운 마음으로 하게 될 걸세."
"선생님은 제가 해야 할 일이 있다는 걸 잊으신 것 같군요."
"다소의 즐거움은 일을 하는 데 오히려 도움을 줄 수도 있는 법이지."
포와로는 나에게 타이르듯 말했다.
나는 웃으면서 일어섰다.
"아주 의사 선생님 같은 말씀이신데요! 그밖에 다른 조언은 없으십니까? 그 이상한 시계 문제에 대해서는 어떻게 생각하시는지요?"

포와로는 다시 의자에 등을 기댄 다음 눈을 감았다. 그의 입에서 나온 말은 전혀 뜻밖의 것이었다.

"'때가 왔도다.' 하고 윌러스는 말했다.

'많은 것을 얘기할 때가.

구두에 대해서—배에 대해서—그리고 봉랍(封蠟)에 대해서—

그리고 양배추—그리고 왕에 대해서도—

바다가 왜 뜨겁게 끓어오르고 있는지—

그리고 돼지들에게 날개가 있는지 없는지에 대해서도'."

그는 다시 눈을 뜨고는 고개를 끄덕였다.

"무슨 말인지 알겠나?" 그가 말했다.

"《거울 나라의 앨리스》 의 '윌러스와 목수'에서 따온 인용문이지요."(윌러스와 목수가 게를 잡아먹기 위해 게들을 불러 모으는 문구)

"바로 그대로일세. 지금으로서는 이것이 내가 자네에게 해줄 수 있는 최선의 것이라네. 그 문구를 잘 생각해 보게나."

제15장

검시재판에는 일반 방청객들도 꽤 많이 참석했다. 그들 주변에서 일어난 살인사건에 스릴을 느끼고 있었기 때문에 크로딘에 살고 있는 사람들이 이번에 뭔가 세상을 깜짝 놀라게 할 만한 사실이 드러나지 않을까 하는 기대를 걸고 몰려온 것이다. 그러나 재판 절차는 더할 나위 없이 무미건조한 것이었다.

셰일라 웨브도 자신에게 닥친 시련을 두려워할 필요가 없었다. 그녀에 대한 심문은 2분 정도 걸렸을 뿐이었다. 그녀를 윌브러햄 크레슨트 가 19번지로 보내 달라는 전화가 캐븐디시 사무실로 걸려온 일로부터 그 집에 가서 지시받은 대로 거실로 들어간 일, 거기에서 시체를 발견하고 나서 비명을 지르면서 도움을 구하기 위해 집 밖으로 뛰쳐나간 일 등등. 어떤 질문도, 또 상세한 설명을 추궁하는 일도 없었다.

마틴데일 양도 증언을 했지만 그녀에 대한 심문시간은 더욱 짧았다. 페브마시 양으로 자칭한 사람에게서, 특별히 셰일라 웨브 양을 지명하면서 속기 타이피스트를 윌브러햄 크레슨트 가 19번지로 보내 달라는 요구와 할 일에 대한 지시를 받았으며, 전화를 받은 정확한 시간을 1시 49분으로 메모를 해둔 사실에 대해 그녀는 진술했다. 그것으로 마틴데일 양에 대한 심문은 끝이 났다.

다음에 나온 페브마시 양은 그날 자기는 캐븐디시 사무실로 타이피스트 한 사람을 보내 달라고 연락한 적이 없다고 단호히 부정했다. 수사과의 하드캐슬 경감도 감정이 담기지 않은 간단한 진술을 했다. 전화를 받고 윌브러햄 크레슨트 가 19번지로 간 일, 그곳에서 시체를 발견한 일.

그런 다음 검시관이 그에게 물었다.

"그 피해자의 신원은 확인되었습니까?"

"아직까지는 확인되지 않았습니다. 그런 이유 때문에 저는 이 사건의 검시재판을 연기해 달라고 요청하는 바입니다."
"지당한 말입니다."
그러고 나서 의사의 증언이 있었다. 경찰의인 리그 박사는 자기의 신분과 자격을 밝힌 뒤, 자기가 윌브러햄 그레슨트 가 19번지에 도착해서 시체를 검사해 보았노라고 진술했다.
"박사님, 사망시간은 대략 몇 시로 추정할 수 있습니까?"
"내가 시체를 검사해 본 시간이 3시 30분이었습니다. 사망시간은 1시 30분에서 2시 30분 사이로 추정됩니다."
"그 이상 시간을 좁힐 수는 없습니까?"
"제 생각으로는 그렇게 하지 않는 것이 더 좋을 것 같습니다. 2시나 아니면 그보다 조금 이른 시간이라고 추정할 수도 있겠습니다만, 계산에 넣어야 할 요소들이 많이 있으니까요. 나이나 건강상태 같은 것들 말입니다."
"검시는 했습니까?"
"예."
"사망원인은 무엇입니까?"
"얇고 예리한 칼에 찔렸습니다. 아마 끝이 가느다란 프랑스제 부엌칼 같은 것이라고 생각됩니다. 칼끝이 꽂힌 곳은……." 여기서부터 의사는 칼날이 심장을 찌른 정확한 위치를 전문용어를 쓰면서 설명했다.
"즉사였습니까?"
"몇 분 내로 사망한 것 같습니다."
"그 사람은 소리를 지르지도, 몸부림을 치지도 않았습니까?"
"찔렸을 때의 상황을 봐서는 그런 것 같습니다."
"박사님, 지금 그 말이 무슨 뜻인지 설명해 주시겠습니까?"
"전 몇몇 신체기관을 검사해 본 뒤 여러 가지 시험을 해보았지요. 그 남자는 살해당할 당시 약을 먹고 혼수상태에 있었다고 할 수 있습니다."
"그 약이 어떤 약인지 알고 계시겠지요, 박사님?"
"물론입니다. 그것은 포수(抱水)클로랄(마취제의 일종)이었습니다."
"그 약을 어떻게 주입시켰다고 생각하십니까?"

"아마 알코올음료 같은 것에 타서 먹였을 것 같습니다. 포수클로랄의 효과는 아주 빠르거든요."

"어떤 분야에서는 미키 핀(마취제가 든 술)이란 이름으로 알려진 것이지요."

검시관이 낮은 목소리로 말했다.

"바로 그렇습니다. 그는 아무 의심 없이 그 액체를 마시고 나서 곧 의식을 잃고 쓰러졌던 것 같습니다."

"그럼 박사님 생각으로는 그가 의식을 잃은 상태에서 칼에 찔려 살해당했다는 겁니까?"

"나는 그렇게 믿고 있습니다. 그렇게 되면 몸부림친 흔적이 없다는 것과 편안한 얼굴 모습이 설명됩니다."

"의식을 잃고 난 뒤 얼마나 지나서 살해되었습니까?"

"그것은 정확하게 말씀드릴 수가 없습니다. 이런 경우에는 피해자의 체질에 따라 좌우되니까요. 하지만 분명히 반 시간 이내에 의식을 회복하지는 못했을 겁니다. 물론 그보다 더 오래 걸렸을 수도 있겠습니다만."

"감사합니다, 리그 박사님. 그런데 피해자가 마지막 식사를 한 시간에 대해서는 무슨 증거가 없습니까?"

"점심에 대해 말씀하시는 거라면, 그 사람은 점심을 먹지 않았습니다. 적어도 사망시간으로부터 4시간 이내에는 고체 음식은 아무것도 먹지 않았습니다."

"감사합니다, 리그 박사님, 그것이 전부인 것 같습니다."

그러고 나서 검시관은 장내를 둘러보면서 말했다.

"이 검시재판은 9월 28일까지, 2주일 동안 연기하도록 하겠습니다."

검시재판이 끝나자 사람들은 법정을 나가기 시작했다. 캐븐디시 사무실에서 근무하는 다른 아가씨들과 함께 검시재판을 방청하러 온 에드나 브렌트는 밖으로 나가지 않고 그 자리에서 머뭇머뭇거렸다. 캐븐디시 비서용역 사무실은 오늘 오전 중에는 문을 열지 않았다. 같은 동료 중 한 아가씨인 모린 웨스트가 그녀에게 말을 걸었다.

"에드나, 어떻게 할래? 점심을 먹으러 블루버드에 가는 게 어때? 아직 시간은 충분하니까. 더구나 넌 더 시간이 많잖아."

"너보다 더 시간이 많은 건 아냐." 에드나는 기분이 상한 듯 말했다.

"모랫빛 고양이가 첫 번째 휴식시간 동안 점심을 먹어두라고 하잖니, 글쎄. 정말 심술이 고약하다고. 남아 있는 한 시간 동안 물건이나 좀 사두려고 했는데 말이야."

"모랫빛 고양이가—." 모린이 말했다.

"그렇게 심술을 부리는 걸 몰랐었니? 사무실은 2시에 문을 열 테니까 그때까지는 모두 다 출근해야 한다는 얘기겠지. 그런데 너 지금 누굴 찾는 거니?"

"셰일라야. 그 애가 나가는 걸 보지 못했거든."

"그 앤 벌써 아까 돌아갔는데." 모린이 말했다.

"증언을 마치자마자 곧 말이야. 어떤 젊은 남자랑 나갔는데, 누군지 본 적이 없는 사람이었어. 너도 같이 갈래?"

에드나는 여전히 머뭇거리는 듯하더니 마침내 말했다.

"너 먼저 가—아무래도 물건을 좀 사야 할 것 같아."

모린과 또다른 한 아가씨는 같이 밖으로 나가버렸다.

에드나는 잠시 서성거렸다. 마침내 그녀는 입구에 서 있는 금발을 한 젊은 경관에게 겨우 용기를 내어 말을 걸었다.

"다시 안으로 들어가 봐도 될까요?" 그녀는 겁먹은 듯 중얼거렸다.

"그리고, 저—사무실에 오셨던 분에게, 어떤 경감님이라고 하신 분에게 해야 할 말이 있는데요."

"하드캐슬 경감님 말이군요?"

"예, 그래요. 오늘 아침에 증언을 하신 분이에요."

"그렇다면—." 그 젊은 경관은 법정 안을 둘러보았다. 그리고 경감이 검시관과 경찰서장과 무엇인가를 한창 얘기하고 있는 것을 보았다.

"경감님은 지금 좀 바쁘신 것 같은데요. 나중에 경찰서로 오시든지, 아니면 제게 전할 말을 남겨주면……, 무슨 중요한 일입니까?"

"아, 사실은 별로 중요하지는 않아요." 에드나가 말했다.

"단지—그건—그녀가 말한 것이 사실이 아닌 것 같아서예요. 왜냐하면, 내가 말하고 싶은 것은……." 그녀는 난처한 듯 이마를 찌푸리면서 가버렸다.

그녀는 콘 마켓(곡물시장)에서 떨어져 있는 하이 가(街)를 걷고 있었다. 여전히 이맛살을 찌푸린 채 그녀는 무엇인가를 생각해 내려고 애를 쓰고 있었다. 그러나 에드나는 무엇인가를 생각해 내는 일을 잘하는 편이 못 되었다. 그녀가 마음속으로 모든 일을 확실하게 해두려 하면 할수록 그녀의 마음속은 더욱더 뒤죽박죽이 되어버리는 것이었다.

한번은 큰소리로 혼자 이렇게 중얼거려 보기도 했다.

"하지만 그랬을 리가 없을 텐데……그녀가 말한 것처럼 그렇게 됐을 리가 없을 텐데……."

갑자기 무엇인가 굳게 결심한 표정으로 그녀는 하이 가를 벗어나 윌브러햄 크레슨트로 가는 앨버니 로를 따라 걸어가기 시작했다.

윌브러햄 크레슨트 19번지에서 살인사건이 일어났다고 신문에 보도된 뒤로 그 집 앞에는 그 살인이 일어난 장소를 구경하려는 많은 사람들로 매일 북적대고 있었다. 평범한 벽돌이나 회반죽이 어떤 상황에 따라서는 사람들에게 관심의 표적이 되기도 한다는 것은 정말로 이상한 일이었다. 첫날에는 경찰관을 그곳에 배치시켜 사람들을 강제적으로 해산시킬 수밖에 없었다. 그렇다고 해서 사람들의 관심이 좀 적어졌거나 완전히 사라진 것은 아니었다.

상인들은 배달차를 몰고 그 집 앞을 지날 때면 약간 속도를 늦추었고, 유모차를 끌고 가던 부인들은 4~5분 동안 반대편 보도 위에 멈춰 서서는 눈을 동그랗게 뜨고 페브마시 양의 깔끔한 주택 쪽을 바라보기도 했다. 시장바구니를 들고 장을 보러 가던 여자들도 호기심에 가득 찬 눈으로 걸음을 멈춘 채 친구들과 즐거운 듯 떠도는 소문을 얘기하기도 했다.

"저게 그 집이야—저 집 말이야……."

"시체는 거실에 있었대요, 글쎄……아니, 내 생각에는 거실은 정면에서 왼쪽으로 보이는 저 방 같은데……."

"가겟집 아저씨는 오른쪽 방이라고 하던데."

"그럴 수도 있겠지만, 전에 한번 10번지 집에 들어가 본 적이 있는데, 그 집은 식당이 오른쪽, 거실이 왼쪽에 있었던 것이 분명히 기억난단 말이야."

"그런데 전혀 살인사건이 일어났던 곳 같지가 않네, 그렇잖니?……."

"그 아가씨가 미친 듯이 비명을 질러대면서 뛰쳐나온 문은 저 문 같은데."

"그 뒤로 그 아가씨는 머리가 돌아버렸다면서……? 하긴 끔찍한 충격이었을 거야……."

"그 남자는 뒤쪽 창문을 깨뜨리고 들어왔대요. 그 남자가 가방 속에 은제 식기류를 담고 있을 때 그 아가씨가 들어와서는 거기에 그 사람이 있는 걸 발견했다면서……."

"그 집 주인은 딱하게도 장님이라잖아. 그러니까 당연히 무슨 일이 일어났어도 그녀는 모를 수밖에."

"오, 하지만 그녀는 그때 집에 없었잖아……."

"오, 아냐, 내 생각엔 그녀가 집에 있었을 것 같아. 그녀는 2층에 있으면서 그 남자가 들어오는 소리를 들었을 것 같은데. 오, 맙소사, 난 시장을 보러 가야겠어."

대개 오가는 대화들은 이런 식이었다. 윌브러햄 크레슨트 가에는 올 것 같지도 않은 사람들까지 마치 자석에라도 끌린 것처럼 몰려와서는 걸음을 멈춘 채, 눈을 동그랗게 뜨고 구경을 하고는 그런대로 마음속의 호기심을 채우고 나면 지나가곤 했다. 여기에, 여전히 마음의 갈피를 잡지 못한 채 에드나 브렌트는 살인사건이 일어난 집을 구경하는 걸 커다란 즐거움으로 여기고 몰려든 대여섯 사람들 틈에 섞여 있었다. 여전히 최면에라도 걸린 모습으로 에드나 역시 그 집을 뚫어져라 바라보고 있었다.

사건이 일어난 집이 바로 저 집이야! 창에는 레이스로 된 커튼이 걸려 있군. 아주 깨끗해 보이는걸. 그런데 저 집에서 남자가 살해당했다니. 부엌칼로 살해당했다는군. 평범한 부엌칼로 말이야. 아니, 부엌칼이라면 어떤 집에든 있는 것이잖아……. 그녀 주위에 있는 사람들의 행동으로 최면이라도 걸린 듯 에드나 역시 뚫어지게 그 집을 쳐다보면서 멍청히 서 있었다…….

그녀는 자기가 왜 이곳에 왔는지조차 거의 잊고 있었다…….

그녀는 귓전에서 어떤 목소리가 들렸을 때 깜짝 놀랐다.

그 목소리가 누구의 것인지 알게 되자 놀라서 그녀는 뒤를 돌아보았다.

제16장

콜린 램의 이야기

나는 셰일라 웨브가 검시재판 법정에서 조용히 빠져나가는 것을 알아차렸다. 그녀는 증언을 훌륭히 해냈다. 그녀는 긴장하고 있는 듯했지만 아주 이상하게 보일 정도는 아니었다. 사실은 아주 자연스러운 태도였다(베크라면 뭐라고 얘기했을까? "아주 훌륭한 연기인걸." 그가 이렇게 말하는 것이 귀에 들리는 듯했다).

나는 리그 박사의 의외의 증언을 마지막으로 듣고는(딕 하드캐슬은 나한테는 그 사실을 이야기해 주지 않았지만, 그는 아마 미리 알고 있었던 것 같다) 그녀의 뒤를 따라나갔다.

"어쨌든 그리 나쁜 경험은 아니었죠?" 그녀를 따라잡게 되자 내가 말했다.

"예. 사실은 아주 쉽더군요. 검시관이 아주 친절하던걸요."

그녀는 잠시 머뭇거렸다.

"다음에는 어떻게 될까요?"

"그는 검시재판을 연기시킬 겁니다—증거가 더 나오기를 기다리는 거지요. 아마 2주일이나 피해자의 신원이 확인될 때까지는 말입니다."

"당신은 그들이 그 사람의 신원을 밝혀내리라 생각하세요?"

"아, 물론이지요. 그들은 분명히 그 사람의 신원을 알아낼 겁니다. 그건 의심할 여지가 없지요."

그녀는 몸을 떨었다.

"오늘은 날씨가 춥군요."

그러나 특별히 추운 날은 아니었다. 사실 나는 오히려 따뜻하다고까지 생각하고 있었다.

"조금 이르지만 점심, 어떻습니까?" 내가 제안했다.

"아가씨도 사무실로 돌아갈 필요는 없지요?"

"예, 그래요. 2시까지는 사무실을 열지 않으니까요."

"그럼 같이 갑시다. 중국요리는 어떻습니까? 이 거리를 조금 내려가다 보면 조그만 중국음식점이 있는 것 같은데."

그녀는 잠시 주저하는 것 같았다.

"사실은 몇 가지 사야 할 것이 있거든요."

"나중에 하면 되잖아요."

"아니에요. 아무래도 그만두어야겠어요—1시에서 2시 사이에는 문을 닫는 상점들도 있으니까요."

"뭐 정 그렇다면 할 수 없죠. 그럼 나중에 다시 만날 수 있을까요? 앞으로 한 30분 정도 뒤에 말입니다."

그녀는 그러겠노라고 말했다.

나는 해안가까지 걸어 내려가서 그늘진 곳을 찾아 그 밑에 걸터앉았다. 바람이 바다에서 곧장 불어왔기 때문에 나는 그 바람을 바로 받아야만 했다.

나는 생각해 보고 싶었다. 다른 사람들이 나 자신에 대해 나보다도 더 잘 알고 있다는 걸 알고 나면 왠지 화가 치미는 법이다. 하지만 베크나 에르큘 포와로, 그리고 하드캐슬, 그들은 모두 지금 내가 나 자신에게 별로 솔직하지 못하다는 사실을 꿰뚫어보고 있었다.

나는 그 아가씨에게 이끌리고 있었다. 그것은 여태껏 다른 여자들에게는 한 번도 느껴보지 못한 그런 감정이었다. 그녀가 아름답기 때문에 그런 것은 아니었다. 그녀는 아름다웠고, 그것도 개성 있는 아름다움이었지만, 그건 그 이상도 그 이하도 아니었다. 그녀의 성적 매력 때문도 아니었다. 나는 자주 그런 매력을 지닌 아가씨들을 만나왔었다—그리고 충분히 경험도 했다.

하지만 그녀의 경우에는 단지, 그녀를 처음 보았을 때부터 그녀는 '내 여자다' 하는 생각이 들었을 뿐이다. 내가 그녀에 대해 아는 것이라곤 하나도 없는데도 말이다!

내가 경찰서로 딕을 찾아간 것은 오후 2시가 조금 지나서였다. 딕은 자기 책상 위에 수북이 쌓여 있는 서류를 하나하나 살펴보고 있었다. 그는 나를 올려다보면서 검시재판이 어땠느냐고 물었다.

나는 그 재판이 아주 꼼꼼하면서도 신사적으로 진행된 것 같다고 말했다.

"우리나라 사람들이 그런 일 처리는 잘 해내잖습니까."

"의사의 증언에 대해서는 어떻게 생각하나?"

"조금 당황했습니다. 왜 나한테는 그런 얘기를 해주지 않았죠?"

"자네는 없었잖나. 참, 자네의 그 전문가는 만나보았나?"

"만났습니다."

"나도 어렴풋하긴 하지만 그 사람을 알 것 같네. 정말 숱이 많은 콧수염이었지."

"분명 그렇죠. 그는 그 콧수염을 아주 자랑스러워한답니다."

"그도 이젠 나이가 꽤 들었을걸."

"늙긴 했지만 노망이 들진 않았더군요." 내가 말했다.

"그런데 자네가 그를 만나러 간 진짜 이유는 뭔가? 순전히 자연스런 인정의 발로였나?"

"경감님은 역시 어쩔 수 없이 형사로군요, 딕! 사실 주된 이유는 그런 것이었습니다. 하지만 솔직히 호기심도 있었다는 것을 인정하지요. 이번에 일어난 이 이상한 사건에 대해 그는 뭐라고 말할지 듣고 싶었거든요. 경감님도 아시겠지만 그는 항상 다만 의자에 앉아서 양쪽 손가락을 서로 맞붙인 채 눈을 감고 생각하기만 하면 사건을 쉽게 풀 수 있다는 허세에 찬 이야기를 해왔었으니까요. 난 그 허세를 확인하고 싶었거든요."

"그래, 그가 자네를 위해 어떤 조치를 취해 주던가?"

"그러더군요."

"그래, 그는 뭐라고 하던가?" 딕이 약간 호기심이 이는 듯 물었다.

"그는 이번 사건이 아주 단순한 살인사건일 거라고 하더군요."

"단순하다고, 맙소사!" 하드캐슬이 화가 난 듯 말했다.

"어째서 단순하다던가?"

"내가 추측해 본 바로는 이 사건의 전체적인 짜임새가 너무 복잡해서 그런 것 같아요."

하드캐슬은 고개를 저으며 말했다.

"이해할 수 없군. 마치 첼시에 사는 젊은이들이 말하는 이상야릇한 말 같네만, 난 잘 모르겠어. 그밖에 다른 말은 없었나?"

"그리고 나한테 이웃사람들과 얘기를 나눠보라고 하더군요. 그래서 그런 일은 벌써 다했다고 얘기해 주었죠."

"의사의 증언을 들어봐도 이웃사람들이 한층 더 중요해진 것은 사실이지."

"어디에선가 마취를 시키고 살해하기 위해 19번지 집으로 옮겼을 거란 추리로군요?"

나는 그 말이 왠지 낯설지 않게 여겨졌다.

"이름이 잘 생각나지는 않지만, 그 고양이 부인인가 하는 여자도 그런 비슷한 말을 한 것 같은데요. 그때 난 그 말을 아주 재미있는 표현이라고 생각했었죠."

"그 고양이들 말이지."

딕은 이렇게 말하고 몸을 부르르 떨었다. 그리고 말을 계속했다.

"그런데, 참, 흉기를 찾았네. 어제 말이네."

"드디어 찾았군요. 그런데 어디에서 찾았나요?"

"고양이가 있는 그 집에서였네. 아마 범행 뒤에 범인이 거기로 던져놓았던 것 같아."

"지문은 없었겠죠?"

"깨끗이 닦여져 있더군. 게다가 그건 어느 집에나 있을 수 있는 칼이었어—약간 사용한 흔적이 있기는 했지만, 최근에 새로 날을 간 것 같았네."

"그럼 이렇게 된 거로군요. 그는 마취를 당했어요. 그런 다음 19번지 집으로 옮겨졌고—자동차로 옮겼을까? 아니면 다른 방법을 썼을까요?"

"그는 뜰이 붙어 있는 집들 중 어느 한 집에서 옮겨졌을 수도 있네."

"그건 좀 위험스러운 짓이 아니었을까요?"

"아주 대담한 자가 아니고선 할 수 없는 행동이지."

하드캐슬이 그 말에 동의했다.

"그리고 그러기 위해서는 이웃사람들의 습성을 아주 잘 알고 있어야만 할 걸세. 역시 오히려 자동차로 옮겨졌을 가능성이 더 높을 것 같군."

"그것 역시 위험스럽기는 마찬가지일 겁니다. 자동차는 사람들 눈에 잘 뜨이니까."

"자동차에 신경 쓰는 사람은 아무도 없었을걸. 하지만 살인범이 그런 사실에 대해 모르고 있었을 수도 있다는 말에는 동감이네. 혹시 그날 지나가던 사람들 중에 19번지 집앞에 세워져 있는 자동차를 눈여겨본 사람이 있을 수도 있겠지—."

"그 사람들이 과연 그랬을지 의심스러운데요. 요즘에는 누구나 차를 사용하고 있으니까. 물론 그 차가 아주 비싼 것이라든지 뭔가 유별난 것이라면 몰라도, 그런 것 같지는 않으니—."

"게다가 그때는 점심시간이었네. 알겠나, 콜린, 그렇기 때문에 밀리슨트 페브마시 양도 용의자 중 한 사람으로 되었단 말이네. 장님 여자가 건장한 남자를 칼로 찔러죽였다고 생각하는 것은 약간 억지일 수도 있지. 하지만 만일 그 남자가 마취되어 있었다면—."

"달리 말해서, 헤밍 부인이 표현했듯이 '그 남자가 살해당하기 위해 그 집에 갔다면' 그는 아무런 의심도 없이 약속시간에 맞춰 도착했겠죠. 그리고 셰리 주나 칵테일을 대접받고—그 미키 핀이 마침내 효력을 나타내어 페브마시 양은 일에 착수했겠고요. 그런 다음 그녀는 미키 핀을 담았던 유리컵을 씻고, 시체를 반듯하게 바닥에 눕히고, 흉기는 이웃집 정원으로 던져버린 다음 평상시처럼 경쾌한 발걸음으로 외출했다?"

"도중에 캐븐디시 비서용역 사무실로 전화를 걸고—."

"그렇다면 그녀는 왜 그런 행동을 해야 했을까요? 더구나 셰일라 웨브를 특별히 지명하면서까지 말입니다."

"그게 바로 알고 싶은 점이네." 하드캐슬이 나를 바라보았다.

"그녀는 알고 있나? 그 아가씨 자신은 말이네."

"그녀는 모른다고 하더군요."

"그녀가 모른다고 했단 말이지."

하드캐슬은 아무런 억양도 없이 그 말을 따라했다.

"내가 알고 싶은 것은 저번 그 일에 대해 어떻게 생각하느냐는 걸세."

나는 잠시 동안 아무 말도 하지 않았다. 도대체 난 무엇을 망설이고 있는 걸까? 나는 지금 당장 내 행동방침을 결정해야만 하는 것이다. 결국 진실은 밝혀지게 될 것이다. 만일 내가 믿고 있는 것처럼 셰일라가 그런 사람이라면 그녀에게 불리한 점은 아무것도 없을 것이다.

무뚝뚝하게 나는 주머니에서 그림엽서 한 장을 꺼내 책상 위로 그것을 밀어주었다.

"셰일라 앞으로 이것이 부쳐져 왔다더군요."

하드캐슬은 그것을 살펴보았다. 그것은 런던에 있는 건물들을 찍은 그림엽서 시리즈 중 하나였다. 그 앞면은 중앙형사 재판소를 찍은 것이었다.

하드캐슬은 엽서를 뒤집어 보았다. 오른쪽에는 수신자의 주소가 있었다—반듯한 활자체였다. 서식스 군 크로딘, 팔머스턴 로 14번지, R. S. 웨브 양. 왼쪽에는 역시 활자체로 '기억하라!'라는 말이 적혀 있고, 그 밑에 4-13이라고 쓰여 있었다.

"4-13이라." 하드캐슬이 말했다.

"이건 그날 시계가 가리키고 있었던 시간이 아닌가." 그는 고개를 저었다.

"중앙형사 재판소의 사진, '기억하라'라는 단어, 그리고 시간—4-13. 뭔가 연관성이 있는 것만은 틀림없어."

"그녀는 그게 무슨 뜻인지 전혀 모르겠다고 하더군요." 내가 덧붙여 말했다.

"난 그녀의 말을 믿습니다."

하드캐슬은 고개를 끄덕였다.

"이건 내가 맡아두겠네. 무슨 단서가 될지도 모르니까."

"그래 주시죠."

우리 사이의 분위기가 약간 서먹서먹해졌다. 그런 분위기를 떨어내기 위해 내가 말했다.

"서류가 굉장히 많이 쌓여 있군요."

"전부 이번 사건에 관계된 것들이라네. 하지만 대개는 아무 도움도 되지 않는 것들이지. 그 죽은 남자는 전과가 없더군. 지문도 올라 있지 않고. 사실 이쪽에 있는 이 서류들은 전부 그 죽은 사람을 본 적이 있다고 주장하는 사람들에게서 온 편지라네." 그는 그것들 중 몇 통을 읽어 내려갔다.

"'경감님, 신문에 실려 있는 사진 속의 인물은 그 전날 월레스덴 정션에서 기차를 갈아탄 남자가 분명한 것 같습니다. 그 남자는 혼잣말로 뭔가를 중얼거리고 있었고, 아주 난폭하고 흥분한 것처럼 보였기 때문에 저는 뭔가 이상한 일이 일어난 것이 틀림없다고 생각했지요.'

'경감님, 나는 그 남자가 남편의 사촌인 존과 아주 닮았다고 생각됩니다. 그는 남아프리카로 출장을 가 있긴 하지만 돌아왔을지도 모르니까요. 그가 외국으로 갈 때는 콧수염을 기르고 있었지만 그건 깎아버릴 수도 있는 일이지요.'

'경감님, 나는 신문에 실린 그 남자를 어젯밤 지하철역에서 보았습니다. 그때 나는 그 남자가 약간 이상하다고 생각했었지요.'

물론 자기 남편이라고 말해 온 여자들도 있네. 여자들이란 사실은 자기 남편이 어떻게 생겼는지도 잘 모르는 것 같더군! 혹시 20년 전에 행방불명이 된 아들일지도 모르겠다는 어머니들도 몇 사람 있었지.

이건 실종자 명단이라네. 이것도 별로 도움은 못 되더군. '조지 발로, 65세, 가출했음. 그의 아내는 그가 기억을 상실했을 것으로 여김.' 그리고 그 밑에는 이렇게 씌어 있네. '많은 빚이 있음. 붉은 머리의 미망인과 걸어가는 것이 목격되었음. 도망 중인 것이 틀림없을 것 같음.'

그다음 사람일세. '하그레이브스 교수, 지난주 화요일 강연을 할 예정이었음. 강연에 나오지도 않았고, 전보로 미리 양해도 구하지 않았음.'"

하드캐슬은 하그레이브스 교수에 대한 것은 별로 심각하게 여기는 것 같지 않았다.

"아마 강연이 있는 날이 그 전주나 다음 주라고 생각했었나보지. 아마 그 자신은 가정부에게 어디로 가겠다는 것을 말해 둔 것으로 생각하고 있지만 사실은 그러지 않았을 수도 있으니까. 그런 예는 얼마든지 있네."

그때 하드캐슬의 책상 위에 있는 부저가 울렸다. 그는 수화기를 들었다.

"그런데?……뭐라고?……누가 발견했나? 이름은 알아두었나?……알았네. 계속 수고하게."

그는 다시 수화기를 내려놓았다. 내 쪽으로 몸을 돌린 그의 얼굴은 표정이 변해 있었다. 굳어 있으면서도 어딘지 집념이 어린 그런 표정이었다.

"윌브러햄 크레슨트에 있는 전화박스에서 어떤 젊은 여자가 시체로 발견되었다네." 그가 말했다.

"시체라고요?" 나는 놀라서 그를 쳐다보았다.

"사인은?"

"목이 졸려 죽었다는군. 자기가 두르고 있던 스카프로 말일세."

나는 갑자기 핏기가 가시는 듯했다.

"누구랍니까? 설마—."

하드캐슬은 내가 싫어하는, 그 차갑고 비난하는 듯한 눈초리로 나를 쳐다보고는 말했다.

"자네 여자친구는 아닐세. 자네가 걱정하는 일이 그것이라면 말이네. 거기에 있는 경관은 피해자가 누구인지 알고 있는 것 같더군. 셰일라 웨브와 같은 사무실에서 일하는 아가씨라고 했으니까. 이름은 에드나 브렌트이고."

"누가 그녀를 발견했습니까? 그 경관입니까?"

"18번지에 살고 있는 워터하우스 양이 발견했다는군. 그녀는 자기 집 전화가 고장이 나서 전화를 걸러 공중전화박스로 갔다가 그 안에 쪼그리고 앉아 있는 그 아가씨를 발견한 모양일세."

문이 열리면서 그 경찰서에서 근무하는 경관 한 사람이 말했다.

"리그 박사님이 지금 출발하신다고 전화를 했습니다, 경감님. 윌브러햄 크레슨트에서 만나자고 했습니다."

그리고 한 시간 반 정도 지난 뒤였다. 하드캐슬 경감은 자기 책상 앞에 앉아서 한시름 놓은 채 직원이 끓여다준 차를 마시고 있었다. 그의 얼굴은 여전히 냉랭하고 화가 난 모습이었다.

"죄송합니다만, 경감님. 피어스가 경감님께 드릴 말씀이 있다는데요."

하드캐슬은 제정신으로 돌아왔다.

"피어스가? 오, 알았네. 그를 들여보내 주게."

피어스가 들어왔다. 그는 신경질적으로 보이는 젊은 경관이었다.

"죄송합니다, 경감님. 하지만 경감님께 말씀드려야겠다는 생각이 들어서요."

"그래? 무슨 일인지 말해 보게."

"검시심문이 끝나고 나서였습니다, 경감님. 저는 입구에서 경비를 서고 있었지요. 그런데 그 젊은 아가씨가—이번에 살해당한 여자 말입니다. 그녀가 저에게 말을 걸어오더군요."

"그녀가 자네에게 말을 걸어왔다고? 그래 무슨 말을 하던가?"

"그녀는 경감님께 드릴 말씀이 있다고 했습니다."

하드캐슬은 갑자기 긴장을 하면서 자세를 고쳐앉았다.

"나한테 이야기할 것이 있었다고? 무슨 일로 그랬지?"

"그건 정확히 말하지 않았습니다, 경감님. 죄송합니다, 만일 제가—제가 그때 어떻게든 조치해 뒀어야 했는데. 제가 그녀에게 대신 전해 주면 안 되겠느냐고 물어보았었지요. 그렇지 않으면, 나중에 경찰서로 오는 게 어떻겠느냐고 했습니다. 아시겠지만 경감님께선 서장님과 검시관님과 말씀 중이어서 전—."

"제기랄!" 하드캐슬은 혼자 중얼거렸다.

"내가 얘기를 끝낼 때까지 그녀에게 기다리라고 할 수도 있었잖나?"

"죄송합니다, 경감님." 그 젊은 경관의 얼굴이 붉어졌다.
"지금 생각하니, 제가 그렇게 해두었더라면 좋았을 텐데 하는 후회가 됩니다. 하지만 그때는 그게 그렇게 중요한 용건이라고는 생각지도 못했습니다. 그녀 자신도 그걸 중요하다고 생각하는 것 같지 않았고요. 그녀 말로는 단지 조금 마음에 걸리는 일이 있어서 그런다고 했거든요."
"마음에 걸리는 일?" 하드캐슬이 말했다.
그는 잠시 동안 마음속으로 몇 가지 일들을 다시 생각해 보면서 아무 말 없이 앉아 있었다. 그 여자는 그가 로턴 부인의 집에 가던 도중 길가에서 지나쳤던 바로 그 여자였고, 셰일라 웹브를 만나려고 한 그 여자는 그와 지나칠 때 그를 알아보았고 잠시 동안 마치 그에게 이야기를 걸듯 머뭇거렸었다. 그 여자는 뭔가 마음속에 걸리는 일이 있었던 거야. 그래, 그랬어. 뭔가가 마음에 걸렸던 거야. 그런데 그는 그 사실을 지나쳐 버렸던 것이다. 기민하지 못했기 때문이야. 셰일라 웹브의 주변에 대해 더 많은 것을 알아내는 일에 정신이 쏠려서 그는 그 귀중한 사실을 지나쳐 버린 것이다. 그 여자가 마음에 걸린 일이 있었다고? 무엇 때문이었을까? 지금 같아서는 어쩌면 영원히 그 이유를 모르게 될지도 모른다.
"자, 피어스, 기억나는 대로 말해 보게."
그는 비교적 점잖은 사람이었기 때문에 이렇게 부드럽게 덧붙였다.
"그것이 이렇게 중요한 일이 될 줄은 자네도 몰랐을 걸세."
그는 이 젊은 경관에게 화풀이를 하고 좌절감의 화살을 그에게 돌려 그를 문책한다 하더라도 사실 아무 소용이 없는 일이라는 것을 알고 있었다. 그 경관이 어떻게 그걸 알 수 있었겠는가? 그가 받은 훈련 중에는 규율을 유지하는 것과 상관에게 말을 걸 때에는 적당한 때와 장소에 따라 해야 할 것이라는 등의 것이 포함되어 있었다. 그 여자가 그것이 중요한 일이라든지 또는 아주 급한 용건이라고 말했다면 상황은 달라졌을 것이다. 하지만 사무실에서 그녀를 처음 보았을 때를 생각해 보면, 그녀가 그렇게 중요한 말을 할 것 같은 여자로는 보이지 않았다고 그는 생각했다. 머리회전이 느린 아가씨 같았는데, 아마도 머리를 돌리는 일엔 별로 자신이 없는 그런 여자일 거라고 생각했었다.

"피어스, 그때에 그녀가 자네에게 한 말을 정확히 기억할 수 있겠나?"

그가 물었다.

피어스는 감사의 눈길로 그를 바라보았다.

"그러니까 사람들이 나가고 있는데 그녀가 왔습니다. 그녀는 잠시 머뭇거리더니 마치 누군가를 찾는 사람처럼 주위를 살펴보더군요. 하지만 제 생각엔 경감님은 아닌 것 같았습니다. 다른 사람이었을 겁니다. 그러다가 저한테로 와서 경찰 한 분에게 얘기할 것이 있다고 했습니다. 그녀는 조금 전 증언을 한 분이라고 말하더군요. 그래서 제가 보니 경감님께서는 서장님과 무슨 말씀인가를 하고 계셔서, 그녀에게 지금은 바쁘시니까 내가 대신 전해 주든지 아니면 나중에 경찰서로 와달라고 말했습니다. 그러니까 그녀 대답은 그럼 괜찮다고 하는 것 같았습니다. 제가 뭐 특별히 중요한 일이냐고 물으니까……."

"그러니까 뭐라고 하든가?" 하드캐슬은 몸을 앞으로 내밀었다.

"그러니까 그녀는 별로 그런 것은 아니라고 했습니다. 다만 그녀가 말한 대로 되었을 리가 없다고 그렇게만 말하더군요."

"그녀가 말한 대로 됐을 리가 없다고?"

하드캐슬은 그 말을 다시 중얼거려 보았다.

"그렇습니다, 경감님. 꼭 그렇게 말했는지는 모르겠습니다만. 아마 이렇게 말했을 겁니다. '그녀가 말한 것이 사실이 아닌 것 같아서예요.'라고 말입니다. 그녀는 이마를 찌푸린 채 무언가를 골똘히 생각하는 것 같았습니다. 그렇지만 제가 묻자, 그녀는 그것이 그리 중요한 것은 아니라고 하더군요."

그리 중요한 것이 아니라고 그 여자는 말을 했다. 그런데 그 뒤 바로 그 여자가 전화박스에서 목 졸려 죽은 채로 발견되었다…….

"그녀가 자네에게 말을 걸어왔을 때 그 주변에 사람들이 있었나?"

그가 물었다.

"그럼요, 꽤 많은 사람들이 있었습니다, 경감님. 아시다시피 사람들이 몰려나가고 있었으니까요. 검시재판에는 방청하러 온 사람이 무척 많았었습니다. 이번 살인사건은 세상을 아주 떠들썩하게 했거든요. 물론 신문이 그 사건에 대해 그렇게 써놓기도 했지만요."

"그래 자네 가까이에 있었던 사람들 중 특별히 기억에 남는 사람은 없나? 예를 들어 증언을 한 사람들 중에서라도 말일세?"

"별로 특별히 기억에 남는 사람은 없는데요, 경감님."

"그러나—, 할 수 없지. 이제 됐네, 피어스, 만일 더 생각나는 것이 있으면 즉시 내게 와서 말해 주게."

경감은 분노와 자책감이 솟구쳐 오르려는 것을 간신히 억눌러 참았다. 토끼 같은 표정을 짓고 있었던 그 젊은 여자, 그녀는 뭔가를 알고 있었던 것이다. 아니, 어쩌면 알고 있었다기보다는 뭔가를 보았거나 들었던 것이다. 그녀의 마음에 걸리던 그 무엇, 그리고 검시재판을 방청하고 난 뒤 그 의구심은 더욱 커졌음이 분명했다. 도대체 무슨 일이었을까? 그것이 증언 가운데 있었던 것일까? 혹시 셰일라 웨브의 증언 가운데 있었던 것은 아닐까? 그녀는 셰일라를 만나려고 이틀 전에도 셰일라의 이모 집까지 간 적이 있었다. 그런데 왜 그녀를 혼자서 만나려고 했을까? 그녀는 셰일라 웨브에 대해 그녀를 당혹케 할 만한 어떤 사실을 알고 있었던 것은 아닐까? 그래서 그녀는 그 일이 어떤 일이었건 단둘만이 있는 곳에서 셰일라에게 물어보려고 한 것은 아닐까?—다른 아가씨들이 없는 곳에서? 그랬을 것이다. 분명히 그런 것이다.

그는 머릿속에서 피어스의 일은 떨쳐 버렸다. 그리고 크레이 경사에게 몇 가지 지시를 내렸다.

"그 아가씨가 무엇 때문에 윌브러햄 크레슨트에 갔다고 보십니까?"

크레이 경사가 물었다.

"나도 그 점에 대해 생각해 보고 있는 중일세." 하드캐슬이 말했다.

"물론 단순한 호기심 때문일 수도 있겠지—사건 현장이 보고 싶을 수도 있을 테니 말일세. 그렇게 생각한다 해도 별로 이상할 것은 없지. 크로딘에 살고 있는 사람들 중 반 이상이 그렇게 생각하고 있으니 말이네."

"정말 그렇겠군요." 이해가 간다는 듯 크레이 경사가 말했다.

"그런데 또 한편으로 생각해 보면 말일세—."

하드캐슬은 천천히 말을 이었다.

"그녀는 거기에 살고 있는 누군가를 만나려고 갔을 수도 있지 않을까……."

크레이 경사가 다시 나가고 나자 하드캐슬은 압지를 철해 놓은 곳에 세 개의 번호를 적어놓았다.

20이라고 쓰고 그는 그 밑에 물음표를 붙였다. 그러고 나서 이번에는 19, 18이라고 써넣었다. 그리고 각각 거기에 맞는 이름을 써보았다.

헤밍, 페브마시, 워터하우스. 크레슨트 가 위쪽에 있는 세 집은 문제가 되지 않는다. 그쪽에 있는 집을 찾아갈 생각이었다면 에드나 브렌트가 아래쪽에 있는 길로 갔을 리가 없다.

하드캐슬은 그 세 가지 가능성을 검토해 보았다.

그는 먼저 20번지 집부터 시작했다. 최초로 발생한 살인에 사용된 칼이 그 집에서 발견되었다. 물론 19번지 집 정원에서 던져진 것으로 보이지만, 그렇다고 그렇게 단정할 만한 증거도 없다. 20번지에 살고 있는 사람이 정원에 있는 관목들 사이로 그 칼을 숨겨놓았을 가능성도 있기 때문이다. 하지만 그 일에 대해 물어보자 헤밍 부인은 화만 잔뜩 냈을 뿐이다. "우리 고양이에게 그렇게 위험한 칼 같은 것을 던지다니 정말 심보가 고약한 사람이지 뭐예요!"

헤밍 부인과 에드나 브렌트가 어떤 관계라도 있는 것일까? 하드캐슬 경감은 그렇지 않다고 결론을 내렸다. 그는 페브마시 양 쪽으로 생각을 옮겼다.

에드나 브렌트는 페브마시 양을 만나러 윌브러햄 크레슨트에 갔었던 것은 아닐까? 페브마시 양은 검시재판에서 증언을 했다. 그 증언 가운데 에드나가 미심쩍게 여길 만한 것이 있었던 것은 아닐까? 하지만 그녀가 그런 생각을 하게 된 것은 검시재판 이전부터였다. 그렇다면 그전에 벌써 페브마시 양에 대해 뭔가를 알고 있었다는 말인가? 예를 들어 그녀는 페브마시 양과 셰일라 웨브 사이에 어떤 연관성이 있다는 걸 알고 있었던 것일까? 만일 그렇다면 그녀가 피어스에게 한 말과 맞아떨어지게 된다. "그녀가 말한 것은 사실이 아닌 것 같아요."라는 말과 말이다.

하지만 추측일 뿐이야. 모두 추측에 불과한 것이란 말이야. 화가 나는 듯 그는 마음속으로 중얼거렸다.

그럼 18번지는 어떨까? 워터하우스 양은 그 시체를 발견했다. 하드캐슬 경감은 시체를 발견한 사람들에 대해서 직업적인 편견을 가지고 있었다. 살인범은 자기가 시체를 발견했다고 하면 여러 가지 어려움을 면할 수 있다—알리바이를 조작했을 때의 위험도 면할 수 있고, 지문이 나오더라도 그런 대로 설명이 가능해지는 것이다. 따라서 살인범은 여러 가지 면에서 아주 유리한 입장에 설 수 있게 된다—단 한 가지 조건만 갖춘다면 말이다. 그것은 명백한 동기가 없어야만 한다는 것이다. 확실히 워터하우스 양에게는 그 가엾은 에드나 브렌트를 제거해야 할 만한 뚜렷한 동기가 없다.

워터하우스 양은 검시재판에서 증언을 하지도 않았다. 그렇지만 그 자리에 와 있었을지도 모른다. 혹시 에드나는 페브마시 양으로 가장해 19번지 집으로 속기 타이피스트를 한 사람 보내 달라고 전화를 건 사람이 워터하우스 양이라고 생각했거나, 아니면 그렇게 생각할 만한 어떤 이유가 있었던 것은 아닐까?

이것 역시 추측에 불과한 것이었다. 물론 셰일라 웨브, 바로 그녀가 수상하다는 것은 두말할 나위가 없는 것이다.

하드캐슬은 전화기로 손을 가져갔다. 그는 콜린 램이 묵고 있는 호텔로 전화를 걸었다. 콜린이 이내 전화를 받았다.

"하드캐슬일세. 자네가 오늘 셰일라 웨브와 점심식사를 한 것이 몇 시였나?"

콜린은 대답을 하기 전에 잠시 주저했다.

"우리가 함께 점심을 먹었다는 걸 어떻게 아셨습니까?"

"내 추리력도 꽤 쓸 만하다네. 자네, 그녀와 점심을 했지?"

"내가 그녀와 점심 좀 같이 먹으면 왜 안 되나요?"

"안 될 이유는 없지. 난 단지 자네에게 그 시간을 묻고 있는 걸세. 검시재판이 끝난 뒤 곧바로 점심을 먹으러 갔었나?"

"아닙니다. 그녀는 좀 살 것이 있다더군요. 그래서 1시에 마켓 가에 있는 중국음식점에서 만났죠."

"알겠네."

하드캐슬은 메모지를 내려다보았다. 에드나 브렌트는 12시 30분에서 1시 사이에 살해당했다.

"우리가 점심으로 무엇을 먹었는지 알고 싶진 않습니까?"

"진정하게. 난 단지 정확한 시간을 알고 싶었을 뿐이니까. 기록해 두기 위해서 말이네."

"알겠습니다. 그런 일 때문이라면."

두 사람은 잠시 말이 없었다.

하드캐슬은 약간 긴장을 풀기 위해 이렇게 말했다.

"오늘 밤 자네 별 할 일이 없다면—."

상대방은 그 말을 가로막았다.

"나는 떠납니다. 지금 짐을 싸고 있는 중이었죠. 명령이 있어서 그렇게 됐어요. 외국으로 가봐야 합니다."

"그럼 언제 돌아올 예정인가?"

"그건 누구도 알 수 없죠. 적어도 1주일은 걸릴 겁니다—더 길어질 수도 있고, 다시는 돌아오지 못할 수도 있는 거죠."

"운이 나쁘면—그렇다는 말인가?"

"나도 모르겠습니다." 콜린은 이렇게 대답하고 전화를 끊었다.

제18장

1

하드캐슬이 윌브러햄 크레슨트 가 19번지에 도착했을 때는 마침 페브마시 양이 막 외출하려던 참이었다.

"실례지만, 페브마시 양, 잠시만 시간을 내주시겠습니까?"

"아, 저—하드캐슬 경감님이시죠?"

"그렇습니다. 말씀 좀 나눌 수 있을까요?"

"학교에 늦으면 안 된답니다. 오래 걸릴까요?"

"아닙니다. 한 3~4분이면 충분합니다."

그녀가 다시 집으로 들어가자 그도 그 뒤를 따라갔다.

"오늘 오후에 일어난 사건에 대해 들어보셨습니까?" 그가 말했다.

"또 무슨 일이 일어났나요?"

"이미 알고 계신 줄 알았는데요. 바로 저 길 아래에 있는 전화박스에서 어떤 젊은 여자가 살해당했습니다."

"살해당했다고요? 언제요?"

"두 시간 45분 전에요." 그는 괘종시계를 쳐다보았다.

"전 그 일에 대해서는 전혀 모르고 있었어요. 전혀 말이에요."

페브마시 양이 말했다. 순간적으로 그녀의 목소리는 화가 난 듯이 들렸다. 그것은 특히 앞을 볼 수 없는 슬픔이 배어 있는 듯한 그런 느낌을 주었다.

"젊은 여자가—살해당했단 말씀이죠? 어떤 여자였나요?"

"그녀의 이름은 에드나 브렌트이고, 캐븐디시 비서용역 사무실에서 일하는 아가씨였습니다."

"또 거기서 일하는 아가씨로군요! 그녀도 세일라라는 그 아가씨처럼 일 때문에 여기에 왔었나요?"

"그런 것 같지는 않습니다. 그녀가 당신을 만나러 집으로 오지는 않았습니까?"

"우리 집에요? 아뇨. 분명히 오지 않았어요."

"그녀가 여기에 왔었다면 그때 집에 계셨을까요?"

"그건 모르겠군요. 시간이 어떻게 되는데요?"

"대략 12시 30분쯤이나 그보다 조금 더 지나서인데."

"그 시간이라면 제가 집에 있었을 거예요." 페브마시 양이 말했다.

"검시재판이 끝난 뒤 어디에 가셨습니까?"

"저는 바로 집으로 돌아왔어요." 그녀는 잠시 말을 멈추었다가 물었다.

"왜 경감님은 그 아가씨가 저를 만나러 왔으리라고 생각하시는 거죠?"

"그것은 그녀가 오늘 아침 검시재판에서 당신을 보았을 테고, 또 그녀에게는 윌브러햄 크레슨트로 와봐야만 했었던 어떤 이유가 있었던 것 같기 때문입니다. 하지만 우리가 알고 있기로는 이 근처에 그녀가 알고 있는 사람은 아무도 없습니다."

"그렇지만 단지 그녀가 검시재판에서 저를 보았다는 이유 하나만으로 저를 만나러 와야 할 이유는 없지 않나요?"

"그렇기는 하지요—." 경감은 약간 미소를 지었다.

그러다가 페브마시 양이 자기의 웃는 모습을 볼 수 없다는 사실을 깨닫자 얼른 자기 목소리에 웃음이 담겨 있다는 걸 나타내려고 애를 썼다.

"요즘 젊은 아가씨들은 모르는 법입니다. 그녀는 사인이나 그 비슷한 것이 필요했을지도 모르는 일이니까요."

"사인이라고요!" 페브마시 양은 조소하듯 말했다.

그러고 나서 그녀가 다시 말했다.

"글쎄요……그렇겠군요. 경감님이 옳을지도 모르겠군요. 가끔 그런 일이 있기도 하니까요." 그러더니 그녀는 갑자기 고개를 저었다.

"하지만, 하드캐슬 경감님, 오늘은 그런 일이 없었다고 자신 있게 말할 수 있어요. 제가 검시재판에서 돌아오고 난 뒤 찾아온 사람은 아무도 없었다는 걸 말이에요."

"그랬군요, 고마웠습니다, 페브마시 양. 우리는 모든 가능성에 대해 짚고 넘어가는 것이 좋겠다고 생각했지요."

"그 아가씨는 몇 살이나 되었는데요?" 페브마시 양이 물었다.

"제가 알기로는 19살입니다."

"19살이라고요? 정말 어린 나이군요." 그녀의 목소리가 약간 변했다.

"아주 젊어요……. 가엾게도, 도대체 그런 아가씨를 죽인 사람이 누굴까?"

"흔한 일이지요." 하드캐슬이 말했다.

"그 아가씨는 예뻤나요—마음을 끄는 성적 매력이 있었나요?"

"아니오. 그녀 자신은 그렇게 되고 싶었겠지만 실제로는 그렇지 못했습니다."

"그렇다면 그것이 원인이 된 것은 아니로군요." 페브마시 양이 말했다.

그녀는 다시 고개를 저었다.

"죄송해요. 뭐라 말씀드릴 수 없을 정도로 죄송합니다, 하드캐슬 경감님, 도움이 되어 드리지 못해서 말이에요."

그는 언제나 그랬듯 페브마시 양의 인품에 감명을 받은 채 그 집을 나섰다.

2

워터하우스 양도 집에 있었다. 이런 유형의 여성답게 그녀는 해서는 안 되는 일을 하는 사람들을 갑자기 덮치기라도 하려는 듯 문을 확 열어젖혔다.

"아, 경감님이셨군요!" 그녀가 말했다.

"사실 경찰분들에게 제가 알고 있는 것은 다 말씀드렸는데요."

"물론 물어본 것에 대해서는 다 대답을 하셨더군요." 하드캐슬이 말했다.

"하지만 아시다시피 한꺼번에 다 물어볼 수는 없는 노릇 아닙니까. 몇 가지 더 자세하게 알아볼 일이 있어서요."

"이유를 모르겠네요. 이번 사건은 정말 끔찍한 충격이었어요."

워터하우스 양은 이렇게 말하면서 마치 그 모든 일이 다 그의 탓이기라도 한 듯 그를 쏘아보았다.

"아무튼 안으로 들어오세요. 하루 종일 신발장 앞에 서 계실 수는 없는 일 아니에요. 들어와서 자리에 앉은 다음 묻고 싶은 것은 무엇이든 물어보세요. 정말 더 물어볼 것이 있을지는 모르겠지만 말이에요. 아까도 말씀드렸지만, 저는 전화를 걸러 나갔었답니다. 제가 전화박스의 문을 여니까 거기에 그 여자가 있지 뭐에요. 그렇게 놀란 건 생전 처음이에요. 저는 급히 뛰어가서 경관을 불러왔죠. 그러고는 그 뒤에, 경감님께서 알고 싶어하시니까 말인데요, 집으로 돌아와서 약으로 쓰는 브랜디를 한 잔 마셨어요. 약으로 말이에요."

워터하우스 양이 거칠게 말했다.

"아주 현명한 행동이었군요." 하드캐슬 경감이 말했다.

"그것으로 이야기는 끝이에요." 워터하우스 양이 단호하게 말했다.

"제가 물어보고 싶은 것은 그전에 그 젊은 여자를 한 번도 본 적이 없는 것이 확실한가 하는 겁니다."

"여러 번 봤을 수도 있겠죠. 하지만 기억이 나지는 않아요. 무슨 말이냐 하면, 울워스에서 식사를 할 때 그 여자가 시중을 들었을 수도 있을 테고, 아니면 버스에서 옆에 탔었던 사람일 수도 있다는 말이죠. 그도 아니면 영화관에서 표를 팔던 여자일 수도 있겠죠."

"그녀는 캐븐디시 사무실에서 일하는 속기 타이피스트였습니다."

"저는 한 번도 속기 타이피스트를 고용해 본 적이 없어요. 혹시 게인스퍼드 앤드 스웨튼햄에 있는 오빠 사무실에서 일한 아가씨일지도 모르죠. 얘기를 그 쪽으로 끌고 가고 싶으세요?"

"아, 아닙니다." 하드캐슬 경감이 말했다.

"그곳과는 아무 연관성도 없는 것 같으니까요. 단지 저는 오늘 아침 그녀가 살해당하기 전에 혹시 댁을 찾아오지는 않았는지 알고 싶을 뿐입니다."

"우리 집을 찾아왔다고요? 아뇨, 그럴 리가 없잖아요, 그 아가씨가 왜 그랬겠어요?"

"글쎄요, 그건 우리도 모르는 일이지요." 하드캐슬 경감이 말했다.

"하지만, 부인의 말은 오늘 아침 그녀가 이 집의 문에 들어서는 걸 본 사람이 설사 있다 하더라도 그건 그 사람이 잘못 본 것이라는 건가요?"

그는 별 뜻이 없는 시선으로 그녀를 바라보았다.

"누군가가 그녀가 우리 집 문에 들어서는 걸 보았다고 하던가요? 말도 안 돼요." 워터하우스 양이 말했다.

그러다가 그녀는 잠시 멈칫했다.

"적어도—."

"예?"

이렇게 말하면서 하드캐슬은 내색은 하지 않았지만 속으로 긴장했다.

"글쎄, 그녀가 전단 같은 것을 문 안으로 밀어 넣었다면 혹 모르죠—점심때 보니 전단이 한 장 있었거든요. 핵무기 반대집회에 대한 것이었던 것 같아요. 하긴 매일 그런 것들을 집어넣곤 하니까. 제 생각에는 그녀도 들어와서 편지함 속에다 뭔가를 넣어두고 간 것은 아닌가 하는 느낌이 드네요. 하지만 그게 제 책임은 아니지 않겠어요, 경감님?"

"물론 그렇지요. 그다음은 전화 이야기인데요—전화가 고장 났었다고 하셨는데, 전화국에 알아보니 그렇지 않다고 하던데요."

"전화국에서는 항상 그런다니까요! 제가 다이얼을 돌리니까 아주 이상한 소리가 들렸어요. 통화중 신호도 아니었고요. 그래서 공중전화박스로 간 거죠."

하드캐슬은 자리에서 일어섰다.

"실례 많았습니다, 워터하우스 양, 이런 일로 번거롭게 해 드려 죄송합니다. 하지만 그녀는 크레슨트에 사는 누군가를 만나기 위해 여기로 와서, 그리 멀지 않은 어느 집엔가로 갔었던 것 같아서 그러는 것입니다."

"그래서 경감님은 이 거리에 사는 사람들에게 모두 물으러 다니시는군요. 저는 그 아가씨가 찾아갔을 가능성이 제일 높은 집은 옆집—페브마시 양 집이란 생각이 드네요."

"왜 그럴 가능성이 가장 높다고 생각하십니까?"

"그녀는 속기 타이피스트인데 캐븐디시 사무실에서 왔다고 경감님께서 그러셨잖아요. 제 기억이 맞는다면 지난번 그 남자가 살해되었을 때도 페브마시 양은 자기 집으로 속기 타이피스트를 오라고 했다고 들었어요."

"그렇게 말들을 하고 있는 것은 물론 사실입니다만 그녀는 그 사실을 부인하고 있습니다."

"물론, 제가 뭐라 하던 너무 늦기 전까지는 제 말을 귀담아듣는 사람이 아무도 없겠지만, 전 그녀가 약간 정신이 이상하다고 말하고 싶어요. 그 페브마시 양 말이에요. 제 생각이지만 아마 그녀는 그 사무실로 전화를 걸어 속기 타이피스트를 오라고 했을 거예요. 그런 다음 아마도 그런 일들을 몽땅 잊어버린 모양이죠, 뭐."

"그렇지만 그녀가 살인을 저질렀을 것이라고 생각하는 것은 아니겠죠?"

"제가 말하는 것은 살인 같은 것과는 전혀 별개의 문제예요. 저도 그녀의 집에서 어떤 남자가 살해당했다는 건 알고 있어요. 하지만 페브마시 양이 그 일과 무슨 관련이 있다고는 잠시라도 생각해 보지 않았어요. 그럼요. 전 단지 그녀가 괴상한 고정관념에 사로잡혀 있는 그런 사람들 중 한 명이 아닌가 생각했을 뿐이지요. 한번은 매일처럼 과자점에 전화를 걸어 머랭과자를 주문하곤 하던 어떤 여자를 알게 되었죠. 그렇다고 그 여자가 먹고 싶어서 그걸 주문하는 것도 아니었어요. 그 과자가 배달되어 오면 그녀는 그걸 주문한 기억이 없다고 잡아떼곤 했으니까요. 제 말은 페브마시 양이 혹시 그런 종류의 사람이 아닌가 하는 거예요."

"물론, 그런 일도 있을 수 있겠지요." 하드캐슬이 말했다.

그는 워터하우스 양에게 작별인사를 하고 그 집을 나왔다.

그는 그녀가 마지막에 던진 그 암시는 별로 그럴 듯하게 여겨지지 않는다고 생각했다. 또 한편으로는, 만일 그 젊은 여자가 자기 집으로 들어오는 것이 목격되었고, 또 실제로 그런 일이 있었다고 그녀가 믿는다면, 그 젊은 여자가 19번지 집으로 갔을 것이라는 암시는 그 상황 아래서는 아주 그럴 듯한 것이라고 생각되기도 했다.

하드캐슬은 자기 시계를 들여다보고는 아직 캐븐디시 비서용역 사무실로 찾아가 볼 수 있는 시간은 남아 있다고 생각했다. 그가 알기로는 오후 2시부터 그 사무실은 다시 문을 열기로 되어 있었다.

그는 거기에서 일하는 아가씨들에게서 도움이 될 만한 얘기를 듣게 될지도 모른다. 그리고 또한 셰일라 웨브도 만날 수 있을 것이다.

3

그가 사무실 안으로 들어서자 타이피스트들 중 한 사람이 바로 일어섰다.

"하드캐슬 경감님이시죠?" 그녀가 말했다.

"마틴데일 양이 기다리고 계십니다."

그녀는 그를 안쪽에 있는 사무실로 안내해 주었다.

마틴데일 양은 숨돌릴 틈도 없이 그에게 퍼부어댔다.

"이건 모욕이에요, 하드캐슬 경감님. 정말 모욕이라고요! 경감님은 이번 사건의 진상을 밝혀내야 할 의무가 있습니다. 그것도 즉시 말이에요. 꾸물거려서는 안 됩니다. 경찰은 우리들을 보호해야 할 의무가 있고, 지금 우리 사무실에서 일하고 있는 아가씨들에게 필요한 것도 바로 그런 것이라고요. 보호 말이에요. 저는 이 사무실에서 일하고 있는 사람들을 보호해 줘야 하고, 또 그렇게 하겠어요."

"마틴데일 양, 그야 물론—."

"경감님은 우리 사무실에서 일하는 애들 중에 두 명이나, 두 명씩이나 벌써 희생당했다는 사실을 부인하려는 것은 아니겠지요? 속기 타이피스트나 비서용역 사무실에 대해 일종의 병적인 집착이나 피해망상에 사로잡혀 있는(그런 사람을 요즈음은 뭐라고 부르는지는 모르겠지만) 그런 무책임한 사람이 있는 것이 틀림없어요. 그들은 우리 사무실을 계획적으로 제물로 삼고 있는 거라고요. 처음에는 셰일라 웨브가 무자비한 음모에 걸려들어 시체를 발견하게 되었고(그런 일을 당하게 되면 예민한 여자애들은 머리가 돌아버리고 말 거예요), 그리고 이번에는 이런 일까지 벌어졌어요. 정말 누가 봐도 상냥하고 순진한 그런 애가 전화박스 안에서 살해당했으니 말이에요. 경감님은 반드시 이 사건의 진상을 낱낱이 파헤쳐야 하실 거예요."

"물론입니다, 마틴데일 양, 무엇보다 제가 바라는 것도 바로 이 사건의 진상을 밝혀내는 일이죠. 그래서 오늘도 소장님께서 뭔가 도움을 주시지나 않을까 하고 찾아온 것입니다."

"도움이라고요! 제가 경감님을 도와드릴 일이 뭐가 있겠어요? 만일 제가 뭔가 도움이 될 만한 것을 알고 있었다면 곧바로 경감님께 알려 드리러 갔을 거예요. 경감님은 그 불쌍한 에드나를 살해하고, 셰일라를 무자비한 함정에 빠뜨린 범인을 잡아내야만 합니다. 경감님, 저는 우리 사무실에 있는 애들에게 엄격하기는 해요. 그 애들이 일을 게을리하거나 지각을 하거나, 아니면 용모가 단정치 못하거나 하면 용서치 않습니다. 하지만 그 애들이 희생되거나 죽음을 당해도 괜찮다고는 생각지 않아요. 저는 저 애들을 보호해 줄 작정이고, 국가에서 그런 일 때문에 월급을 받고 있는 사람들이 그 일을 잘 해내고 있는지도 지켜볼 거예요."

그녀는 그를 쏘아보았다. 그 모습은 마치 사람의 형상을 한 암호랑이 같았다.

"우리에게도 시간을 주셔야지요, 마틴데일 양." 그가 말했다.

"시간이라고요? 그까짓 하잘것없는 애가 죽었을 뿐인데 뭘 그러느냐, 아직 시간은 충분하다라는 말인가요? 다음에는 다른 타이피스트가 살해당하지 않는다고 누가 장담하죠?"

"그런 염려는 하지 않으셔도 될 것 같은데요, 마틴데일 양."

"경감님께서는 오늘 아침 일어났을 때 설마 그 애가 살해당하리라고는 생각지도 못하셨을 텐데요, 만일 그런 예상을 하셨다면 그 애를 보호하기 위해 어떤 조치를 취하셨을 테니까요. 그러고는 제가 데리고 있는 애들 중 누군가가 살해당하거나 심한 의심을 받는 그런 입장에 처하게 되면 경감님께서는 지금처럼 놀라기만 하시겠죠. 이번 사건은 이상해요, 미친 짓이라고요! 경감님께서도 이 사건이 미치광이 짓이란 것은 인정하셔야 할 거예요. 만일 신문에 보도된 것이 사실이라면 말이에요. 예를 들면, 그 시계들만 해도 그렇죠. 오늘 아침 검시재판에서는 거기에 대한 말은 나오지도 않더군요."

"오늘 아침에는 가능하면 발표를 미루도록 했으니까요, 마틴데일 양. 어차피 연기될 검시재판이었습니다."

"제 말은—" 다시 그를 쏘아보면서 마틴데일 양은 말했다.

"경감님께서 어떤 조치를 취해 주지 않으면 곤란하다는 거예요."

"정말 아무런 할 말이 없습니까? 에드나가 넌지시 귀띔해 준 말도 없습니까? 그녀는 무슨 걱정거리가 있는 것 같았는데 혹시 소장님에게 그 일로 상담

한 적은 없습니까?"

"그녀가 어떤 걱정거리를 가지고 있었다 해도 저하고 의논했으리라고는 생각지 않아요." 마틴데일 양이 말했다.

"그런데 그녀에게 무슨 걱정할 만한 일이 있었다고요?"

그것은 하드캐슬 경감이 오히려 물어보고 싶은 것이었다. 그러나 그는 마틴데일 양에게서는 그 질문에 대한 대답을 듣기는 틀린 일이라는 것을 알게 되었다. 그래서 그는 대신 이렇게 말했다.

"가능하다면 여기서 일하는 아가씨들과 얘기 좀 하고 싶습니다. 에드나 브렌트가 소장님께 자기의 걱정거리나 불안한 심정에 대해 털어놓지 않았다는 것은 충분히 이해가 갑니다만, 자기 동료들에게까지 말하지 않았으리라고 여겨지지는 않으니까요."

"충분히 그럴 수는 있겠죠. 그 애들은 언제나 수다를 떠는 데 시간을 보내고 있으니 말이에요. 그 애들은 제 발걸음 소리가 복도에서 나기만 하면 일제히 타자를 치기 시작하죠. 하지만 그러기 전에는 무슨 일만 하는 줄 아세요? 바로 수다예요. 종알종알 잡담만 한다니까요!"

조금 화가 누그러진 듯 그녀가 말했다.

"지금 사무실에는 세 명밖에 없습니다. 경감님께서 여기에 오셨으니 지금 이야기를 하시겠어요? 다른 애들은 다 밖으로 일을 나갔어요. 괜찮으시다면 제가 그 애들의 이름과 집 주소를 가르쳐 드리지요."

"고맙습니다, 마틴데일 양."

"경감님께서는 그 애들하고 조용히 얘기를 나누고 싶으시겠죠? 제가 있다면 그 애들도 마음 놓고 얘기할 수 없을 거예요. 아시다시피 그건 그 애들이 쓸데없는 이야기로 시간을 낭비했다는 사실을 인정하게 되는 일일 테니까요."

그녀는 자리에서 일어나 바깥쪽 사무실로 통하는 문을 열고 말했다.

"자, 여러분—, 하드캐슬 경감님께서 여러분과 이야기 좀 하고 싶으시다는군요. 잠깐 일은 쉬어도 좋아요. 에드나 브렌트를 살해한 범인을 체포하는 일에 도움이 될 만한 걸 알고 있다면 무엇이든 경감님께 말씀드리도록 해요."

그녀는 자기 방으로 돌아가서는 문을 굳게 닫았다. 아직 소녀기가 가시지 않은 놀란 듯한 얼굴을 한 세 명의 아가씨가 경감을 바라보았다.

그는 재빨리 그들의 얼굴을 둘러보았다. 표면적으로나마 그는 지금부터 다루어야 하는 상대들을 잘 봐두고 싶었다. 안경을 쓴 건실하게 생긴 아가씨. 신뢰할 수 있을 것 같긴 하지만 특별히 똑똑해 보이지는 않는다고 그는 생각했다. 최근에 눈보라를 맞은 것 같은 머리 모양을 하고 있는 까무잡잡한 모습의 약간 귀엽게 생긴 아가씨. 아마도 여기에서 일어난 일을 모두 눈여겨 보아둔 듯하지만 그녀가 다시 기억해 내는 일은 별로 믿을 수 없을 것이다. 아마도 모든 일에 더 살을 붙여 얘기할 게 틀림없을 것 같기 때문이다. 세 번째 아가씨는 천성적으로 웃음이 헤픈 여자로, 누가 무슨 말을 하든 그 말에 따라갈 것 같았다.

그는 조용하면서도 허물없는 태도로 말을 시작했다.

"여러분들도 여기에서 근무하던 에드나 브렌트에게 일어난 일에 대해서 얘기는 이미 들었으리라고 생각합니다."

세 사람은 모두 힘차게 고개를 끄덕였다.

"그렇다면 그 일을 어떻게 알게 되었지요?"

세 사람은 마치 누구를 대변자로 삼을 것인가를 결정하려는 듯 서로를 바라보았다. 마침내 전원일치로 이름이 재닛이라는 아가씨가 결정된 것 같았다.

"에드나는 당연히 출근해야 될 2시가 되었는데도 나타나지 않았어요."

그녀가 설명했다.

"그래서 모랫빛 고양이는 머리끝까지 화가 났죠."

검은 빛이 도는 머리를 한 모린이라는 아가씨가 말을 하려다가 잠깐 말을 멈췄다.

"마틴데일 양 말이에요."

세 번째 아가씨가 킥킥 웃기 시작했다.

"모랫빛 고양이는 우리가 그녀에게 붙인 별명이죠." 그녀가 설명했다

'아주 어울리는 별명인걸.' 경감은 속으로 생각했다.

"그녀는 화가 났다 하면 아주 굉장해요." 모린이 말했다.

"꼭 잡아먹을 것 같거든요. 에드나가 오늘 오후 사무실에 나오지 않은 일에

대해 미리 무슨 말이든 하지 않았느냐고 묻더니 최소한 미리 연락은 해줘야 하지 않겠느냐고 하면서 펄펄 뛰지 뭐예요."

그러자 금발의 아가씨가 말했다.

"그래서 전 그 애가 검시재판 시간에는 우리들이랑 같이 있었지만 그 뒤로는 보지 못했고 어디로 갔는지도 모르겠다고 마틴데일 양에게 얘기했죠."

"정말 그랬습니까? 그녀가 법정을 나가서는 어디로 갔는지 여러분도 모른다는 얘기 말입니다."

"전 그 애한테 같이 점심을 먹으러 가자고 했었어요." 모린이 말했다.

"그런데 그 애는 뭔가를 생각하는 것 같더군요. 별로 점심을 먹고 싶지 않다고 하던걸요. 뭐 점심이 될 만한 걸 사서 사무실에서 먹겠다고 했었어요."

"그럼 그녀는 사무실로 돌아오려고 생각하고 있었군요?"

"아, 그야 물론이죠. 그렇게 하지 않으면 안 된다는 걸 우리는 다 알고 있으니까요."

"지난 며칠 동안 에드나 브렌트의 행동이 평소와는 좀 다르다는 걸 느낀 사람은 없습니까? 뭔가 걱정거리가 있다든지, 마음에 걸리는 일이 있는 것 같은 행동을 한다든지 하지는 않았습니까? 그리고 혹시 그런 비슷한 말을 여러분에게 한 적은 없나요? 여러분이 알고 있는 것은 무엇이건 나에게 말해 주면 고맙겠습니다만."

세 사람은 서로 얼굴을 바라보았지만 별로 거짓말을 하려는 것 같지는 않았다. 단지 막연히 추측만 하고 있는 듯했다.

"그 애는 언제나 뭔가를 걱정하고 있었어요. 항상 일을 뒤죽박죽으로 만들거나 실수를 했죠. 그 앤 약간 머리가 둔했어요." 모린이 말했다.

"에드나에겐 항상 무슨 일이 일어나는 것 같았다고요."

잘 웃는 아가씨가 말했다.

"언젠가 그 애의 구두 뒷굽이 빠져버린 일 생각나세요? 정말 그런 일은 에드나가 아니면 당할 수 없는 일이죠!"

"나도 기억합니다." 하드캐슬이 말했다.

그는 에드나가 손에 구두를 들고 슬픈 듯이 내려다보고 서 있었던 모습을 머리에 떠올렸다.

"저는 오늘 오후에 에드나가 2시까지 여기에 출근하지 않았을 때 무슨 끔찍한 일이 일어나지나 않았을까 하는 예감이 들었어요." 재닛이 말했다.

그녀는 엄숙한 표정으로 고개를 끄덕이고 있었다.

하드캐슬은 약간 혐오감을 가지고 그녀를 바라보았다. 그는 무슨 일이 터지고 난 뒤에야 그런 일은 미리 다 알고 있었다는 듯이 행동하는 사람들을 항상 경멸해 왔다. 이 아가씨의 경우에도 그런 예감 같은 것은 애초에 느끼지도 않았다는 걸 그는 확신하고 있었다. 오히려 그녀가, "에드나가 돌아왔더라면 모랫빛 고양이한테 아주 혼났을 거예요."라고 한 말이 더 그럴듯하다고 혼자 중얼거렸다.

"여러분들이 그 사건에 대해 들은 것은 언제였습니까?" 그가 다시 물었다.

세 사람은 서로 얼굴을 바라보았다. 웃기 좋아하는 아가씨가 죄라도 지은 듯 얼굴을 붉혔다. 그녀는 슬쩍 마틴데일 양의 사무실로 들어가는 문을 곁눈질해서 바라보았다.

"사실 저—저는 잠시 동안 몰래 밖으로 외출했었어요." 그녀가 말했다.

"집으로 가져갈 페이스트리를 좀 사야 했거든요. 퇴근할 시간에는 벌써 다 팔려버려 살 수가 없어서요. 그래서 제가 가게에 갔더니(여기 모퉁이에 있는 가겐데 제 단골이죠) 그 집 아주머니가, '그 아가씨도 같은 사무실에서 일하는 아가씨죠?' 하고 말하기에 제가, '누굴 말하는 거예요?' 하고 물었죠. 그랬더니 그 아주머니가, '방금 전화박스 안에서 살해된 채로 발견된 그 아가씨 말이에요.' 하더라고요. 오, 정말 그렇게 놀란 적은 없었어요. 그래서 뛰다시피 돌아와서 다른 사람들에게 말했죠. 그리고 나중에는 마틴데일 양에게 그 일을 알려야 한다고 말하고 있는데 그녀가 사무실에서 느닷없이 나오더니 우리에게 이렇게 말하지 뭐예요. '지금 뭘 하고 있는 거예요? 단 한 대의 타자기도 움직이고 있지 않잖아?'"

그러자 금발의 아가씨가 그 뒤를 이어 말했다.

"그래서 제가 말했죠. 사실은 저희들이 그러고 싶어 그런 게 아니에요. 우린 에드나에 대한 끔찍한 얘기를 들었기 때문이에요, 마틴데일 양."

"그러니까 마틴데일 양은 뭐라고 하던가요?"

"물론 처음에는 그 얘기를 믿으려고 하지 않았어요."

까무잡잡한 아가씨가 말했다.

"그녀는, 바보 같은 소리 말아요. 가게에서 쓸데없는 이야기만 듣고 왔군 그래. 아마 다른 여자겠지. 에드나일 리가 없잖아? 라고 말하더군요. 그런데 그녀는 자기 방으로 돌아가서는 경찰서에 전화를 걸어보더니 그제야 그 얘기가 정말이란 걸 알게 되었나 봐요."

"하지만 정말 모르겠어요." 거의 꿈꾸는 듯한 목소리로 재닛이 말했다.

"에드나를 살해한 이유를 정말 모르겠단 말이에요."

"그 애는 남자친구도 없는 것 같았거든요."

까무잡잡한 아가씨가 말을 받았다.

세 아가씨는 마치 그가 그 문제에 대한 대답이라도 해주기를 기대하는 듯 하드캐슬을 바라보았다. 그는 한숨을 쉬었다. 이 아가씨들의 말도 그에게는 아무 도움이 되지 못했다. 어쩌면 다른 아가씨들 중 누군가가 도움이 되어줄지도 모른다. 그리고 셰일라 웨브도 아직은 있는 것이다.

"셰일라 웨브와 에드나 브렌트는 특별히 친한 사이였습니까?" 그가 물었다.

세 사람은 멍하니 서로를 바라보았다.

"그리 친한 것 같지는 않았는데요."

그는 셰일라 웨브가 퍼디 교수가 기다리고 있는 컬류 호텔에 가 있다는 것을 알게 되었다.

퍼디 교수는 구술하던 것을 중단하고 짜증 섞인 목소리로 전화를 받았다.

"누구? 뭐라고요? 그 사람이 지금 여기에 와 있단 말이오? 그럼 그 사람한테 내일 하면 안 되겠느냐고 물어봐 주시겠소?—아, 그래. 그렇다면 할 수 없군—올라오라고 말해 주시오."

"언제나 이렇단 말이야." 화가 난 듯 그가 말했다.

"이렇게 끊임없이 방해를 받아서야 어떻게 본격적인 일을 할 수 있겠나."

그는 약간 기분 나쁜 표정으로 셰일라 웨브를 바라보더니 말했다.

"그런데 어디까지 했었지?"

셰일라가 대답을 하려는데 누군가가 문을 노크하는 소리가 들려왔다.

퍼디 교수는 약 300년 이전의 연대적 문제에서 현실로 되돌아오는 일에 약간 어려움을 겪었다.

"누구요?" 신경질적인 목소리로 그가 말했다.

"자, 들어오시오. 그런데 무슨 용건이오? 오늘 오후에는 방해받고 싶지 않다고 특별히 일러두었을 텐데."

"정말 죄송하게 되었습니다, 교수님. 하지만 정말 어쩔 수 없는 사정이 생겨서 그렇습니다. 안녕하시오, 웨브 양."

셰일라 웨브는 노트를 한쪽으로 밀어두고 자리에서 일어섰다. 하드캐슬은 그녀의 눈에 언뜻 걱정하는 빛이 어리는 걸 보았지만 혹시 자기의 착각이 아니었는지 생각해 보았다.

"도대체 무슨 일이오?" 다시 교수가 날카로운 목소리로 물었다.

"저는 수사과의 하드캐슬 경감입니다. 여기 있는 웨브 양이 교수님께 말씀드릴 겁니다."

"좋아요. 좋아." 교수가 말했다.

"실은 웨브 양과 몇 가지 할 얘기가 있어서요."

"기다릴 수 없는 일이오? 사실 지금은 아주 곤란한 때라서 말이오. 아주 곤란할 때라서. 지금 막 어려운 문제에 이르렀는데. 앞으로 15분 뒤엔 웨브 양을 돌려보내겠소—아, 아니, 한 30분은 걸리겠군. 하여튼 그 정도면 되는 일이오. 오, 아니, 이런, 벌써 6시가 되었잖아?"

"정말 죄송합니다, 퍼디 교수님." 하드캐슬 경감의 목소리는 단호했다.

"아, 알았소, 알았소. 그런데 무슨 일이오—교통위반 같은 일이오? 교통순경들이란 정말 귀찮은 사람들이라니까. 언젠가 어떤 순경은 내 차가 주차계량기 옆에서 네 시간 30분이나 주차했었다고 우기지 뭐겠소. 내가 확신하건대 그런 일은 절대 없었는데도 말이오."

"교수님, 이번 일은 교통위반 같은 일보다도 훨씬 더 중대한 문제입니다."

"아, 알겠소, 알겠소. 참, 그러고 보니 웨브 양은 차가 없지?"

그는 셰일라 웨브를 멍청하게 바라보았다.

"그래, 기억나는군, 웨브 양은 버스로 왔지. 그렇다면, 경감, 무슨 일이오?"

"그건 에드나 브렌트라는 아가씨에 대한 일입니다. 그 일에 대해 이야기는 들었겠지요." 그는 셰일라 웨브 쪽으로 돌아섰다.

그녀는 그를 빤히 바라보았다. 아름다운 눈. 밀꽃처럼 푸르른 눈동자.

어디선가 그 눈을 본 기억이 그에게 떠올랐다.

"에드나 브렌트라고 하셨어요?" 그녀는 눈썹을 추켜세웠다.

"아, 그래요, 물론 전 그녀를 알고 있죠. 그녀가 어떻게 되었나요?"

"아직 소식을 듣지 못한 것 같군요. 점심은 어디에서 하셨나요, 웨브 양?"

그녀의 뺨이 약간 붉어졌다.

"친구와 함께 호텅이라는 곳에 가서 먹었어요. 그건—그건 사실 경감님과 아무 상관도 없을 텐데요?"

"그 뒤에 사무실로 가지 않았습니까?"

"캐븐디시 사무실을 말씀하고 계신 건가요? 제가 거기로 전화를 했더니 2시 반에 퍼디 교수님과 약속이 되어 있으니 곧바로 이곳으로 가라고 하더군요."

"그 말이 맞소." 고개를 끄덕이면서 교수가 말했다.

"2시 반이었지. 그때부터 우리는 계속해서 죽 일을 하고 있었소. 계속해서 말이오. 아, 이런, 내가 차를 시키는 일을 그만 잊었구먼. 미안하게 되었소, 웨브 양. 이거 시장했겠는걸. 나한테 말이라도 좀 해주지 그랬소."

"아, 괜찮아요, 퍼디 교수님. 그런 일은 신경 쓰지 마세요."

"이거 큰 실수를 했는걸. 큰 실수를 했어. 참, 내가 또 방해를 했군. 경감님이 웨브 양에게 몇 가지 물어볼 말이 있다고 했는데 말이오."

"그렇다면 에드나 브렌트에게 어떤 일이 일어났는지 모르고 있군요?"

"그녀에게 일이 일어났다고요?" 셰일라는 날카롭게 되물었다.

그녀의 목소리는 한층 높아졌다.

"아니, 그녀에게 일어난 일이라뇨? 그게 무슨 말이죠? 그녀가 무슨 사고 같은 거라도 당했나요?—차에 치이기라도 했다는 거예요?"

"아주 위험한 일이야, 요즈음 속도를 그렇게 낸다는 건 말이야."

교수가 다시 말참견을 했다.

"그렇소. 그녀에게 사고가 일어났지요." 하드캐슬은 잠시 말을 멈췄다.

그런 다음 가능한 한 참혹한 표현을 쓰면서 이렇게 말했다.

"그녀는 12시 30분경에 전화박스 안에서 목이 졸려 살해되었소."

"전화박스 안에서 말이오?"

교수가 그 상황에 알맞은 약간의 관심을 보이며 말했다.

셰일라 웨브는 아무 말도 하지 않았다. 그녀는 그를 빤히 쳐다볼 뿐이었다. 그녀의 입술은 약간 벌어져 있었고 눈동자도 크게 열려 있었다.

'정말 이 이야기를 처음 들은 걸까? 만일 그렇지 않다면 정말 뛰어난 배우라고밖에 할 수 없겠는걸.' 하드캐슬은 혼자 속으로 이렇게 생각했다.

"세상에, 세상에. 전화박스 안에서 목 졸려 죽다니. 그건 내가 듣기에는 조금 이상한 장소 같구먼. 정말 이상해. 나 같으면 그런 장소는 택하지 않을 거요. 무슨 말인가 하면, 가령 내가 그런 일을 저지른다고 한다면 말이오. 오, 아니오. 쯧쯧. 참 불쌍한 아가씨로군. 아주 불행한 아가씨야." 교수가 말했다.

"에드나가—살해당했다고요! 하지만 왜요?"

"웨브 양, 당신은 알고 있잖소? 에드나 브렌트가 그저께 당신을 굉장히 만나고 싶어했다는 걸 말이오. 그래서 그녀는 당신 이모님 집까지 찾아가서 잠시 동안 당신이 돌아오기를 기다리고 있었잖소?"

"그때도 내 잘못이었소." 교수가 사죄하듯 말했다.

"그날 저녁 내가 웨브 양을 늦게까지 붙잡아 두었었다오. 나도 기억하지. 정말 굉장히 늦었었으니까. 나는 정말 아직도 그날 일에 대해 미안스럽게 생각하고 있다오. 그러니 언제든지 시간이 되면 나에게 주의를 주도록 해요. 정말 그래야 하오."

"그 일에 대해서는 이모님에게 들었어요." 셰일라가 말했다.

"하지만 특별한 용건이 있어서 왔다고는 생각지 못했어요. 그럼 에드나에게 무슨 곤란한 일이 있었던 건가요?"

"우리도 모릅니다." 경감이 말했다.

"아마 끝내 모르게 될지도 몰라요. 당신이 말해 주지 않는 한 말입니다."

"저더러 말하라고요? 하지만 전들 어떻게 알겠어요?"

"에드나 브렌트가 무슨 일로 아가씨를 만나려고 했는지 아마 조금이라도 마음에 짚이는 일이 있을 텐데요?"

그녀는 고개를 저었다.

"전혀 짐작되는 일이 없어요. 전혀 말이에요."

"그녀가 아가씨에게 아무런 암시도 주지 않았나요? 혹시 사무실에서라도 무슨 문제 같은 것에 대해서 아가씨에게 말을 하지는 않던가요?"

"아뇨. 아니에요, 정말 그 애는 그러지 않았어요—저는 어제 사무실에는 전혀 들르지도 않았는걸요. 전 하루 종일 우리 사무실에서 맡고 있는 작가의 일로 랜디스베이에 가 있었어요."

"그럼 최근 그 아가씨가 뭔가를 걱정하고 있다고 생각지는 않았습니까?"

"글쎄요. 에드나는 항상 걱정을 하거나 당황해하는 것 같아서, 그 애는 아주 (뭐라고 말을 해야 하나) 자신이 없고, 불안해 보이는 그런 애였어요. 무슨 말이냐 하면, 그 애는 자기가 하려는 일이 옳은 일인지 아닌지 확실히 판단하지도 못하는 애였단 말이에요. 언젠가는 아만드 레바인의 원고를 치다가 두 페이지를 빠뜨리고 친 적도 있었어요. 그러고 나서 어떻게 해야 할지 굉장히 고민을 했죠. 왜냐하면 그게 빠졌다는 걸 알았을 때는 벌써 타이프친 원고를 보내고 난 다음이었으니까요."

"알겠습니다. 그럼 그녀는 아가씨에게 어떻게 하면 좋겠느냐고 도움을 청해 왔었겠군요?"

"예. 저는 그 애한테 그 작가에게 빨리 편지를 쓰는 것이 좋겠다고 했죠. 사람들은 곧바로 교정을 보기 위해 타이프 원고를 읽어보지는 않으니까요. 그 애한테 편지를 써서 있는 그대로를 솔직하게 말한 다음 마틴데일 양에게는 비밀로 해달라고 부탁하라고 했지요. 그런데 그 애는 자기는 그렇게 하고 싶지가 않다는 거예요."

"그럼 문제들이 일어나게 되면 그녀는 항상 와서 도움을 청했습니까?"

"아, 예, 항상 그랬어요. 하지만 물론 그 문제에 대해 우리 두 사람 의견이 항상 일치했었다고 할 수는 없죠. 그러면 그 애는 다시 당황해하곤 했어요."

"그럼 그녀에게 어떤 문제가 생겼을 경우, 동료들 중 누군가에게 상의를 하러 간다는 건 아주 당연한 일이겠군요? 그런 일이 자주 있었습니까?"

"예, 그래요. 가끔 있었어요."

"이번에는 보다 중대한 일이 있을 거란 생각은 하지 않았습니까?"

"그렇게는 생각지 않았어요. 중대한 일 같은 게 일어날 리가 없잖아요?"

셰일라 웨브가 겉보기처럼 정말 불안해하고 있는 걸까? 경감은 궁금해졌다.

"그 애가 저한테 하려던 얘기가 무엇이었는지 정말 모르겠어요."

그녀는 다소 빠르게 숨도 쉬지 않고 말을 계속했다.

"정말 짐작이 안 가요. 그리고 그 애가 왜 일부러 이모님 집까지 찾아와서 하필이면 거기서 얘기를 하려 했는지 도저히 짐작도 할 수 없어요."

"그건 그녀가 캐븐디시 사무실에서는 당신에게 얘기할 수 없는 일이었기 때문이 아닐까요? 말하자면 다른 아가씨들 앞에서는 하기 곤란한 얘기일 수도 있었을 테니까요. 아마도 그녀는 그 일을 당신과 그녀 둘만의 비밀로 해두어야 한다고 생각했을지도 모르는 일입니다. 그럴 수 있는 일 아닙니까?"

"그런 일은 있을 수 없다고 생각해요. 그런 일이 있을 이유가 전혀 없으니까요." 그녀의 호흡이 빨라졌다.

"그럼 나한테 할 말이 더 이상 없다는 건가요, 웨브 양?"

"예, 죄송해요. 그리고 에드나 일에 대해선 매우 안됐다고 생각하고 있지만, 경감님께 도움이 될 만한 것은 아무것도 없군요."

"9월 9일에 일어난 사건과 어떤 관계가 있다고는 생각되지 않습니까?"

"그렇다면, 그 남자—윌브러햄 크레슨트에서 일어난 그 남자 일 말인가요?"

"바로 그렇습니다."

"어떻게 그럴 수 있죠? 에드나가 그 사건에 대해 무엇을 알고 있었다는 건가요?"

"어쩌면 별로 중요하지 않은 일일 수도 있습니다. 하지만 뭔가를 알고는 있었습니다. 그리고 어떤 것이든 우리 일에는 도움이 되지요. 비록 그게 아주 하찮은 것이라도 말입니다." 그는 잠시 말을 멈추었다.

"그녀가 살해된 전화박스는 윌브러햄 크레슨트에 있는 것이었습니다. 그게 무엇을 의미하는지 혹시 모르겠습니까, 웨브 양?"

"전혀 모르겠는데요."

"오늘 윌브러햄 크레슨트에 간 적은 없습니까?"

"아뇨, 가지 않았어요." 그녀는 힘주어 말했다.

"전 그 부근에는 결코 가까이 가지도 않았어요. 왠지 그곳은 무서운 곳이라는 느낌이 들기 때문이에요. 전 다시는 첫 번째 사건이 일어난 그곳엔 가고 싶지 않아요. 다시는 그런 일에 휩싸이고 싶지 않아요. 그 사람들은 왜 저를, 그것도 그날, 특별히 저를 지명해서 불렀을까요? 왜 에드나가 그곳 근처에서 살해되어야 했죠? 경감님, 경감님께서 밝혀주셔야 해요. 그래야 해요. 그래야만 한다고요!"

"우리가 반드시 밝혀내겠습니다, 웨브 양."

약간 위엄을 갖춘 목소리로 경감이 말했다.

"그 점은 내가 이가씨에게 보증하겠소."

"아니, 이런, 떨고 있잖아." 퍼디 교수가 말했다.

"내 생각에 웨브 양은 셰리주를 한 잔 마시는 게 좋을 것 같구먼."

콜린 램의 이야기

나는 런던에 도착하자마자 베크에게 출두했다. 그는 나를 향해 궐련을 흔들었다.

"자네의 그 바보 같은 초승달에서 뭔가가 나타날 것 같기도 한걸."

그가 인정했다.

"제가 마침내 뭔가를 밝혀냈다는 말입니까?"

"확실히 그렇다고 할 수는 없지만 그럴 가능성은 있다고 할 수 있네. 윌브러햄 크레슨트 62번지에 사는 토목기사인 램지라는 남자 말일세, 그 사람은 전혀 그런 인물이 아니네. 최근에 그가 맡은 일이라는 것이 아주 이상하단 말이야. 회사는 실제로 세워져 있지만 역사가 아주 짧고 지금까지 해오고 있는 일도 점점 달라지고 있다네. 램지는 약 5주 전쯤에 갑작스런 명령을 받고 출장을 갔지. 행선지는 루마니아였어."

"그의 아내에게 말한 곳과 틀리는군요."

"물론 그럴 수도 있는 일이지만, 어쨌든 그가 실제 간 곳은 루마니아일세. 그리고 지금도 그곳에 체류하고 있고. 우리는 그 남자에 대해 좀더 알아보았으면 하네. 그래서 이번에 자네가 서둘러 출장을 가줘야겠어. 모든 수속은 벌써 다 마쳐 놓았고, 새로 여권도 만들어 놓았네. 나이젤 트렌치, 이번에는 이 이름일세. 발칸 반도에 서식하고 있는 진귀한 식물에 대해 미리 알아두어야 할 걸세. 자네는 식물학자가 되어야 하니까."

"또다른 특별명령 같은 것은 없습니까?"

"없네. 연락처는 자네가 서류를 받으러 갈 때 알려주도록 하지. 램지란 남자에 대해 가능한 한 모든 것을 조사해 오도록 하게."

그는 날카로운 눈초리로 나를 바라보았다.

"좀 기분 좋은 표정을 지어도 괜찮을 것 같은데 말이야."

그는 담배 연기 사이로 나를 뚫어져라 쳐다보았다.

"제 육감이 맞아떨어질 때는 항상 기분이 좋지요." 내가 얼버무려 말했다.

"크레슨트는 맞았네만, 번지수는 틀렸어. 61번지에 사는 사람은 틀림없는 건설업자야. 우리가 보는 관점에서는 수상한 구석이라곤 없는 사람이란 말일세. 가엾은 핸베리는 번지수를 잘못 알기는 했지만 우리가 현재 조사하고 있는 일에서 그리 많이 벗어난 것은 아니야."

"다른 사람들도 조사해 보셨습니까? 아니면 램지에 대해서만 조사하신 겁니까?"

"다이애나 로지는 다이애나답게 깨끗한 것 같더군. 고양이를 기른 지도 꽤 오래되었고. 맥노턴은 왠지 관심이 가긴 했어. 자네도 알다시피 그 사람은 은퇴한 교수일세. 전공은 수학이었고, 아주 실력이 좋았던 것 같아. 그런데 건강이 나쁘다는 이유로 갑자기 교수 자리를 사퇴했다네. 사실일지도 모르는 일이지만—그는 아주 정정하게 보이거든. 그는 옛날 친구들과도 완전히 교제를 끊고 지내는 것 같은데, 사실 그게 오히려 이상해 보인단 말이야."

"문제는 사람들이 어떤 행동을 하든 우리들은 아주 수상스럽게 여기게 된다는 점이지요."

"자네 말에도 일리는 있지. 나는 자네를 의심할 때도 있다네, 콜린. 혹시 저쪽으로 돌아서서 일하고 있는 것은 아닐까 하고 말일세. 그리고 나 자신에 대해서조차 혹시 내가 저쪽으로 돌아섰다가 다시 이쪽으로 돌아온 것은 아닐까 하고 스스로 의심을 품어 보지! 아무튼 모든 것이 뒤죽박죽이란 말이야."

내가 탈 비행기는 오후 10시에 출발 예정이었다. 나는 그전에 우선 에르퀼 포와로를 만나러 갔다. 이번에는 그는 시로 드카시스(영국에서는 검은 건포도 시럽이라고 하는 것)를 마시고 있었다. 그는 나에게도 그것을 권했지만 나는 거절했다. 조지는 나에게 위스키를 갖다 주었다. 모든 것이 전혀 변함이 없었다.

"자네, 기가 죽어 보이는군." 포와로가 말했다.

"그렇지 않습니다. 저는 지금 외국으로 여행을 떠나는 길입니다."
그는 나를 쳐다보았다. 나는 고개를 끄덕였다.
"그래서 그런 건가?"
"예, 그렇습니다."
"성공을 비네."
"고맙습니다. 그런데, 포와로 씨, 숙제는 잘 되어가고 있습니까?"
"무슨 말이지?"
"크로딘 시계 살인사건 말입니다. 그래, 의자에 기대어 눈을 감아 보니 모든 해답이 떠오르시던가요?"
"나는 자네가 여기에 놓고 간 글을 아주 흥미롭게 읽었다네."
"별로 많이 도움이 되지는 못했지요? 제가 미리 말씀드린 것처럼 그 괴상한 이웃사람들은 엉뚱한 말만 하고 있으니 말입니다—."
"그 반대일세. 그곳에 사는 사람들 중 적어도 두 사람은 아주 도움이 될 만한 말을 했지—."
"그들이 누굽니까? 그리고 무슨 말을 뜻하시는 거죠?"
포와로는 나에게 비위에 거슬리는 투로 그 속기노트를 주의해서 다시 읽어봐야 할 거라고 했다.
"그러면 자네도 알게 될 걸세—곧 눈에 띌 테니까. 지금 현재로서 해야 할 일은 더 많은 이웃사람들과 얘기를 해보는 걸세."
"더 얘기해 볼 이웃이 없습니다."
"아니, 더 있을 게야. 항상 누군가가 뭔가를 지켜보고 있네. 이건 격언이야."
"그게 격언일지는 모르겠지만, 이번 사건에서는 그렇지 않습니다. 그리고 그 뒤에 일어난 일에 대해서도 말씀드리지요. 또다른 살인사건이 일어났습니다."
"정말인가? 그렇게 빨리? 그것참. 그래, 얘기해 보게나."
나는 그에게 얘기를 해주었다. 그는 내가 모든 사실을 얘기해 줄 때까지 끊임없이 질문을 퍼부어댔다.
나는 그에게 또한 내가 하드캐슬에게 준 그림엽서에 대해서도 말해 주었다.
"기억하라—413, 아니면 4-13." 그는 다시 그 말을 되뇌었다.

"그래—역시 같은 유형이야."

"무슨 뜻이지요?"

포와로는 눈을 감았다.

"그 그림엽서에는 한 가지 빠진 점이 있네—피묻은 지문 말이야."

나는 의심스러운 눈초리로 그를 쳐다보았다.

"선생님은 이번 사건에 대해서 정말 어떻게 생각하고 계십니까?"

"이번 사건은 점점 확실해지고 있네—언제나처럼 범인은 필요 없는 짓을 더 하지 않으면 안 될 걸세."

"그런데 그 범인은 대체 누구란 말입니까?"

포와로는 교묘하게 그 질문에 대한 대답을 회피했다.

"자네가 외국에 가 있는 동안 내가 두세 가지 조사를 해봐도 괜찮겠나?"

"어떤 조사요?"

"내일 나는 레몬 양에게 내 오랜 친구인 앤더비 변호사 앞으로 편지를 보내도록 지시할 것이네. 그리고 나는 그녀에게 서머셋 하우스(유서 위탁소 · 세무서 따위가 있는 런던의 관청 건물)에 있는 결혼기록 카드를 조사해 보도록 할 걸세. 그녀는 또 날 위해서 어떤 해외 전보도 한 통 치게 되겠지."

"그건 공평한 것 같지가 않군요." 내가 반복했다.

"선생님은 단지 앉아서 생각하기만 한다고 하셨잖습니까?"

"난 바로 그대로 하고 있는 거라네! 레몬 양이 할 일도 내가 이미 도달한 결론을 나에게 입증시켜 주는 것일 뿐이네. 나는 정보를 구하는 것이 아니고 확증물을 구하는 것일 뿐이야."

"선생님이 알고 계신 것은 아무것도 없지 않습니까! 그건 모두 허세에 불과한 겁니다. 아직 그 죽은 남자가 누구인지 아무도 모르고 있는데—."

"나는 알고 있네."

"그럼 그 사람의 이름이 뭐지요?"

"그런 것은 나도 모르네. 그의 이름 같은 것은 중요하지도 않고 자네가 이해할 수 있을지 모르겠지만 내가 알고 있는 것은 그 사람이 누구인가 하는 것이 아니고, 단지 그 사람이 어떤 사람인가 하는 것이네."

"공갈범인가요?"

포와로는 눈을 감았다.

"아니면 사립탐정입니까?"

포와로는 눈을 떴다.

"자네에게 짧은 인용문으로 대답해 주지. 이게 마지막이네. 그다음에는 난 아무 할 말이 없네."

그는 아주 엄숙한 어조로 다음과 같이 암송했다.

"'딜리, 딜리, 딜리—죽으러 오라.'"

하드캐슬 경감은 책상 위에 놓인 달력을 쳐다보았다.

9월 20일. 정확히 10일 지났다. 경찰의 수사는 그가 바란 만큼 그리 많이 진척되지는 못했다. 그것은 처음부터 부딪친 난관, 곧 피해자의 신원을 밝히는 일에 시간을 허비했기 때문이다. 그 일은 그가 예상한 시일보다 훨씬 더 오래 걸리고 있었다. 모든 단서들도 기대에 못 미친 채 실망만 가져다주었다. 그 남자가 입었던 옷에 대한 과학적인 수사도 이렇다 할 도움을 주지 못했다. 의복 그 자체가 아무런 단서도 되지 못했던 것이다. 그 의복은 아주 고급품으로 수출용이었는데, 새 것은 아니었지만 아주 손질이 잘 되어 있었다. 치과의사나 세탁업자도 아무 도움이 되지 못했다. 그 죽은 남자는 아직도 신비의 남자로 남아 있는 것이다! 그렇지만 하드캐슬은 그 남자는 사실 신비의 남자가 아니라고 생각했다. 그 남자에게는 사람의 눈을 끌 만한 것이나 극적인 요소라고는 아무것도 없었다. 그 사나이는 단지 그를 찾아다니거나 알아볼 만한 사람이 아무도 없는 그런 인물일 뿐이었다. 틀림없이 그런 유형일 뿐이라고 그는 확신하고 있었다.

하드캐슬은, 당신은 이 남자를 아십니까? 라는 글이 밑에 쓰인 그 남자의 사진이 신문에 실린 뒤에 필연적으로 쇄도해 온 전화나 편지에 대해 생각할 때면 한숨이 저절로 새어나왔다. 그 남자를 알고 있다고 생각하는 사람들은 정말 깜짝 놀랄 정도로 많았다. 몇 년 전에 연락이 끊긴 아버지는 아닐까 하는 희망을 가지고 편지를 보내온 여자, 그 문제의 사진이 30년 전에 가출한 사기 아들이 분명하다는 90살 된 노파. 행방불명이 된 남편이 틀림없을 거라던 그 수많은 부인네들. 그러나 자기 형제일 거라고 주장하는 여자들은 그리 많지 않았다. 아마도 여자형제들이 별로 희망에 찬 생각을 하지 않기 때문인 것 같았다. 그러고도 물론 링컨셔나 뉴캐슬, 데번, 런던에 있는 지하철이나 버스 안에서 그 남자를 보았다거나, 그 남자가 선창가를 어슬렁거리는 걸 보았다든지, 험악한 얼굴을 한 채로 거리 모퉁이에 한참 서 있는 걸 보았다든지, 그도 아니면 얼굴을 가리면서 영화관에서 나오는 걸 본 적이 있다고 하는 사람은 이루 헤아릴 수 없을 정도로 엄청나게 많았다. 하드캐슬은 그 제보 중에서 그럴 듯한 것들을 몇 번이고 끈기있게 조사해 보았지만, 결국에는 모두 허사로 끝나버리고 말았다.

그러나 오늘 경감은 약간이나마 희망을 가져도 될 것 같은 생각이 들었다. 그는 책상 위에 놓인 편지를 다시 쳐다보았다. 멀리나 라이벌.

그는 이런 세례명을 그다지 좋아하는 편이 아니었다. 그는 제정신을 가진 사람이라면 자기 아이에게 멀리나라는 세례명을 지어줄 리가 없다고 생각했다. 틀림없이 본인이 마음대로 이 괴상한 이름을 지어 붙였을 것이다. 하지만 그는 그 편지에는 호감이 갔다. 상식을 벗어난 일도, 자기과신도 그 편지에는 없었다. 단지 문제의 남자가 그녀가 몇 년 전에 헤어진 자기 남편일지도 모르겠다고 적혀 있을 뿐이었다. 그 여자가 오늘 아침 찾아오기로 되어 있었다. 그가 부저를 누르자 크레이 경사가 들어왔다.

"라이벌 부인은 아직 안 왔나?"

"지금 막 왔습니다." 크레이가 말했다.

"안 그래도 경감님께 말씀드리려던 참이었습니다."

"어떤 형의 여자던가?"

"약간 배우 같은 느낌이 들었습니다." 잠시 생각해 보더니 크레이가 말했다.

"화장을 짙게 했지만, 별로 잘한 화장은 아니었습니다. 전체적으로 받은 인상이라면 상당히 신뢰할 수 있을 그런 여자 같습니다."

"그녀는 당황하고 있는 것 같은가?"

"아뇨. 별로 눈에 띄게 그렇지는 않았습니다."

"좋아. 그녀를 들여보내도록 하게." 하드캐슬이 말했다.

크레이는 밖으로 나갔다가 곧 되돌아와서 이렇게 말했다.

"경감님, 라이벌 부인이십니다."

경감은 자리에서 일어나 그녀와 악수를 했다. 그가 보기에는 약 50살가량 되어 보였으나 약간 멀리서 보면(좀 멀리서 보면) 그녀는 30살 정도로 보일 수도 있었다. 가까이에서 보니 화장이 서툰 탓에 그녀는 50살도 넘게 보였지만, 어쨌든 대략 50살 정도일 거라고 그는 생각했다.

적갈색으로 염색한 듯한 검은 머리. 모자는 쓰지 않았고, 키나 체격은 중간 정도였으며 치마에 하얀 블라우스, 검은 코트를 입고 있었다. 손목에는 짤랑거리는 팔찌를 한두 개 하고 있었고, 손가락에는 여러 개의 반지를 끼고 있었다. 그의 경험으로 미루어보아 전체적으로 선량한 사람일 것 같다고 그는 생각했다. 아마 세밀하게 신경을 써주지는 않겠지만 같이 산다면 편안하게는 해줄 것 같았고, 어느 정도는 관대하고 또 자상함도 가지고 있을 것 같았다. 하지만 문제는, 과연 믿을 만한가 하는 점이었다. 그는 그걸 기대하지는 않았지만, 어쨌든 그런 일에 기대를 걸 여유 같은 건 없는 터였다.

"만나뵙게 되어 반갑습니다, 라이벌 부인. 부인께서 우리를 도와주실 수 있으리라 기대하고 있습니다."

"물론 저도 완전히 확신하고 있는 것은 아니랍니다."

라이벌 부인은 변명하듯 말했다.

"하지만 그 사진은 해리를 닮았어요. 정말 해리와 무척 많이 닮았어요. 물론 저는 그렇지 않다는 것이 밝혀질 경우에 대비해서 마음속으로 아주 단단히 준비는 하고 있답니다. 그리고 아무것도 아닌 일에 경감님의 시간을 허비하게 하면 어쩌나 하고 걱정이 되기도 한답니다."

그녀는 그 일에 대해 먼저 변명을 하려는 듯했다.

"그 점에 대해서는 그렇게 걱정하지 않으셔도 됩니다." 경감이 말했다.

"이번 사건의 경우에는 무엇이든 붙잡고 의지하고픈 심정이니까요."

"예, 그러시겠죠. 저도 제가 확신할 수 있게 되었으면 좋겠어요. 아시겠지만 제가 그를 본 지가 꽤 오래되었으니까요."

"우선 두세 가지 기본적인 사실부터 말씀해 주시겠습니까? 남편을 마지막으로 본 것은 언제였습니까?"

"전 그걸 정확히 생각해 보려고 애썼지요. 기차를 타고 오면서 내내 말이에요. 시간이 지날수록 사람의 기억이 희미해져 가는 것은 정말 슬픈 일이죠. 제가 편지에는 한 10년 전쯤이라고 했지만, 사실은 그보다 더 되었을 거예요. 글쎄, 거의 15년 가까이 될 겁니다. 세월은 정말 너무도 빨리 흘러가 버리죠. 제 생각엔—" 그녀는 재빨리 덧붙였다.

"사람들은 젊어지고 싶은 욕망이 있어서 실제보다 시간을 더 짧게 보는 경향이 있는 것 같아요. 그렇게 생각지 않으세요?"

"저도 그럴 수 있다고 생각합니다. 어쨌든 남편을 본 지가 대강 15년 정도 되었단 말씀이지요? 결혼은 언제 하셨습니까?"

"헤어지기 한 3년 전쯤이었을 겁니다." 라이벌 부인이 말했다.

"그럼 그때는 어디에서 사셨습니까?"

"서펵에 있는 십턴 보이스라고 하는 곳에서 살았어요. 아주 좋은 마을이죠. 상점가고요. 하지만 조금 별 볼일 없기는 하죠. 무슨 말인지 아시겠죠?"

"그러면 그 당시 남편은 무엇을 하고 계셨습니까?"

"그는 보험외무원이었어요. 적어도—" 그녀는 잠시 말을 멈췄다.

"그 사람 말로는 그랬어요."

경감은 날카롭게 그녀를 쳐다보았다.

"부인은 그게 사실이 아니란 걸 알고 계셨죠?"

"저, 아니에요, 정확히는 몰랐어요—그때는 아니었어요. 나중에 가서야 전 그게 혹시 사실이 아닐지도 모른다고 생각했었으니까요. 남자들은 그렇게 말하는 일이 흔하잖아요?"

"사정에 따라서는 그럴 수도 있겠죠."

"제 말은 그렇게 하면 남자들이 집을 자주 비우는데 아주 그럴 듯한 구실이 될 수 있다는 거예요."

"남편은 자주 집을 비우셨습니까, 라이벌 부인?"

"예. 저도 처음부터 그렇게 생각했었던 것은 결코 아니었어요—"

"하지만 나중에는?"

그녀는 바로 대답을 하지 않다가 이렇게 말했다.

"그런 얘기는 이제 그만하면 안 될까요? 나중에 그 사람이 해리가 아닐 경우에는……."

그는 그녀가 생각하고 있는 것이 정확히 어떤 것인지 궁금해졌다. 그녀의 목소리로 보아 긴장하고 있는 것 같은데, 그렇다면 감정상의 문제일까? 그는 확신을 가질 수가 없었다.

"알겠습니다." 그가 말했다.

"부인께서는 빨리 이 문제를 해결하고 싶으시겠지요? 자, 가시지요."

그는 자리에서 일어나 그녀를 방 밖으로 데리고 나와 기다리고 있는 자동차에 올라탔다. 그들이 목적지에 이르렀을 때 그녀가 불안해하는 모습은 똑같은 장소로 데리고 갔었던 다른 사람들의 모습과 조금도 다름이 없었다. 언제나처럼 그는 그녀의 기분을 가라앉혀 주기 위해 이렇게 말했다.

"아무 일도 아닙니다. 그다지 나쁜 느낌도 아닐 거고요. 단 1~2분이면 끝날 겁니다."

시체안치대를 끄집어내고 담당직원이 시트를 들어 올렸다.

그녀는 잠시 동안 내려다보면서 서 있었다. 그녀의 호흡이 약간 빨라지면서 헐떡이는 소리를 내더니 얼굴을 휙 돌렸다. 그녀가 말했다.

"해리예요. 맞아요. 그때보다 더 늙었고, 얼굴 모습도 달라지긴 했지만……, 하지만 해리가 분명해요."

경감은 직원에게 고개를 끄덕였다. 그런 다음 그녀의 팔을 잡고 다시 차로 데리고 왔다. 그리고 차를 타고 경찰서로 되돌아왔다. 그는 한마디도 하지 않았다. 그는 그녀 스스로 냉정을 되찾도록 그녀를 내버려두었다. 그들이 그의 방으로 돌아오자 기다리고 있었다는 듯, 한 경관이 차를 날라왔다.

"자 앉으십시오, 라이벌 부인. 차를 좀 드시지요. 우선 냉정을 되찾으십시오. 그런 다음 이야기를 하십시다."

"고마워요."

그녀는 차에 설탕을 듬뿍 집어넣고는 재빨리 그걸 꿀꺽꿀꺽 마셨다.

"이제 기분이 좀 나아졌어요. 사실 이게 제가 걱정했었넌 일은 아니랍니다. 단지—단지, 어쨌든 밝혀내야 되잖겠어요?"

"그 남자가 틀림없이 남편이라고 부인은 생각하십니까?"

"그 사람이 틀림없어요. 물론 그 사람은 옛날보다 훨씬 더 늙기는 했지만 사실 별로 많이 달라진 건 아니었어요. 그는 항상—그래요, 항상 깔끔한 모습이었죠. 아시다시피 품위가 있고, 가문이 좋은 것 같았어요."

맞아, 그게 아주 적절한 표현인 걸 하고 하드캐슬은 생각했다. 좋은 가문이라. 어쩌면 해리는 실제보다 훨씬 더 나은 가문의 사람처럼 보였으리라. 그런 사람도 있을 수 있고, 또한 그것이 그들의 특별한 목적을 달성하는 데 도움이 되기도 하지.

라이벌 부인이 말했다.

"그이는 언제나 옷이나 몸에 걸치는 모든 것에 대단히 신경을 썼어요. 그럴 만한 이유가 있었겠지요. 제 생각으로는, 사람들이 쉽사리 그에게 반해 버리는 것 같았으니까요. 그들은 단 한 번도 의심 같은 걸 하지 않았답니다."

"누가 남편에게 반했습니까, 라이벌 부인?"

하드캐슬의 목소리는 상냥했고, 동정심으로 가득 차 있었다.

"여자들 말이에요. 여자들이었어요. 여자들 속에서 그는 대부분의 시간을 보냈지요."

"알겠습니다. 그래서 결국 부인도 그런 일을 알게 되었군요."

"사실, 저—전 그이를 의심하긴 했었죠. 제 말은 그가 자주 집을 비웠다는 거예요. 물론 저는 남자들이 어떻다는 걸 알고 있었어요. 때로는 여자에게 갈 거라는 생각도 했었고요. 하지만 그런 일로 남자들을 추궁하는 것은 쓸데없는 일이죠. 거짓말만 할 것이 뻔하니까요. 하지만 저는 생각도 못했어요—정말 그가 그런 짓을 저지르리라고는 생각도 못했어요."

"그런데 남편께서는 그러셨군요?"

그녀는 고개를 끄덕였다.

"그런 짓을 한 것이 틀림없는 것 같았어요."

"어떻게 그 사실을 알게 되셨습니까?"

그녀는 어깨를 으쓱했다.

"하루는 그이가 여행에서 돌아왔더군요. 그이는 뉴캐슬로 여행을 간다고 말했었죠. 아무튼 그이는 돌아와서는 빨리 손을 떼지 않으면 안 되겠다고 말하는 거였어요. 옴짝달싹할 수 없는 지경에 빠져 버렸다고요. 어떤 여자한테 임신을 시킨 것 같았어요. 그이의 말로는 그 상대가 여교사인데, 나쁜 소문이 날 우려가 있다고 했답니다. 그래서 저도 그이에게 따졌지요. 그랬더니 그 사람은 저에게 다 털어놓더군요. 아마도 그이는 제가 사실 이상으로 알고 있다고 생각한 듯했어요. 아시다시피 다른 여자들은 그이에게 제가 그랬듯이 아주 쉽게 반해 버리고는 했으니까요. 그러면 으레 그이는 여자에게 반지를 사주고 약혼을 하는 거예요. 그러고 나서 두 사람을 위해 돈을 투자하자고 말하는 겁니다. 그러면 대개 그들은 아주 간단히 돈을 건네주고 말죠."

"부인께도 같은 방법을 썼습니까?"

"사실은 그랬어요. 하지만 전 그에게 단 한 푼도 주지 않았죠."

"아니, 왜 그랬습니까? 벌써 그때부터 남편을 믿지 못하셨습니까?"

"사실 저는 사람을 함부로 믿지 않는 성격이에요. 저는 남자들에 대해서도, 또 그 하는 짓거리에 대해서도, 더 나아가 사회의 이면에 대해서까지 경험이라고도 할 수 있는 그런 걸 겪었죠. 어쨌든 제 돈을 그이에게 투자하고 싶지는 않았어요. 제가 가지고 있었던 돈은 제 스스로 투자할 수 있는 것이었으니까요. 자신의 돈은 항상 자신의 손에 갖고 있으라, 그러면 안전하리라! 그러나 전 바보 같은 짓들을 하는 여자들이나 젊은 아가씨들을 무수히 보아왔죠."

"남편께서 부인에게 돈을 투자하라고 얘기한 것이 언제였습니까? 부인과 결혼하기 전이었습니까, 아니면 뒤였습니까?"

"그전에 먼저 그 사람이 그런 얘기를 비쳤던 것 같아요. 하지만 제가 별 반응을 보이지 않으니까 이야기를 즉시 돌리더군요. 그러고 나서 우리가 결혼을 한 다음에 그이는 자기가 아주 멋진 기회를 갖고 있다고 말하더군요. 저는 '그런 얘기라면 이제 그만둬요.'라고 말해 주었죠. 그건 제가 그이를 믿지 못해서 그랬던 것만은 아니에요. 사실 멋진 돈벌이가 있다고 말하던 사람들이 삽시간에 오히려 남의 먹이가 되어버린 얘기를 숱하게 들었기 때문이었죠."

"남편께서 경찰신세를 질만한 문제는 일으키지 않았습니까?"

"그럴 염려는 없었어요. 여자들은 대개 자신들이 남에게 속았다는 것을 세상에 알리기를 싫어하니까요. 하지만 그때에는 분명 사정이 달랐던 것 같았어요. 그 아가씨인지 여자인지, 상대 여자는 교양있는 사람이었지요. 그녀는 다른 사람들처럼 그렇게 쉽게 속아 넘어가지 않았던 것 같았으니까요."

"그 여자는 아기를 가졌나요?"

"예."

"다른 경우에도 그런 일이 있었습니까?"

"그랬을 거예요." 이어서 그녀는 덧붙였다.

"전 솔직히 그가 그런 짓을 시작한 이유를 모르겠답니다. 단순히 돈 때문이었는지, 말하자면 살아가기 위한 방편으로 말이에요. 아니면 여자만 보면 건드리고 싶어하고, 즐겁게 노는 비용은 당연히 상대방이 내야 한다고 생각하는 그런 사람이었기 때문에 그랬는지 말이에요."

그렇게 말하는 그녀의 목소리에는 비통함마저 섞여 있었다.

하드캐슬은 다정하게 말했다.

"부인도 남편을 사랑하셨군요, 라이벌 부인?"

"모르겠어요. 솔직히 말해 모르겠어요. 조금은 그랬을 거란 생각도 들기는 하고요. 그렇지 않았다면 그 사람과 결혼하지도 않았을 테니까……."

"부인께서는—실례지만, 그와 정식으로 결혼하셨습니까?"

"그것마저도 자신 있게 그렇다고 할 수 없어요."

라이벌 부인이 솔직히 털어놓았다.

"물론 우리는 결혼식을 올렸죠. 교회에서 말이에요. 하지만 그이가 다른 이름을 써서 다른 여자와도 결혼했는지는 저도 모르죠. 저와 결혼할 때 그의 이름은 캐슬턴이었어요. 하지만 전 그게 본명이라고 생각지는 않아요."

"해리 캐슬턴, 이게 맞습니까?"

"그래요."

"그리고 부인께서는 십턴 보이스라는 곳에서 그와 부부로 생활하셨다는 말이지요—얼마나요?"

"거기에서는 한 2년 정도 살았어요. 그전에는 돈캐스터 근처에서 살았었죠. 그날 그이가 집으로 와서 그 얘기를 했을 때 사실 저는 별로 놀라지 않았어요. 그 얼마 전부터 전 그이가 별로 변변치 못한 사람이라는 걸 알고 있었으니까요. 아시다시피 그 사람은 언제나 자신의 외모에 신경을 쓰고, 또 멋져 보였기 때문에 사람들은 그런 사실을 믿으려 하지 않았지요. 정말 그렇게 신사처럼 보일 수가 없었어요!"

"그러고는 어떻게 되었습니까?"

"그는 지금 빨리 도망을 가야겠다고 말했어요. 그래서 제가 그랬죠. 빨리 가 버리라고, 이제 귀찮게 할 사람이 사라져 버리게 되었으니 속 시원하다고 말이에요. 그리고 이제 더 이상 그런 일은 못 참겠다고요!"

그녀는 진지한 표정으로 덧붙였다.

"전 그에게 10파운드를 주었답니다. 그때 집 안에 있었던 돈을 다 긁어 주었던 거예요. 그가 자기에게는 별로 돈이 없다고 하기에 말이에요……. 그 뒤로는 그 사람을 만난 적도 소문을 들은 적도 없었어요. 오늘까지는 말이에요. 하긴 신문에서 그의 사진을 보기는 했네요."

"남편께는 무슨 뚜렷한 특징 같은 것이 몸에 있지는 않았습니까? 흉터 같은 것이라도? 수술이나, 아니면, 골절상을 입었다든지—그런 적은 없었습니까?"

그녀는 고개를 저었다.

"그런 것은 없었던 것 같아요."

"남편께서 커리라는 이름을 사용한 적은 없습니까?"

"커리라고요? 아뇨, 그런 적은 없었던 것 같은데. 적어도 제가 아는 한도 내에서는 말이에요."

하드캐슬은 책상 위로 그 명함을 그녀 앞으로 밀어주며 말했다.

"이 명함이 그의 주머니에 들어 있었습니다."

"여전히 그 사람은 보험회사 외무원을 사칭하고 다녔던 모양이군요. 전 그가 여러 가지 이름을 쓰는(제 말은, 썼다는 거예요) 것이라고 생각되네요."

"부인께서는 지난 15년 동안 남편의 소식을 전혀 듣지 못했다고 하셨지요?"

"시쳇말로 그는 크리스마스카드 한 장 보내지 않았어요."

언뜻 장난기 어린 표정으로 라이벌 부인이 대답했다.

"하긴 그 사람은 제가 어디에서 사는지도 몰랐을 테니 말이에요. 우리가 헤어진 얼마 뒤에 전 다시 무대로 돌아갔어요. 대개는 순회공연 무대였죠. 하지만 그것도 별로 큰 수입이 되지는 못했어요. 그리고 그때쯤 해서 전 캐슬턴이란 이름을 버렸어요. 다시 멀리나 라이벌이란 이름으로 돌아온 거죠."

"멀리나란 것은—저, 부인의 진짜 이름이 아니지요?"

그녀는 고개를 끄덕였다. 그녀의 얼굴에는 희미하지만 밝은 미소가 어려 있었다.

"제가 생각해 낸 이름이에요. 좀 색다르죠? 저의 진짜 이름은 플로시 갭이랍니다. 제 생각에는 플로렌스가 진짜 세례명인 것 같지만 사람들은 언제나 저를 부를 때면 플로시나 플로라고 불렀답니다. 플로시 갭. 별로 낭만적인 이름이 아니잖아요?"

"지금은 무엇을 하고 계십니까? 아직도 연기를 하고 계시나요?"

"때로는 그렇죠."

별로 말하고 싶지 않다는 투로 라이벌 부인이 말했다.

"나가기도 하고 안 나가기도 하고, 일테면 그렇죠 뭐."

하드캐슬은 눈치가 빠른 사람이었다.

"알겠습니다." 그가 말했다.

"남는 시간에는 여기저기서 일을 하기도 하죠. 파티에 나가서 호스티스 노릇을 좀 해준다거나 하는 그런 일을 하는 거죠. 별로 나쁘지는 않답니다. 사람들을 만날 수도 있고, 때로는 다시 젊어진 것 같은 기분도 드니까요."

"부인께서는 그와 헤어진 뒤로는 해리 캐슬턴으로부터 아무 연락도 받은 적이 없다고 하셨는데요—그럼 그 사람 소식을 들은 적도 없습니까?"

"단 한마디도 듣지 못했어요. 전 아마 그가 외국으로 나갔거나, 아니면 죽었을 거라고 생각했지요."

"한 가지만 더 묻고 싶은데요, 라이벌 부인, 부인은 해리 캐슬턴이 왜 이 근처로 오게 되었는지 혹시 마음에 짚이는 일이 없습니까?"

"아뇨. 아무것도 짚이는 것이 없는 게 당연하죠. 저는 그동안 그가 무엇을 하고 지냈는지조차 모르고 있었으니까요."

"그가 보험사기 비슷한 일을 하고 있었을 거란 생각이 들지는 않습니까?

"전 아무것도 모르겠어요. 하지만 그런 일을 했을 것 같지는 않아요. 제 말은, 해리가 언제나 자기 몸만은 아주 소중히 여겼다는 것이죠. 그런 사람이 나중에 추궁을 당할 그런 일에 손을 댈 리가 없지 않겠어요? 혹시 여자들한테 돈이나 뜯어내는 일이라면 또 몰라도."

"공갈 같은 걸 생각하는 겁니까, 라이벌 부인?"

"글쎄요, 저도 잘 모르겠어요……. 하지만 제 생각에는 그랬을 것 같아요. 아마 자신의 과거가 폭로되는 걸 두려워하는 여자들도 있을 테니까 말이에요. 제 생각에 그 사람은 그런 짓은 안전할 것이라고 생각했을 것 같군요. 무슨 말인지 아시겠어요? 물론 꼭 그랬다고 말하려는 건 아니지만 그럴 수는 있는 일이죠. 그가 아주 많은 돈을 원했을 것 같지는 않아요. 또 그가 상대방을 완전히 자포자기하도록 몰아넣었을 것 같지도 않고요. 하지만 조금씩 뜯어내기야 했겠죠." 그녀는 단언한다는 듯 고개를 끄덕였다.

"틀림없어요."

"여자들이 그 사람을 좋아했다고 하셨죠?"

"그래요. 언제나 아주 쉽게 그에게 반해 버린 여자들이 꽤 많았죠. 그건 아마 그가 항상 아주 좋은 가문의 사람으로 보이고, 훌륭한 외모를 하고 있었기 때문이라고 생각됩니다. 여자들이란 그런 남자를 정복하는 것을 아주 자랑스러워하니까요. 그리고 그런 남자와 더불어 장래에 훌륭하고 편안한 생활을 해나가고 싶어하는 것도 여자로서는 당연한 소원이고요. 저 역시 그런 비슷한 기대를 품고 있었죠." 라이벌 부인이 솔직하게 덧붙였다.

"또 한 가지 아주 사소한 문제가 있습니다."

하드캐슬은 자기 부하에게 큰소리로 말했다.

"그 시계들을 이리로 가지고 오게."

시계들을 담은 쟁반을 천으로 덮은 채 방으로 들여왔다. 하드캐슬은 그 천을 걷고 라이벌 부인의 눈앞에 그 시계들을 내밀었다. 그녀는 흥미와 감탄의 눈길을 숨기지 않은 채 그 시계들을 살펴보았다.

"아주 예쁜데요. 전 이게 마음에 드는데요."

그녀는 도금 시계를 손으로 만져보았다.

"부인은 이 시계들을 전에는 본 적이 없습니까? 뭔가 생각나는 게 아무것도 없나요?"

"별로 생각이 나지 않네요. 그런데 저와 무슨 관계가 있는 건가요?"

"남편과 로즈메리라는 이름 사이에 어떤 관련이 있다고 생각되지는 않습니까?"

"로즈메리라고요? 로즈메리라……, 한번 생각해 볼게요. 그 붉은 머리의 여잔가―아냐, 그 여자 이름은 로잘리였어. 도무지 누군지 생각이 나지 않는군요. 하긴 제가 모르는 게 당연하지 않겠어요? 해리는 그런 일에 대해서는 제게 완전히 비밀로 하고 있었으니까요."

"만일에 부인이 4시 13분을 가리키고 있는 시계를 보셨다면―."

하드캐슬은 잠시 말을 멈추었다.

라이벌 부인은 유쾌하게 쿡쿡 웃기 시작했다.

"저라면 곧 차 마실 시간이로구나 하고 생각했을 거예요."

하드캐슬은 한숨을 내쉬었다.

"좋습니다. 라이벌 부인." 그가 말했다.

"아주 고마웠습니다. 아까 말씀드렸듯이 연기된 검시재판은 내일 모레에 다시 열립니다. 부인이 신원확인에 대한 증언을 해주시겠습니까?"

"예, 예. 물론이에요. 그 정도 일이라면 말이죠. 단지 그가 누구인가 하는 것만 말하면 되는 거죠? 상세한 일까지는 말하지 않아도 되는 거죠? 그의 생활태도나 뭐 그런 것까지는 얘기할 필요가 없는 거잖아요."

"지금 현재는 그럴 필요가 없을 것 같습니다. 부인은 피해자가 부인과 결혼했었던 해리 캐슬턴이란 사람이란 것만 증언하시면 될 겁니다. 그 정확한 날짜는 서머셋 하우스에 기록되어 있겠지요. 결혼은 어디에서 하셨습니까? 그건 기억나십니까?"

"돈브룩이란 곳이었어요―교회 이름은 세인트 마이클이었던 것으로 생각돼요. 전 그게 20년도 더 된 일이 아니기를 바라요. 만일 그렇다면 전 묘지 속으로 발 하나를 집어넣은 것 같은 기분이 들 테니까." 라이벌 부인이 말했다.

그녀는 자리에서 일어나 그에게 한쪽 손을 내밀었다.

하드캐슬은 작별인사를 했다. 그는 자기 책상으로 돌아와 앉은 다음 연필로 책상을 톡톡 두드렸다. 곧 크레이 경사가 들어왔다.

"만족할 만하십니까?" 그가 물었다.

"그런 것 같네." 경감이 말했다.

"이름은 해리 캐슬턴—아마 별명이겠지. 그 친구에 대해서는 더 조사해 볼 필요가 있을 것 같군. 그 사람한테 복수하려고 이를 가는 여자가 한두 명이 아닌 것 같으니까 말이야."

"그렇게 훌륭한 모습을 하고 있는데도요?" 크레이가 말했다.

"그게—, 그 남자의 주된 상품이었다네." 하드캐슬이 말했다.

그는 다시 '로즈메리'라고 적혀 있었던 그 시계에 대해 생각해 보았다. 그건 추억을 위한 글이었을까?

제22장

1

콜린 램의 이야기

"여, 돌아왔군그래." 에르큘 포와로가 말했다.

그는 읽고 있던 부분을 잘 알 수 있도록 책 속에 주의 깊게 서표를 꽂아 넣었다. 그의 팔꿈치 옆에 놓인 탁자 위에는 이번에는 뜨거운 초콜릿이 담긴 잔이 놓여 있었다. 아무튼 마시는 음료에 대한 포와로의 취미는 정말 주체하지 못할 정도였다. 그래도 이번만은 나에게 자기와 같은 것을 마시라고 권하지는 않았다.

"안녕하셨습니까?" 내가 인사를 했다.

"난 지금 머릿속이 어지럽다네. 아주 어지럽다고. 사람들은 이 아파트를 수선하고 재단장하려는 것이 아니라 아예 내부구조까지 다 바꿔버릴 심산인 것 같아."

"그럼 더 좋아지는 것이 아닙니까?"

"더 좋아지기야 하겠지, 그래—하지만 나한테는 아주 짜증나는 일이네. 생활도 엉망진창이 되어버릴 테고, 페인트 냄새도 나겠지!"

그는 참을 수 없다는 표정으로 나를 바라보았다. 그러더니 자기의 귀찮은 문제를 털어내기라도 하려는 듯 손을 흔들더니 나에게 물었다.

"자네 일은 성공했겠지, 응?"

나는 천천히 대답했다.

"저도 모르겠습니다."

"아—원래 그런 것이라네."

"조사해 오라는 것은 다 조사해 왔습니다. 하지만 그 남자는 찾아내지 못했죠. 정말 저한테 알아가지고 오라는 것이 어떤 것이었는지 저 자신도 잘 모르겠습니다. 정보인지 아니면 시체인지 말입니다."

"시체라니까 말이네만, 나는 크로딘에서 있었던, 그 연기되었다는 검시재판에 대한 기사를 읽었지. 정체불명의 사람이나, 아니면 사람들에 의해 저질러진 의도적인 살인사건. 마침내 그 시체에도 이름이 붙여졌더군."

나는 고개를 끄덕였다.

"해리 캐슬턴이라지요, 뭐하는 사람인지는 몰라도 말입니다."

"그 사람의 아내가 확인했다더군. 자네도 크로딘에 가보았었나?"

"아직은요. 내일쯤 가보려고 생각하고 있습니다."

"오, 자네가 조금 시간이 나는가 보지?"

"아직 그렇지는 않습니다. 아직도 그 일에 매달려 있지요. 그 일 때문에 거기에 가려는 겁니다—" 나는 잠시 동안 말을 멈추었다. 그러다가 말했다.

"제가 외국에 가 있는 동안 그 일이 어떻게 진전됐는지 잘 모르겠습니다—단지 피해자의 신원이 밝혀졌다는 정도밖에는 말입니다. 선생님은 그 점에 대해서 어떻게 생각하십니까?"

포와로는 어깨를 움츠렸다.

"그건 예상한 일이었네."

"그렇겠군요. 경찰들도 그런 일에는 유능하니까요—."

"그리고 그 부인들도 아주 친절하더군."

"멀리나 라이벌 부인이라! 정말 괴상한 이름이네요!"

"그 이름을 들으면 뭔가가 떠오르려고 한단 말이야." 포와로가 말했다.

"도대체 그 이름이 내게 떠올려주는 일이 뭘까?"

그는 나를 주의 깊게 바라보았지만 나는 그에게 아무 도움도 줄 수 없었다. 포와로라면 평범한 사람은 상상도 못할 일들을 기억해낼 수도 있을지 몰랐다.

"친구를 방문했을 때였어—시골에 있는 집으로."

포와로는 이렇게 중얼거리더니 곧 고개를 저었다.

"아냐, 그건 너무 오래전 얘기야."

"제가 런던에서 돌아오는 대로 곧장 이리로 달려와서 멀리나 라이벌 부인에 대해 하드캐슬이 얘기해 준 그대로를 선생님께 들려 드리지요."

내가 그에게 약속을 했다. 그러나 포와로는 손을 흔들면서 말했다.

"구태여 그럴 필요는 없네."

"그럼 그 여자에 대해선 듣지 않아도 벌써 다 알고 계시다는 말씀입니까?"

"아니, 내 말은 그 여자에 대해서 나는 별로 흥미가 없다는 말일세."

"흥미가 없으시다고요—하지만 이유가 뭐죠? 전 도무지 모르겠군요."

나는 머리를 흔들었다.

"무엇보다 요점에 정신을 집중시켜야만 하는 법이네. 그것보다 그 에드나라는 아가씨에 대해서나 얘기해 보게—윌브러햄 크레슨트에 있는 공중전화박스 안에서 살해된 그 아가씨 말일세."

"지난번에 제가 들려 드린 그 이야기 외엔 더 말씀드릴 것이 없는데요. 전 그 아가씨에 대해서는 아무것도 모르니까요."

"그럼 자네가 알고 있는 것이라고는—." 포와로가 나무라듯 말했다.

"아니, 자네가 나한테 해줄 수 있는 말이라고는, 그 가엾은 토끼 같은 아가씨를 자네는 비서용역 사무실에서 보았고, 그곳에서 그 아가씨는 길바닥에 있는 격자 뚜껑에 걸려 굽이 부러진 구두를 들고 있었으며—."

그는 갑자기 말을 멈췄다.

"그런데 그 격자 뚜껑은 어디에 있는 건가?"

"포와로 씨, 아니 제가 어떻게 그런 걸 알겠습니까?"

"물어보았다면 알 수 있었을 걸세. 자넨 바로 그런 질문도 해보지 않고 어떻게 뭔가를 알아내기를 기대했단 말인가?"

"하지만 구두 뒷굽이 부러진 장소 같은 게 어떻게 뭔가가 될 수 있습니까?"

"물론 문제가 되지 않을 수도 있네. 하지만 달리 생각해 보면, 그 아가씨가 있었던 정확한 장소를 알아내어 그것이 그녀가 거기에서 본 어떤 사람이나 혹은 거기에서 일어났었던 어떤 사건과 무슨 연관성이 없는지 알아내야 하지 않겠나?"

"선생님은 너무 얘기를 억지로 꾸미시는 것 같습니다. 어쨌든 저는 그 장소가 사무실에서 아주 가까운 곳이라는 것만은 알고 있습니다. 왜냐하면 그녀가 그렇게 말했으니까요. 그래서 그녀는 번빵을 사서 맨발로 절뚝거리면서 돌아와 사무실에서 먹었다고 하더군요. 그러면서 나중에는 그렇게 됐으니 어떻게 집까지 가겠느냐고 걱정을 했지요."

"오, 그래, 그녀는 어떻게 집으로 갔다던가?" 그가 흥미롭다는 듯 물었다.

나는 어이가 없어서 그를 바라보고만 있었다.

"그건 저도 잘 모르겠습니다."

"아, 하지만 정말 딱하군. 자네가 그런 적절한 질문을 하지도 않다니! 그 결과 자네는 중요한 사실을 아무것도 모르고 있지 않나."

"선생님이 직접 크로딘으로 가서 물어보시는 것이 나을 것 같군요."

나는 약이 올라서 그렇게 말했다.

"그건 지금 현재로서는 불가능하네. 다음 주에 내가 아주 관심 있어 하는 작가의 원고를 경매한다니 말일세—."

"아직도 그 취미를 갖고 계십니까?"

"사실 뭐 그렇지." 그의 눈이 빛났다.

"존 딕슨 카의 작품을 한번 예로 들어 보겠네. 때로 그는 카터 딕슨이란 이름도 썼네만—."

나는 그가 본론으로 들어가기 전에 급한 약속이 있다고 변명하면서 그 자리를 빠져나왔다. 나는 지난날 범죄소설의 거장의 작품에 대한 강의 같은 것을 듣고 있을 기분이 아니었다.

2

그다음 날 밤, 나는 하드캐슬의 집 현관 돌계단에 앉아 있다가 그가 집으로 돌아오자 그에게 말을 걸면서 어둠 속에서 일어났다.

"뭐야, 콜린? 자넨가? 아니, 이렇게 청천벽력처럼 나타나면 어떡하나?"

"청천벽력이 아니라 홍천벽력이라고 하는 것이 더 어울릴 것 같은데요."

"여기 와서 현관 돌계단엔 얼마나 앉아 있었나?"

"아, 한 30분 정도 되었을걸요."

"집 안으로 들어가지 못해서 안됐군."

"이런 집쯤 들어가기란 식은 죽 먹기죠." 나는 약간 심술이 나서 말했다.

"경감님은 우리가 받는 훈련을 몰라서 그래요!"

"그럼 왜 집 안으로 들어가지 않았나?"

"경감님의 권위를 손상시키고 싶지 않았죠." 내가 설명했다.

"경찰서의 경감이라는 사람이 자기 집을 도둑맞기 딱 좋게 해놓았다면 그건 체면이 안 서는 노릇 아니겠습니까."

하드캐슬은 주머니에서 열쇠를 꺼내어 현관문을 열고는 말했다.

"자 들어오게. 쓸데없는 소리는 하지 말고."

그는 거실로 나를 안내하고, 마실 것을 준비하기 시작했다.

"바로 마시겠나?"

나는 그건 그리 서두를 필요가 없다고 말해 주었다. 잠시 뒤에 우리는 마실 것을 앞에 두고 자리에 앉았다.

"마침내 수사가 본 궤도에 올랐네." 하드캐슬이 말했다.

"피해자의 신원이 밝혀졌으니 말이야."

"알고 있습니다. 나도 신문철을 찾아보았으니까요. 해리 캐슬턴이란 사람은 어떤 인물입니까?"

"겉으로 보기엔 아주 훌륭한 사람 같지만 잘 속아 넘어가는 유복한 여자들만 골라서 결혼을 하든가 약혼을 해서 살던 남자일세. 그 여자들한테 마치 자기가 금융에 대해서는 아주 잘 알고 있는 것처럼 말해서 그 여자들의 저축금을 그에게 맡기도록 하는 걸세. 그리고 나중엔 감쪽같이 사라져 버리는 거지."

"그런 사람으로는 보이지 않았는데."

그를 처음 보았을 때의 인상을 떠올리면서 내가 말했다.

"그게 그 남자의 재산이었다네."

"그런데도 한 번도 기소된 일이 없었나요?"

"아니—우리도 조사를 해보았지만 정보를 얻기가 그리 쉽지 않더군. 그 남자는 이름을 굉장히 자주 바꾸어 썼으니까. 경시청에서는 해리 캐슬턴, 레이먼드 블레어, 로렌스 달턴, 로저 바이런을 모두 동일인물로 생각하고 있지만 아직 그걸 증명하지는 못하고 있네. 자네도 알겠지만, 피해를 입은 여자들이 입을 열려고 하질 않으니 말일세. 차라리 돈을 잃어버리고 말겠다는 생각이지. 사실 그 남자는 이름만 존재하는 사람일 뿐이라네—."

"어쨌든 그가 페브마시 양 집의 거실 양탄자 위에 살해된 채로 다시 나타나기 전까진 전혀 소식이 없었다는 얘기로군요?"

"그렇지."

"그렇다면 여러 가지 가능성을 생각해 볼 수도 있겠군요."

"분명 그렇다네."

"혹시 자기를 웃음거리로 만든 일에 대해 원한을 품고 있는 여자의 소행은 아닐까요?" 내가 넌지시 제안해 보았다.

"자네 말대로 그럴 수도 있을 걸세. 세월이 아무리 흘러도 그 원한을 잊지 못하는 여자들도 있으니까 말일세."

"그리고 만일 그런 여자가 장님이 되었다면야—설상가상으로 말이죠."

"그건 단지 추측일 뿐일세. 아직은 그걸 증명해 줄 증거는 하나도 없다네."

"그 아내라는 여자는 어떻습니까? 이름이—무슨 부인이었죠? 그러니까, 멀리나 라이벌이라고 했던가? 정말 괴상한 이름이로군요! 틀림없이 본명은 아닐 겁니다."

"그 여자의 진짜 이름은 플로시 갭이라네. 멀리나 라이벌이란 이름은 자기가 지어낸 것이라고 하더군. 그게 자기가 살아가는 데 더 어울리는 이름이라는 거야."

"그녀는 뭘 하는 여자인가요? 매춘부인가요?"

"그걸 직업으로 하고 있지는 않았네."

"약간 돌려서 말하자면, 이른바 유한마담이라는 건가요?"

"내가 보기에 천성은 선량한 여자 같았네, 친구들한테도 잘 대해 줬던 것 같고. 그 여자 말로는 옛날에는 배우였다고 하더군. 때로는 호스티스 노릇도 하면서 말일세. 아주 호감이 가는 여자였다네."

"믿을 만은 했나요?"

"아주 믿을 만했네. 그녀는 아주 확실하게 그를 알아보더군. 주저하는 기색은 찾아볼 수도 없었네."

"아주 다행이군요."

"그랬지. 그때 나는 그만 포기하려 하고 있었으니까 말이네. 정말로 많은 부인들이 왔다가 갔지! 난 자기 남편의 얼굴을 제대로 알고 있는 여자가 정말 현명한 여자로구나 하고 생각했을 정도였으니까. 사실 난 라이벌 부인이 그녀가 내게 말해 준 이상으로 자기 남편에 대해 더 많은 것을 알고 있을지도 모른다고 생각하고 있다네."

"혹시 그녀 자신이 범죄에 가담했었던 것은 아닐까요?"

"전과는 없더군. 내 생각으로는 그녀는 아마 약간 수상쩍은 친구들과 옛날부터 붙어 다녔던 것 같아. 지금까지 계속 말일세. 그렇다 해도 별로 중대한 죄는 아닐 것 같더군—기껏해야 사기 같은 그런 일일 테지."

"시계는 어떻게 됐나요?"

"그 여자는 아무것도 짚이는 것이 없는 것 같았어. 내가 보기에 그녀가 거짓말을 하는 것 같지는 않았네. 우리는 그 시계들의 출처를 찾아냈다네—포르토벨로 상점이었다네. 도금이 된 시계와 드레스덴 자기로 된 시계를 그곳에서 팔았다더군. 하지만 사실 그게 별로 큰 도움이 되지는 못했다네! 자네도 토요일이면 그곳이 얼마나 번잡한지 잘 알고 있잖나. 미국인 여인이 사갔을 거라고 상점 주인은 말했지만, 내가 보기에 그건 단지 추측에 지나지 않는 것 같았어. 포르토벨로 상점은 미국인 여행자들로 늘 붐비니까 말일세. 그의 아내는 어떤 남자가 그 시계들을 사갔다고 하더군. 하지만 그가 어떻게 생겼는지는 생각이 안 난다는 거야. 그 은제로 된 시계는 본머스에 있는 은방에서 팔았다고 하더군. 자기 딸한테 선물로 주겠다고 하면서 어떤 키가 큰 부인이 사갔다고 하더구먼. 그 가게의 여자가 그 부인에 대해 기억하고 있는 것이라고는 그녀가 녹색 모자를 쓰고 있었다는 것뿐일세."

"그러면 네 번째 시계는 어떻게 됐나요? 없어진 그 시계 말입니다."

"그 시계에 대해서는 할 말이 없네." 하드캐슬이 말했다.

나는 그가 무슨 말을 하려는지 금방 알 수 있었다.

제23장

콜린 램의 이야기

내가 묵고 있는 호텔은 역 가까이에 위치한 매우 보잘것없는 작은 건물이었다. 그릴은 그래도 쓸 만한 편이었지만 칭찬할 수 있는 거라곤 그게 전부였다. 물론 숙박비가 싸다는 것을 제외하면 말이다.

다음 날 아침 10시에 나는 캐븐디시 비서용역 사무실에 전화를 걸어서, 편지 몇 통을 써야 하고 사업계약서를 다시 타이프로 쳐야 하겠으니 속기 타이피스트를 한 명 보내 달라고 했다. 내 이름은 더글러스 웨더비이며 현재 묵고 있는 곳은 클라랜던 호텔(별로 보잘것없는 호텔들이 의례히 아주 그럴 듯한 이름을 갖고 있다는 것은 좀 이상한 일이다)이라고 말해 주었다. 그러면서 셰일라 웨브 양을 쓸 수 없겠느냐, 내 친구한테서 그녀가 아주 유능하다고 들었다는 등 얘기를 했다.

그런데 운이 좋았다. 셰일라를 곧 이곳으로 보내주겠다는 것이었다. 하지만 그녀는 12시에는 다른 약속이 되어 있다는 말을 잊지 않았다. 그래서 나도 그때는 다른 약속이 있으니까 그전까지는 일을 충분히 마칠 수 있게 될 것이라고 말했다. 셰일라가 모습을 나타냈을 때, 나는 클라랜던 호텔의 자동문 바깥쪽에 서 있었다. 나는 앞으로 다가갔다.

"더글러스 웨더비라고 합니다. 잘 부탁드립니다." 내가 말했다.

"그럼 당신이 전화를 한 건가요?"

"그렇습니다."

"하지만 당신은 이런 짓을 하면 안 돼요."

그녀는 불쾌한 표정으로 나를 쳐다보았다.

"왜 안 된다는 겁니까? 당신이 일한 비용은 캐븐디시 사무실로 보내드리겠습니다. 우리가 귀하의 세 번째 서신은 잘 받았습니다 등등으로 시작하는 따분한 편지를 구술하고 있기보다는 저 길 건너편에 버터컵 카페에서 당신의 귀중하고도 값비싼 시간을 보낸다고 해서 그 사람들한테 무슨 문제가 되겠습니까? 자, 갑시다. 가서 평화로운 분위기에서 맛없는 커피나마 마시도록 합시다."

버터컵 카페는 그 이름에 걸맞게 눈에 거슬릴 정도로 함부로 노란색을 사용하고 있었다. 포마이카로 된 탁자의 윗면도, 플라스틱으로 된 쿠션도, 컵도 접시도 모두 노란 카나리아 색이었다.

나는 커피와 핫케이크를 2인분 시켰다. 아직 이른 시간이어서 그런지 우리 둘이 이 가게 전부를 사실상 차지하고 있는 것이나 다름없었다.

웨이트리스가 주문을 받고 가버리자 우리는 탁자 너머로 서로 바라보았다.

"요즘은 괜찮나요, 셰일라?"

"그게 무슨 말이죠—내가 괜찮냐고요?"

그녀의 눈 밑에는 푸른색이라기보다는 오히려 보랏빛으로 보이는 검은 원이 나타나 있었다.

"아주 괴로운 시간을 보낸 것 같군요."

"그래요—아뇨, 사실 나도 모르겠어요. 난 당신이 가버린 줄 알았는데요."

"그랬죠. 하지만 이렇게 돌아왔습니다."

"왜요?"

"아실 텐데요."

그녀는 시선을 내리깔았다.

"난 그 사람이 무서워요."

그녀는 적어도 1분 이상 아무 말도 하지 않다가 마침내 입을 열었다. 그 1분이 내게는 아주 긴 시간처럼 느껴졌다.

"누가 무섭다는 말이지요?"

"당신 친구 말이에요—그 경감이라는 사람. 그 사람은……, 그 사람은 내가 그 남자를 죽였고, 또 에드나마저도 죽였다고 생각하는 것 같았어요……."

"아, 그분의 태도는 항상 그렇답니다." 내가 그녀를 안심시키려고 말했다.

"그분은 언제나 마치 자기가 모든 사람들을 의심하고 있는 것처럼 보이려고 하지요."

"아니에요, 콜린. 그런 것이 아니었어요. 나를 위로해 주려고 해도 그건 쓸데없는 일이에요. 그 사람은 처음부터 내가 그 사건과 무슨 관계가 있을 거라고 생각하고 있었어요."

"하지만 당신에게 불리한 증거는 하나도 없잖소. 단지 당신이 그날 그 현장에 있었기 때문이오, 누군가가 당신을 그 현장으로 끌어들였기 때문에……."

그녀는 내 말을 가로막았다.

"그 사람은 나 스스로 그 현장에 갔다고 생각하고 있어요. 하나에서 열까지 꾸며낸 얘기라고 생각한단 말이에요. 그리고 에드나가 어떻게 해서 그 사실을 알게 된 것이라고 생각하고 있어요. 그 사람은 페브마시 양이라면서 걸려온 전화도 실제로는 내가 했는데, 에드나가 내 목소리라는 걸 알아챘다고 생각하고 있다고요."

"정말 당신 목소리였나요?" 내가 물었다.

"아뇨, 물론 아니죠. 나는 절대로 그런 전화를 건 일이 없어요. 전에도 당신에게 그렇다고 말했잖아요."

"자, 셰일라, 당신이 누구에게 뭐라고 말하건 나에게만은 사실을 말해 주어야 하오."

"당신도 내가 하는 말은 한마디도 믿지 않잖아요!"

"아니, 믿어요. 당신은 그날 그 사건과는 아무 상관이 없는 이유로 전화를 했을 수도 있을 거요. 아니면 누군가가 당신에게 그렇게 해달라고 부탁했을지도 모르지, 아마 당신에게는 단지 장난을 좀 쳐보는 것이라고 하면서 말이오. 그런 다음 당신은 겁이 나서 거짓말을 했고, 그런 뒤론 계속 거짓말을 하지 않으면 안 되었다—혹시 이렇게 된 일은 아닙니까?"

"아냐, 아냐, 아니란 말이에요! 내가 몇 번이나 더 말해야 되겠어요?"

"그렇다면 좋아요, 셰일라. 하지만 당신은 나한테 뭔가를 숨기고 있어요. 제발 나를 믿어봐요. 만일 하드캐슬이 당신에게 불리한 무슨 증거라도 갖고 있다면 말이오. 그분이 나한테도 얘기할 수 없는 그런 것 말이오—."

그녀는 다시 내 말을 가로막았다.

"당신은 그가 당신에게는 모든 걸 다 말한다고 생각하고 있나요?"

"글쎄요, 그러지 않을 이유도 없으니까. 우리 두 사람은 서로 아주 비슷한 일을 하고 있으니까 말입니다."

그때 웨이트리스가 우리가 주문한 것을 날라왔다. 커피는 최근 유행하고 있는 밍크코트의 빛깔처럼 아주 엷은 색을 띠고 있었다.

"난 당신이 경찰과 관계있는 일을 하고 있는 줄은 몰랐어요."

셰일라가 천천히 커피를 저으면서 이렇게 말했다.

"정확히 말해서 경찰이라고는 할 수 없습니다. 그것과는 완전히 다른 분야니까. 하지만 내가 말하고 싶은 것은, 만일 딕이 나한테 자기가 당신에 대해 알고 있는 사실을 말해 주지 않았다면 그건 특별한 이유가 있어서 그렇다는 거지요. 그건 내가 당신한테 관심을 갖고 있다고 그가 생각하기 때문입니다. 사실 난 당신한테 관심이 있어요. 아니 그 이상이지요. 셰일라, 당신이 어떤 짓을 했건, 난 당신 편이오. 당신은 그날 그 집에서 뛰쳐나올 때 겁을 먹고 있었어요. 정말 겁을 먹고 있었습니다. 그건 연극이 아니었어요. 당신은 절대 그 때처럼 연기를 하지도 못할 겁니다."

"물론 나는 겁을 먹고 있었죠. 공포에도 사로잡혀 있었고요."

"당신이 겁을 집어먹은 것은 단지 시체를 발견한 것 때문만이었나요? 아니면 또다른 이유가 있었습니까?"

"무슨 얘기예요?"

나는 온몸에 힘을 주었다.

"왜 '로즈메리'라는 글자가 적혀 있는 시계를 집어갔지요?"

"도대체 무슨 말씀이시죠? 왜 내가 그걸 가져갔겠어요?"

"내가 묻고 있는 것이 바로 그겁니다."

"나는 그걸 만지지도 않았어요."

"당신은 그곳에 장갑을 두고 나왔다고 하면서 다시 그 방으로 되돌아갔습니다. 하지만 그날 당신은 장갑 같은 것은 끼고 있지도 않았었지요. 9월에는 날씨가 맑으니까. 나는 당신이 장갑을 낀 걸 한 번도 보지 못했습니다. 그런 건 아무래도 좋아요. 당신은 그 방으로 되돌아가서는 그 시계를 집어왔습니다. 내게는 거짓말을 하지 말아요. 틀림없이 당신이 그랬죠?"

그녀는 자기 접시 위에 놓여 있는 핫케이크를 잘게 부수면서 잠시 동안 아무 말도 하지 않았다.

"당신 말이 맞아요." 그녀는 거의 속삭이는 듯한 목소리로 말했다.

"그래요. 내가 그랬어요. 나는 그 시계를 집어서는 내 가방 속에 쑤셔넣었어요. 그리고 다시 밖으로 나왔죠."

"왜 그런 짓을 했소?"

"이름 때문이었어요—로즈메리라는 이름 말이에요. 그건 내 이름이었어요."

"당신 이름이 로즈메리라고? 셰일라가 아니고?"

"둘 다 맞는 거예요. 로즈메리 셰일라."

"단지 그 이유만이었습니까? 당신이 그 시계에 씌어 있는 것과 같은 이름을 가지고 있었다는 사실만으로?"

그녀는 내가 못 미더워한다는 것을 알면서도 태도를 바꾸지 않았다.

"아까도 말했듯이 난 겁을 먹고 있었어요."

나는 그녀를 바라보았다. 셰일라는 내 여자였다. 내가 바라던 여자—영원히 내 것으로 하고 싶은 여자였다. 하지만 그녀에 대해 어떤 환상을 품어봐도 이젠 아무 소용이 없는 것이다. 셰일라는 지금 거짓말을 하고 있었고, 아마 계속 거짓말을 할 것이다. 그것은 그녀가 살아남기 위한 투쟁 수단이었다—순간순간 생각나는 대로 엉터리 말로 부정하는 것. 그것은 바로 아이들이나 사용하는 무기였다. 그리고 그녀는 이러한 무기를 사용하는 일에서 결코 헤어나지 못할지도 모른다. 정말 내가 셰일라를 원하고 있다면 나는 그런 그녀를 받아들이지 않으면 안 되는 것이다—곁에 있으면서 그런 그녀의 약점을 보완해 주지 않으면 안 된다. 사람은 누구나 약점을 지니고 있는 법이다. 셰일라의 것과는 다르지만 나 역시도 약점을 갖고 있다.

나는 마음을 굳게 먹고 공격해 들어갔다. 그게 유일한 방법이었기 때문이다.

"그건 당신 시계였지요? 당신 것이었지요?" 내가 말했다.

그녀는 숨이 막히는 것 같았다.

"어떻게 알았죠?"

"자, 나한테는 얘기를 해줘요."

그러자 허둥대는 어조로 그녀는 모든 얘기를 털어놓았다.

그녀는 자신이 태어났을 때부터 그 시계를 가지고 있었다고 했다. 그녀가 6살이 될 때까지만 해도 사람들은 그녀를 항상 로즈메리라고 불렀었다. 하지만 그녀는 그 이름이 싫어서 셰일라라고 불러 달라고 고집을 부리고는 했다. 최근 그 시계는 자주 고장이 났다. 그래서 그걸 사무실에서 그리 멀지 않은 시계 수리점에 맡기려고 집에서 가지고 나왔다. 그런데 그걸 어딘가에 빠뜨려놓고 와버렸던 것이다—버스 안이거나, 아니면 점심시간에 샌드위치를 먹으러 갔던 밀크바일 것이다.

"그 일은 윌브러햄 크레슨트 가 19번지에서 살인이 일어나기 얼마나 전이었나요?"

일주일 정도 되는 것 같다고 그녀는 대답했다. 그녀는 그 시계가 이제는 낡아서 자주 고장을 일으켰기 때문에 차라리 새것을 하나 사는 것이 더 나을 것 같아 별로 신경을 쓰지 않았다고 했다. 그러면서 그녀는 이렇게 말했다.

"처음에는 나도 그걸 못 봤어요. 내가 그 방으로 들어갔을 때는 말이에요. 그런데 거기에서 나—난 시체가 있는 걸 알았어요. 나는 온몸이 마비되는 것만 같았죠. 그 사람을 만져보고 나서 나는 몸을 일으켰어요. 그리고 그 자리에서 얼빠진 듯이 서 있는데 벽난로 옆에 놓인 탁자 위에 내 시계가 놓여 있는 것이 정면으로 보이잖아요—내 시계가 말이에요. 그리고 내 손엔 피가 묻어 있었어요. 그런데 그녀가 들어와서는 꼭 그 시체를 밟을 것만 같아서 나는, 이것저것 다 잊고 말았어요. 그리고—그러고 나서 나는 뛰쳐나왔어요. 도망가야 한다는 그 생각 외에는 아무것도 생각나지 않았어요."

나는 고개를 끄덕였다.

"그다음에는?"

"나는 생각을 해보았어요. 그 여자는 나를 부르는 전화 같은 것은 하지 않았다고 했어요. 그러면 누가—누가 나를 여기로 유인했으며, 내 시계를 여기에 놓아둔 것일까? 그래서 난—난 장갑을 두고 나왔다고 말하고는 내 가방 속에

다 그 시계를 쑤셔넣었던 거예요. 지금 생각해 보니 아주—아주 바보 같은 짓이었지만요."

"가장 바보 같은 짓을 했군요." 내가 그녀에게 말했다.

"어쨌든, 셰일라, 당신은 정말 쓸데없는 짓을 한 거요."

"하지만 누군가가 나를 끌어들이려고 했어요. 그 그림엽서만 해도 그렇죠. 내가 그 시계를 가져갔다는 걸 알고 있는 사람이 그걸 보낸 게 틀림없을 거예요. 거기다 그 엽서의 그림 좀 보세요—형사 재판소였다고요. 만일에 우리 아버지가 범죄자라면—."

"부모님에 대해서는 얼마나 알고 있습니까?"

"부모님은 제가 아주 어렸을 때 사고로 돌아가셨어요. 이모님은 나한테 그렇게 얘기해 주셨고, 나도 항상 그렇게 얘기해왔죠. 하지만 이모님은 부모님에 대해서 한 번도 구체적인 얘기를 하지 않았고, 나한테 부모님에 대한 얘기는 한마디도 들려주지 않았어요. 때때로 내가 어쩌다가 한 번씩 물어볼 때면 옛날에 해준 얘기와 다르게 얘기를 했어요. 그래서 난 뭔가 잘못된 일이 있다는 걸 알게 되었던 거예요."

"계속해 봐요."

"그래서 나는 혹시 아버지가 어떤 범죄자는 아닐까 생각해 봤죠—어쩌면 살인자일지도 모른다고까지 생각했으니까요. 아니면 엄마가 그럴지도 모른다고 생각했어요. 사람들이 네 부모님은 죽었어, 라고 말하면서 그 부모님에 대한 일들은 한마디도 얘기해 주지 않는다면 거기에는 뭔가 말 못할 진짜 이유가 있는 법이잖아요—그들이 생각하기에, 자식들이 알까 봐 두려운 그런 이유 말이에요."

"그래서 당신은 그런 것을 정리해 본 것이로군요. 대답은 아주 간단했겠죠. 사생아일 수도 있는 노릇이니까."

"나 역시 그렇게 생각했어요. 때때로 사람들은 자녀들에게 그런 일을 감추려고 애를 써요. 하지만 그건 아주 바보 같은 짓이에요. 차라리 솔직하게 진실을 얘기해 주는 것이 더 나은데 말이에요. 요즘에는 그런 일들이 별로 문제가 되지 않잖아요. 하지만 전체적인 내용은, 당신도 아시다시피 난 잘 모르겠어요.

나는 이 모든 일의 배후에 무엇이 있는지 잘 모르겠단 말이에요. 어째서 사람들은 나를 로즈메리라고 불렀을까요? 그건 내 성(姓)도 아닌데 말이에요. 그건 추억을 뜻하는 것이라지요?"

"아주 좋은 의미일 수도 있는 것이지요." 내가 지적했다.

"그래요, 그럴 수도 있겠죠……. 하지만 나는 그럴 것 같은 생각은 들지 않아요. 어쨌든 그날 경감님이 나한테 심문을 한 뒤로 나는 생각을 해봤죠. 누군가가 왜 나를 그 집으로 보내고 싶어했을까? 알지도 못하는 어떤 남자가 살해되어 있는 그런 곳으로. 혹시 거기에서 나를 만나고 싶어한 사람이 살해된 그 남자는 아닐까? 혹시 그 사람은 우리 아버지인데, 그 사람은 자기를 위해 내가 무엇인가를 해주기를 바랐던 것은 아닐까? 그런데 그 누군가가 그 집에 와서 먼저 그를 살해한 것은 아닐까? 아니면 처음부터 그를 살해한 범인이 마치 나인 것처럼 꾸미려고 한 것일까? 아, 모든 것이 뒤죽박죽이고 겁만 나요. 모든 일들이 마치 내가 범인인 양 꾸며져 있다는 그런 생각도 들고요. 나를 그 집으로 끌어들인 것, 그리고 시체, 로즈메리라는 내 이름이 적혀 있는 내 시계가 아무 상관도 없는 그 집에 놓여 있었던 일. 그래서 난 겁을 먹은 나머지 당신 말처럼 바보 같은 짓을 했던 거예요."

나는 그녀를 보면서 고개를 저었다.

"당신은 추리소설이나 탐정소설을 너무 많이 읽었거나 타이프를 친 것 같군요." 내가 나무라듯 말했다.

"에드나는 어땠나요? 그녀가 당신에 대해 마음속으로 생각하던 것이 무엇이었는지 전혀 짐작도 가지 않습니까? 그녀는 당신을 매일 사무실에서 만날 수 있는데도 왜 굳이 당신에게 얘기를 하러 집에까지 찾아갔을까요?"

"모르겠어요. 내가 그 살인사건과 어떤 관계가 있을 거라고 그 애가 생각했을 리는 없어요. 그 애는 그런 생각은 하지 않았을 거예요."

"그녀가 무엇인가를 엿듣고 오해하고 있었을 수도 있지 않을까요?"

"내가 말하지만 그런 일이란 절대 없어요. 절대로!"

나는 미심쩍었다. 나는 의심하지 않을 수가 없었다—바로 지금 이 순간도 나는 세일라가 사실대로 말하고 있다고 믿지는 않았다.

"혹시 당신에게 원한을 가진 사람은 없습니까? 당신에게 거절당한 젊은이나, 질투를 하고 있는 여자, 아니면 당신에게 원한을 품고 있을 만한 정신이 약간 이상한 사람은 없습니까?"

나는 그렇게 말하면서도 참 어리석은 질문을 하고 있다는 생각이 드는 것은 어쩔 수 없었다.

"그런 일은 물론 없어요."

그것으로 그만이었다. 지금 이 순간에도 나는 그 시계에 대한 이야기를 믿을 수가 없었다. 이것은 정말 괴상한 이야기였다. 4-13. 이 숫자는 도대체 무엇을 의미하는 것일까? 그 엽서를 받는 사람에게 그런 것들이 아무 의미가 없는 것이라면 왜 엽서에 기억하라는 말과 그 숫자가 적혀 있었을까?

나는 한숨을 쉬었다. 그리고 계산을 한 다음 자리에서 일어섰다.

"너무 걱정 말아요."

내가 말했다(영어나 다른 나라 말이거나 이 말처럼 허무한 말은 없다).

"콜린 램이라는 사설기관이 활동을 하고 있으니 말이오. 당신은 안전할 거요. 그리고 우리는 결혼을 해서 돈은 없어도 내내 행복하게 살아갈 수 있을 겁니다. 그런데 말이오—."

내가 이런 낭만적인 말로 끝을 맺었더라면 더 좋았을 텐데 콜린 램의 개인적인 호기심에 이끌려 이렇게 말하고 말았다.

"당신은 그 시계를 어떻게 처리했습니까? 양말 서랍에라도 숨겨두었나요?"

그녀는 잠시 뜸을 들이다가 이렇게 말했다.

"옆집 쓰레기통에 버렸어요."

나는 아주 감명을 받았다. 그것은 단순하면서도 아주 효과가 있을 법한 방법이었다. 그런 것을 생각해 낸다는 것은 곧 그녀가 똑똑하다는 증거인 것이다. 아마 나는 셰일라를 과소평가하고 있는지도 모를 일이었다.

제24장

1

콜린 램의 이야기

셰일라가 돌아간 다음 나는 클라랜던 호텔로 돌아와 짐을 정리한 다음, 언제든지 가지고 나갈 수 있도록 관리인에게 맡겨 두었다. 그곳은 오전 중으로 계산을 마치고 나가도록 되어 있는 호텔이었다.

그런 다음 나는 일에 착수했다. 나는 경찰서 앞을 지나가게 되었는데 잠시 주저하다가 그 안으로 들어갔다. 하드캐슬을 찾자 마침 그는 자리에 있었다. 그는 이마를 찌푸린 채 손에 들고 있는 편지를 읽고 있는 중이었다.

"오늘 저녁에 난 다시 떠납니다, 딕." 내가 말했다.

"런던으로 돌아갑니다."

그는 뭔가를 생각하는 듯한 표정으로 나를 올려다보았다.

"내 충고 한마디만 들어주지 않으려나?"

"싫습니다." 나는 즉시 말했다.

그는 내 거부 의사 따위는 안중에도 없는 듯했다. 충고를 하려는 사람들은 언제나 그랬다.

"나라면 이곳을 떠나겠네. 그리고 다시는 들르지도 않을 걸세—그것이 최선의 방법이라는 것을 안다면 말이네."

"그 누구에게든 어떤 것이 최선의 방법인지는 아무도 판단할 수 없는 일이지요."

"그렇지 않을걸."

"경감님에게 할 말이 있어요. 나는 지금 맡고 있는 임무만 완수한다면 사직하려고 합니다. 적어도—생각을 갖고 있어요."

"이유는 뭔가?"

"옛날 빅토리아 여왕시대의 목사와 같다고나 할까요. 나는 회의감에 사로잡혀 있는 겁니다."

"천천히 심사숙고해 보는 것이 좋을 걸세."

그가 무슨 뜻으로 그렇게 말했는지 나는 잘 알 수가 없었다. 나는 그런데 왜 그렇게 걱정스러운 얼굴을 하고 있는지 그에게 물어보았다.

"이걸 읽어 보게나."

그는 나에게 이때까지 살펴보고 있던 편지를 건네주었다.

존경하는 경감님.

지금 막 생각나는 일이 있군요. 경감님께서 제게 남편 몸에 다른 사람과 구별할 수 있는 무슨 표시 같은 것이 없느냐고 물으셨을 때 저는 없다고 대답했었지요. 그런데 그렇지 않았답니다. 사실은 그의 왼쪽 귀 뒤에는 상처 자국 같은 것이 있었으니까요. 기르고 있던 개가 그이한테 뛰어오르는 바람에 면도칼에 베인 적이 있었거든요. 그래서 병원에서 그걸 꿰맸지요. 그 일은 아주 사소한 것이어서 지난번에는 전혀 생각이 나지 않았답니다.

멀리나 라이벌

"굉장한 달필이로군요. 나는 자주색 잉크가 아주 딱 질색이기는 하지만 말입니다. 그래, 피해자한테 그런 상처가 있던가요?"

"틀림없이 있었지. 그 여자가 말한 바로 그곳에 말이야."

"그 여자한테 시체를 보여주었을 때 그것을 본 것은 아닌가요?"

하드캐슬은 고개를 저었다.

"귀가 그것을 덮고 있었다네. 그러니 그 상처를 보려면 귀를 앞으로 젖혀야만 한다네."

"그럼 아주 잘된 일이로군요. 나무랄 데 없는 증거가 아닙니까. 그런데 뭐가 경감님의 마음에 들지 않는 거죠?"

하드캐슬은 이번 것처럼 곤란한 사건은 처음이라고 음울하게 말했다. 그러면서 그는 내게 런던에 있는 그 프랑스인인지 벨기에인인지 하는 친구를 만나볼 것인지 물었다.

"글쎄, 그런데 왜요?"

"내가 서장한테 그 사람에 대해 얘기했더니 서장도 아주 잘 기억하고 있다고 하더군—그 여자 안내원 살인사건으로 말이네. 그 사람이 혹시 여기까지 와줄 생각이 있다면 아주 대대적으로 환영하라는 명령을 받았다네."

"그는 오지 않을 겁니다." 내가 말했다.

"그 사람은 조개처럼 자기 집에만 붙어 있는 사람이니까."

2

내가 윌브러햄 크레슨트 가 62번지의 초인종을 눌렀을 때는 오후 12시 15분경이었다. 램지 부인이 문을 열었다. 그녀는 내 얼굴은 보려고 하지도 않았다.

"무슨 일이시죠?" 그녀가 말했다.

"잠시 얘기 좀 해도 되겠습니까? 약 10일 전쯤에도 여기에 찾아온 적이 있었지요. 부인은 기억이 나지 않을지도 모르겠습니다만."

그러자 그녀는 나를 찬찬히 살펴보는 듯했다. 그녀는 미간을 살짝 찌푸렸다.

"당신은—맞아, 경감님과 함께 오셨던 분이죠?"

"그렇습니다, 램지 부인. 잠깐 안으로 들어가도 될까요?"

"그러시고 싶다면요. 어느 누구든 경찰에서 오신 분을 문전박대할 수는 없는 일이지요. 그런 짓을 하면 수상쩍다고 생각할 테니까."

그녀는 나를 거실로 안내하더니 무뚝뚝한 몸짓으로 의자 하나를 가리키고, 자기도 내 맞은편에 앉았다. 그녀의 목소리는 어딘지 모르게 약간 가시가 돋쳐 있는 듯했고, 태도에는 지난번에 왔을 때는 느끼지 못한 냉랭함이 스며 있었다. 내가 말했다.

"오늘은 댁이 조용한 것 같군요. 아드님들이 학교로 돌아갔나 보지요?"

"그래요. 아이들이 있을 때와 없을 때는 아주 다르지요."

그녀가 말을 이었다.

"바로 얼마 전에 일어난 살인사건에 대해 더 물어보고 싶은 것이 있어서 오신 거겠죠? 전화박스 안에서 어떤 아가씨가 살해당했다니 말이에요."

"아닙니다. 그래서 온 것은 아닙니다. 사실 저는 경찰과는 아무 관계도 없는 사람입니다."

그녀는 약간 놀라는 기색이었다.

"당신은—램 경사라고 알고 있었는데요, 아니었나요?"

"제 이름이 램인 것만은 틀림없지만 저는 완전히 다른 분야에서 일하고 있습니다."

램지 부인의 태도에서 스며 나오던 냉랭함이 사라졌다. 순간 그녀는 매서운 눈초리로 나를 쏘아보았다.

"아—, 그렇다면 용건은 뭐죠?" 그녀가 말했다.

"남편께서는 아직 외국에 나가 계십니까?"

"그래요."

"남편께서 너무 오래 가 계신다고 생각되지는 않습니까, 램지 부인? 그리고 가신 곳도 더 먼 곳일 것 같지 않습니까?"

"도대체 당신은 그 일에 대해 무엇을 알고 계신 거죠?"

"글쎄요, 남편께서는 철의 장막 저쪽으로 가셨지요?"

그녀는 잠시 동안 아무 말도 하지 않았다. 그러다가 조용하고 억양 없는 목소리로 이렇게 말했다.

"그래요. 그래요, 바로 맞았어요."

"부인도 남편의 행선지를 알고 계셨군요?"

"조금은요." 그녀는 잠시 말을 멈추었다가 다시 말했다.

"그이는 나한테도 거기에서 만나자고 했었어요."

"오래전부터 남편은 그 일을 계획하고 계셨나요?"

"그렇다고 생각해요. 하지만 최근까지도 나한테는 아무 얘기도 해주지 않았어요."

"부인은 남편의 사상에 같이 공감하지는 않으셨습니까?"

"전에는 그랬던 것 같아요. 하지만 당신들은 벌써 알고 계시겠죠. 그런 일은 아주 철저하게 조사해 놓았겠죠? 과거로 거슬러 올라가 누가 동조자고, 누가 당원인지 하는 일들에 대해서는 다 알고 있는 것이 아닌가요?"

"부인이라면 우리에게 아주 유용한 정보를 제공해 주시리라 생각했습니다."

그녀는 고개를 저었다.

"아뇨. 그런 일은 할 수 없어요. 제 말은 협력할 생각이 없다는 게 아니에요. 아시겠지만 그이는 저한테 뭐라도 한 가지 얘기해 준 것이 없어요. 저 역시 알고 싶지도 않았고요. 저는 그 모든 일들이 다 싫어졌어요. 마이클이 저한테 이 나라를 떠나서 모스크바로 가게 될 거라고 밝혔을 때에도 사실 전 별로 놀라지 않았어요. 그때 저도 어떻게 해야 할 것인가를 결정해야만 했답니다."

"그래서 부인은 남편의 목적에 그렇게까지 공감하고 있지 않다고 스스로 결정하신 겁니까?"

"아뇨. 그걸 그렇게 말하고 싶지는 않아요. 제 생각이란 것은 완전히 개인적인 것이니까요. 제 생각으로는 여자들이란 항상 끝에 가면 그렇게 되는 것이 보통인 것 같아요. 물론 아주 광신적인 사람의 경우는 빼고 말이에요. 물론 여자들도 아주 맹렬한 광신자가 될 수도 있지만 전 그렇지는 못하거든요. 단 한 번도 온건한 좌익파 이상을 넘는 생각은 해본 적이 없으니까요."

"남편은 라킨 사건에 관련되어 있었나요?"

"모르겠어요. 그렇게 추측하고 있긴 하지만. 그이는 저한테 그 일에 대해서는 아무것도 얘기해 주지 않았으니까요."

그녀는 갑자기 활기를 띤 표정으로 나를 바라보았다.

"우리는 서로 다 털어놓는 것이 좋을 것 같군요, 램 씨. 아니면 어린 양의 가죽을 뒤집어 쓴 울프 씨인가요. 뭐 아무래도 좋아요. 저는 남편을 사랑했어요. 제가 그이의 정치사상에 동조하든 안 하든 모스크바까지 그이를 따라가도 좋다고 생각했을 정도로 그이를 사랑했던 것 같아요. 그이는 저한테 아이들도 데리고 오라고 했죠. 하지만 전 그 애들을 데리고 가고 싶진 않았어요! 단지 그것뿐이었지요. 그래서 저는 그 애들과 함께 여기에 남아 있어야겠다고 결정한 거랍니다. 제가 다시 마이클을 만날 수 있게 될지 어떨지는 잘 모르겠어요.

그이는 자기가 살아갈 길을 선택한 것이고, 저 역시 저의 길을 선택한 것뿐이니까요. 하지만 한 가지 사실만은 분명히 알게 되었답니다. 그이가 저한테 이 일에 대해 얘기하고 난 뒤에 말이지요. 전 애들만은 그 애들의 조국인 이곳에서 키우고 싶다는 점이었어요. 그 애들은 영국인이니까요. 그 애들이 평범한 영국인으로 자라나게 되기를 저는 바랐던 거예요."

"그랬군요."

"그럼, 제 생각은 이게 전부인 것 같군요."

램지 부인이 자리에서 일어나며 말했다. 지금 그녀의 태도에는 갑자기 어떤 결연함마저 보였다.

"아주 어려운 선택이었던 것 같군요." 내가 부드럽게 말했다.

"아주 유감스러운 일입니다."

나는 정말 그렇게 생각했다. 아마 내 목소리에 섞여 있는 거짓 없는 동정심이 그녀의 마음에도 전해진 모양이었다. 그녀는 아주 엷은 미소를 지었다.

"정말 당신도 그렇게 생각해 주시겠죠……. 당신이 하는 일과 같은 그런 일에 종사하다 보면 조금이라도 더 사람의 마음속에 들어가 그들이 무엇을 느끼며, 무엇을 생각하는지 알려고 할 필요가 있겠지요. 이번 일은 제가 완전히 쓰러질 정도로 타격을 주는 일이기는 했지만 이제 그 고비는 넘겼어요. 지금부터는 무엇을 할 것인가, 어디로 갈 것인가, 여기에 그대로 살 것인가, 아니면 다른 곳으로 이사를 갈 것인가 하는 계획을 세워야겠어요. 아마도 직장을 구해야 되겠죠. 옛날에 비서 일을 한 적이 있어요. 아마 속기사 타이프 일을 다시 시작해야 될 거예요."

"그렇다고 해도 캐븐디시 사무실에서 일하지는 마십시오." 내가 말했다.

"아니, 왜요?"

"거기에서 일하는 아가씨들은 모두 불운에 휩싸여 있는 것 같으니까요."

"만일 당신이 그 일에 대해 제가 뭔가를 알고 있을 거라고 생각하고 있다면 그건 잘못된 거예요. 저는 아무것도 모르니까요."

나는 그녀에게 행운을 빌면서 그 집을 나왔다. 나는 그녀에게서 아무것도 알아내지 못했다. 그리고 사실 난 뭔가를 알아내게 될 것이라고 기대하지도 않았었다. 하지만 내가 하는 일에 대해 형식적으로라도 모양을 붙여두고 싶었을 뿐이었다.

3

문을 나서다가 나는 하마터면 맥노턴 부인과 부딪칠 뻔했다. 그녀는 시장바구니를 들고 있었는데, 걸음걸이가 아주 무거운 듯했다.

"들어 드리지요."

이렇게 말하면서 나는 그녀에게서 그것을 받아들었다. 처음에 그녀는 그 바구니를 꽉 쥐고 놓지 않으려고 했으나 머리를 앞으로 내밀고 내 얼굴을 자세히 들여다보더니 잡고 있던 손을 놓았다.

"경찰에서 오셨던 젊은 양반이구려. 처음에는 당신인 줄 몰랐어요."

내가 현관까지 시장바구니를 들어다주자 그녀는 내 옆에서 흔들흔들 걸어왔다. 시장바구니는 의외로 무거웠다. 그 안에 무엇이 들어 있는지 나는 궁금해졌다. 몇 파운드나 되는 감자가 든 것일까?

"벨은 누르지 않아도 돼요. 문을 잠그지 않았다우." 그녀가 말했다.

윌브러햄 크레슨트 가에 사는 사람들은 대부분 현관문을 잠그지 않는 경향이 있는 것 같았다.

"참, 하던 일은 잘 되어가고 있나요?" 그녀가 수다스럽게 물었다.

"그는 아주 신분이 낮은 사람하고 결혼했다면서요?"

나는 그녀가 누구 얘기를 하고 있는지 알 수가 없었다.

"누구 말입니까?—전 이곳에 있지 않았는데요." 내가 설명했다.

"아, 그랬구려. 그럼 누군가를 미행했었던 모양이군요. 내가 말하는 사람은 바로 라이벌 부인이랍니다. 나도 검시재판에 가보았어요. 정말 아주 천하게 보이는 여자예요. 내가 보기에 그녀는 남편이 죽었는데도 별로 슬퍼하지 않는 것 같더라고요."

"그 부인은 그를 15년 동안이나 만나지 못했다니 그럴 수밖에요."

난 이렇게 그녀를 변명해 주었다.

"앵거스와 나는 20년 동안 결혼생활을 해왔어요." 그녀는 한숨을 내쉬었다.

"정말 오랜 세월이죠. 그리고 그이는 지금도 정원이나 가꾸면서 지내려고 하지 대학에는 나가지도 않는다오. 정말 무얼 하면서 살아가야 할지 난감하기만 해요."

바로 그때 맥노턴 씨가 손에 괭이를 쥐고 집 모퉁이를 돌아 나왔다.

"아, 당신, 이제야 돌아왔군. 시장바구니를 들어줄까—"

"부엌에 놔두기만 하면 돼요."

맥노턴 부인은 팔꿈치로 나를 슬쩍 찌르면서 나한테 말했다.

"콘플레이크와 달걀, 그리고 멜론 하나밖에 없어요."

그녀는 밝게 웃으면서 자기 남편을 보고 말했다.

나는 시장바구니를 부엌 탁자 위에 올려놓았다. 뭔가 쨍그랑 하는 소리가 났다.

콘플레이크라고, 그게 아니지! 나는 스파이로서의 내 본능이 움직이는 것을 어찌할 수 없었다. 젤라틴 종이로 덮어놓은 그 밑에는 위스키 세 병이 놓여 있었다.

나는 어째서 가끔 맥노턴 부인이 그렇게 쾌활해지고 수다스러워지는지, 어째서 그녀의 걸음걸이가 가끔 비틀거리는지 알게 되었다. 그리고 아마 맥노턴이 직장을 그만둔 것도 그 이유에서일 것이다.

그날 아침은 이상하게도 이웃사람들과 만나게 되었다. 나는 앨버니 로를 향해 크레슨트 가를 걸어가다가 블랜드 씨를 만났다. 블랜드 씨는 아주 건강한 체구를 지니고 있었다. 그는 나를 바로 알아보았다.

"여, 안녕하시오? 수사는 잘 되어갑니까? 죽은 사람의 신원이 밝혀졌더군요. 그 사람의 아내는 아주 많이 고생을 한 것 같던데요. 그런데 실례인 것 같습니다만, 당신은 이곳 경찰관이 아닌 것 같은데요."

나는 런던에서 내려온 사람이라고 슬쩍 거짓말을 했다.

"그럼 런던경시청에서도 관심을 갖고 있다는 말인가요?"

"글쎄요—." 나는 흐릿하게 말끝을 흐렸다.

"알겠습니다. 비밀은 절대 말하지 말아야 한다 이 말이지요. 참, 그런데 검시재판에도 나오지 않으셨더군요."

나는 외국에 가 있었노라고 대답했다.

"나도 그랬는데요. 나도 그랬다고요!"

그는 나를 향해 한쪽 눈을 찡긋해 보였다.

"즐거운 파리였습니까?" 나도 슬쩍 한쪽 눈을 찡긋해 보이면서 물었다.

"그랬다면 얼마나 좋았겠습니까만, 사실은 아니에요. 불로뉴에 딱 하루 갔다 왔지요."

그는 팔꿈치로 내 옆구리를 쿡 찔렀다(맥노턴 부인과 똑같은 행동을 하고 있군!).

"아내는 데리고 가지 않았었죠. 아주 귀여운 아가씨와 동행했었으니까. 금발이에요. 아주 멋진 여자였습니다."

"사업상 한 여행이었습니까?" 내가 말했다.

우리는 둘 다 세상 경험이 많은 사람들처럼 너털웃음을 터뜨렸다.

그는 61번지 쪽으로 가버렸고, 나는 앨버니 로 쪽으로 계속 걸어갔다.

나는 나 스스로에게 아주 불만스러웠다. 포와로가 말한 것처럼 이웃사람들에게 좀더 많은 것을 알아내야만 했다. 무엇이라도 본 사람이 아무도 없다는 것은 분명 아주 이상한 일이다! 어쩌면 하드캐슬의 질문방법이 잘못되었을 수도 있다. 하지만 나도 그보다 더 나은 방법을 생각해 낼 수 있었을까?

앨버니 로로 꺾어들면서 나는 머릿속으로 의문점을 하나하나 정리해 보았다. 그러자 그것은 대략 다음과 같은 것이었다.

커리 씨(캐슬턴)가 약을 마셨다—언제?
그는 살해당했다—어디서?
커리 씨(캐슬턴)는 19번지 집으로 옮겨졌다—어떻게?
누군가가 무엇인가를 목격했다!—누가?—무엇을?

나는 다시 왼쪽으로 돌았다. 지금 나는 9월 9일 걸어간 그대로 윌브러햄 크레슨트 가를 걸어가고 있는 중이다.

페브마시 양을 찾아가 볼까? 초인종을 누르고 말을 걸어본다—그렇다면 무슨 말을 해야 될까? 워터하우스 양을 찾아가 보는 것은 어떨까? 하지만 그런 여자한테는 도대체 무슨 말을 해야 하는 것일까?

헤밍 부인은 어떨까? 헤밍 부인이라면 무슨 말을 해도 그리 문제 될 건 없을 거다. 그녀는 귀를 기울여 듣지도 않을뿐더러, 그녀가 하는 말은 황당무계하고 앞뒤가 안 맞긴 하지만 그래도 무슨 단서 같은 걸 잡게 될지도 모른다.

나는 지난번에도 그랬듯이 머릿속으로 번지수를 세면서 계속 걸어갔다. 죽은 커리 씨도 나처럼 번지수를 세면서 여기 이 길을 따라 걸어왔겠지. 그런데 그가 찾아가려던 집은 도대체 몇 번지 집이었을까?

윌브러햄 크레슨트 가가 이 날만큼 천연덕스럽게 보인 적도 없었다. 나는 하마터면 이 빅토리아 왕조시대풍의 건물에 대고 이렇게 부르짖을 뻔했다. "아! 이 돌들이 말이라도 할 수 있다면!" 그것은 요즘 들어 부쩍 마음에 와 닿는 말이었고, 또 그렇게 해줄 것 같기도 했다.

하지만 돌들은 아무 말도 하지 않았고 벽돌도, 회반죽도, 석고도, 벽보조차도 아무 말이 없었다. 그저 윌브러햄 크레슨트는 조용히 그 본연의 모습대로 남아 있을 따름이었다. 조금 보잘것없어 보이긴 하지만 고풍스럽고 그 초연해 보이는 모습은 어딘가 모르게 마치 말하는 것을 귀찮아하는 사람을 연상케 하고 있었다. 내 생각에는 이 건물이 틀림없이 무엇을 찾고 있는지조차 모르면서 이 근처를 떠돌아다니는 외부인에게 반감을 품고 있는 것 같았다.

소년 두 명이 자전거를 타고 내 옆을 지나간 것과 시장바구니를 든 부인네 두 사람을 제외하면 거리에는 사람들이 거의 없었다. 이곳에 있는 집들, 그 자체도 안에선 사람이 사는 기색이 있겠지만 겉으로 보기에는 미라처럼 보존되어 있는 듯했다. 나는 그 이유를 알고 있었다. 그것은 이미 오래전부터 영국의 전통에 따라 점심시간으로 묵인되고 있는 1시가 되었거나, 아니면 1시가 가까워졌기 때문이리라. 한두 집에서는 커튼이 쳐 있지 않은 창문 너머로 식당 탁자 둘레에 서너 사람이 앉아 있는 모습이 보이기도 했지만, 그것은 아주 드문 일이었다. 한때 유행했었던 노팅엄 레이스 대신에 창에는 나일론으로 된 그물 레이스가 조심스럽게 쳐져 있거나(훨씬 더 그럴 듯한 것으로) 집에 있는 사람들은 1960년대의 관습에 따라 '현대식' 부엌에서 식사를 하는 것이었다.

하루 중에서 살인을 저지르기에는 아주 적절한 시간이라고 나는 생각했다. 그 살인범도 그 점을 염두에 두고 있었던 것일까? 그것도 살인범이 세워놓은 계획의 일부였을까? 마침내 나는 19번지 집에 다다랐다.

많은 다른 우매한 사람들처럼 나도 그 자리에 우뚝 서서 멍하니 그 집을 쳐다보았다. 지금은 이미 다른 사람들은 한 명도 보이지 않았다.

"이웃사람들 중에는 아무도 없었어." 나는 비참한 기분으로 중얼거렸다.

"관찰력을 가지고 있는 구경꾼은 아무도 없었어."

나는 어깨에 날카로운 통증이 오는 것을 느꼈다. 뭔가가 잘못된 모양이었다. 이 사건에 이웃사람은 분명히 있다. 단지 입만 열어준다고 해도 정말 도움이 될 만한 이웃사람은 틀림없이 있다. 나는 20번지 집의 문기둥에 기대어 있었는데 내가 전에 본 적이 있는 커다란 오렌지색 고양이도 똑같이 그 집 문기둥 위에 앉아 있었다.

"고양이가 말을 할 수만 있다면." 나는 그에게 이렇게 말을 시작했다.

오렌지색 고양이는 입을 벌리고 선율적인 큰소리로 야옹거렸다.

"너도 말할 수 있다는 걸 알고 있어. 난 내가 말하는 것처럼 너도 얘기할 수 있다는 걸 알고 있단 말이야. 하지만 너는 사람의 언어로 말하지는 않잖아. 그날도 너는 여기에 앉아 있었지? 혹시, 너, 누가 저 집으로 들어가거나 나오는 걸 보지는 못했니? 너는 그날 일어난 사건에 대한 것을 전부 알고 있지? 나는 네가 그것을 그냥 예사로 보아 넘겼다고 생각지는 않아, 고양이야."

고양이는 내 말을 별로 달갑지 않게 여긴 듯했다. 그는 나한테 등을 돌리고 꼬리를 흔들기 시작했다.

"대단히 죄송했습니다, 각하." 내가 말했다.

그는 어깨너머로 나를 차갑게 쳐다보다가 연신 얼굴을 닦아내기 시작했다.

이웃사람이라, 나는 씁쓸한 기분으로 다시 생각에 잠겼다! 윌브러햄 크레슨트에는 이웃사람이 부족하다는 것은 의심할 여지가 없는 것이었다. 내가 바라는 것, 그리고 하드캐슬이 원하는 것은 시간이 너무 남아돌아 수다만 떨고, 남의 일이나 들추어내고 험담이나 해대는 그런 할머니들인 것이다. 항상 망을 보면서 무슨 소문거리나 없는지 두리번거리는 부인네들 말이다. 문제는 요즘 들어 그런 할머니들이 다 죽어버린 것 같다는 점에 있다. 그들은 노인들을 위해 여러 가지 편의시설을 갖추어놓은 양로원에 함께 모여서 살아가거나, 아니면 진짜 아픈 사람들에게 아주 필요한 병원 침대에 배짱 좋게 들어가 누워 있는 것이다. 불구자도, 다리가 불편한 사람도, 노인들도 충실한 하인이나 좋은 집에 살게 된 것에 감지덕지하는 가난한 친척들의 시중을 받으면서 자기 집에서 살아가려는 생각은 더 이상 하지 않는다. 그것은 범죄수사에 있어서는 아주 중대한 장애물임이 틀림없다.

나는 반대편에 있는 길 쪽을 쳐다보았다. 저기에 어떤 이웃 사람이 살고 있었다면 얼마나 좋을까? 어째서 저런 위압적이고 비인간적인 콘크리트 건물 대신에 산뜻한 지붕을 한 주택이 들어서 있으면 안 되는 것일까? 틀림없이 저런 벌집 같은 아파트에서 살고 있는 사람들은 일벌 같은 인간들일 것이다. 하루 종일 밖에 나가 일하다가 저녁때가 되어서야 집으로 돌아와 자질구레한 빨래를 한다거나, 화장을 고치고 젊은 연인을 만나러 나가거나 할 것이 분명했다. 그런 아파트의 비인간성과 대조해 볼 때 차라리 윌브러햄 크레슨트 가가 지니고 있는 퇴색한 빅토리아 여왕시대의 고상함 쪽이 나에게는 더 친근감을 주는 것이었다.

그 아파트의 중간쯤에서 뭔가 번쩍번쩍 빛나는 것이 보였다. 나는 약간 이상한 생각이 들어 한참을 바라보았다. 그러자 또다시 번쩍번쩍 빛나는 것이 나타났다. 창문 하나가 열려 있었고, 누군가가 그 창문을 통해 밖을 내려다보고 있었다. 그 얼굴은 뭔가로 가려져서 잘 보이지 않았다. 다시 빛이 번쩍거렸다. 나는 주머니 속으로 손 하나를 쑤셔넣었다. 나는 주머니 속에 여러 가지 많은 물건들을 넣어두고 있었다. 그 물건들은 비상시에는 아주 유용하게 사용될 수 있는 것들이었다. 때때로 그 물건들이 얼마나 유용하게 사용되는지 알게 된다면 정말 놀랄 것이다.

점착력이 있는 작은 테이프, 잠긴 문이 어떤 것이든 대부분 열 수 있지만 보기에는 그런 일과는 아무 상관이 없어 보이는 몇 가지 도구들, 실제의 내용물과는 다른 상표가 붙어 있는 회색 분말이 들어 있는 깡통과, 그것과 함께 사용하기 위한 취입기(吹入器), 대부분의 사람들은 무엇을 하기 위한 물건인지도 모를 것이 분명한 소도구가 한두 개. 그런 물건들 가운데에는 새를 관찰하기 위한 주머니용 망원경도 있었다. 아주 고성능을 지닌 것은 아니었지만 충분히 유용하게 사용할 수는 있는 것이었다. 나는 그것을 꺼내어 눈에 대었다.

창가에 있는 사람은 어린 여자아이였다. 나는 한쪽 어깨 위로 길게 땋아 늘어뜨린 머리를 볼 수 있었다. 그 아이는 작은 오페라 글라스(오페라를 볼 때 쓰는 작은 쌍안경)를 손에 들고 건방지다고 여겨질 정도로 주의 깊게 나를 관찰하고 있었다. 하기야 그곳에는 나 말고 그 애가 살펴볼 만한 다른 것이 없었으니까 그렇게 건방지다고 할 수만은 없을지도 모른다. 그런데 바로 그 순간 윌브러햄 크레슨트 가에 정오에 걸맞은 또다른 구경거리가 등장했다.

운전석에 아주 나이가 많아 보이는 운전사가 앉아 있는 굉장히 낡은 롤스로이스 한 대가 위엄있게 길을 따라 천천히 오고 있었다. 그 운전사는 위엄있는 표정을 짓고는 있었지만, 삶에 대해서는 약간 혐오감을 갖고 있는 듯한 모습이었다. 그는 마치 여러 대의 자동차들이 행진이라도 하고 있는 것처럼 엄숙하게 내 옆을 지나쳐 갔다. 내가 보니 아파트의 소녀 구경꾼도 이번에는 그 운전사 쪽으로 오페라 글라스를 돌려놓고 있었다.

나는 그 자리에 우뚝 서서 생각에 잠겼다.

참고 기다리면 뭔가 행운을 잡게 될 것이라는 게 평소의 내 신념이었다. 전혀 기대하지도 않았고, 예상도 못했던 그런 일들이 아주 우연히 일어나게 되는 것이다. 이번 경우에도 그런 행운과 만날 수 있게 될지 모르는 일이 아니겠는가? 다시 한 번 그 큰 4각형의 건물을 올려다본 다음 나는 양끝과 땅에서부터 수를 세면서, 내가 관심을 갖고 있는 문제의 창의 위치를 조심스럽게 머릿속에 넣었다. 3층이었다. 그런 다음 나는 그 아파트 입구까지 거리를 따라 걸어갔다. 넓은 자동차 도로가 현관까지 둥글게 아파트를 둘러싼 채 이어져 있었고, 잔디가 돋아 있는 곳에는 일정한 간격을 두고 산뜻하게 화단이 만들어져 있었다.

무슨 일이든지 철저하게 해두는 것이 좋다는 것을 알고 있었기 때문에 나는 현관에 이르는 차도를 벗어나 건물 쪽으로 다가간 다음, 깜짝 놀란 척 위를 한 번 쳐다보고는 잔디밭에 몸을 구부려 무엇인가를 찾는 시늉을 했다. 그러고 나서 뭔가를 주워 주머니에 넣는 척하면서 다시 몸을 일으켜 세웠다. 그런 다음 나는 건물을 돌아 입구 쪽으로 걸어갔다.

이런 아파트에는 낮에는 대개 수위가 자리에 있을 것이라고 생각했지만 그 신성한 1시에서 2시 사이에 현관홀에는 아무도 없었다. 수위라고 적혀진 커다란 간판 아래에 벨이 하나 있었지만 그것은 누르지 않았다. 거기에는 자동 엘리베이터가 한 대 있어서 그것을 타고 3층을 가리키는 버튼을 눌렀다. 그다음부터는 상당히 신중하게 일을 처리해야만 했다.

밖에서 볼 때는 그 문제의 집이 어디에 있는지 아주 간단히 알아낼 수 있을 것 같았는데, 막상 들어와 보니 그 내부 구조는 꽤 복잡했다. 하지만 나는 지금까지 이런 종류의 일에 대해서는 꽤 많은 훈련을 받아왔기 때문에 그 문제의 집을 올바르게 찾아낼 자신은 충분히 있었다. 길조였는지 아닌지는 모르겠지만, 그 집의 번호는 77번이었다.

'좋아.' 나는 생각했다.

'7은 행운의 숫자라지. 한번 해보는 거야.'

나는 벨을 누른 뒤, 뒤로 물러선 채 다음에 일어날 일을 기다렸다.

제25장

콜린 램의 이야기

잠시 기다리자 마침내 문이 열렸다.

붉게 상기된 얼굴에 화려한 색깔의 옷을 입은, 덩치가 크고 금발인 북유럽인 같은 젊은 여자가 무슨 일이냐는 듯 나를 바라보고 있었다. 그녀의 손에는 급히 닦은 듯하기는 했지만 여기저기에 흰 빵가루가 묻어 있었고, 콧등에도 약간이기는 했지만 빵가루가 묻어 있어서 나는 금방 그녀가 무엇을 하고 있었는지 짐작해 낼 수 있었다.

"실례합니다." 내가 말했다.

"이 댁에 작은 여자 아이가 있지요? 그 애가 창밖으로 떨어뜨린 물건이 있어서요."

그녀는 난처한 듯 나를 보고 미소를 띠었다. 그녀는 아직 영어에 그리 자신이 없는 듯했다.

"죄송한데요—저, 뭐라고 말하시는 건가요?"

"이 댁에 어린아이가 있지요—작은 여자 아이가 말입니다."

"아, 예, 예." 그녀는 고개를 끄덕였다.

"물건을 떨어뜨렸어요—창밖으로 말이에요."

이렇게 말하면서 나는 약간 손짓을 해보였다.

"제가 그걸 주워서 여기로 가지고 왔습니다."

나는 손바닥을 펴보였다. 손바닥에는 은으로 만든 과도가 놓여 있었다.

그녀는 그것을 못 알아보는지 한참 들여다보였다.

"난 생각이 안 나네요—본 적이 없는 것 같은데……."

"음식 만드는 일로 바쁘신 모양이로군요." 내가 안됐다는 듯 말했다.
"예, 난 요리를 하고 있죠. 바로 그래요." 그녀는 힘있게 고개를 끄덕였다.
"당신 일을 방해하고 싶지는 않군요." 내가 말했다.
"그 애가 있는 곳으로 저를 데려다 주지 않으시겠습니까?"
"저, 뭐라고요?"
마침내 내 말뜻을 그녀도 알아차린 것 같았다. 그녀는 홀을 가로질러 나를 안내하고, 어떤 문 하나를 열었다. 그곳은 쾌적한 거실로 꾸며진 방이었다. 창가 쪽에는 긴 의자가 놓여 있었는데, 그 의자 위에는 한쪽 다리에 기브스를 하고 있는, 아홉 살이나 열 살쯤 되어 보이는 소녀가 있었다.
"이 아저씨가 네게 하실 말씀이 있으시단다—네가 물건을 떨어뜨렸다고……."
바로 그 순간 아주 다행스럽게도 부엌에서 뭔가 타는 냄새가 심하게 풍겨왔다. 그러자 나를 안내해 준 그 여자가 아주 낭패스럽다는 듯 비명을 질렀다.
"실례하겠어요, 정말 실례 좀 해야 되겠어요."
"어서 가보십시오." 나는 기꺼이 이렇게 말했다.
"이쪽 일은 저한테 맡겨두시고요."
그녀는 재빨리 밖으로 뛰어나갔다. 나는 방 안으로 들어선 다음 내 뒤에 있는 문을 닫았다. 그리고 그 긴 의자 쪽으로 다가갔다.
"안녕?" 내가 말했다.
그 소녀도, "안녕?" 하고 대답했다. 그러고는 거의 나를 압도할 것 같은 꿰뚫어보는 눈초리로 오랫동안 나를 쳐다보았다. 그 소녀는 쪽 곧은 쥐색 머리를 양쪽으로 길게 땋아 늘어뜨린, 별로 예쁘다고 할 수는 없는 그런 아이였다. 그러나 앞으로 톡 튀어나온 이마와 뾰족한 턱, 그리고 잿빛 눈동자는 이 소녀가 무척 똑똑하다는 것을 보여주는 듯했다.
"나는 콜린 램이라는 사람이란다. 네 이름은 뭐지?"
그 애는 조금도 망설임 없이 대답했다.
"제럴딘 메리 알렉산드라 브라운이에요."
"이거 굉장한걸. 정말 긴 이름이로구나. 보통 때는 뭐라고 부르지?"

"제럴딘요. 어떤 때는 제리라고도 부르긴 하지만, 전 그 이름이 싫거든요. 아빠도 이름을 줄여 부르는 것은 별로 좋은 일이 아니랬어요."

아이들과 상대할 경우 아주 유리한 점 중 하나는 아이들은 그들 나름대로의 논리를 가지고 있다는 것이었다. 아마 어른이었다면 어떤 사람이든 나한테 곧장 무슨 용건으로 왔느냐고 물어봤을 것이다. 제럴딘에게는 그런 바보 같은 질문은 빼버리고 이야기를 시작할 준비가 다 되어 있는 듯했다. 그 애는 내내 혼자여서 지겹기도 했기 때문에 어떤 사람이든 와주기만 한다면 새로운 일이 생겼다고 좋아할 터였다. 내가 지겹고 별로 재미가 없는 사람이라고 여겨지기 전까지는 그 애는 기꺼이 얘기 상대가 되어줄 것 같았다.

"네 아빠는 집에 계시지 않는 모양이로구나." 내가 말했다.

그 애는 아까처럼 망설임 없이 아주 자세한 얘기까지 해주었다.

"비버브리지에 있는 카팅 기술공장에 다니시거든요. 여기에서 정확히 14하고도 4분의 3마일 더 떨어져 있어요."

"그럼 엄마는?"

"엄마는 돌아가셨어요."

그 애는 그늘진 기색이라고는 조금도 보이지 않은 채 이렇게 말했다.

"제가 2개월쯤 된 아기였을 때 돌아가셨대요. 엄마는 프랑스에서 돌아오는 비행기에 타고 있었어요. 그런데 그 비행기가 추락했대요. 그래서 타고 있었던 사람들이 다 죽어버린 거예요."

그 애는 어딘지 모르게 만족스러운 투로 얘기를 했다. 아이들에게는 어머니가 죽었다 하더라도 대참사로 인해 죽은 것이라면 그것을 일종의 명예처럼 생각하고 있다는 것을 나는 알아차렸다.

"그랬구나. 그럼 너와 함께 있는 사람은—" 나는 문쪽을 쳐다보았다.

"잉그리드 아줌마예요. 노르웨이 사람이고요. 여기에 온 지는 2주밖에 되지 않았어요. 그래서 아직 영어를 잘 못해요. 제가 아줌마한테 영어를 가르쳐 주고 있는걸요."

"그럼 그녀는 너에게 노르웨이어를 가르쳐 주겠구나?"

"그렇게 많이 가르쳐 주지는 않아요." 제럴딘이 말했다.

"그녀가 좋으니?"

"그럼요. 아주 좋은 사람이에요. 가끔 아줌마가 요리해 주는 음식들이 좀 이상하기는 해도요. 아시는지 모르겠지만, 아줌마는 생선을 날 것으로 먹는 걸 좋아하거든요."

"나도 노르웨이에서 날 것으로 생선을 먹어본 적이 있단다." 내가 말했다. "때로는 아주 맛이 좋지."

제럴딘은 전혀 믿을 수 없다는 표정을 지었다.

"오늘은 당밀 파이를 만들고 있는 중이래요." 그 애가 말했다.

"그것참 맛있겠는걸."

"음—그래요, 저는 당밀 파이가 좋아요." 그러곤 예의바르게 덧붙였다.

"아저씨는 점심식사를 하러 오신 거예요?"

"그렇지는 않아. 사실은 말이야, 내가 이 창문 아래를 지나가고 있었는데 네가 창문 밖으로 물건을 떨어뜨린 것 같았어."

"제가요?"

"그래." 나는 은제 과도를 앞으로 내밀었다.

제럴딘은 처음에는 미심쩍은 듯 그것을 쳐다보다가 마음에 드는 듯한 기색이 되었다.

"아주 예쁜데요. 뭐예요?"

"과도야." 나는 그 칼을 펼쳐 보았다.

"아, 정말이네요. 사과 같은 과일을 깎는 거로군요."

"그렇단다."

제럴딘은 한숨을 내쉬었다.

"제 것이 아닌걸요. 전 그걸 떨어뜨리지 않았어요. 아저씨는 왜 제가 그랬다고 생각하시는 거죠?"

"글쎄, 너는 창밖을 내다보고 있었잖니? 그리고……."

"저는 대부분의 시간을 창밖을 내다보면서 지내요." 제럴딘이 말했다.

"아저씨도 보시다시피 전 넘어져서 다리가 부러져 버렸거든요."

"참 운이 나빴구나."

"그래요. 하지만 별로 자랑할 만한 방법으로 그러지는 못했어요. 제가 버스에서 내리고 있는데, 갑자기 버스가 출발하는 바람에 그랬으니까요. 처음에는 조금 아프기도 하고 근질거리기도 하더니 지금은 아무렇지도 않아요."

"그럼 아주 지루하겠구나." 내가 말했다.

"그건 그래요. 하지만 아빠가 여러 가지 물건을 사줬어요. 세공용 점토랑 책, 크레용, 그림맞추기 같은 것들 말이에요. 하지만 그런 건 금방 싫증을 느끼게 되잖아요. 그래서 여기서 창밖을 내다보면서 많은 시간을 보내게 돼요."

그 애는 아주 자랑스럽게 작은 오페라 글라스를 끄집어냈다.

"내가 좀 봐도 되겠니?" 내가 말했다.

나는 오페라 글라스를 받아들고 내 눈에 맞게 조절한 다음 창밖을 내다보았다.

"아주 잘 보이는 걸." 하고 내가 칭찬했다.

사실 아주 성능이 우수한 오페라 글라스였다. 만일 이것을 사다준 사람이 제럴딘의 아버지였다면, 그는 이것을 사는 데 별로 돈을 아끼지 않았을 것 같았다. 윌브러햄 크레슨트 19번지 집이나 그 이웃집들도 깜짝 놀랄 정도로 아주 잘 보였다. 나는 오페라 글라스를 다시 그 애에게 돌려주었다.

"성능이 아주 우수한 것이로구나. 일등품이야." 내가 말했다.

"이름있는 거예요." 제럴딘이 자랑스럽게 말했다.

"아기들 장난감이나 장식용이 아닌걸요."

"그래……, 나도 그건 안단다."

"전 작은 수첩을 가지고 있어요." 제럴딘이 말했다.

그 애는 나한테 그것을 보여주었다.

"여기에다가 여러 가지 일들이랑 시간들을 적어놨어요. 기차찾기 놀이 같은 거예요." 그 애가 덧붙였다.

"저한테는 딕이라는 사촌 오빠가 있었는데요, 그 오빠가 그것을 했었어요. 우리는 자동차 숫자를 가지고도 했었어요. 하나부터 시작해서 얼마까지 갈 수 있는가 하는 걸 세어보는 거예요."

"아주 재미있는 놀이겠구나."

"그건 그래요. 하지만 운이 나쁘게도 이 길을 지나가는 자동차는 별로 많지가 않아요. 그래서 저도 요즈음에는 그 놀이를 하지 않아요."

"내가 보기에 너는 저 밑에 있는 집들에 대해서는 전부 알고 있을 것 같은데—그 집에 누가 사는가 하는 그런 것들을 말이야."

내가 아무렇지도 않은 듯 얘기를 끄집어내자, 제럴딘은 기다렸다는 듯 대답했다.

"아, 물론이지요. 전 당연히 그 사람들의 진짜 이름을 모르잖아요, 그래서 제 마음대로 이름을 붙여놨지요."

"그것참 재미있겠는걸." 내가 말했다.

"저 집 사람은 카라바스 후작부인이에요."

제럴딘이 손으로 가리키면서 말했다.

"아무렇게나 나무가 자라나 있는 저 집 말이에요. 아저씨도 알겠지만 장화 속의 고양이 같잖아요. 그 아줌마는 정말 엄청나게 많은 고양이를 기르고 있다고요."

"나도 방금 전에 그 집 고양이 한 마리와 얘기를 했었지. 오렌지색 고양이와 말이야."

"맞아요, 저도 보고 있었어요." 제럴딘이 말했다.

"너는 아주 관찰력이 뛰어난 애로구나. 네가 그냥 보아 넘긴 일은 그리 많지 않을 것 같은데, 그렇잖니?"

제럴딘은 기쁜 듯 활짝 미소를 지었다.

잉그리드가 문을 열고 헐떡이면서 방으로 들어왔다.

"너, 괜찮니, 응?"

"우리는 괜찮아요." 제럴딘이 단호한 어조로 말했다.

"걱정할 필요 없어요, 잉그리드 아줌마."

그녀는 힘있게 고개를 끄덕이면서 손으로 요리를 하는 시늉을 했다.

"가서 요리나 해요."

"좋아, 그럼 나는 가볼게. 손님이 와서 괜찮을 것 같구나."

"아줌마는 요리할 때면 늘 신경이 예민해져요." 제럴딘이 설명했다.

"제 말은 아줌마가 새로운 음식을 만들 때면 그렇다는 거예요. 그래서 어떤 때는 아주 늦게 밥을 먹게 되기도 해요. 아저씨가 와주셔서 다행이에요. 누가 와서 시간을 같이 보내주면 배고픈 것도 잊어버릴 수 있으니까요."

"저쪽에 있는 집에서 사는 사람들 얘기를 좀더 해주겠니? 그리고 네가 본 것도 말이야. 저 옆집에는 누가 살고 있지—저 산뜻한 집 말이다."

"아, 그 집에는 장님 여자가 살고 있어요. 그 아줌마는 앞을 전혀 보지 못하는데도 마치 보이는 사람처럼 걸어 다닌다고요. 수위 아저씨가 그렇게 말하던걸요. 해리라는 아저씨인데 아주 좋은 분이에요. 그 아저씨는 저한테 많은 얘기를 해주세요. 살인사건에 대해서도 얘기를 해줬다고요."

"살인사건이라니?" 적당히 놀란 척해 보이면서 내가 말했다.

제럴딘은 고개를 끄덕였다. 아주 중대한 정보를 들려준다고 생각해서인지 그 애의 눈이 반짝였다.

"저 집에서 살인사건이 일어났었다고요. 전 정말 그것을 보았어요."

"정말 흥미있는 얘기로구나."

"정말 그렇죠? 전 이제까지 한 번도 살인사건을 구경한 적이 없었어요. 제 말은요, 전 이제까지 살인이 저질러진 곳을 한 번도 본 적이 없다는 거예요."

"그래, 음—너는 무엇을 보았니?"

"그런데 그때에는 거리를 지나가는 사람들이 그리 많지가 않았어요. 아저씨도 아시다시피 하루 중에서도 가장 사람이 없는 시간이었거든요. 재미있는 일이 벌어진 것은 누군가가 그 집에서 비명을 질러대면서 뛰쳐나왔을 때부터였어요. 그래서 당연히 저는 무슨 일이 벌어졌다는 것을 알게 되었죠."

"비명을 지른 것은 누구였지?"

"어떤 젊은 여자였어요. 아주 젊은 여자였는데 아주 예뻤어요. 그 여자는 현관문 밖으로 뛰어나오더니 비명을 지르고 또 지르지 뭐예요. 그때 어떤 젊은 아저씨가 길을 따라 걸어오고 있었어요. 그 여자는 문을 뛰쳐나가서는 그 아저씨한테 매달리는 것 같았어요—이렇게 말이에요."

그 애는 손으로 그 흉내를 내보였다. 그러더니 갑자기 나를 뚫어질 듯 쳐다보았다.

"그 사람, 아저씨랑 굉장히 닮았어요."

"나하고 닮은 사람이 있을 수도 있겠지." 내가 가볍게 대꾸했다.

"그러고는 어떻게 됐지? 아주 흥미로운 일인걸."

"그러니까 그 아저씨는 그녀를 땅바닥에 털썩 앉히는 것 같았어요. 저기에 있는 땅바닥에 말이에요. 그러고 나서 그 아저씨는 집 안으로 다시 들어갔고, 황제는(그건 그 오렌지색 고양이를 말하는 거예요. 항상 잘난 척하는 것처럼 보이기 때문에 전 그 고양이를 황제라고 불러요) 몸을 닦던 일을 멈추고 아주 놀란 모습을 하더군요. 그리고 그 창자루 양이 자기 집에서 나왔죠—그 집은 저기에 있는 18번지 집이에요. 그 여자는 밖으로 나와서 현관 계단에서 그냥 보고 서 있었어요."

"아니 창자루 양이라니?"

"그 여자는 너무 볼품이 없어서 전 창자루 양이라고 불러요. 그 여자는 오빠가 한 사람 있는데, 그 사람을 아주 괴롭혀요."

"그래서?" 나는 흥미로운 듯 재촉했다.

"그러고 나서 여러 가지 일들이 벌어졌어요. 그 아저씨가 다시 집 밖으로 나왔죠—그런데 정말 아저씨가 아니었나요?"

"난 아주 평범하게 생겼지." 나는 겸손하게 말했다.

"그래서 날 닮은 사람들이 많단다."

"그래요, 그럴 것 같기도 해요." 제럴딘은 내가 실망할 만큼 솔직하게 말했다.

"그런데, 하여튼 그 아저씨는 길을 따라 내려가서 그 아래에 있는 전화박스에서 전화를 걸었어요. 그러고 나서 경찰이 도착하기 시작했죠."

그 애의 눈이 반짝였다.

"경찰이 정말 많았어요. 그리고 그 사람들은 앰뷸런스 같은 차에 시체를 싣고 가버렸어요. 물론 그때쯤에는 많은 사람들이 몰려와서 구경을 하고 있었죠. 그 속에 해리 아저씨가 섞여 있는 것도 보였어요. 그 아저씨가 이 아파트의 수위예요. 나중에 그 아저씨가 저한테 그 일에 대해 얘기해 줬어요."

"그 아저씨가 죽은 사람이 누구였는지도 얘기해 주었니?"

"그 아저씨는 단지 남자라고만 하던걸요. 이름은 아무도 모른다고 했어요."

"정말 재미있는 이야기로구나." 내가 말했다.

나는 제발 이 순간에 잉그리드가 그 당밀 파이인지 뭔지 하는 맛있는 음식을 갖고 들어와 주지 말기를 마음속으로 빌었다.

"그런데 얘기를 좀 거슬러 올라가 보자꾸나. 그전에 있었던 일을 얘기해 주었으면 좋겠는데. 그 남자를 보았니?—그 죽은 남자 말이다. 그 사람이 그 집에 찾아간 것을 보았어?"

"아뇨, 못 봤는데요. 그 사람은 계속 그 집 안에 있었던 게 분명하다고 생각해요."

"네 말은 그 사람이 그 집에서 살았다는 말이니?"

"아, 아니에요. 그 집에 사는 사람은 페브마시 양밖에 없거든요."

"그럼 너는 그 사람의 진짜 이름을 알고 있었구나?"

"아, 물론이죠. 신문에 실렸잖아요. 살인사건에 대해서도. 그리고 그 비명을 지른 여자는 셰일라 웹브라고 하던걸요. 해리 아저씨는 제게 살해당한 남자는 이름이 커리라고 말해 줬어요. 아주 재미있는 이름이죠? 무슨 음식 이름 같아요. 그러고 나서 두 번째 살인이 일어났어요. 같은 날에 일어난 것은 아니지만요—길 아래에 있는 전화박스 안에서 일어났어요. 여기에서도 그것을 볼 수는 있지만, 그러려면 제가 창밖으로 머리를 쑥 내밀고 고개를 옆으로 돌려야만 해요. 그래서 사실은 전 그걸 보지 못했어요. 물론 그런 일이 일어나리라는 것을 제가 알고만 있었다면 그렇게라도 해서 봤을 테지만 말이에요. 하지만 당연히 전 그런 일이 일어날 것이라는 걸 몰랐었고, 그래서 내다보지도 않았죠, 뭐. 그날 아침에는 거리에 굉장히 많은 사람들이 서서 반대편에 있는 그 집을 쳐다보고 있었어요. 전 아주 바보 같은 짓이라고 생각했는데, 그렇잖아요?"

"물론 그렇단다. 아주 바보 같은 짓이고말고."

그때 다시 한 번 잉그리드가 모습을 나타냈다.

"내가 곧 올게." 그녀는 그 애를 안심시키려는 듯 말했다.

"아주 금방 돌아올 거야."

그녀는 다시 방을 나갔다. 제럴딘이 다시 말을 계속했다.

"사실 우리는 저 아줌마가 계속 이 집에 있어 주길 바라지는 않아요. 아줌마는 음식을 해야 한다는 것에 불만을 품고 있어요. 물론 아침식사를 빼고는 아줌마에게 요리를 하라고 시키는 것은 단 한 번뿐이죠. 아빠는 저녁에는 밖에서 식사를 하고, 그 집에서 저에게 먹을 걸 배달시켜 주죠. 생선 같은 것으로 말이에요. 진짜 정찬이라고는 할 수 없지만요."

그 애의 목소리에는 우울함이 스며 있었다.

"보통 점심식사는 몇 시쯤 하지, 제럴딘?"

"정찬 말이에요? 그게 저한테는 정찬이에요. 저녁에는 정찬을 먹지 않아요. 그건 그저 식사일 뿐이지. 그런데 사실 제 정찬 시간은 잉그리드 아줌마가 요리를 끝내는 시간에 따라 달라져요. 아줌마는 시간에 대해서는 아주 이상해요. 아침식사는 늦으면 아빠가 화를 내기 때문에 제시간에 준비하지만, 낮에 먹는 정찬 시간은 언제가 될지 몰라요. 어떤 때는 12시에 먹기도 하고, 어떤 때는 2시가 되어도 먹지 못하는 수도 있어요. 잉그리드 아줌마 말로는 식사란 꼭 정해진 시간에 먹을 필요가 없다는 거예요. 그냥 그 식사가 준비되었을 때 먹기만 하면 된다는 거죠."

"그거 아주 편한 생각이로구나." 내가 말했다.

"그럼 그 살인이 일어나던 날에는 몇 시에 점심(정찬 말이다)을 먹었지?"

"그날은 12시에 먹었어요. 그날은 잉그리드 아줌마가 외출하기로 되어 있었거든요. 아줌마는 영화를 보러 가거나 머리를 매만지러 나가곤 하니까요. 그럴 때는 페리 부인이라는 사람이 와서 말동무가 되어줘요. 사실 그 아줌마는 끔찍해요. 막 때리기도 한다고요."

"때리다니?" 나는 약간 이상해서 되물었다.

"머리를 쥐어박는다는 말이에요. '착한 아이'라는 둥 하면서 말이에요. 정말이지 말상대가 되지를 않는다고요." 제럴딘이 말했다.

"물론 과자 같은 것을 갖다 주기는 하지만요."

"제럴딘, 너, 몇 살이지?"

"10살이에요. 10살하고도 3개월이에요."

"그런데도 나이에 비해 퍽 어른스러운 말을 할 줄 아는 것 같구나."

"그건 제가 아빠와 많이 얘기하기 때문일 거예요."

제럴딘이 진지한 표정으로 말했다.

"그럼 그 살인이 일어나던 날에는 일찌감치 정찬을 먹었다는 말이지?"

"그래요. 그래서 잉그리드는 설거지를 해치우고 바로 외출할 수 있었던 거예요."

"그러면 너는 그날 아침 창밖을 내다보면서 사람들을 지켜봤겠구나?"

"아, 그럼요. 아침 일찍 얼마 동안은요. 한 10시쯤엔 십자낱말풀이놀이를 했거든요."

"내 생각에는 커리 씨가 그 집에 간 것을 넌 볼 수 있었을 것 같은데."

제럴딘은 고개를 저었다.

"아뇨, 못 봤는걸요. 저도 그게 아주 이상하다고 생각하고 있긴 하지만요."

"그렇다면 아마 그 남자는 아주 일찍 그 집에 갔을지도 모르겠구나."

"그 사람은 현관으로 가서 벨을 누르지는 않았어요. 그랬다면 제가 봤을 테니까요."

"정원을 통해 들어갈 수도 있었겠지. 그 집 반대쪽에서 말이야."

"오, 그럴 리가 없어요. 다른 집들과는 서로 등이 닿아 있잖아요. 그 집 사람들이 아무나 정원을 지나가도록 내버려둘 리가 없잖아요."

"그것은 그렇군. 내 생각에도 그들이 그랬을 리는 없을 것 같구나."

"그 남자가 어떻게 생긴 사람인지 알고 싶어요." 제럴딘이 말했다.

"글쎄, 그 남자는 아주 나이든 사람이었단다. 한 60살가량 되었을 거야. 깨끗이 면도를 한 얼굴에 짙은 회색빛 양복을 입고 있었지."

제럴딘은 고개를 저었다.

"굉장히 평범한 사람 같은데요." 실망했다는 듯이 그 애가 말했다.

"하여튼 말이야, 내가 보기에 너는 여기에 누워서 내내 쳐다보고만 있었으니 그 정확한 날은 기억해 내기가 어려울 것 같구나."

"그건 하나도 어려운 일이 아니에요." 그 애가 아주 도전적으로 말했다.

"그날 아침 일에 대한 것이라면 다 말해 줄 수 있다고요. 전 게 부인이 몇 시에 오고, 몇 시에 가는지도 다 알고 있단 말이에요."

"그건 매일 오는 파출부 아주머니를 말하는 거지?"

"그래요. 그 아줌마는 정말 꼭 게처럼 걸어요. 그 아줌마한테는 어린 아들이 하나 있는데요, 때때로 그 집에 데리고 오기도 해요. 하지만 그날은 데려오지 않았어요. 그리고 페브마시 양은 10시쯤에 나가요. 그 아줌마는 맹인학교에 아이들을 가르치러 가거든요. 게 부인은 12시쯤 돌아가는데요. 어떤 때는 올 때는 들고 있지 않았던 보자기를 갖고 가기도 해요. 제 생각에는 버터나 치즈일 것 같아요. 페브마시 양은 앞을 못 보니까요. 제가 그날 일을 특별히 잘 기억하는 것은 잉그리드 아줌마랑 조금 싸웠거든요. 그랬더니 아줌마는 저한테 말도 안 하려고 하잖아요. 제가 아줌마한테 영어를 가르쳐 주고 있는데, 아줌마가 '다시 만날 때까지'는 뭐라고 하느냐고 물었어요. 아줌마는 저한테 독일어로만 말했어요. '아우프 비더젠' 하고 말이에요. 전 그전에 한번 스위스에 가 본 적이 있어서 그곳에서는 사람들이 그렇게 말한다는 걸 알고 있었죠. 그리고 '그뤼스 고트'라는 말도 해요. 영어로 하면 아주 무례한 말이긴 하지만요."

"그래서 너는 잉그리드 아줌마에게 어떻게 가르쳐 주었지?"

제럴딘은 웃기 시작했다. 장난기로 가득 찬 킥킥대는 웃음이었다. 그 애는 말을 하려고 했지만, 킥킥거리는 웃음 때문에 말을 잇지 못했다. 그러다가 가까스로 이렇게 말했다.

"전 이렇게 가르쳐 줬죠. '지옥으로나 꺼져버려!' 하고 말이에요. 그런데 아줌마가 이웃집에 사는 벌스트로드 양한테 그렇게 말한 모양이에요. 벌스트로드 양은 화가 머리끝까지 났대요. 그래서 잉그리드 아줌마가 그 사실을 알고 저한테 굉장히 화를 냈어요. 그래서 그다음 날 차 마실 시간이 가까이 되어서야 화해를 했죠, 뭐."

나는 무슨 말인지 이해가 갔다.

"그래서 너는 오페라 글라스만 들여다보고 있었겠구나?"

제럴딘은 고개를 끄덕였다.

"그래서 제가 커리 씨라는 사람이 현관문을 통해 그 집 안으로 들어가지 않았다는 걸 알게 된 거예요. 제 생각에는 그 사람이 밤에 몰래 들어가 다락방 같은 곳에 숨어 있었던 것은 아닌가 해요. 아저씨도 그런 생각이 들지 않으세요?"

"그런 일이 실제로 있을 수 있다고 생각하기는 하지. 하지만 이번에는 그랬을 것 같은 생각이 안 드는구나."

"아니에요." 제럴딘이 말했다.

"그 사람은 배가 고팠을 거예요, 그렇잖아요? 하지만 페브마시 양한테 아침 좀 달라고 부탁할 수도 없었을 거예요. 몰래 숨어들어 갔을 테니까요."

"그럼 아무도 그 집에 들어가지 않았다는 말이니? 한 사람도? 자동차를 탄 사람이나 장사꾼, 방문객도 하나도 없었어?"

"식료품점에서는 월요일과 목요일에 오고요. 우유배달부는 아침 8시 30분쯤에 와요."

그 애는 정말 백과사전이나 다를 바 없었다.

"꽃양배추랑 다른 것들은 페브마시 양이 직접 사와요. 세탁소를 빼고는 아무 데서도 찾아온 사람이 없었어요. 그런데 그날은 새로운 세탁소였어요."

그 애가 덧붙였다.

"새로운 세탁소라니?"

"그래요. 그전에는 항상 서던 다운스 세탁소에서 왔었거든요. 여기 사람들은 대부분 그곳에 세탁물을 부탁해요. 그런데 그날은 새로운 세탁소에서 왔었어요—스노플레이크라는 세탁소였는데요. 전 스노플레이크라는 세탁소는 한 번도 본 적이 없어요. 아마 막 개업한 세탁소였나 봐요."

나는 내 목소리에 지금 상황에 걸맞지 않은 관심을 노출시키지 않으려고 무척 애를 썼다. 나는 그 애가 쓸데없는 공상을 하게끔 만들고 싶지 않았다.

"그 집에서는 세탁물을 배달하러 왔었니? 아니면, 세탁물을 가지러 왔었니?"

내가 물었다.

"배달하러 왔었어요. 그것도 굉장히 커다란 바구니에 담아서 말이에요. 보통 때보다도 훨씬 더 큰 바구니였어요."

"페브마시 양이 그걸 받았니?"

"아뇨, 물론 그러지 않았죠. 그 아줌마는 다시 외출했었거든요."

"그것은 몇 시쯤 일어난 일이지, 제럴딘?"

"정확히 1시 35분이었어요." 제럴딘이 말했다.

"전 그 시간을 써놓았어요." 그 애가 자랑스럽게 덧붙였다.

그 애는 작은 수첩 쪽으로 손을 내밀어 그것을 집어 펼친 다음, 약간 지저분한 집게손가락으로 다음과 같이 적혀져 있는 곳을 가리켰다.

'1시 35분 세탁소에서 오다. 19번지.'

"네가 런던경시청에 있었더라면 좋았을 뻔했구나." 내가 말했다.

"여자 형사들도 있어요? 그렇다면 저도 한번 돼보고 싶어요. 여자 경관 같은 것은 말고요. 제가 보기에 여자 경관은 별 볼일 없는 것 같거든요."

"너는 그 세탁소에서 왔을 때 무슨 일이 있었는지 나한테 자세히 얘기해 주지 않았어."

"아무 일도 없었는걸요." 제럴딘이 말했다.

"차를 운전하던 남자가 내려서 화물칸의 문을 열고 그 바구니를 끄집어냈어요. 그리고 쩔쩔매면서 그 집 옆으로 돌아가 뒷문 쪽으로 가져갔어요. 그 사람은 분명 집 안으로는 들어가지 못했을 거예요. 페브마시 양이 뒷문을 잠가놓았을 테니까요. 그러니 분명히 그 남자는 그걸 거기다 두고 돌아갔을 거예요."

"그 사람은 어떻게 생겼지?"

"아주 평범했어요." 제럴딘이 말했다.

"나처럼 말이야?" 내가 물었다.

"아, 아뇨, 아저씨보다 훨씬 더 나이가 많았는걸요. 하지만 사실은 그 사람을 자세히 못 봤어요. 그 사람은 자동차를 그 집에 바싹 붙여놓았거든요—이렇게 말이에요." 그 애는 오른쪽을 가리켜 보였다.

"그 사람은 길을 잘못 들어섰지만 19번지 집 바로 앞에서 차를 세웠어요. 사실 교통위반에 걸렸어야 했지만 이런 거리에서는 그런 일들이 별로 문제가 되지 않아요. 그러고 나서 그 사람은 바구니 위로 몸을 구부린 채 그 집 문으로 들어갔어요. 그래서 전 그 사람의 뒤통수밖에 보지 못했고, 다시 나올 때도 손으로 얼굴을 닦고 있었어요. 제가 보기에 그 사람은 그 바구니를 날랐기 때문에 땀이 나고 힘이 들어 하는 것 같았어요."

"그런 다음 그 사람은 다시 차를 몰고 가버렸니?"

"예. 그런데 아저씨는 왜 그렇게 그런 일에 관심을 갖고 계세요?"

"글쎄다, 나도 모르겠구나. 왠지 그 사람이 뭔가 재미있는 것을 보지 않았을까 하는 생각이 들기 때문이란다."

잉그리드가 벌컥 문을 열어젖혔다. 그녀는 손수레를 밀면서 방 안으로 들어왔다.

"자, 식사를 하자." 그녀가 쾌활하게 고개를 끄덕이면서 말했다.

"아이, 좋아. 난 배가 고파 죽는 줄 알았어." 제럴딘이 말했다.

나는 자리에서 일어섰다.

"자, 이제는 가봐야겠구나." 내가 말했다.

"안녕, 제럴딘."

"안녕. 그런데 이건 어떻게 해요?" 그 애는 과도를 집어들었다.

"이건 제 것이 아닌걸요." 그 애는 탐나는 듯한 목소리로 말했다.

"그랬다면 좋았을 텐데."

"특별히 누구 것이라고 할 수도 없을 것 같구나, 그렇잖니?"

"소유자불명의 발견물인지 뭔지 하는 게 되는 거예요, 그럼?"

"그런 비슷한 거겠지. 내 생각에는 네가 그것을 가지고 있었으면 좋겠구나. 누군가가 그것이 자기 거라고 주장하면서 나타날 때까지는 말이다. 하지만 그런 사람이 있을 것 같지는 않구나." 내가 솔직하게 말했다.

"그 누구도 말이야."

"사과 하나만 갖다 줘요, 잉그리드 아줌마." 제럴딘이 말했다.

"사과라고?"

"폼! 압펠!"

그 애는 자신이 구사할 수 있는 모든 언어를 총동원시켰다.

나는 그 자리에 그들을 남겨두고 그곳을 떠났다.

제26장

라이벌 부인은 피콕 여관의 문을 밀어 연 다음, 약간 비틀거리는 걸음걸이로 술집 쪽으로 걸어갔다. 그녀는 입속에서 혼잣말로 뭐라고 중얼거리고 있었다. 그녀가 이 여관에 온 것이 처음이 아니어서인지 바텐더가 아주 친숙한 듯 말을 걸어왔다.

"안녕, 플로. 잘 돼가고 있어요?"

"그건 옳은 것이 아냐." 라이벌 부인이 말했다.

"그건 불공평해. 아니고말고, 그건 옳은 짓이 아니라고. 이봐, 프레드, 이래봬도 난 정신이 말짱하다니까. 난 옳은 짓이 아니라고 말하고 있는 거야."

"물론 그건 옳은 짓이 아니죠." 프레드가 달래듯 말했다.

"하지만 세상에서는 옳은 짓만 하면서 살아갈 순 없잖아요? 언제나 마시던 것으로 하시겠어요?"

라이벌 부인은 고개를 끄덕였다.

그녀는 술값을 내고 술잔을 들어 술을 죽 마시기 시작했다. 프레드는 기다리고 있던 다른 손님 쪽으로 옮겨갔다. 술은 약간이나마 그녀의 기분을 북돋워 주었다. 그녀는 여전히 입속에서 무슨 말인가를 중얼거리고는 있었지만 처음보다는 훨씬 기분이 좋아진 모양이었다. 프레드가 다시 한 번 그녀에게로 다가오자 그녀는 약간 누그러진 태도로 그에게 말을 걸었다.

"그렇더라도 나는 그걸 참고만 있지는 않을 거라고. 아무렴, 그렇게는 못하고말고. 내가 견딜 수 없는 일이 한 가지 있다면, 그건 사기를 치는 일이야. 난 사기 치는 일만은 못 참겠어. 못 참겠단 말이야."

"물론 당신은 옛날부터 그랬었잖아요." 프레드가 말했다.

그는 노련한 눈초리로 그녀를 지켜보고는 속으로 생각했다.

'벌써 많이 취한 것 같군. 그래도 아직 두 잔 정도는 거뜬할 것 같은걸 그래. 뭔가 속상한 일이라도 있나 보군.'

"사기나—." 라이벌 부인이 말했다.

"남을 속이—, 속이거—잘 발음이 되지는 않지만 내가 하려는 말이 무슨 말인지는 알겠지?"

"물론 잘 알고말고요." 프레드가 말했다.

그는 또다른 아는 손님에게 인사를 하기 위해 몸을 돌렸다. 그 개망나니 같은 녀석들의 언동들이 불유쾌한 그녀의 머릿속에 하나들 떠올랐다.

라이벌 부인은 여전히 중얼대고 있었다.

"나는 마음에 안 들어. 참을 수가 없단 말이야. 난 이렇게 말해 주고 말겠어. 나를 그 따위로 취급하다니. 그것으로 끝났다고 생각하면 큰 오산인걸. 암, 오산이고말고. 그걸 곧 깨닫게 해주고 말겠어. 내 말은 그건 옳은 것이 아니란 거야. 만일 네가 너 자신을 지키지 않으면 누가 널 지켜주겠느냔 말이야? 이봐. 한잔 더 줘." 그녀가 큰소리로 덧붙였다.

프레드는 그 말대로 해주었다.

"내가 당신이라면 이것만 마시고 집으로 돌아갈 거요." 그가 충고했다.

그는 이 늙은 여자가 왜 이렇게 기분이 엉망진창이 되었는지 궁금했다. 평소 그녀는 아주 조용한 편에 속하는 사람이었다. 친근감이 있는, 그러면서도 항상 웃기를 잘하는 그런 사람이었던 것이다.

"나 말이야, 프레드, 아무래도 크게 당한 것 같아." 그녀가 말했다.

"사람들이 남한테 무슨 부탁을 할 때에는 보통 그 일에 대해서 전부 얘기해 줘야 하잖겠어? 그게 무슨 뜻이고, 자기들이 하고 있는 일이 어떤 일인지 말해 줘야 하는 거잖아. 거짓말쟁이들 같으니라고. 정말 더러운 거짓말쟁이들이야. 정말 참을 수가 없어."

"나라면 그만 마시고 집으로 가겠어요." 그가 말했다.

그는 눈물 때문에 눈에 칠한 마스카라가 흘러내리려고 하는 것을 보았다.

"곧 비가 올 것 같은 날씨라고요. 그것도 억수 같은 비가. 그러면 당신의 그 예쁜 모자가 엉망이 되어버릴 텐데요."

그 말이 기쁜 듯 라이벌 부인의 얼굴에는 엷은 미소가 떠올랐다.

"나는 옛날부터 수레국화를 좋아했지." 그녀가 말했다.

"오, 맙소사. 나는 뭘 해야 할지 모르겠어. 정말 모르겠단 말이야."

"나라면 집으로 가서 따뜻한 이불 속으로 들어가겠소."

바텐더가 친절하게 일러주었다.

"그야, 그럴지도 몰라, 하지만—."

"자, 그렇게 하도록 해요. 당신도 그 모자를 엉망으로 만들고 싶진 않겠죠?"

"그건 정말 그래. 그래, 그건 정말 그렇다고. 그건 아주 전—전—아냐, 그 말을 하려던 게 아닌데—내가 무슨 말을 하려 한 거지?—당신 생각이 전적으로 옳다고, 프레드. 아주 고마워."

"천만에요." 프레드가 말했다.

라이벌 부인은 앉아 있던 높은 의자에서 미끄러지듯 내려와 그리 비틀거리지 않는 걸음걸이로 문으로 갔다.

"오늘 밤에 무슨 일인가가 늙은 플로의 마음을 상하게 한 것 같군."

손님 중 누군가가 말했다.

"평소에는 아주 명랑한 여자였는데 말이야. 하지만 누구나 기분이 좋았다 나빴다 할 수는 있는 노릇이니까."

아주 음침해 보이는 인상을 한 또다른 남자가 말했다.

"만일 누가 나한테—." 첫 번째 남자가 말했다.

"제리 그레인저가 퀸 캐롤라인의 뒤를 쫓아 5등으로 들어올 것이라고 얘기해 주었다 해도 난 그 말을 믿지 않았을 거야. 아무래도 수상쩍은 낌새가 있었거든. 요즈음의 경마는 솔직하지가 못해서 그래. 말에게 약을 주사한다거나 그 밖에도 여러 가지 장난들을 쳐놓거든."

라이벌 부인은 피콕 여관을 나왔다. 그녀는 불안한 듯 하늘을 쳐다봤다. 그래, 아마도 비가 올 모양이야. 그녀는 조금 시둘러서 거리를 따라 걸어갔다. 그녀는 왼쪽으로 한번 꺾어진 다음, 오른쪽으로 다시 한 번 더 꺾어들었다. 그러고 나서 다소 지저분해 보이는 집 앞에서 걸음을 멈췄다. 그녀가 열쇠를 꺼내 들고 현관 돌계단을 올라가려는데 아래쪽에서 누군가가 그녀에게 말을 걸었다. 그리곤 웬 머리 하나가 문 모퉁이에서 불쑥 나오더니 그녀를 쳐다봤다.

"어떤 신사분이 2층에서 부인을 기다리고 있는데요."

"날?" 라이벌 부인은 약간 의외라는 듯 이렇게 되물었다.

"그래요, 부인이 그 사람을 신사라고 한다면 말이에요. 옷이라든지 그 밖에 다른 것들을 보면 그런 것 같기도 하지만, 내가 보기엔 반드시 무슨, 무슨 후작이라든가 하는 신분이 높은 사람은 아닌 것 같았어요."

라이벌 부인은 간신히 열쇠구멍을 찾는 데 성공했다. 그녀는 열쇠구멍에다 열쇠를 넣어 문을 열고서 안으로 들어갔다.

집 안에는 배추와 생선, 유칼리나무 냄새가 풍기고 있었다. 유칼리나무 냄새는 이 집의 홀에서는 거의 언제나 맡을 수 있었다. 라이벌 부인의 주인집 여자는 겨울철에 입을 옷들을 손질해 두어야 한다고 굳게 믿고 있는 사람이어서 벌써 9월 중순부터 그 일을 시작해 놓았던 것이다. 라이벌 부인은 계단 손잡이를 잡고 계단을 올라갔다. 그녀는 2층에 있는 문을 밀고 들어선 순간 그 자리에 우뚝 서버렸다. 그리고 자신도 모르게 뒤로 한 걸음 물러섰다.

"아—, 경감님이셨군요." 그녀가 말했다.

하드캐슬 경감은 앉아 있던 의자에서 일어섰다.

"안녕하셨습니까, 라이벌 부인?"

"경감님이 무슨 일이신가요?"

평상시의 그녀답지 않게 무뚝뚝한 목소리로 라이벌 부인이 물었다.

"실은 공무로 런던에 와봐야 할 일이 생겼습니다. 그리고 부인과 얘기해 봐야겠다고 생각한 일도 한두 가지 있었고요. 그래서 부인을 만날 수 있을지도 모르겠다고 생각하면서 이렇게 온 겁니다. 그—저—아래층에 있는 여자가 부인이 곧 돌아올지도 모르겠다고 하더군요."

"아—. 그런데, 영문을 모르겠네요. 도대체—."

경감이 그녀에게 의자 하나를 밀어주었다.

"앉으십시오." 그가 공손하게 말했다.

그들의 입장은 서로 뒤바뀌어진 것 같았다. 그가 주인이고 그녀는 손님인 꼴이 되었다. 라이벌 부인은 의자에 앉았다. 그녀는 그를 아주 뚫어지게 쳐다보았다.

"한두 가지 일이라니 무슨 말이죠?" 그녀가 말했다.

"사소한 일이죠." 하드캐슬 경감이 말했다.

"사소한 일 몇 가지가 떠올랐습니다."

"그렇다면—해리에 대해선가요?"

"바로 그렇습니다."

"하지만 이보세요." 라이벌 부인은 약간 도전적인 목소리로 말했다. 그 순간 하드캐슬 경감의 코에는 술 냄새가 확 풍겨왔다.

"해리에 대해서라면 그 정도로 충분하잖아요. 그 사람에 대해 난 더 이상 생각하고 싶지가 않다고요. 내가 신문에서 그의 사진을 보고 바로 출두했잖아요? 나는 경찰서로 가서 그 사람에 대해 경감님께 말씀을 드렸어요. 그것은 모두 아주 오래전 일이라서 더 이상 왈가왈부하고 싶지가 않단 말이에요. 경감님께 더 이상 말씀드릴 것이 없어요. 난 기억해 낼 수 있는 것은 무엇이든 다 경감님께 말씀드렸고, 이제는 그 일에 대해 더 이상 듣고 싶지도 않답니다."

"이건 아주 사소한 겁니다." 하드캐슬 경감이 말했다.

그것은 부드럽고 변명하는 듯한 말투였다.

"아, 좋아요. 좋아." 다소 무례하게 라이벌 부인이 말했다.

"무슨 일인가요? 한번 말해 보시죠."

"부인은 그 남자가 부인의 남편으로서 한 15년 전쯤에 결혼식을 올렸다고 했습니다. 맞죠?"

"제 생각에는 경감님은 이미 그게 몇 년 전의 일인지 정확히 조사해 보셨을 것 같은데요."

'생각했던 것보다는 더 날카로운걸.'

하드캐슬 경감은 혼자 속으로 중얼거렸다. 그는 말을 계속했다.

"그렇습니다. 부인이 생각하신 바로 그대로입니다. 우리는 그 점을 조사해 보았지요. 부인은 1948년 5월 15일에 결혼하셨더군요."

"사람들은 5월의 신부는 불행하게 된다고 말들 하죠."

라이벌 부인이 음울하게 말했다.

"저 역시 아무런 행운도 갖지 못했어요."

"그렇게 많은 세월이 흘러가 버렸는데도 부인은 남편을 아주 쉽게 알아보시더군요."

라이벌 부인은 약간 불안한 듯 몸을 움직였다.

"그이는 별로 많이 늙지 않았으니까요. 항상 깔끔하게 하고 다녔죠. 해리는 그랬었다고요."

"그리고 부인은 우리에게 그 사람의 신원을 밝혀주는 증거를 더 보내주셨습니다. 무슨 상처에 대해 편지를 주셨지요?"

"그래요. 그 사람 왼쪽 귀 뒤에 있는 것이에요. 여기에 말이에요."

라이벌 부인은 한쪽 손을 올려 그 자리를 가리켰다.

"'왼쪽' 귀 뒤에 있다는 말이지요?"

하드캐슬은 왼쪽이라는 말에 힘을 주면서 말했다.

"그래요—." 그녀는 순간 별로 자신이 없다는 표정을 지었다.

"그래요. 저, 제 생각엔 그랬던 것 같아요. 맞아요. 틀림없이 그랬어요. 물론 갑자기 생각을 해내려다 보면 그게 왼쪽인지 오른쪽인지 잘 모르는 수도 있지 않겠어요? 하지만 맞아요, 그건 목 왼쪽에 있었어요. 여기에 말이에요."

그녀는 손으로 아까 가리켰던 곳을 다시 가리켰다.

"그 상처는 그가 면도를 하다 입은 것이라고 하셨죠?"

"그래요. 개가 그이한테 뛰어올랐답니다. 우리는 그때 아주 큰 개를 한 마리 기르고 있었거든요. 그 개가 갑자기 들어왔어요—사람을 아주 좋아하는 개였답니다. 그 개가 해리한테로 뛰어올랐는데, 그때 해리는 면도를 하고 있는 중이어서 그만 그 날이 깊이 들어가고 말았던 거예요. 피가 아주 많이 났었어요. 결국 그 상처가 낫기는 했지만 그 자국이 없어지진 않았어요."

아까보다는 훨씬 자신 있는 태도로 그녀는 말을 했다.

"그것은 아주 중요한 사실이로군요, 라이벌 부인. 아주 많이 닮은 사람들도 있을 수 있고, 특별히 이번 경우에는 꽤 많은 시간이 흘러가 버렸으니까요. 하지만 부인의 남편과 아주 닮은 사람으로, 남편과 같은 곳에, 같은 상처가 있는 사람을 찾기란—하여튼, 그건 아주 분명하고 확실한 신원확인이 되겠지요. 우리도 뭔가 증거를 잡을 수 있게 될 것 같군요."

"경감님이 기뻐하시니 저도 기쁘군요." 라이벌 부인이 말했다.

"그런데 그 면도칼로 벤 것이—언제였지요?"

라이벌 부인은 잠시 생각해 보는 듯했다.

"그건 아마—아, 그래요, 결혼하고 나서 한 6개월쯤 되었을 때예요. 그래요. 그때였어요. 그 해 여름에 그 개를 얻은 것이 기억나니까."

"그렇다면 그 일은 1948년 10월이나 11월쯤 일어났겠군요. 맞습니까?"

"맞아요."

"그리고 남편은 부인을 1951년에 버렸다는 말이로군요……."

"그 사람이 저를 버렸다기보다는 제가 그 사람을 쫓아버린 거죠."

라이벌 부인이 뽐내며 말했다.

"그건 아무래도 좋습니다. 부인이 좋으신 대로 표현하기로 하죠. 하여튼 부인은 1951년에 남편을 쫓아버리고 난 뒤에 신문에서 그의 사진을 보기 전까지는 한 번도 남편을 만나보지 못했습니까?"

"그래요. 그건 제가 전에 경감님에게 말씀드렸잖아요."

"그럼, 그것은 틀림없는 사실입니까, 라이벌 부인?"

"물론 틀림없는 사실이죠. 제가 그의 죽은 모습을 보기 전까지는 단 한 번도 해리 캐슬턴을 본 적이 없다고요."

"거 참 이상한 일이로군요." 하드캐슬 경감이 말했다.

"정말 아주 이상한 일이로군요."

"어째서—무슨 말이죠?"

"그러니까 그 상처 자국이란 것이 아주 신기하다는 거죠. 물론 부인이나 저 같은 보통사람들은 그걸 잘 분간하지 못하지요. 우리에게 상처는 모두 같은 상처일 뿐이니까. 하지만 의사들은 그 상처에서 많은 사실을 알아낼 수 있습니다. 즉, 그 사람이 그 상처를 입은 지 몇 년이나 지났는지 대강 알아낼 수 있다는 거죠."

"경감님이 무슨 말을 하시려는지 잘 모르겠네요."

"그러니까 아주 간단한 겁니다, 라이벌 부인. 경찰의와, 우리가 특별히 감정을 의뢰한 다른 의사의 말에 따르면 부인의 남편 귀 뒤에 아주 뚜렷하게 남아 있는 상처 자국은 불과 5~6년 전쯤에 입은 상처로 인해 생겼다는 겁니다."

"말도 안 돼요." 라이벌 부인이 말했다.

"믿을 수 없어요. 저도—아무도, 그런 일을 알아내지는 못해요. 아무튼 그 상처를 입은 것은……."

"그래서 말인데요." 하드캐슬이 공손하게 말을 이었다.

"그 상처 자국이 불과 5~6년 전쯤에 입은 상처 때문에 생긴 것이라면, 그 남자가 부인의 남편이라고 했을 때, 1951년 그가 부인을 버리고 떠날 까지만 해도 그 사람에게는 그런 상처 자국이 없었다는 말이 됩니다."

"어쩌면 그랬을지도 모르겠네요. 하지만 어쨌든 그 사람은 해리였어요."

"하지만 부인은 그 이후로 남편을 한 번도 본 적이 없다고 했습니다, 라이벌 부인. 그런데 부인은 그 사람을 그 이후로 한 번도 본 적이 없다면 그가 5~6년 전에 상처를 입었다는 사실을 어떻게 알 수 있었을까요?"

"경감님은 제 머릿속을 혼란스럽게 만드시네요. 정말 머릿속을 뒤죽박죽으로 만들어 버리셨어요. 하여튼 그건 1948년 이전의 일이 아니었을 거예요—경감님도 지나간 모든 일들을 다 기억할 수는 없잖아요. 어찌됐든 해리에게는 그런 상처 자국이 있다는 걸 전 알고 있어요."

"알겠습니다." 이렇게 말하고 하드캐슬 경감은 자리에서 일어섰다.

"라이벌 부인, 지금 한 진술에 대해 잘 생각해 보시는 게 좋을 것 같습니다. 물론 부인도 귀찮은 문제를 일으키는 것이 싫으실 테니까."

"그게 무슨 뜻이죠, 경감님, 귀찮은 문제가 일어나다니요?"

"그러니까—." 하드캐슬 경감은 거의 변명조로 이렇게 말했다.

"위증죄가 될 수도 있다는 말입니다."

"위증죄라고요. 내가!"

"그렇습니다. 아시다시피 그런 일은 중대한 법률위반이 되니까요. 단지 귀찮은 문제로만 그치지 않고, 부인은 감옥에 가게 될 수도 있습니다. 물론 부인은 아직 검시재판에서 선서를 한 것은 아니지만 언젠가는 정식 법정에서 선서를 한 뒤 지금처럼 증언을 하셔야 할 테니까요. 그렇게 된다면—아무튼 그 문제에 대해 좀더 신중히 생각해 보시는 것이 좋은 겁니다. 혹시 누군가가 부인에게 경찰서에 가서 그 상처 자국에 대해 얘기하도록 사주한 것은 아닌가요?"

라이벌 부인은 자리에서 벌떡 일어났다. 눈을 빛내면서 그녀는 몸을 한껏 뒤로 젖혔다. 그 순간의 그녀는 정말 멋지게 보였다.

"내 생전에 그런 어이없는 소리를 듣기는 처음이로군요." 그녀가 말했다.

"정말 어처구니없는 얘기예요. 전 제 책임을 다하려 노력해 왔어요. 일부러 경찰에 출두해서 가능하면 도움을 드리려고 말이에요. 저는 경감님께 기억나는 일을 전부 말씀드렸어요. 제가 실수한 것이 있다 하더라도 그건 아주 당연한 일이 아니겠어요? 하여튼 저는 꽤 많은—말하자면, 남자친구들을 만나 왔으니까요. 때로는 잘못 알고 있는 그런 일들도 있을 수 있잖아요. 하지만 제가 실수를 했다고는 생각지 않아요. 그 남자는 해리고, 해리는 왼쪽 귀 뒤에 상처 자국이 있었으니까요. 그건 자신 있게 말할 수 있어요. 만일 지금 경감님이 제가 거짓말을 하고 있다고 말씀하시려고 여기에 온 거라면 당장 나가 주세요, 하드캐슬 경감님."

하드캐슬 경감은 바로 자리에서 일어서며 말했다.

"안녕히 계십시오, 라이벌 부인. 그 일에 대해 잘 생각해 보십시오. 제가 말씀드리고 싶은 것은 그것뿐입니다."

라이벌 부인은 흥 하고 머리를 돌렸다. 하드캐슬은 문밖으로 나가 버렸다. 그가 나가고 나자 라이벌 부인의 태도는 완전히 급변했다. 당당하면서도 도전적이던 그녀의 태도가 일시에 무너져 버린 것이었다. 그녀는 무슨 일엔가 놀라고 걱정을 하고 있는 듯한 모습이었다.

"나를 이 지경으로 만들어놓다니." 그녀가 중얼거렸다.

"나를 이 지경으로 만들어놓다니. 다시는—다시는 이 따위 일을 하지 않을 거야. 내가—, 내가—, 다른 사람 때문에 내가 경찰 신세를 질 수는 없어. 나한테는 거짓말만 잔뜩 늘어놓고, 나를 속인 거야. 말도 안 돼. 정말 말도 안 되는 소리야. 그렇게 말해 주겠어."

그녀는 비틀비틀 방 안을 이리저리 걸어 다녔다. 그러다가 마침내 결심을 한 듯 구석에 있는 우산을 집어들고 다시 밖으로 나갔다. 그녀는 그 거리의 끝까지 걸어 내려가서 전화박스 앞에서 잠시 머뭇거렸다. 그러다가 우체국 안으로 들어갔다. 거기에서 그녀는 동전을 바꿔들고 전화박스 하나로 들어갔다. 그녀는 교환원에게 전화를 걸어 번호를 하나 신청했다. 그리고 통화가 될 때까지 선 채로 기다렸다.

"말씀하세요. 나왔습니다."

그녀는 말을 시작했다.

"여보세요……아, 당신이로군요. 난 플로예요. 아니에요, 물론 나한테 전화를 하지 말라고 한 것은 알고 있지만 그럴 수가 없었어요. 당신이 나를 속였잖아요. 내 입장이 어떻게 될지 말해 주지도 않았고요. 당신은 그 남자의 신원이 밝혀지게 되면 당신이 귀찮아질 거라고만 했잖아요. 나는 살인사건에 휩쓸리게 되리라고는 꿈에도 생각지 못했다고요……아, 물론 당신이야 그렇게 말하겠지만, 어쨌든 사실이 당신이 말한 것과는 다르잖아요……그래요. 난 당신이 그 사건과 무슨 관계가 있는 것이 틀림없다고 생각해요……하여튼, 미리 말해 두겠는데 난 그런 일에 끼어들 생각이 없다고요……아무튼, 아—액—내가 하려는 말을 알고 있죠—그래요, 액세서리(사후 종범자)라나 하는 것도 있으니까요. 난 그걸 몸에 걸치는 장신구로만 생각해 왔지만. 하여튼 사후 뭐라나 하는 그런 게 있는 모양이니 내가 겁나지 않게 됐어요?……나한테 편지를 써서 그 상처 자국에 대해 그 사람들한테 슬쩍 말해 두라고 시켰잖아요. 그런데 그 상처 자국은 겨우 1~2년 전쯤에 생긴 것이라던데, 난 그가 몇 년 전에 나를 떠나기 이전에 입었던 상처 자국이라고 증언한 꼴이 되어버렸지 뭐예요……더구나 그게 위증죄가 되어 그 일로 감옥에 가게 될지도 모른다고 하잖아요. 아무튼 나를 설득하려 해도 이젠 소용없어요……안 돼요……친절을 베풀어 준 건 별개의 문제잖아요……아니, 그건 나도 알고 있어요……당신이 내 빚을 갚아준 건 나도 알고 있다고요. 별로 많은 돈은 아니었지만……그럼, 알았어요, 당신 말을 듣기는 하겠지만 나는 더 이상……알았어요, 알았어, 비밀을 지키긴 하겠어요……뭐라고요?……얼마나요?……그거 아주 큰돈이로군요. 당신이 그렇게까지 갖고 있는지 내가 어떻게 알겠어요……물론 그래요, 그렇다면 문제가 달라질 수도 있겠죠. 그런데 당신은 그 사건과 아무 관계도 없다고 맹세할 수 있어요?—내 말은 누군가가 살해된 그 사건 말이에요……아뇨, 나도 당신이 그러지 않았으리라고 믿기는 해요. 나도 그건 알고 있다고요……때때로 당신은 많은 사람들 속으로 섞여 들어가 버리잖아요—사람들은 당신이 생각한 것보다도 훨씬 멀리 가죠. 그게 당신 잘못이라고 할 수는 없어요……당신은 언제나 그럴 듯하게 말을 하니까……당신은 항상 그랬죠……그럼, 좋아요, 나도 그 문제에 대해서 잘 생각해 보긴 하겠지만 금방 돼야 한다고요……내일? 시간은?……예……그래요, 내가 가죠. 하지만 수표는 안 돼요. 부도가 날지도 모르니……그렇지만 내가 언제까지 이 일에 휘말려 들어가야 하는지 사실 나도 모르겠다고요……좋아요. 하여튼 당신이 그렇게 말을 하니……물론 나도 그 일에 대해 오리발을 내밀려는 생각은 아니었어요……그럼 그렇게 하기로 해요."

그녀는 싱글거리면서 우체국을 나와 거리를 이리저리 누비며 걸어갔다.

그만한 정도의 돈이라면 경찰하고 약간 문제가 생길 위험을 감수할 만한 가치는 있었다. 그 정도면 그녀가 안락한 생활을 누릴 수 있을 것이다. 그리고 사실 그 일은 그렇게 위험스럽지도 않았다. 단지 그녀가 잊고 있었다거나, 아니면 기억이 잘 나지 않는다고 말해 버리면 그만인 것이다. 많은 여자들이 바로 1년 전에 일어난 일도 기억해 내지 못하니 말이다. 그녀는 해리와 다른 남자를 혼동했다고 말하기만 하면 되는 것이다. 아, 발뺌할 말이야 얼마든지 생각해 내면 되지 않겠는가.

라이벌 부인은 천성적으로 변덕이 심한 여자였다. 조금 전까지만 해도 잔뜩 기가 죽어 있었는데, 지금은 기분이 아주 좋아져 있었다. 그녀는 그 돈을 먼저 어디에 쓸 것인지를 골몰히 생각하기 시작했다.

제27장

1

콜린 램의 이야기

"자네는 그 램지라는 남자의 아내에게서 많은 것을 알아내지는 못한 것 같군." 베크 대령이 잔소리를 했다.

"별로 알아낼 것이 없었으니까요."

"틀림없나?"

"그렇습니다."

"그녀는 열성 당원이 아니던가?"

"예."

베크는 뭔가를 찾아내려는 듯한 눈초리로 나를 흘끗 보았다.

"일을 다 마쳤다는 얘긴가?" 그가 물었다.

"사실은 그렇다고 할 수는 없습니다."

"그럼 그 이상의 성과를 기대하고 있었다는 말인가?"

"그것만으로는 그 차이를 메울 수 없으니까요."

"그렇다면, 다른 곳도 조사해 봐야 한다는 얘기로군……. 크레슨트 쪽은 포기한 건가—응?"

"그렇습니다."

"어쩐지 자네 말수가 더 적어진 것 같은걸. 혹시 술이 덜 깬 것은 아닌가?"

"저는 이런 일에는 걸맞지 않은 것 같습니다." 내가 천천히 말했다.

"자네는 내가 머리를 쓰다듬으면서, '옳지, 옳지, 정말 착한 아이로구나.'라고 말해 주기라도 바라는 건가?"

너무 어이가 없어서 나는 웃음을 터뜨렸다.

"그것도 좋기야 하지. 그런데 무엇 때문인가? 내 생각엔 여자 문제 같은데."

나는 고개를 저었다.

"오래전부터 생각해 온 겁니다."

"하긴 나도 그 사실을 눈치채고 있었지." 뜻밖에도 베크가 이렇게 말했다.

"요즈음에는 세계정세도 무척 혼란스럽지. 예전과는 달리 쟁점도 그리 명확하지 못하고 말이야. 한번 마음속에 실망이란 것이 들어서기만 하면, 다 그대로 말라서 썩어버리는 것처럼 되어버리고 마는 거야. 벽의 틈새에서 자라난 큰 버섯을 잡아 뜯어버리는 격이라고나 할까! 만일 그렇다면 우리에게 있어서 자네의 유용성은 끝나버린 걸세. 자네는 일급 임무들을 잘 완수해 왔었지. 그것으로 만족하게나. 자네의 본업인 해초연구가로 돌아가는 걸세."

그는 잠시 말을 멈추었다가 곧 이렇게 물었다.

"자네는 정말 그런 더러운 일이 좋은 건가?"

"저는 그 학문이 정말 흥미롭다는 걸 알고 있습니다."

"나라면 거기에서 혐오감만을 느낄 것 같은데 그래. 자연적으로 생겨나는 놀라운 변화란 말인가? 그래, 결국은 취미 문제지. 자네의 그 특허 살인사건은 어떻게 되었나? 틀림없이 그 젊은 여자가 저지른 일이라고."

"그건 아닙니다." 내가 말했다.

베크는 마치 큰아버지가 조카한테 훈계라도 하듯이 나한테 손가락 하나를 흔들어댔다.

"난 자네에게 이것만은 말해 주고 싶네. '항상 경계할 것.' 물론 난 보이 스카우트에서 쓰는 것과 같은 의미로 말한 것은 아닐세."

나는 깊은 생각에 잠긴 채 채링 크로스 로를 걸어 내려갔다. 지하철역에서 나는 신문 한 장을 사들었다. 그 신문에는 어제 빅토리아 역에서 러시아워에 인파에 밀려 쓰러진 것으로 보이는 한 여자가 병원으로 실려갔다는 기사가 실려 있었다. 그런데 병원에 가서 보니 그녀가 사실은 칼에 찔린 것이라는 것을 알게 되었으며, 의식을 회복하지 못하고 그녀는 끝내 죽어 버렸다는 것이었다. 그녀의 이름은 멀리니 라이벌 부인이었다.

2

나는 하드캐슬에게 전화를 걸었다.

"그렇다네. 신문에 실린 그대로일세." 그는 내 질문에 그렇게 대답했다.

그의 목소리는 딱딱하면서도 씁쓸하게 들렸다.

"난 그저께 밤에 그 여자를 만나러 갔었다네. 나는 그녀한테 그 상처 자국에 대한 그녀의 얘기가 딱 맞아떨어지지 않더라고 얘기를 했었지. 그 상처 자국이 비교적 최근의 것이었다고 하면서. 사람들이 그런 실수를 범한다는 것이 이상한 일이야. 괜히 일을 거창하게 만들려고 하다가 그러니 말일세. 누군가가 그 여자한테 돈을 주고 그 시체가 몇 년 전에 모습을 감춰버린 자기 남편이었다고 하라고 그녀를 시킨 것이 분명해. 그 여자의 연극도 아주 훌륭했지 뭔가! 나는 그 여자가 말한 걸 그대로 믿었다네. 그리고 그 사람이 누군지는 모르겠지만, 하여튼 너무 똑똑한 척 머리를 쓰려고 했어. 만일 그 여자가 뒤늦게 별로 중요하지도 않은 그 작은 상처 자국을 기억해 냈다고 하면 상대방에게 신뢰감을 주고, 신원을 확인하는 일에도 꼭 들어맞는다고 여겼겠지. 만일 그 여자가 그 일에 대해 그 자리에서 말을 하게 되면 약간 일이 가볍다는 인상을 줄 우려가 있다고 생각해서 말이네."

"그렇다면 멀리나 라이벌이 그 사건에 깊이 관여하고 있었다는 말인가요?"

"자네도 알지 모르겠지만, 나는 그 점이 오히려 의심스럽다네. 가령 오래전부터 알던 친구나 아는 사람이 그녀한테 가서 이렇게 말했다고 해보세. '사실은 내가 약간 궁지에 몰려 있어. 내가 사업상 거래를 하던 녀석이 살해당했거든. 만일 경찰이 그 사람의 신원을 알게 되면 그동안의 모든 거래가 다 밝혀지게 되고 당치도 않은 재난만 입게 된단 말이야. 그러니 네가 가서 그 사람은 네 남편인데 이름은 해리 캐슬턴이고, 몇 년 전에 도망쳐 버렸다고 말해주기만 하면 사건 자체가 없어지게 될 거야.'라고 말일세."

"그래도 그 여자라면 그런 일에 휩쓸리지 않을 겁니다—너무 위험하다고 하면서 말이죠."

"그렇다면 그 사람이 이렇게 말했다고 해보세. '아니, 뭐가 위험해? 최악의 경우 네가 실수한 것이라고 하면 되는데. 어떤 여자든 15년이나 지났으니 실수할 수도 있는 문제야.'라고 말일세. 그리고 아마 그때쯤 해서 꽤 많은 보수 얘기도 언급되었겠지. 그래서 그 여자는 기꺼이 승낙을 하고 한번 해보겠다고 나온 걸세."

"아무 의심도 하지 않고 말이죠?"

"그 여자는 의심이 많은 사람은 아니었어. 그러니 말일세, 콜린, 우리가 범인을 잡을 때마다 항상 그 범인에 대해 아주 잘 알고 있으면서도 그 사람은 절대 그런 짓은 하지 않을 것이라고 굳게 믿고 있는 사람들이 있었지."

"경감님이 그 여자를 만나러 갔을 때 무슨 일이 있었나요?"

"난 그 여자한테 나사를 감아주었다네. 내가 그 집을 나온 뒤에 내가 예상했던 대로 그 여자가 행동을 하더군—이 사건에 그녀를 끌어들인 남자인지 여자인지한테 연락을 했으니까. 나는 그 여자의 뒤를 밟았다네. 그 여자는 우체국으로 가더니 공중전화로 전화를 걸더군. 불행히도 그건 내 예상과는 달리 그녀가 살고 있는 거리의 끝에 있는 공중전화박스가 아니었다네. 그 여자는 잔돈을 바꾸어야 했지. 그 여자는 아주 만족스러운 듯한 표정으로 공중전화박스에서 나오더군. 그 뒤로도 그녀를 감시하고 있었지만, 어제저녁때까지는 별로 흥미를 끌만한 일은 일어나지 않았었네. 그 여자는 빅토리아 역으로 가서 크로딘행 기차표를 끊더군. 그 시간은 6시 30분이었는데, 러시아워였지. 그 여자는 경계를 하지도 않았어. 그녀는 크로딘에서 누군가를 만나려고 한 모양이었어. 하지만 그 교활한 놈이 먼저 선수를 친 거지. 북적거리는 사람들 틈바구니에 섞여 누군가의 등 뒤로 몰래 다가가 칼로 찔러버리는 일은 식은 죽 먹기잖아……. 그녀도 자기가 칼에 찔린 사실을 모르고 있지 않았을까 생각되네.

알다시피 사람들은 대개 그렇잖나. 레비티 떼강도 사건이 일어났을 때 바턴의 경우가 생각나나? 그는 쓰러져 죽을 때까지 거리 하나를 끝까지 걸어갔었지. 단지 갑자기 날카로운 통증을 느낄 뿐이니까—그러고 나서 아무 이상이 없다고 생각해 버리거든. 하지만 그렇지가 않은 것이지. 자기도 모르는 새 쓰러져 죽게 되는 거야." 그는 연거푸 이렇게 내뱉었다.

"짐승 같은 놈, 짐승 같은 놈, 짐승 같은 놈!"

"경감님은 벌써, 누군가의 행동을 죄다 조사해 보았겠죠?"
나는 그렇게 물어볼 수밖에 없었다.
그는 재빠르고도 날카롭게 이렇게 대답했다.
"페브마시란 여자는 어제 런던에 있었네. 그녀는 교육기관의 일로 몇 가지 볼일이 있어서 그 일을 마치고 7시 40분 기차로 크로딘으로 돌아왔지."
그는 잠시 말을 멈추었다.
"그리고 셰일라 웨브는 뉴욕으로 가는 길에 런던에 들른 어떤 외국 작가가 검토해 볼 타이프 원고를 받아왔지. 그녀는 5시 반경에 리츠 호텔을 떠나(혼자서) 돌아오기 전에 영화를 한 편 보았다네."
"사실은 말입니다, 경감님에게 알려줄 것이 있습니다. 어떤 목격자에게서 얻은 정보입니다. 어떤 세탁소 차가 9월 9일 1시 35분에 윌브러햄 크레슨트 가 19번지에 섰었다고 하더군요. 그 차를 운전한 남자가 그 집 뒷문 쪽으로 큰 세탁용 바구니를 운반해 갔답니다. 아주 유별나게 큰 세탁 바구니라더군요."
"세탁소라고? 무슨 세탁소였는데?"
"스노플레이크 세탁소였답니다. 그 세탁소를 알고 있습니까?"
"지금 당장 머리에 떠오르지는 않는군. 끊임없이 새로운 세탁소가 생기니 말이야. 그런데 세탁소 이름만으로는 아주 흔한걸."
"하여튼—경감님이 조사해 보시죠. 어떤 남자가 그 차를 운전하고 있었는데—, 그리고 그 남자가 그 바구니를 집 안으로 옮겼답니다."
갑자기 의심을 품고 경계하는 듯한 하드캐슬의 목소리가 들려왔다.
"혹시 자네가 꾸며낸 이야기는 아니겠지, 콜린?"
"아닙니다. 내가 목격자한테서 얻은 정보라고 얘기했잖습니까. 조사해 보시죠, 딕. 지금 바로 시작하십시오."
나는 그가 더 이상 캐묻기 전에 전화를 끊었다. 나는 공중전화박스에서 나와 손목시계를 들여다보았다. 나에게는 아직 할 일이 많이 있었다—그리고 내가 그 일을 할 동안 하드캐슬의 손길이 미치지 않기를 바랐다. 나는 앞으로의 내 장래에 대해 준비를 할 필요가 있었던 것이다.

1

콜린 램의 이야기

나는 그로부터 닷새 뒤, 밤 11시에 크로딘에 도착했다. 나는 클라랜던 호텔로 가서 방을 정하고 잠자리에 들었다. 그 전날 밤에 나는 피곤했었기 때문에 이튿날에는 늦잠을 잤다. 내가 눈을 뜬 것은 오전 10시 15분 전이었다.

나는 커피와 토스트, 그리고 일간신문을 한 장 주문했다. 주문한 것이 왔을 때 거기에는 내 앞으로 보내온 커다랗고 네모난 봉투가 함께 있었다. 그 봉투의 왼쪽 귀퉁이 위에는 '직접 전달할 것'이라는 글이 적혀 있었다.

나는 약간 놀라서 그 봉투를 살펴보았다. 전혀 예상치 못한 것이었다. 그 종이는 두꺼운 고급지로, 겉봉투에는 깨끗하게 활자체로 글씨가 적혀 있었다.

그것을 뒤집어도 보고 살펴도 보다가 나는 마침내 봉투를 열었다.

속에는 단지 편지지 한 장만이 들어 있을 뿐이었다. 그 편지지에는 커다란 글씨로 다음과 같이 적혀 있었다.

컬류 호텔 11:30분
413호실(세 번 노크할 것)

나는 그 글을 한동안 들여다보다가 손에 들고 있는 편지지를 뒤집어보았다. 도대체 이게 무슨 뜻일까? 나는 그 방의 번호에 주의를 기울였다―413. 시계들과 같은 숫자였다. 우연의 일치일까? 아닐까?

나는 컬류 호텔로 전화를 걸어봐야겠다고 생각했다. 그러고는 다시 하드캐슬에게 전화해 볼까 생각해 보았다. 그러나 난 그 어디에도 전화하지 않았다.

느긋하던 기분이 어디론가 사라져 버렸다. 나는 자리에서 일어나 면도를 하고, 세수를 하고, 옷을 입은 다음 컬류 호텔 쪽을 향해서 걸어갔다. 그리고 그 편지에 지정된 시간에 그곳에 도착했다.

여름철은 이미 거의 끝나가고 있었다. 호텔 안에는 사람들이 별로 많지 않았다. 나는 데스크에서 물어보지도 않았다. 엘리베이터를 타고 4층까지 올라간 다음, 413호실 쪽으로 복도를 따라 걸어갔다. 나는 잠시 동안 그 자리에 우뚝 서 있었다. 그리곤 완전히 바보가 된 기분으로 문을 세 번 두드렸다…….

"들어오세요"라는 목소리가 들렸다.

나는 손잡이를 돌렸다. 문은 잠겨 있지 않았다. 나는 안으로 걸어 들어가다가 죽은 듯이 그 자리에 우뚝 섰다. 전혀 생각지 못한 사람이 내 눈앞에 있었던 것이다.

에르큘 포와로는 나를 마주 본 자세로 앉아 있었다. 그는 나에게 싱긋 웃음을 보냈다.

"조금 놀라지 않았나?"라고 그가 불어로 말했다.

"하지만 반가운 놀라움이 되기를 비네."

"포와로 씨, 선생님은 늙은 여우로군요." 내가 소리를 쳤다.

"어떻게 이곳에 오시게 되었습니까?"

"다임러 리무진을 타고 왔지—아주 편하던 걸."

"아니, 여기에서 뭘 하고 계신 거죠?"

"아주 귀찮은 일이 있었다네. 그 사람들이 내 아파트를 꼭 수리하겠다고 나서는 바람에 말이야. 아무리 얘기를 해도 소용이 없다네. 내가 겪은 어려움을 상상할 수 있겠지? 내가 어떡하겠나? 내가 어디로 가겠나?"

"장소야 많죠." 내가 차갑게 말했다.

"그렇기야 하겠지. 하지만 내 주치의는 나한테 바다 공기가 건강에 좋을 거라고 권해 주더군."

"자기 환자가 가고 싶어하는 곳을 알아내어 그 환자한테 그곳으로 가라고 충고해 주는 친절한 의사인가 보군요. 이걸 저한테 보낸 사람은 선생님이시죠?" 나는 호텔에서 받은 그 편지를 흔들어댔다.

"물론이지—또 누가 있겠나?"

"선생님이 413이란 번호의 방에 숙박하게 된 것은 우연의 일치입니까?"

"우연의 일치가 아니었네. 내가 특별히 이 방을 요구했으니까."

"어째서요?"

포와로는 머리를 한쪽으로 기울이면서 나를 보고 슬쩍 윙크를 했다.

"이런 경우에 걸맞은 착상이잖나."

"그럼 세 번 노크하라는 것은요?"

"난 유혹을 뿌리칠 수 없었던 걸세. 만일 작은 로즈메리 가지를 동봉해서 보냈더라면 더욱더 좋았을 것이네만. 나는 내 손가락을 찔러 문에 피묻은 지문을 남겨두는 문제도 생각해 보았었네. 하지만 과욕은 금물이지! 나쁜 병균에라도 전염되면 큰일이니까."

"아무래도 다시 어린 시절로 되돌아가신 모양이로군요. 오늘 오후엔 선생님께 고무풍선과 양털로 만든 토끼를 사 드려야겠군요." 내가 차갑게 말했다.

"자네는 어쩐지 나의 이 갑작스러운 방문을 그리 반가워하는 것 같지가 않은걸. 나를 만나면서도 전혀 기뻐하거나 반가워하는 기색이 없으니 말일세."

"선생님은 저에게 그런 것을 기대하셨습니까?"

"당연하지 않겠나? 자, 조금 장난도 쳐보고 했으니, 이젠 진지한 얘기를 해보도록 하세. 난 자네를 도와주고 싶다네. 나는 아주 온화한 이곳 서장도 방문했고, 지금쯤이면 자네의 친구인 하드캐슬 경감도 이곳으로 오는 중일 걸세."

"그 친구한테는 무슨 말을 하실 작정입니까?"

"우리 세 사람이 다 같이 얘기를 해보는 것이 좋겠다고 생각하고 있네."

나는 그를 바라보다가 그만 웃음을 터뜨리고 말았다. 그는 그것을 대화라고 부르는 모양이었다—하지만 나는 누가 혼자 일방적으로 얘기하게 될지 잘 알고 있었다. 그는 바로 에르퀼 포와로니까!

2

하드캐슬이 도착했다. 서로 소개와 인사도 끝났다. 우리는 이제 아주 우호적인 분위기 속에서 자리를 잡고 앉았다. 딕은 마치 동물원에 새로 들어온 진귀한 동물을 관찰하는 사람 같은 표정으로 가끔씩 훔쳐보듯 포와로에게 재빨리 시선을 던지곤 했다. 틀림없이 그가 에르큘 포와로 같은 사람을 만나본 적은 태어나서 처음일 것이다.

마침내 잡담이나 예의상의 인사치레도 끝나자 하드캐슬이 헛기침을 한 다음 말문을 열었다.

"제 생각으로는, 무슈 포와로" 그가 조심스럽게 말했다.

"선생님은—그러니까 이 사건에 대한 일체의 일을 직접 알고 싶으시겠죠? 한데 그게 그리 쉬운 일이 아니라서 말입니다—." 그는 잠시 머뭇거렸다.

"서장님이 가능한 한 모든 편의를 봐드리라고 말씀하시긴 했습니다. 하지만 거기에는 많은 어려움과 아직 더 생각해 봐야 할 문제점들, 그리고 아직도 풀리지 않는 난점들이 있다는 점을 감안하셔야 될 겁니다. 아무튼 선생님이 특별히 이곳까지 내려오셨으니—."

포와로는 조금은 냉랭한 말투로 그의 말을 가로막았다.

"내가 여기에 오게 된 건 런던의 내 아파트가 지금 수리 중이기 때문이오."

내가 어이없다는 듯 피식 웃자, 포와로는 나무라는 듯한 표정으로 나를 쳐다보았다.

"무슈 포와로는 현장을 보러 갈 필요가 없답니다." 내가 말했다.

"늘 안락의자에 앉아만 있어도 모든 것을 다 할 수 있다고 주장하시는 분이니 말이지요. 하지만 이번 사건만은 그 지론이 적용되지 않지요, 포와로 씨? 아니면 왜 여기까지 오셨겠습니까?"

포와로는 당당하게 대답했다.

"내 말은 사냥개가 경찰견, 추적견처럼 단서를 찾아 이리저리 쫓아다닐 필요가 없다는 걸세. 하지만 추적을 하기 위해서는 개가 필요하다는 사실은 인정하도록 하지. 먹이를 물어올 개 말일세. 아주 유능한 개라면 좋겠지."

그는 경감이 앉아 있는 쪽으로 몸을 돌렸다. 그는 한쪽 손으로 만족스럽다는 태도로 콧수염을 비비꼬고는 말했다.

"미리 말해 두지만, 나는 영국인들처럼 그렇게 개에 집착하지는 않는다오.

나 개인적으로는 개가 없이도 살아갈 수 있으니까. 하지만 그렇다 하더라도 개에 대한 당신들의 생각은 인정하겠소. 인간은 개를 사랑하고 존경해야 한다는 생각 말이오. 사람들은 개를 아주 귀여워하고, 자기 친구들한테 그 개의 영리함이나 총명함을 자랑하기도 하지요. 그런데 잘 생각해 보시오, 그 반대의 경우도 있을 수 있는 일이니까. 그 개가 자기 주인을 좋아하고, 또 그 주인을 귀여워한다고 말이오! 그 개 역시 주인을 사랑하고 주인의 총명함과 영리함을 자랑스러워하는 것이지. 그리고 사실 자기는 별로 산책하고 싶지 않지만 개가 산책하는 것을 아주 좋아하기 때문에 개와 같이 산책을 나서는 사람들처럼, 개도 주인이 좋아하는 것을 해주려고 노력할 수 있는 것이지요.

여기에 있는 나의 젊은 친구 콜린의 경우도 그렇습니다. 그는 나를 만나러 왔지만, 그 자신의 문제를 도와달라고 하기 위해 온 것은 아니었소. 그는 자신의 문제는 혼자의 힘만으로도 해결할 자신이 있었고, 내가 추측하기에도 그럭저럭 그 일을 해냈으리라고 생각되오. 콜린은 요즈음 내가 별로 할 일이 없어서 쓸쓸해한다는 것을 염두에 두고 있었기 때문에 내가 흥미를 느낄 만한 문제를 나한테 가지고 와서, 나에게 일거리를 주려고 한 것이오. 그는 그 문제를 가지고 나한테 도전을 한 게지. 내가 항상 그에게 얘기하던 그런 일들이 가능한지 한번 해보라면서 말이오—그냥 의자에 앉은 채로(때맞춰) 그 문제를 해결해 보라는 것이었지. 그러한 도전 뒤에는 약간의 악의, 다시 말해 별로 해가 되지 않을 정도의 악의가 있다는 것을 알아챘소.

이제야 말이지만, 그는 그게 그리 쉬운 일이 아니라는 것을 나에게 보여주고 싶었던 것이오. 하지만, 내 친구여, 그것은 사실이었다네! 자네는 나를 비웃어주고 싶었을 테지—조금은 말일세! 나는 자네를 책망하려는 것은 아니네. 다만 내가 얘기해 주고 싶은 것은 자네는 아직 에르큘 포와로라는 사람에 대해 모르고 있다는 점일세."

그는 가슴을 앞으로 내밀면서 콧수염을 비비꼬았다.

나는 그를 바라보다가 애정이 담긴 미소를 듬뿍 보내고는 말했다.

"그렇다면 좋습니다. 우리들에게 그 문제에 대한 답을 들려주십시오—선생님이 그 답을 알고 계신다면 말입니다."

"물론 난 그 답을 알고 있지!"

하드캐슬은 믿지 못하겠다는 표정으로 그를 바라보았다.

"선생님께서는 윌브러햄 크레슨트 가 19번지에서 그 남자를 살해한 그 범인을 알고 있다는 말씀이십니까?"

"물론 그렇소."

"그럼 에드나 브렌트를 살해한 범인도 알고 계십니까?"

"물론이오."

"선생님은 그 죽은 남자의 신원에 대해서도 알고 계십니까?"

"그 남자가 어떤 사람이라는 건 추측하고 있소."

하드캐슬의 얼굴에는 정말 믿기지 않는다는 표정이 나타나 있었다. 하지만 서장의 말을 머리에 떠올려서인지 그는 계속 예의를 지키고는 있었다. 그래도 그의 목소리에는 의혹이 가득 담겨 있었다.

"실례인 줄은 알고 있습니다만, 무슈 포와로, 선생님은 세 사람을 살해한 범인이 누구인지 안다고 말씀하셨는데요. 그렇다면 그 이유도 알고 계십니까?"

"그렇소."

"선생님은 움직일 수 없는 증거를 잡았다는 뜻인가요?"

"그런 것은 아니오."

"그렇다면 선생님 말씀은 육감적으로 그렇게 생각하고 있다는 것이로군요."

내가 퉁명스럽게 말했다.

"나는 자네와 말싸움을 할 생각은 없네, 콜린. 내가 말할 수 있는 것은 단지, '알고 있다'는 것뿐일세!"

하드캐슬은 한숨을 내쉬었다.

"하지만, 무슈 포와로, 아시다시피 우리에게는 증거가 있어야만 합니다."

"물론 그렇겠지. 하지만 경찰이 갖고 있는 모든 수단을 동원하면 경찰이 바라는 대로 증거를 얻을 수 있을 것이라고 나는 생각하오."

"전 별로 그럴 자신이 없는데요."

"자, 경감님. 만일 경감님이 안다면—정말로 알고 있다면, 그게 첫걸음이 되는 것이 아니겠소? 대개의 경우처럼 경감님은 거기서부터 손을 쓰게 되지 않겠소?"

"항상 그런 것은 아닙니다." 한숨을 쉬면서 하드캐슬이 말했다.

"지금 이 시간에도 교도소에나 들어가 있어야 할 사람들이 길거리를 활보하고 있습니다. 그들도 그것을 잘 알고 있고, 우리도 잘 알고 있습니다."

"하지만 그 퍼센트는 아주 작은 것이 아니겠소―?"

나는 그 말을 가로막았다.

"좋습니다. 좋아요. 선생님은 알고 계십니다―그렇다면 우리들한테도 가르쳐 주셔야지요."

"아무래도 자네는 아직 내 말을 믿지 못하는 것 같군그래. 하지만 우선 이렇게 말해 두고 싶네. 확신을 갖는다는 것은 올바른 문제 해결에 도달했을 때, 모든 일들이 각각 제자리에 어김없이 들어맞는 경우라는 것을 말일세. 자네들은 다른 방법으로는 사건들이 일어날 수 없다는 걸 알고 있을 걸세."

"부탁드립니다. 계속 얘기를 해주십시오! 선생님이 주장하시는 모든 논리는 인정할 테니까요." 내가 말했다.

포와로는 편안한 자세로 고쳐앉고 나서, 경감에게 마음대로 차를 따라 마시라는 몸짓을 해보였다.

"자, 친구들이여, 이 한 가지만은 분명히 이해하고 지나가야 한다오. 즉, 어떤 문제를 풀기 위해서는 진실을 잡아내야 한다는 것이오. 그러기 위해서는 개처럼 먹이를 물어오는 사람이 필요한 것이지. 한 조각 한 조각 차례로 물고 와서는―."

"주인의 발밑에 놓아두는 사람 말이지요." 내가 말했다.

"그건 벌써 인정한 사실입니다."

"의자에 앉아서 신문기사를 읽기만 하고 사건을 해결하려는 것은 불가능한 일이오. 사실이란 정확해야만 하는데 신문기사가 정확한 경우는 극히 드문 법이니 말이오. 실제로 사건이 4시 15분에 일어났다고 한다면 신문은 4시에 그 사건이 일어났다는 기사를 싣고, 실제로 어떤 남자한테 알렉산드라라는 이복누이동생이 있었다고 한다면 신문은 *그* 남자한테 엘리자베스라는 누이동생이 있었다고 말하는 것이지. 그 밖에도 그런 일들은 아주 숱하게 많지요. 그런데 여기에 있는 콜린의 경우에, 나는 탁월한 능력이 있는 개를 만난 셈이 된 거라오—그런 능력 덕택으로 그는 자기 임무를 훌륭히 수행해 낸 것이지. 그는 옛날부터 아주 비범한 기억력을 갖고 있었다오. 아마 지금 우리가 나누고 있는 이 대화도 며칠 뒤에 경감님께 그대로 말해줄 수 있을 것이오. 아주 정확히 말이오—사람들이 보통 그렇듯이, 자기가 받은 인상을 토대로 얘기하지는 않고 말이오. 대강 이런 식이지요—그는 '11시 20분에 우편물이 왔다'고 말하지 않고, 실제 일어난 그대로 묘사를 하는 것이오. 다시 말해, 현관문을 두드리는 소리가 들리고 누군가가 편지를 들고 방 안으로 들어온다는 식이지. 이런 일들은 아주 중요한 것이오. 마치 내가 그 장소에 있어서 직접 보고 들은 것처럼 전해 주는 것이지요."

"단지 그 가엾은 개는 필요한 추리는 하지 못한다는 말이로군요."

"그래서 최대한 내가 진실을 잡을 수 있었지—나는 '현장에 있게' 된 것이지요. 이것은 경감님의 나라가 전쟁 중에 있을 때 나온 말이지요? '현장감을 가지라'라는 말 말이오. 콜린이 나한테 그 사건에 대해 얘기해 주었을 때 무엇보다도 나에게 감명을 준 일은 그 사건이 아주 괴상한 특징을 갖고 있다는 것이었소. 본래의 시간보다 거의 한 시간씩 앞서 가 있던 네 개의 시계들, 더구나 그것들은 그 집 주인도 모르는 사이에 그 집 안에 들어가 있었던 것이오. 적어도 그 여자는 그렇게 말하고 있으니까. 하지만 그 진술이 옳은 것으로 밝혀지기 전까지는 우리가 들은 그대로 믿어버리는 일은 절대 금물이지요. 그렇지 않소?"

"선생님도 제가 생각하고 있는 것과 똑같이 생각하고 계시는군요."

하드캐슬이 동감하듯 이렇게 말했다.

"바닥에는 남자가 죽은 채로 누워 있었소—아주 그럴 듯해 보이는 초로의 남자가 말이오. 그 사람이 누군지 아무도 모르고 있었지요(다시 말하면 사람들이 그렇게 말하고 있다는 것이오). 그의 주머니는 R. H. 커리 씨, 덴버스 가 7번지 메트로폴리스 보험회사라고 쓰여 있는 명함이 들어 있었어요. 하지만 메트로폴리스라는 보험회사도 덴버스 가도 존재하지 않았고, 커리 씨라는 사람도 실제로 존재하고 있는 것 같지 않았지요. 그것은 아주 하찮은 증거이긴 하지만 증거인 것만은 분명하니까. 자, 좀더 나가 봅시다. 겉으로 보기에는 2시 10분 전에 비서용역 사무실로 전화가 걸려왔고, 밀리슨트 페브마시 양이라는 여자가 윌브러햄 크레슨트 가 19번지로 3시까지 속기사 한명을 보내 달라고 했지요. 특별히 셰일라 웨브 양이라는 사람을 보내 달라고 부탁하면서 말이오. 그녀는 3시가 조금 못 되어 거기에 도착했어요. 그리고 전화에서 일러준 대로 거실로 들어가서 바닥에 누워 있는 그 시체를 발견했소. 그래서 비명을 질러 대면서 그 집을 뛰쳐나온 거지요. 그녀는 어떤 젊은이의 가슴 안으로 뛰어들었어요." 포와로는 잠시 말을 멈추고 나를 쳐다보았다.

나는 그에게 머리를 숙였다.

"드디어 젊은 주인공이 등장했군요." 내가 말했다.

"자네도 알다시피—." 포와로가 지적했다.

"자네도 그 일에 대해 얘기할 때면 터무니없는 멜로드라마 같은 어조로 얘기하지 않고는 못 배길 걸세. 이 사건은 전체적으로 멜로드라마 같으면서도 공상적이고, 완전히 비현실적인 이야기란 말일세. 예를 들어, 게리 그레그슨 같은 작가들의 작품 속에서나 일어날 법한 그런 일이지. 잠깐 여기서 얘기해 두자면, 이 젊은 친구가 이 사건을 들고 찾아왔을 때 나는 지난 60여 년간에 걸쳐 작품을 써온 스릴러 작가들의 발자취를 조사하고 있었지요. 정말 재미있는 일이었다오. 그 덕분에 실제로 현실에서 발생한 범죄들을 소설 속의 이야기들에 비추어 생각해 볼 수 있었지. 말하자면 개가 짖어야 할 때 짖지 않는 것을 가령 내가 봤다면 나는 이렇게 중얼거리지요. '아하! 이것은 셜록 홈스식 범죄로군!' 하고 말이오. 마찬가지로 시체가 어떤 밀실에서 발견되었다고 하면 자연적으로 나는, '아하! 이건 딕슨 카식인걸.' 하고 말하지요. 내 친구인 올리버 부인도 있어요. 가령 내가—하지만 그런 얘기는 이제 그만하도록 하지요.

경감님은 내 말이 무슨 뜻인지 알겠소? 따라서 그렇게 있을 것 같지 않은 상황에서 일어난 범죄를 소재로 삼고 있는 작품들을 읽다 보면 불쑥 이런 생각이 들게 되지요. '이 소설은 현실에 충실하지 못했군. 이런 일들은 전부 비현실적인 일들이야.'라고 말이오. 하지만 유감스럽게도 이 사건에는 그런 것들이 적용되지 못한다오. 이 사건이 바로 '현실'이니 말이오. 현실 속에서 사건이 일어난 것이지요. 이번 사건은 우리들에게 열심히 생각해 볼 것들을 제공해 준 셈입니다. 그렇다고 생각지 않소?"

하드캐슬이라면 그것을 그런 식으로 표현하지는 않았겠지만, 어쨌든 그도 그런 기분에는 전적으로 동감했는지 열심히 고개를 끄덕이고 있었다.

포와로는 계속 말을 이었다.

"말하자면 이번 사건은 체스터턴식과는 정반대가 되는 셈이오. '당신이라면 나뭇잎을 어디에 숨겨둘 것인가? 숲속에 숨겨두겠지. 그럼 작은 돌멩이는 어디에 숨겨둘 것인가? 숲속에 숨겨두겠지. 그럼 작은 돌멩이는 어디에 숨겨둘 것인가? 해변에 숨겨두겠지.' 이번 사건에는 과장되고 공상적이며 아주 멜로드라마적인 요소들이 있어요! 내가 체스터턴의 흉내를 내어 '중년 여자라면 자기의 시들어 버린 아름다움을 어디에 숨겨둘까?'라고 자문해 봤다고 해봅시다. 나는 '다른 중년 여자들의 시들어 버린 얼굴 속에 감춘다'라고 대답할 수는 없어요. 절대로 말이오. 그녀는 얼굴에 화장을 하고 립스틱과 마스카라를 칠하지요. 몸에는 아주 근사한 모피를 두르고 보석으로 만들어진 귀걸이와 목걸이로 몸을 치장하는 거요. 그럼으로써 자기의 시들어 버린 아름다움을 감추려고 하겠지요. 무슨 말인지 아시겠소?"

"그야 물론—."

경감은 그러한 것을 모르고 있었다는 것이 부끄러웠는지 모호하게 대답을 했다.

"왜냐하면 그렇게 되면 사람들은 그녀의 모피와 보석들, 머리 스타일, 옷 같은 것만 쳐다보느라고 그 여자가 어떻게 생겼는지는 전혀 신경 쓰지 않게 된단 말이오! 그래서 난 혼자 이렇게 중얼거린다오—물론 친구인 콜린에게도 얘기하기는 했지만 말이오. 이번 살인사건에는 괴상한 장식품들이 너무도 많이 달려 있어서 사람들의 눈을 어지럽게 하고 있지만, 사실은 아주 단순한 사건이 분명해요. 그렇다고 생각되지 않나?"

"선생님 말이 옳을지도 모르지요." 내가 말했다.

"하지만 전 아직도 선생님 말씀이 과연 옳은 것인지 잘 모르겠습니다."

"그래서 좀더 기다려야 하는 것이지. 그래서 우리는 그 범죄의 '장식품'들을 떼어내고 그 사건의 '본질'로 들어가야 하는 것이오. 어떤 남자가 살해당했소. 그럼 그 남자는 왜 살해당해야만 했을까? 그 남자는 과연 누구인가? 첫 번째 질문에 대한 답은 확실히 두 번째 질문에 대한 답에 따라 달라질 수가 있지요. 그리고 경감님은 이 두 가지 질문에 대한 올바른 답을 얻기 전까지는 아마 수사를 진행시키기가 어려울 것이오. 그 남자는 협박범일 수도 있고 사기꾼일 수도 있어요. 아니면 아내한테 미움을 받았거나, 위험한 사람으로 간주되어 온 남편일 수도 있겠지요. 그 남자에 대해서는 이런 식으로 여러 가지 생각을 해볼 수 있어요. 내가 들어보면 들어볼수록 한 가지 알 수 있는 사실은, 사람들이 대부분 그 남자를 아주 평범하고 유복하며, 평판이 괜찮은 초로의 남자로 '여기고' 있다는 것이었소. 그런데 갑자기 나는 이런 생각이 들었지요. 너는 이 사건을 단순한 범죄일 것이라고 했지? 좋아, 그럼 그렇다고 해보자. 이 남자가 '겉모습으로 알 수 있는 것과 같은' 그런 사람이라고 해보자—유복하고 평판도 좋은 초로의 남자라고 말이야." 그는 경감을 바라보았다.

"아시겠소?"

"글쎄요—." 경감은 이렇게 말했을 뿐, 잠자코 아무 말도 하지 않았다.

"그럼, 자, 여기에 평범하고 괜찮아 보이는 초로의 남자가 있다고 해봅시다. 그런데 '어떤 사람'이 그를 제거해야 할 필요가 생겼어요. 그 사람이 누구일 것 같소? 이런 식으로 우리는 그 범위를 조금씩 좁혀갈 수가 있는 것이지요. 물론 부수적인 것들에 대해서도 알고 있어야 해요—페브마시 양과 그녀의 버릇에 대한 것이라든지, 캐븐디시 비서용역 사무실에 대한 것이라든지, 거기에서 일하고 있는 셰일라 웨브라는 아가씨에 대한 것까지도 말이오. 그리고 난 친구인 콜린한테 이렇게 얘기해 주었소. '이웃사람들이야. 그 사람들과 얘기를 해보게. 그 사람들에 대해 잘 알아보게나. 그들의 경력을 말이야. 하지만 우선은 얘기를 해봐야 해. 왜냐하면 얘기를 하다 보면 여러 가지 사소한 일들이 튀어나오기 마련일 테니까. 사람들은 자기한테 위험스러울 수 있는 화제가 나올 경우엔 경계심을 갖게 되지만, 세상 이야기를 하다 보면 그 경계심이 풀어져 쉽사리 진실을 털어놓게 되는 거야. 거짓말을 하기보다는 그 편이 훨씬 말하기가 수월하니까. 그래서 그 사람들은 자신도 모르는 새 사태를 완전히 바꿔놓을 수도 있는 사소한 사실을 털어놓아 버리는 거지."
"설명은 아주 훌륭하군요." 내가 말했다.
"하지만 불행히도 그런 일이 이번 사건에서는 일어나지 않았습니다."
"하지만, 이보게. 그런 일이 '있었다네.' 더할 나위 없이 중요하면서도 아주 간단한 말이 있었지."
"뭐라고요? 누가 그 말을 했죠? 언제요?" 내가 물었다.
"이야기엔 순서란 것이 있는 법이야, 이 친구야."
"계속 말씀해 주시지요, 무슈 포와로."
경감이 정중하게 포와로를 다시 화제로 끌어들였다.
"19번지 집 둘레에 원을 하나 그린다면, 그 원 안에 있는 사람이면 누구든지 커리 씨를 죽였을 가능성을 갖고 있지요. 헤밍 부인, 블랜드 씨 부부, 맥노턴 씨 부부, 워터하우스 양. 하지만 그것보다 더 중요한 사람들은 그 당시 현장에 있었던 사람들이지요. 페브마시 양은 외출하기 전 1시 35분경에 그를 살해할 수가 있었고, 웨브 양의 경우에는 그 남자와 그 집에서 만나기로 미리 약속을 해놓은 다음, 그를 살해하고 집을 뛰쳐나와 비명을 질렀을 수도 있는 것이지요."
"아. 이제는 그럭저럭 당면 문제에 가까워진 것 같군요." 경감이 말했다.
"그리고 물론—" 포와로는 빙글 돌아앉으면서 말했다.
"자네, 콜린. 자네도 역시 그 현장에 있었지. 작은 번지수만 있는 곳에서 큰 번지수들을 찾으면서 말일세."
"아니, 정말—." 나는 화가 나서 말했다.
"그다음에는 무슨 말을 하시려고 그러시는 겁니까?"
"나 말인가, 나는 무슨 말이든 할 수가 있지."
포와로는 거드름을 피우면서 단언했다.
"하지만 가서 선생님 무릎 위로 이 사건에 대한 모든 일들을 던져준 사람이 바로 제가 아닙니까?"
"살인범이란 가끔 바보 같은 짓을 저지르기도 한다네." 포와로가 지적했다.
"그리고 또 어쩌면 자네는 그걸 즐기고 있는지도 모르는 일이지—그렇게

함으로써 나를 한번 놀려보려는 심산에서 말일세."

"선생님 말씀을 듣다보면 '저'까지도 그 말이 그럴 듯하게 여겨지니 이상한 일입니다." 내가 말했다.

나는 왠지 불편한 기분이 들기 시작했다.

포와로는 하드캐슬 경감 쪽으로 다시 몸을 돌렸다.

"자, 나는 나 자신에게 이 사건은 본질적으로 아주 단순한 범죄인 것이 틀림없다고 말했지요. 터무니없는 시계들의 출현, 한 시간 정도 앞당겨진 시간, 시체가 발견될 수 있도록 아주 계획적으로 손을 써둔 일, 이런 일들은 지금으로서는 옆으로 밀쳐 두어야 한다오. 경감님 나라의 불멸의 역작, '앨리스'에도 쓰여 있는 것처럼 그런 일들은 '구두와 배, 봉납, 양배추 임금님' 같은 것일 뿐이오. 중요한 사실은 어떤 평범한 초로의 남자가 죽어 있었고, 누군가가 그가 죽기를 바랐다는 점이오. 그 죽은 남자가 어떤 사람인지 알 수만 있더라도 우리는 그를 살해한 범인에 대한 단서를 잡을 수가 있게 되지요.

만일 그가 유명한 협박범이라면, 우리는 협박을 당했을 가능성이 있는 사람을 찾아봐야 해요. 만일 그가 탐정이었다면, 그렇다면 우리는 범죄적인 비밀을 가지고 있는 사람을 찾아봐야겠지요. 그가 만일 부자였다면, 그의 유산상속자들을 찾아가 봐야 하고. 그러나 그 죽은 남자가 어떤 사람인지 우리가 모를 경우에는—아주 어려운 일이지만, 그 남자를 살해할 만한 이유를 갖고 있는 사람을 이 원 안에서 찾아내야 하는 것이오.

일단 페브마시 양과 셰일라 웨브를 따로 젖혀둔다면, 겉보기와는 다른 사람일 가능성이 있는 인물은 누굴까? 이 질문에 대한 답은 실망뿐이었지요. 램지 씨를 제외하면 말이오. 그 사람은 정말 겉보기와는 다른 사람이었다고 들었으니 말이오." 이렇게 말하면서 포와로는 물어보듯 내 쪽을 쳐다보았다.

나는 고개를 끄덕였다.

"다른 사람들은 겉으로 드러난 모습과 똑같은 사람들이었지요. 블랜드는 이 지방에서는 잘 알려진 건축업자였고, 맥노턴은 케임브리지 대학에서 교수를 했던 사람이며, 헤밍 부인은 이 지방 경매인의 미망인이었으며, 워터하우스 남매는 옛날부터 있었던 꽤 괜찮은 가문의 사람들이었어요. 그럼 다시 커리 씨한테로 돌아가 봅시다. 그 사람은 어디에서 온 인물일까? 대체 무슨 일로 윌브러햄 크레슨트 가 19번지에 온 것일까? 바로 이 부분에서 이웃사람 가운데 한 명인 헤밍 부인이 아주 중요한 말을 한마디 했지요. 그 남자가 19번지에서 살고 있는 사람이 아니라는 말을 듣자, 그 부인은 이렇게 말했소. '아! 그럼 그 사람은 죽기 위해 그 집에 온 거로군요. 세상에 그런 이상한 일이.'라고 말이오. 이 부인은 자기 생각에만 정신이 쏠려 있어서 다른 사람들이 하는 말에는 신경도 쓰지 않는 사람으로, 그런 사람들이 흔히 그렇듯 바로 문제의 핵심에 도달할 수 있는 천부적인 재능을 갖고 있었던 것이지요. 그녀는 이 범죄를 한마디로 잘 요약해 주었다오. '커리 씨는 죽기 위해 윌브러햄 크레슨트 가 19번지로 왔다.' 이번 사건은 바로 그 말처럼 단순했던 것이오!"

"그때 저도 그녀의 말을 듣고 감명을 받았었지요." 내가 말했다.

포와로는 내 말은 들은 척도 하지 않았다.

"'딜리, 딜리, 딜리—죽으러 오라.' 커리 씨는 왔어요—그리고 죽은 것이오. 하지만 그것으로 끝나지 않았소. 그 사람의 신원이 판명되지 않아야 한다는 것은 중요한 점이었소. 그는 지갑도 서류도 갖고 있지 않았고, 양복점 상표도 양복에서 뜯겨나가고 없었어요. 그러나 그것으로도 충분치가 못했지요. '보험 외무원, 커리'라고 인쇄된 명함도 일시적인 방편에 불과했던 것이오. 그 남자의 신분을 영원히 감춰두기 위해서는 가짜 신분을 내세울 수밖에 없었던 것이오. 따라서 조만간 누군가가 나타나서 그 남자의 신분을 확인할 것이고, 그것이 그 남자한테 가짜 신분을 주게 될 것이라고 생각하고 있었지요. 형제라든가, 누이동생, 아니면 아내가 나타나서 말이오. 그런데 아내가 등장한 것이지요. 라이벌 부인—그 이름만 갖고도 충분히 의심해 볼 만한 사람이었어요. 서머셋에는 마을이 하나 있어요—나는 그 근처에 있는 친구 집에 머물렀던 적이 있지요. 커리 라이벌이란 마을이었소. 무의식적으로 왜 그 두 개의 이름이 떠올랐나를 모른 채 선택한 이름일 것이오. 커리 씨—라이벌 부인.

여기서 지금까지의 일들로 그 계획은 분명해졌지요. 하지만 나를 당혹시킨 것은 어째서 범인은 그 남자의 진짜 신분이 드러나지 않을 것이라고 믿고 있었을까 하는 점이오. 그 사람한테 가족이 아무도 없다 하더라고 적어도 하숙

집 여주인이나, 고용인, 사업동료들이라도 있을 텐데 말이오. 그러한 점으로 미루어 나는 다음과 같이 추리해 보았지요—이 남자는 '행방불명자가 아니다'라고 말이오. 더 나아가 그 사람은 영국인이 아니며, 단지 이 나라를 방문한 사람에 지나지 않는다고 추리를 해보았어요. 그렇게 생각해 보면, 그가 치아를 치료받았을 텐데도 이곳에 있는 치과의 진료자 명단에는 그의 이름이 전혀 기록되어 있지 않다는 사실과 일치하게 되지요.

나는 희생자에 대해서도, 살인범에 대해서도 막연하나마 어떤 감이 잡히기 시작했소. 하지만 그것뿐이었소. 이 범죄는 아주 교묘하게 계획된 데다 지능적으로 수행된 것이지요. 하지만 그때 살인범도 미처 예측하지 못한 아주 불운한 일이 하나 벌어지고 말았소."

"그게 무슨 일이었는데요?" 하드캐슬이 물었다.

갑자기 포와로는 고개를 뒤로 젖히면서 극적으로 다음과 같은 글귀를 암송했다.

"한 개의 못이 빠짐으로 인해 말발굽쇠가 떨어져 나가 버렸고,
말을 쓰지 못하게 되니 말 타는 사람이 소용없게 되어 버렸고,
말 타는 사람이 없으니 전쟁에 지게 되고,
전쟁에 지니 왕국은 망해 버렸도다—.
단 한 개의 말발굽쇠가 빠져 버림으로 인해서."

그는 몸을 앞으로 기울였다.

"커리 씨를 살해할 수 있었던 인물은 몇 사람 있지요. 하지만 그 에드나란 아가씨를 살해할 수 있거나, 아니면 그녀를 살해할 만한 동기를 가지고 있는 사람은 단 한 사람뿐이오."

우리는 둘 다 그를 빤히 바라보았다.

"캐븐디시 비서용역 사무실에 대해 한번 생각해 봅시다. 거기에는 여덟 명의 아가씨들이 근무하고 있어요. 9월 9일에 그중 네 명의 아가씨들은 그곳에서 꽤 멀리 떨어진 곳으로 출장을 나가 있었기 때문에 사무실에는 없었어요. 그 말은 곧 그들이 자신의 손님과 같이 식사를 했다는 말이 되지요. 따라서 정상적으로 먼저 12시 30분에서 1시 30분 사이에 점심시간을 가진 사람은 이

네 사람이 되는 것이오. 나머지 네 사람, 즉 셰일라 웨브, 에드나 브렌트, 그리고 다른 두 아가씨인 재닛과 모린은 1시 30분에서 2시 30분에 점심시간을 가졌지요. 하지만 그날 에드나 브렌트는 사무실을 나서자마자 어떤 사고를 만났소. 그녀는 거리에 있는 격자형 뚜껑에 구두가 걸려 뒷굽이 빠져버린 것이오. 그런 지경이 돼서 그녀는 걸을 수가 없게 되었지요. 그래서 그녀는 롤빵을 사서 사무실로 돌아오게 되었소."

포와로는 강조하듯 우리를 향해 손가락 하나를 흔들었다.

"우리는 에드나 브렌트가 무슨 일인가로 고민하고 있다고 들었지요. 그녀는 사무실 밖에서 셰일라 웨브를 만나려고 애를 썼지만 허사였소. 그 걱정거리가 셰일라 웨브와 관계된 일이라고 짐작이 되긴 했지만, 그렇다고 반드시 그렇다는 증거도 없었소. 그녀는 단지 셰일라 웨브와 그녀를 당혹스럽게 한 문제에 대해 상의하고 싶었던 것일지도 모르니 말이오. 아무튼 그렇다면 한 가지 사실만은 분명해지는 것이오. 그녀는 셰일라 웨브와 사무실이 '아닌 곳'에서 얘기하고 싶어했다는 것이지요. 그녀가 걱정하던 일이 무엇이었는지에 대한 단서라고는 검시재판에서 경관에게 한 그녀의 말밖에 없소. '난 어떻게 그녀가 말한 것처럼 될 수 있었는지 모르겠어요.'라고 그녀는 말했지요. 그날 아침에는 세 명의 여자가 증언을 했고, 에드나가 페브마시 양을 두고 그 말을 했을 가능성은 얼마든지 있어요. 아니면, 사람들이 추측하고 있는 대로 그게 셰일라 웨브를 두고 한 말일 수도 있는 것이오—그녀는 마틴데일 양을 두고 그런 말을 했을 수도 있단 말이오."

"마틴데일 양이라고요? 하지만 그녀의 증언은 얼마 걸리지도 않았는데요?"

"그렇소. 그녀의 증언 내용은 페브마시 양이라고 자칭한 사람으로부터 걸려왔다는 전화내용에 대한 것뿐이었지요."

"그럼 선생님은 에드나가 그게 페브마시 양에게서 걸려온 것이 아니라는 사실을 알고 있었다는 말입니까?"

"내 생각에는 그것은 그보다도 더 단순한 것이오. 내 말은 그런 전화가 아예 걸려오지도 않았다는 말이오."

그는 계속 말을 이어나갔다.

"에드나의 구두 굽이 빠져 버렸어요. 그 격자형 뚜껑은 사무실에서 아주 가까운 곳에 있는 것이었소. 그녀는 사무실로 돌아왔소. 하지만 마틴데일 양은 개인 사무실에 있었기 때문에 에드나가 돌아왔다는 사실을 모르고 있었소. 그녀가 알고 있는 한 사무실에는 그녀를 빼면 아무도 없는 것으로 되어 있었기 때문이지요. 따라서 그녀는 1시 49분에 전화가 왔었다고 말만 하면 되었소.

처음에 에드나는 자기가 알고 있는 사실에 대한 중요성을 모르고 있었소. 셰일라는 마틴데일 양한테 불려 들어가 약속이 되어 있으니 갔다 오라는 말을 들었지요. 그 약속이 언제 어떤 방법으로 이루어진 것인지는 에드나에게 얘기하지 않았소. 살인사건에 대한 보도가 나오고, 그동안의 얘기가 하나둘 밝혀져 가고 있었지요. 페브마시 양이 전화를 걸어 셰일라 웨브를 보내 달라고 부탁을 했다. 하지만 페브마시 양은 전화를 건 사람이 자기가 아니라고 말하고 있다. 그 전화는 2시 10분 전쯤에 걸려온 것으로 되어 있다. '하지만 에드나는 사실이 아니라는 걸 잘 알고 있었지요.'

그 시간에 걸려온 전화는 단 한 통도 없었으니까 말이오. 마틴데일 양이 착각을 한 것이 분명하다고 그녀는 생각했겠지—하지만 마틴데일 양은 분명히 그런 착각을 할 사람이 아니었소. 에드나는 그 일에 대해 생각해 보면 생각해 볼수록 더욱더 이해할 수가 없었소. 그녀는 셰일라에게 그 일에 대해 물어봐야 한다고, 셰일라라면 잘 알 것이라고 생각했겠지요.

그런 가운데 검시재판 날이 되었고, 사무실에 있는 아가씨들도 모두 검시재판장에 갔지요. 마틴데일 양은 그 전화 얘기를 그대로 증언했고, 그때 에드나는 마틴데일 양이 아주 분명하게 전화가 걸려온 정확한 시간까지 댄 그 증언이 사실이 아니라는 것을 확실히 알게 되었던 것이오. 그녀가 경감님을 좀 만나볼 수 있겠느냐고 경관한테 물어본 것은 바로 그때일 것이오. 아마 마틴데일 양은 사람들 틈에 섞여 콘마켓을 나서다가 에드나가 그렇게 물어보는 것을 들었겠지요. 아마 그때쯤에는 아가씨들이 그 말 속에 숨어 있는 의미도 모르면서 그 구두굽 사건을 가지고 에드나를 놀려주던 말이 그녀의 귀에도 들렸을 것이오. 하여튼 그녀는 윌브러햄 크레슨트까지 그 아가씨를 따라갔소. 에드나가 왜 그곳에 갔었는지는 나도 좀 궁금하긴 하오만."

"단순히 그 사건이 일어난 현장을 구경하고 싶었던 것이겠지요."
하드캐슬이 한숨을 쉬며 말했다.
"사람들은 대개 그러니까요."
"그렇소. 그런 일은 충분히 있을 수 있는 일이오. 아마 마틴데일 양은 그곳에서 그녀에게 말을 걸면서, 그녀와 함께 길을 걸어내려 갔겠지요. 그때 에드나는 자기가 품고 있던 의문점을 다 털어놓았을 것이오. 마틴데일 양은 재빨리 처신했소. 그들이 막 전화박스 있는 곳까지 갔을 때였소. 그녀는, '이것은 아주 중요한 일이야. 너는 바로 경찰에 전화를 해줘야 해. 경찰서 전화번호가 몇 번이지? 전화를 해서 우리 둘이 지금 거기로 가겠다고 얘기하도록 해요.'라고 말했소. 들은 대로 의심 없이 행동하는 것이 에드나의 제2의 천성이었소. 그녀는 공중전화박스 안에 들어가 수화기를 들었소. 마틴데일 양은 그녀 뒤를 따라 들어가 에드나가 목에 두르고 있던 스카프를 힘껏 잡아당겨 그녀를 목졸라 죽여버린 것이오."
"그런데 그것을 본 사람이 아무도 없었습니까?"
포와로는 어깨를 으쓱했다.
"그런 사람이 있을 법도 한 일이었는데 사실은 전혀 그렇지 못했다오! 거의 1시가 다 되어가는 시간이었기 때문이지. 바로 점심시간이었으니까. 그리고 거기 크레슨트 가에 있었던 사람들은 19번지 집을 쳐다보느라 정신이 없었겠지요. 그 기회를 대담무쌍한 그 여자가 이용한 것이오."
하드캐슬은 믿지 못하겠다는 듯이 고개를 젓고 있었다.
"마틴데일 양이 말입니까? 그녀가 이 사건에 어떻게 관련될 수 있는지 전 잘 이해가 안 가는군요."
"그렇소. 처음에는 그 누구도 그렇게 생각하지 못할 것이오. 하지만 마틴데일 양이 분명히 에드나를 살해했어요—아, 물론, 에드나를 살해할 수 있었던 사람은 그녀밖에 없고, 따라서 그녀는 이 사건에 처음부터 관련되어 있음이 틀림없지요. 그래서 나는 마틴데일 양이 이 범죄의 맥베스 부인으로 무자비하고 상상력이 결여된, 그런 여자는 아닐까 생각해 보았소."
"아니 상상력이 결여되었다고요?" 하드캐슬은 의아한 듯 되물었다.

"아, 그렇다마다, 아주 상상력이 결여된 여자라오. 하지만 아주 유능하지요. 아주 머리가 좋은 계획자이기도 하고 말이오."

"하지만 왜 그랬지요? 그 동기가 무엇입니까?"

에르큘 포와로는 나를 바라보았다. 그리고 나무라기라도 하듯 나를 향해 손가락 하나를 흔들어댔다.

"그럼 이웃사람들과 한 얘기들이 자네한테는 아무 소용이 없더란 말인가, 응? 나는 아주 희망적인 대화를 하나 찾아냈는데 말이야. 자네, 기억나나? 외국에 나가 사는 이야기가 나왔을 때 블랜드 부인이 '자기는 이곳에 언니 한 사람이 있기 때문에' 크로딘에서 사는 것이 좋다고 한 말 말일세. 그런데 블랜드 부인에게는 언니라고는 없는 것으로 되어 있단 말일세. 그녀는 1년 전에 캐나다의 큰아버지가 남긴 큰 재산을 물려받았네. 왜냐하면 그녀가 그녀 가문에서 유일하게 살아 있는 사람이었기 때문일세."

하드캐슬은 순간 자세를 바로 고쳐앉았다.

"그렇다면 선생님은—"

포와로는 의자에 몸을 기댄 채 양손의 손가락을 모았다. 그는 반쯤 눈을 감고 꿈꾸듯이 말했다.

"가령 자네가 아주 평범하고 별로 양심적이지도 못한 사람인데, 지금 경제적으로 어려움에 처해 있다고 해보세. 어느 날 변호사 사무실에서 편지 한 통이 와서 자네의 아내가 캐나다에 있는 큰아버지에게서 막대한 재산을 상속받게 되었다고 알려 주었네. 그 편지는 블랜드 부인 앞으로 보내온 것이었지만, 단 한 가지 문제점은 그 편지를 받은 블랜드 부인은 그 블랜드 부인이 아니었다는 점이지—그녀는 두 번째 부인이었고, 첫 번째 부인은 아니었으니까. 그때의 원통함을 한번 생각해 보게! 그 속상함을 말일세! 그런데 퍼뜩 어떤 생각이 떠올랐네. 그 편지를 받은 사람이 다른 블랜드 부인이란 것을 알고 있는 사람이 누가 있겠는가?

블랜드가 예전에 한번 결혼한 적이 있었다는 것을 아는 사람은 크로딘엔 한 사람도 없네. 몇 년 전 전쟁이 일어났을 때 그는 해외에 나가 있었는데, 그곳에서 첫 번째 결혼을 한 것이지. 아마 그의 첫 번째 아내는 결혼한 지 얼마

되지 않아 곧 죽어버렸을 걸세. 그리고 거의 곧바로 재혼을 했지. 그는 처음의 결혼증명서나 여러 가지 가족관계 서류들, 지금은 다 죽어버린 캐나다의 친척들 사진 같은 것을 가지고 있었네. 모든 일이 다 순조롭게 풀려나갈 것 같았어. 하여튼 일단 해볼 만한 모험이니까 말일세. 그들은 모험을 했고, 마침내 성공을 했네. 법적인 수속도 다 마쳐 놓았지. 이렇게 해서 블랜드 부부는 유복하게 되었고, 모든 경제적인 어려움들도 극복하게 된 것이네.

그러고 나서 1년 뒤에, 어떤 일이 일어났네. 무슨 일이 일어난 것일까? 내 생각으로는 누군가가 캐나다에서 이 나라로 찾아오기로 된 것 같네. 그리고 이 사람은 첫 번째 블랜드 부인을 아주 잘 알고 있어서 바꿔치기 같은 속임수에는 넘어가지 않을 사람이었을 걸세. 그는 첫 번째 부인 가족의 담당 변호사 가운데서도 연수가 깊은 사람이었거나, 아니면 그 가족과 아주 친한 친구였을지도 모르네. 아무튼 그가 누구이든 간에 그는 사실을 알게 되었을 걸세. 아마 그들은 만나는 걸 피할 수 있는 방법도 생각해 보았겠지. 블랜드 부인이 병이 든 척할 수도 있었겠고, 외국으로 가버리는 수도 있었을 걸세. 하지만 그런 방법들은 의혹만 불러일으킬 수도 있었네. 그 손님은 자기가 일부러 이곳에 오면서까지 만나보려고 한 그 여자를 만나겠다고 강력히 주장할 수도 있을 테니 말일세."

"그래서—살인을 하기로?"

"그렇소. 그리고 아마 거기에서 블랜드 부인의 언니가 주도적인 역할을 해냈을 것이라고 나는 생각하오. 그녀는 이 모든 일들을 생각해 내고 계획했던 것이오."

"선생님은 마틴데일 양과 블랜드 부인이 자매 사이라고 보십니까?"

"그렇게 보지 않는다면 앞뒤가 맞지 않게 되니까."

"블랜드 부인을 처음 만났을 때 누군가를 닮았다고 생각하기는 했지요."

하드캐슬이 말했다.

"그 두 사람은 전혀 다른 타입의 사람들이었지요—그것이 사실이긴 하지만, 닮은 곳도 있었습니다. 하지만 어떻게 그런 짓을 하고도 무사할 수 있으리라고 생각했을까요? 그 남자가 행방불명이 되었다는 것도 밝혀질 것이고, 또 수사가 시작되면—."

"만일 그 남자가 외국여행 중이었다면—아마 사업상의 일 때문에 하는 여행이 아니라 단순히 즐기기 위한 여행이었다면 그 사람의 여행 일정은 정해지지 않았겠지요. 이곳에서는 편지, 저곳에서는 그림엽서 하는 식으로 사람들이 그 사람한테서 소식이 끊어져도 그 점을 이상하게 여기게 될 때까지는 상당한 시간이 걸리게 될 것이오. 그때가 되어서 해리 캐슬턴으로 신원이 밝혀져 매장되어 버린 남자와 이 부근에서는 전혀 본 적이 없는 캐나다에서 온 부유한 여행자를 누가 연결시켜 생각할 수 있겠소? 만일 내가 살인범이었다면, 프랑스나 벨기에 쪽으로 아무도 모르게 하루 정도 여행을 떠나서 피해자의 신분증을 기차나 전차 안에 떨어뜨려 수사가 다른 나라에서 시작되도록 해놓았을 것이오."

나는 나도 모르게 몸을 움직였다. 그러자 포와로가 나에게로 눈길을 돌렸다.

"왜 그러나?" 그가 말했다.

"블랜드는 저한테 자기가 최근 불로뉴로 하루 여행을 갔다 왔다고 했습니다. 금발 여자와 함께 말입니다. 제 말은—."

"그렇다면 아주 자연스럽게 그랬었겠군. 틀림없이 그것은 그 남자의 버릇이었을 걸세."

"지금 하신 얘기는 아직은 추측일 뿐이지요." 하드캐슬이 이의를 제기했다.

"하지만 수사는 해볼 수 있는 일이잖소." 포와로가 말했다.

그는 자기 앞에 놓인 선반에서 호텔 메모지를 한 장 꺼내어 하드캐슬에게 그것을 건네주었다.

"경감님이 에니스모어 가든 10번지에 있는 엔더비 씨에게 편지를 써보시오. 그가 캐나다에서 몇 가지 조사를 해주기로 나한테 약속했으니까. 그 사람은 국제적으로 유명한 변호사라오."

"그럼 그 시계들은 어떻게 된 거죠?"

"아! 시계들 말이오? 그 유명한 시계들 말이지." 포와로는 미소를 지었다.

"내 생각으로는 경감님은 그것도 모두 마틴데일 양 짓이란 것을 알게 될 것이오. 내가 말한 것처럼 이 범죄는 단순한 것이어서, 마치 괴상한 범죄처럼 보이기 위해 속임수를 쓴 것뿐이었소. 셰일라 웨브가 수리하려고 갖고 나온 그 로즈메리 시계 그것은 그녀가 비서용역 사무실 안에서 잃어버린 것이었는데, 마틴데일 양이 그것을 주워 감춰두었다가 그런 말도 되지 않는 연극의 소도구로 이용한 것이오. 그리고 셰일라 웨브를 시체를 발견하게 되는 사람으로 택한 것도 얼마간은 그 시계 때문이었지요—."

그때 하드캐슬이 불쑥 이렇게 말했다.

"그런데도 선생님은 그 여자가 상상력이 결여된 사람이라고 말씀하십니까? 그 여자가 이 모든 얘기를 다 꾸며낸 것이라고 말씀하실 때는 또 언제고요?"

"하지만 그 여자가 그 얘기를 꾸며낸 것은 아니오. 그것이 아주 흥미로운 점이기도 한 것이오만. 이것은 이미 있었던 이야기지요—결국 그 여자를 기다리고 있었던 셈이 되기는 했지만 말이오. 아주 처음부터 나는 이 범죄가 어떤 유형을 이루고 있다는 것을 알고 있었소. 그것은 나도 알고 있는 유형이었소. 그 유형이 나한테 익숙해진 이유는 내가 요즈음에 바로 그런 유형의 범죄소설을 읽고 있었기 때문이라오. 나한테는 그게 아주 행운이었소. 여기에 있는 콜린에게 들어보면 알겠지만 나는 이번 주에 작가의 자필 원고를 경매하는 곳에 갔었소. 팔려고 내놓은 것 가운데에는 게리 그레그슨의 원고도 몇 편 있었지요. 나는 아무래도 틀렸다고 생각하고 있었는데 아주 운 좋게도 나한테 들어왔지 뭐겠소? 바로 이것이오—."

마치 마술사처럼 그는 서랍에서 두 권의 싸구려 노트를 꺼냈다.

"이 안에 모든 것이 다 있소. 그레그슨이 쓰려고 만들어 놓은 소설의 줄거리 속에 말이오. 그는 그 소설을 다 끝마치지 못하고 죽고 말았소. 하지만 그의 비서였던 마틴데일 양은 그것에 대해 낱낱이 알고 있었어요. 그녀는 단지 자기 목적에 맞게끔 그것을 그대로 표절한 것에 불과한 것이오."

"하지만 그 시계들은 원래는 어떤 의미를 가지고 있었을 것 같은데요—그레그슨의 줄거리에서 말입니다."

"아, 그야 그렇지. 그 줄거리 속에 등장하는 시계들은 각각 5시 1분, 5시 4분, 5시 7분에 맞춰져 있소. 그것은 515457이란 금고의 다이얼 조합숫자였소. 그 금고는 복제품인 모나리자 그림 뒤에 숨겨져 있었소. 그 금고 안에는—."

포와로는 싫증이 난 투로 말을 계속했다.

"러시아 왕가의 보석 왕관이 들어 있었던 것이오. 말도 안 되는 얘기지. 물론 이야기도 비슷해요—시련을 당하는 아가씨도 등장하고 말이오. 아, 틀림없이 마틴데일 양으로서는 아주 다루기 쉬운 이야기였겠지요. 그녀는 단지 이 지방의 사람들을 선택하고 여기에 맞도록 그 이야기를 고쳐 쓰기만 하면 되었을 테니. 이 모든 현란한 단서들을 따라가 보는 것이오. 어디까지 가게 될 것 같소? 틀림없이 아무 데도 닿는 곳이 없을 것이오! 아, 그렇소, 아주 유능한 여자지요. 그런데 한 가지 마음에 걸리는 일이 있소. 그레그슨은 그녀한테 유산을 남겨주었지, 그렇지 않소? 내가 마음에 걸리는 일이란 바로 그가 어떻게, 무엇 때문에 죽었을까 하는 점이오."

하드캐슬은 과거의 사건에 대해서는 별로 흥미가 없는 것 같았다. 그는 포와로가 준 그 노트를 한데 모으고, 내가 들고 있던 호텔 메모지를 가져갔다.

그로부터 몇 분 동안 나는 마치 그 종이에 빠져들기라도 하듯 정신없이 그 종이를 쳐다보고 있었다. 하드캐슬은 그 메모지를 거꾸로 놓고 앤더비의 주소를 휘갈겨 써내려가고 있었다.

호텔의 주소는 거꾸로 되어 왼편 아래쪽에 와 있었다. 그 메모지를 쳐다보다가 나는 내가 얼마나 바보였던가를 깨닫게 되었다.

"아무튼 감사합니다, 무슈 포와로." 하드캐슬이 말했다.

"확실히 선생님 말씀은 우리가 뭔가에 대해 생각해 보도록 해주셨습니다. 그것이 어떤 결과를 가져올지는—."

"내 말이 조금이나마 도움이 되었다면 정말 기쁜 일이지요."

포와로는 겸손하게 말했다.

"저는 조만간 여러 가지 일들을 자세하게 조사해 볼 작정입니다—."

"당연하지. 당연하고말고—."

작별의 인사말이 오갔다. 하드캐슬은 방을 나갔다.

포와로는 나에게로 시선을 보냈다. 그의 눈썹이 치켜 올라갔다.

"음, 아니—물어보겠네만, 자네는 왜 그런 멍청한 얼굴을 하고 있는 겐가? 마치 유령이라도 본 사람 같은 얼굴을 하고 있잖나!"

"그동안 제가 얼마나 바보였었나를 알게 되었습니다."

"아하. 하지만 그런 것은 대부분의 사람들도 느끼는 것이지."

하지만 아마 에르큘 포와로에게만은 예외가 되겠지! 나는 그에게 도전을 해야만 했다.

"한 가지만 말해 주시지요, 포와로 씨. 선생님이 말씀하신 것처럼 런던에 있는 댁의 의자에 앉은 채로 뭐든지 다할 수 있다면, 딕 하드캐슬과 저를 그곳으로 오라고 할 수도 있었을 텐데 어째서—도대체 어째서 이곳까지 선생님이 직접 내려오신 겁니까?"

"자네한테 벌써 말하지 않았나, 그 사람들이 내 아파트를 다시 수리하고 있기 때문이라고 말일세."

"그렇다면 그 사람들은 선생님께 다른 아파트를 빌려주었겠지요. 아니면, 리츠 호텔로 가서 묵으실 수도 있었잖습니까? 그곳에 계시는 것이 컬류 호텔에 계신 것보다 훨씬 더 편안했을 테니까요."

"분명 그렇지." 에르큘 포와로가 말했다.

"이 호텔의 커피는 말일세, 맙소사, 그 커피 맛이라니!"

"그런데도 '왜' 이곳에 오신 거지요?"

에르큘 포와로는 짜증이 난 듯 말했다.

"아, 좋아. 자네가 그 정도도 추측 못할 바보라면 내가 말해 주겠네. 나 역시 인간일세, 그렇지 않나? 필요하다면 물론 나는 기계가 될 수도 있지. 의자에 파묻혀 생각만 할 수도 있어. 그렇게 해서 나는 문제들을 해결할 수도 있네. 하지만 말했다시피 나는 인간일세. 게다가 그 문제란 것이 사람과 관계된 일이니 말일세."

"그래서요?"

"이 설명은 그 살인사건이 단순한 만큼이나 단순한 걸세. 나는 인간적인 호기심으로 찾아온 걸세."

에르큘 포와로는 한껏 점잔을 빼면서 이렇게 말했다.

콜린 램의 이야기

다시 한 번 나는 윌브러햄 크레슨트 가로 가서 서쪽을 향해 걸어가고 있었다. 나는 19번지 집 문 앞에서 걸음을 멈췄다. 이번에는 그 집을 뛰쳐나오며 비명을 지르는 사람은 아무도 없었다. 그 집은 말쑥하게 손질되어 있었고 평화로웠다.

나는 현관으로 가서 벨을 눌렀다.

밀시슨트 페브마시 양이 문을 열었다.

"저는 콜린 램입니다." 내가 말했다.

"안에 들어가서 얘기 좀 할 수 있을까요?"

"물론이에요." 그녀는 나를 거실로 안내했다.

"당신은 이 부근에서 많은 시간을 보내고 있는 것 같군요, 램지 씨. 당신은 이 지방의 경찰과는 아무 관련이 없는 분이라는 말을 들었는데요."

"들으신 대로입니다. 사실 당신은 첫날 나한테 말을 걸었을 때부터 내가 누구라는 것을 분명히 알고 계셨을 텐데요."

"당신이 무슨 뜻으로 그런 말을 하는지 나는 잘 모르겠군요."

"저는 정말 아주 어리석었습니다, 페브마시 양. 저는 당신을 찾기 위해 이곳으로 온 겁니다. 첫날 제가 여기에 있었을 때, 저는 당신을 찾아냈지요. 하지만 당신을 찾아냈다는 사실을 모르고 있었습니다!"

"아마 살인사건으로 정신이 없었기 때문이겠지요."

"그렇습니다. 게다가 저는 어떤 종이쪽지를 거꾸로 보는 그런 어리석은 짓도 범했지요."

"도대체 그런 말을 하는 요점은 뭔가요?"

"모든 게임은 이제 다 끝났다는 말입니다, 페브마시 양. 저는 그 계획이 세워진 본부를 찾아낸 겁니다. 필요하다고 생각되는 기록이나 메모는 브레일식 점자법인 마이크로 도트 방식으로 당신한테 보관되어 있지요. 라킨이 포틀베리에서 빼낸 정보는 당신한테로 전달되었습니다. 그리고 그 정보는 이곳에서 램지라는 남자를 통해 목적지로 보내졌지요. 램지는 필요할 때마다 밤에 정원을 통해 이 집으로 건너왔습니다. 그러던 어느 날 그는 이 집 정원에 체코의 동전을 떨어뜨렸지요."

"그가 경솔했군요."

"때로 사람들은 부주의한 짓을 하기도 하니까요. 당신의 위장술은 아주 훌륭했습니다. 당신은 앞을 볼 수 없는 사람이고 신체장애자들을 위한 교육기관에 근무하고 있었으므로 아주 자연스럽게 집에다 어린이들을 위한 점자용 책을 놓아둘 수가 있었지요. 당신은 비범한 지능과 개성을 갖춘 여자입니다. 당신을 움직이는 원동력이 무엇인지는 모르겠습니다만—"

"글쎄요, 사상에 몸을 바친 사람이라고나 할까요?"

"그렇습니다. 나도 그럴 것이라고 생각하고 있었습니다."

"그런데 왜 당신은 나한테 이런 얘기를 다 해주는 건가요? 약간 이례적인 일 같은데요."

나는 손목시계를 들여다보았다.

"두 시간의 여유가 있습니다, 페브마시 양. 두 시간이 지나면 정보부 요원들이 이곳으로 와서 모든 조치를 취하게 될 겁니다."

"도대체 당신이란 사람을 이해할 수가 없군요. 왜 당신은 동료들보다 먼저 이곳으로 와서 그런 경고 같은 말을 나한테 해주는 건가요?"

"그렇습니다. 이것은 경고입니다. 저는 미리 이곳으로 와서 이 집에서 아무것도 나가지 못하도록 감시하면서 동료들이 올 때까지 기다리고 있기로 되어 있습니다—한 가지만 제외하고 말입니다. 그 예외는 바로 당신입니다. 만일 떠나는 쪽을 택한다면 당신은 두 시간 이내에 여기서 출발을 해야 합니다."

"하지만 이유가 뭐죠? 무슨 '이유'로 이러는 건가요?"

나는 천천히 말했다.

"머지않아 당신이 저의 장모가 될 가능성이 있다고 생각했기 때문이죠……. 제 생각이 잘못된 것인지는 모르겠습니다만."

잠시 침묵이 흘렀다.

밀리슨트 페브마시는 자리에서 일어나 창가로 다가갔다. 나는 그녀에게서 눈을 떼지 않았다. 나는 밀리슨트 페브마시에 대해서 아무런 착각도 하고 있지 않았다. 나는 그녀를 조금도 믿지 않았다. 그녀가 장님이기는 했지만 그렇다 하더라도 상대방이 방심하고 있으면 그것을 금방 알아채게 될 것이다. 기회를 보아 그녀가 내 등줄기에 자동권총이라도 들이대게 된다면 그녀가 앞을 볼 수 없다는 것은 전혀 장애가 될 수 없는 것이었다.

그녀가 조용히 입을 열었다.

"당신이 옳다고도 틀리다고도 말하지는 않겠어요. 무엇 때문에 당신은 그렇게 생각하게 되었죠? 무엇으로 그렇게 짐작했느냐는 말이에요."

"눈이었습니다."

"하지만 우리는 전혀 닮지 않았잖아요."

"그렇지 않습니다."

그녀는 아주 도전적으로 말했다.

"나는 그 아이를 위해 내가 할 수 있는 한 최선을 다했어요."

"그것은 생각 나름이겠지요. 당신에게 있어서 우선은 주의(主義)였지요."

"그러는 것이 당연한 일 아닌가요?"

"제 생각은 그렇지 않습니다."

또다시 침묵이 흘렀다. 이윽고 나는 물어보았다.

"그녀가 누구였는지 알고 있었습니까?—그날 말입니다."

"아뇨, 이름을 듣기 전까지는……. 나는 그 애에 대한 소식은 늘 전해 듣고 있었지요- 늘 말이에요."

"당신은 자신이 원한 만큼 비인간적이지는 못했군요."

"말도 안 되는 소리 하지 말아요."

나는 다시 시계를 들여다보았다.

"시간이 가고 있습니다." 내가 말했다.
그녀는 창가에서 되돌아와서 책상 쪽으로 다가갔다.
"난 여기에 그 애의 사진을 넣어두고 있지요—어릴 때의 사진이지만……."
그녀가 서랍을 열었을 때, 나는 그녀의 뒤에 서 있었다. 그것은 자동권총이 아니었다. 작지만 아주 예리해 보이는 칼이었던 것이다…….
나는 그녀의 손을 누른 다음 그것을 빼앗았다.
"저는 정에 약한 사람일지는 모르지만 바보는 아닙니다." 내가 말했다.
그녀는 의자를 손으로 더듬어본 다음 그 의자에 앉았다. 그녀의 얼굴에는 아무런 감정도 나타나 있지 않았다.
"저는 당신의 호의를 이용하고 싶은 생각은 없어요. 그렇게 한다고 해서 무슨 소용이 있겠어요? 저는 여기에 남아 있겠어요—그 사람들이 올 때까지 말이에요. 언제나 기회란 것은 있는 법이지요—심지어 감옥 안에서도."
"사상을 주입시킬 기회 말인가요?"
"당신이 그렇게 표현하고 싶다면 그렇죠."
우리는 서로 적의를 품고 있는 동시에, 서로를 이해하기도 하면서 그 자리에 앉아 있었다.
"저는 이런 일에서 그만 물러나기로 했습니다." 내가 그녀한테 말했다.
"본래의 제 직업으로 돌아갈 작정이지요—해양생물학으로 말입니다. 오스트레일리아에 있는 한 대학에 자리가 날 것 같습니다."
"내 생각에도 그것이 현명할 것 같군요. 당신은 지금과 같은 이런 일에는 그리 어울리는 사람이 아니니까요. 당신은 로즈메리의 아버지와 비슷한 것 같아요. 그 사람도 레닌의 가르침을 이해하지 못했지요. '부드러움 따위는 던져 버려라'는 가르침을 말이죠."
나는 에르큘 포와로의 말이 문득 생각났다.
"저는—." 내가 말했다.
"제가 인간적이라는 것만으로도 만족하고 있습니다……."
우리는 아무 말도 하지 않은 채 그 자리에 묵묵히 앉아 있었다. 서로 상대방의 생각이 옳지 않다고 확신하면서.

하드캐슬 경감이 에르퀼 포와로에게 보낸 편지

친애하는 포와로 씨

우리는 지금 몇 가지 사실을 알게 되었기에 선생님이 관심을 갖고 계실 것 같아 이렇게 알려 드립니다.

퀘벡 주(캐나다의 주)에 사는 퀜틴 더게스클린 씨라는 사람이 약 4주 전에 유럽 여행을 하기 위해 캐나다를 떠났습니다. 그 사람한테는 가까운 친척도 없었고, 언제 돌아올 예정이었는지도 분명하지 않았습니다. 그 사람의 신분증은 불로뉴에 있는 작은 식당 주인이 발견해서 경찰에 신고해 두었더군요. 하지만 그 신분증의 주인은 나타나지 않고 있습니다.

더게스클린 씨는 퀘벡 주에 있는 몬트레서 가문과는 오래전부터 친구 사이로 지내 왔습니다. 그 가문의 주인인 헨리 몬트레서 씨는 18개월 전에 사망해서 그 막대한 재산이 지금 현재 유일하게 살아 있는 그의 친척인 조카딸 발레리 앞으로 돌아갔는데, 그녀는 영국의 포틀베리에 살고 있는 조사이아 블랜드의 아내로 되어 있습니다. 런던에 있는 아주 명망 있는 변호사 사무실에서 그 캐나다인의 유언을 집행했지요.

블랜드 부인과 캐나다에 있는 그녀의 가문과의 모든 연락은 그녀의 결혼 뒤엔 끊어져 있었는데, 그것은 그녀의 집안에서는 그와의 결혼을 반대했었기 때문입니다.

더게스클린 씨는 옛날부터 발레리를 특별히 귀여워하고 있었기 때문에 그가 영국에 있을 동안 블랜드 부부를 만나볼 생각이라고 자기의 친구들 중 한 사람한테 얘기했었다고 합니다.

지금까지 해리 캐슬턴이라고 간주되어 온 그 시체는 퀜틴 더게스클린 씨로 완전히 확인되었습니다.

블랜드가 건축자재를 쌓아두는 창고 한쪽 구석에서 어떤 간판 하나가 감춰져 있던 것이 발견되었습니다. 급히 페인트칠을 해서 지워놓기는

했습니다만 전문가가 화학처리를 한 결과, '스노플레이크 세탁소'라는 글자가 확실하게 나타났습니다. 자질구레한 사실들을 적어서 더 이상 선생님을 귀찮게 해 드리지는 않겠습니다. 하지만 검사는 조사이아 블랜드의 체포영장이 곧 나올 것이라고 생각하고 있습니다.

선생님이 추측하신 대로 마틴데일 양과 블랜드 부인은 자매 사이였습니다. 마틴데일 양이 이 범죄의 공범자일 것이란 점에 대해서는 저도 선생님 의견에 찬성하고 있긴 합니다만, 그것을 증명해 줄 확실한 증거는 잡기가 어려울 것 같습니다. 확실히 그녀는 아주 영리한 여자입니다. 그래서 저는 블랜드 부인에게 희망을 걸고 있지요. 그녀는 쉽게 마음이 변할 타입의 여자이니까요.

첫 번째 블랜드 부인은 프랑스에서 적군이 공격했을 때 사망했으며, 힐다 마틴데일(그녀는 NAAFI에서 근무하고 있었습니다)과의 두 번째 결혼도 프랑스에서 한 것 같습니다. 그 당시의 기록들이 많이 파괴되어 버리긴 했습니다만 그것을 증명해 줄 확실한 증거는 다 확보했습니다.

그날 선생님을 만나뵙게 된 것은 더없는 기쁨이었으며, 그때 선생님께서 해주신 대단히 유익한 암시들에 대해서도 고맙게 생각하고 있습니다. 런던에 있는 선생님의 아파트도 만족하실 수 있게 고쳐지기를 바랍니다.

리처드 하드캐슬로부터

리처드 하드캐슬이 에르큘 포와로에게 그 뒤에 보낸 편지

좋은 소식을 알려 드립니다. 그 블랜드의 아내가 드디어 입을 열었습니다! 모든 일들을 시인한 겁니다! 그녀는 지금 자기 남편과 언니한테 모든 죄를 뒤집어씌우고 있습니다. 자기는 '두 사람이 무슨 일을 꾸미고 있었는지 전혀 몰랐으며, 그 일에 대해 알게 되었을 때는 이미 너

무 늦어 있었다.' 고 합니다! 그 두 사람이 '단지 자기가 가짜라는 걸 그 남자가 알아채지 못하도록 그 사람한테 약을 먹이려 한다.' 고만 생각했다지 뭡니까! 정말 그럴 듯한 이야기지요! 하지만 그녀가 주범이 아니라는 것은 사실인 것 같습니다.
포르토벨로 상점 사람들은 마틴데일 양을 그 두 개의 시계를 사간 '미국인' 여자라고 확인해 주었습니다.
맥노턴 부인은 더게스클린을 실은 블랜드의 화물차가 블랜드의 차고 속으로 들어가는 것을 보았다고 이제야 말하는군요. 글쎄 정말일까요?
우리들의 친구인 콜린은 그 아가씨와 결혼했습니다. 제 의견을 물으신다면 미친 짓이라고 말씀드리겠습니다. 모든 것은 다 하늘의 뜻이겠지요.

리처드 하드캐슬로부터

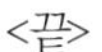

■ 작품 해설 ■

여기 소개하는 《4개의 시계(The Clocks, 1963)》는 애거서 크리스티(Agatha Christie, 영국 1890~1976)의 70번째 추리소설이며 54번째 장편이다.

이 작품에 등장하는 정보요원 콜린 램은 《0시를 향하여(Towards Zero, 1944)》 등에서 명탐정으로 활약하는 배틀 총경의 아들이다.

이 소설에서 재미있는 점은 포와로가 콜린 램을 상대로 자신의 탐정법을 설명하고 있는 면이다. 이 작품에서의 포와로처럼 실제 수사 활동보다는 가만히 앉아서 추리하는 스타일을 안락의자형이라고 한다. 안락의자형의 대표적인 탐정에는 셜록 홈스가 있다.